Cristina Caboni

Die Oleanderschwestern

Cristina Caboni

DIE OLEANDER SCHWESTERN

Roman

Aus dem Italienischen
von Ingrid Ickler

blanvalet

Die Originalausgabe erschien 2016 unter dem Titel
»Il giardino dei fiori segreti« bei Garzanti Libri, Mailand.

MIX
Papier aus verantwor-
tungsvollen Quellen
FSC
www.fsc.org
FSC® C014496

Verlagsgruppe Random House FSC® N001967

2. Auflage
Copyright der Originalausgabe © 2016 by Cristina Caboni
License agreement made through Laura Ceccacci Agency S.R.L.
Copyright der deutschsprachigen Ausgabe © 2018 by Blanvalet
in der Verlagsgruppe Random House GmbH,
Neumarkter Str. 28, 81673 München
Redaktion: Ulrike Nikel
Umschlaggestaltung und -abbildung: www.buerosued.de
JvN · Herstellung: sam
Satz: Uhl + Massopust, Aalen
Druck und Bindung: GGP Media GmbH, Pößneck
Printed in Germany
ISBN 978-3-7341-0509-8

www.blanvalet.de

Mein Leben ist ein Garten, und ich liebe
jede einzelne Blume darin.
Für euch, meine Teuersten,
habe ich dieses Buch geschrieben.

Ein blühender, duftender Garten
in der Morgendämmerung.
Dort möchte ich meinen Tag beginnen.

Walt Whitman

Prolog

»Der Garten ist ein Ort des Innehaltens, der Einkehr und der Reflexion, vor allem aber ist der Garten ein Refugium, um Ruhe und Gelassenheit zu finden.«

Die tiefe Stimme erhebt sich über die Bäume, der Wind nimmt sie auf und trägt sie weit mit sich fort. Hinter einem Rosenstrauch versteckt, beobachtet Bianca ihren Vater. Die anderen hängen gebannt an seinen Lippen. Sie kommen fast jeden Tag, um seine Vorträge zu hören.

Bianca schlägt die Augen nieder und schaut auf das Gras, ein Gedanke legt sich um ihr Herz, sie ballt die Fäuste und hebt den Blick wieder. Sie muss ihrem Vater etwas sagen, etwas Wichtiges.

Er hat noch nicht verstanden, dass der Garten spricht und Geschichten erzählt.

Dieser Gedanke, das Bewusstsein, etwas Bedeutsames entdeckt zu haben, erfüllt sie mit Freude. Endlich wird der Vater ihr ein Lächeln schenken, wird der Mutter berichten, wie klug sie ist, und voller Stolz verkünden, dass sie eine echte Donati sei.

»Psst, still! Du weißt doch, dass wir ihn nicht stören dürfen.«

Aber Bianca hört nicht auf ihre Schwester. Ihre Augen glänzen. Natürlich weiß sie, dass sie ihm mit Respekt gegenübertreten muss. Sie weiß auch, dass sie warten müsste.

Doch sie ist zu ungeduldig, ein unaufhaltsamer Drang lässt sie auf Lorenzo Donati zulaufen, ihn am Ärmel ziehen.

»Die Blütenblätter der Rose machen Geräusche, wenn sie zu Boden fallen, genau wie das Gras, wenn es wächst, und die Margeriten, wenn sie erblühen. Der Garten spricht, weißt du? Die ganze Zeit, ich habe es selbst gehört.«

Sie sagt es laut und deutlich, ohne ein einziges Mal zu stottern. Schaut ihn dabei an, aber dann schweift ihr Blick ab und wandert in die Ferne.

Bianca träumt sich zu einem Regal, in dem Bücher aufgereiht sind. Ihr Herz schlägt schneller, schon meint sie das raue Papier unter ihren Fingern zu spüren, meint die Bilder zu sehen und den Duft der getrockneten Pflanzen in sich aufzusaugen.

Ihre Sehnsucht wird übermächtig.

Die Bücher sind voller Blumen, jede Seite birgt eine Geschichte. Außerdem hat sie eine Schachtel mit Farbstiften und kleine Samenpäckchen für die Aussaat dort erspäht: Das Regal ist das Ziel ihrer Wünsche.

Plötzlich wird ihr bewusst, wie viel Zeit verstrichen ist. Das Lob ist ausgeblieben. Sie dreht sich langsam um und sieht dem Vater in die Augen, entdeckt dort kein Lächeln und schon gar keinen Stolz.

»Der Garten spricht mit mir, er erzählt mir viele Geschichten.«

Sie gibt nicht auf, wenngleich dieses Mal ihre Stimme nur ein Flüstern ist und sie zwischen den einzelnen Wörtern stockt.

Der Vater schweigt, sein strenger Blick ist Antwort genug.

Er greift nach ihrer Hand, sie gehen ein Stück, plötzlich bleibt Lorenzo stehen. Als er sie am Kinn packt, weiß Bianca, dass es kein Buch und auch keine Farbstifte geben wird.

»Du weißt doch, dass du mich nicht unterbrechen darfst.«

»Aber es stimmt, der Garten spricht.«

»Wir reden später darüber. Geh jetzt nach Hause und warte dort.«

Biancas Herz schlägt ihr bis zum Hals, ihre Augen brennen. Die Worte ihres Vaters klingen so hart, als würden Steine auf die Zwergmispelhecke neben ihr niederprasseln, deren rote Beeren in der Sonne glänzen. Sie denkt an die duftenden weißen Blüten des Ligusters am Wiesenrand, dort wo Lorenzo Donati unterrichtet. Dann fällt ihr Blick auf das schlossartige Haus, wandert über das Tal und verliert sich im Nirgendwo.

Sie kennt diesen Ort wie keinen anderen, das ist ihre Welt, hier wurde sie vor zehn Jahren geboren.

Und das ist ihr Garten.

Inzwischen sind die Worte des Vaters nicht mehr als ein Windhauch, der sich einfach verflüchtigt hat, der keinen Duft, kein Geräusch hinterlässt. Dennoch verfolgen die Worte sie – sie versucht ihnen zu entfliehen, aber sie spürt seine Enttäuschung. Zum Glück hat der Garten wieder zu sprechen begonnen. Das von ihren Schuhen niedergetrampelte Gras richtet sich auf, das Gebüsch erzittert unter ihren ungeduldigen Schritten. Und dann ist es still.

»Ich habe dich gewarnt, warum hörst du nie auf mich?« Die Schwester greift nach ihrer Hand.

Doch Bianca reißt sich los und stürmt davon.

Die Blumen lassen ihre Blütenblätter zu Boden regnen

im Gleichklang mit ihren Tränen. Sie rennt im Takt dieser Musik, ihre Finger streifen die Azaleen, die Hortensien und die Kamelien.

Plötzlich öffnet sich der Wald vor ihr. Da ist er, der Rosenbusch, nach dem sie gesucht hat, ihr Zufluchtsort. Noch einen kurzen Augenblick, dann empfängt sie die tausendjährige Rose, als wollte sie Bianca mit ihren ausladenden, knotigen Ästen umarmen.

Sie schließt die Augen und legt die Stirn auf die raue Rinde, ihr Atem beruhigt sich langsam. Als sie die Augen wieder öffnet, dringt die Sonne durch das dichte Laub. Sie hebt den Blick und sieht den roten Blütenblättern nach, die durch die Luft schweben und sich schließlich auf das smaragdgrüne Moosbett zu ihren Füßen legen, ihr letzter Gruß. Und während sie die Hand ausstreckt, um nach diesen kleinen Schätzen zu greifen, berührt sie die Dornen. Sie sollte sich vor ihnen fürchten.

Ihr Vater hat sie immer wieder gewarnt: »Du musst aufpassen, an den Dornen kannst du dich verletzen!«

Aber die Rose ist ihre Freundin, sie würde ihr nie wehtun. Sie hat es ihrem Vater erklärt, doch wie immer beachtete er sie nicht.

»Hör mir zu, hör mir zu, ich bitte dich«, hat sie innerlich gefleht.

Da war er längst weg – lediglich die Erinnerung an seine ungeduldigen Blicke und sein enttäuschtes Seufzen, an seine unausgesprochenen Vorwürfe und seine missbilligend auf den Holztisch trommelnden Finger blieben zurück.

»Ich werde niemals sein, wie er es sich wünscht. Ich schaffe es einfach nicht«, flüstert sie der Rose zu, die im Wind erzittert.

Dieses Mal fallen die Blütenblätter zunächst auf sie, bevor sie zu Boden schweben, als wollten sie sie streicheln. Ihre Rose liebt sie.

Bianca weiß das, und zum ersten Mal zeichnet sich ein schüchternes Lächeln auf ihrem Gesicht ab.

1

Für den Garten braucht man Geduld, Aufmerksamkeit, Fürsorge und Ausdauer. Der Winter dient der Instandsetzung der Gartengeräte und Werkzeuge und der Vorbereitung für die neue Saison. Die sich regenerierende Erde empfängt und hütet das Geheimnis der Wiedergeburt im Frühling.

Was hatten diese jungen Leute hier zu suchen? In diesem Teil Amsterdams war nachts sonst nie jemand unterwegs.

Iris Donati hauchte ihren warmen Atem auf ihre klammen Finger. »Warum verschwindet ihr nicht?«

Ihr Flüstern wurde von einer schneidend kalten Windböe verschluckt, die ihr fast die Luft nahm. Einen Moment lang dachte sie darüber nach aufzugeben. Sie musste ein andermal wiederkommen. Doch dann fiel ihr Blick auf eine Reihe von Fenstern im zweiten Stock eines Wohnhauses auf der gegenüberliegenden Straßenseite und verharrte dort.

Nein, beschloss sie. Sie wurde erwartet. Nachdenklich blickte sie zum Himmel, bevor sie ihre Aufmerksamkeit wieder der Straße widmete.

Die jungen Leute hatten Spaß und machten einen Heidenlärm. Das Gerüst an der Fassade eines Wohnhauses klapperte, das Licht der Straßenlaternen glänzte auf der

Wasseroberfläche des Kanals. Er stank furchtbar, und Iris rümpfte die Nase. Das sanfte Plätschern und das Rauschen des Windes hingegen gefielen ihr.

Sie wischte sich eine Haarsträhne aus dem Gesicht und schaute erneut zu den lachenden jungen Leuten. Sie mochten in ihrem Alter sein, Studenten vielleicht oder Touristen. Das spielte keine Rolle. Was ihr auffiel, war ihre Unbekümmertheit. Sie konnte ihren Blick einfach nicht abwenden, aber als ihre Neugier sich in schmerzliche Sehnsucht verwandelte, drehte sie rasch den Kopf zur Seite.

Das Tuten eines Schiffes in der Ferne ließ sie zusammenzucken. »Ich verliere nur Zeit«, murmelte sie.

Schließlich hatte sie etwas Wichtiges zu tun, und zwar bevor die Sonne aufging. Als die jungen Leute endlich hinter der nächsten Ecke verschwunden waren, seufzte sie erleichtert auf. Vorsichtig sah sie sich um, suchte nach einem dunklen Winkel, zog sich die Kapuze über den Kopf und verschwand in der Finsternis.

Was sie in dieser Nacht des zunehmenden Mondes vorhatte, war verboten. Wenn man sie erwischte, gäbe es richtig Ärger, da machte sie sich keine Illusionen. Und doch suchte sie immer neue Plätze, um einen ihrer kleinen Gärten anzulegen.

Die Welt brauchte Blumen.

Das war ihre feste Überzeugung.

Behutsam nahm sie den Rucksack ab, lockerte ihre verkrampften Muskeln und strich die Haare zurück. Ganz vorsichtig holte sie die mit Jute umhüllten Pflanzen aus ihrem feuchten Versteck. Dieses Mal hatte sie sich für Portland- und Bourbonrosen, Primeln, Alpenveilchen sowie Tulpen und Hyazinthen entschieden. Dazu ein kleines

Stück Rasen, samtweich und smaragdgrün wie Moos. Zuerst würde sie die Rosen einpflanzen, dann die Primeln, die Veilchen und schließlich die Blumenzwiebeln.

In ihrer Hosentasche steckte die Mail von Anne Linth, der Frau, die auf der gegenüberliegenden Straßenseite wohnte. Sie hatte sie an die Gartenzeitschrift *Onze Tuin* geschickt, bei der Iris arbeitete. Für sie legte sie in dieser Nacht den Garten an. Lediglich ihr alter Freund Jonas war in das Projekt eingeweiht, aber der würde nichts verraten. Er lebte in einer anderen Welt. Außer ihm hätte keiner verstanden, warum sie im Dunkel der Nacht einen Garten für eine Unbekannte anlegte.

Ehrlich gesagt, so richtig verstand sie es selbst nicht.

Es würde ein ganz besonderer Garten werden. Das Gelb der Primeln galt als Symbol der Wiedergeburt, das Blau der Hyazinthen stand für Mut und Kraft, das Rosa der Tulpen für Hoffnung. Und die Portlandrosen umhüllten das Ganze mit ihrem Duft. Es war ein Geschenk, ein Angebot – der Versuch, einem anderen Menschen zu helfen. Es ging nicht nur um die Erfüllung ihres Wunschtraums, im Einklang mit der Natur zu leben, zu sehen, wie aus Samen Leben erwuchs, wie Pflanzen blühten und gediehen. Es ging um mehr.

Und diese Erkenntnis machte ihr ein bisschen Angst.

Iris wischte sich den Schweiß von der Stirn und arbeitete so lange weiter, bis dieser Gedanke verschwunden war. Jetzt war sie allein in ihrer Welt, inmitten von Pflanzen und Blumen, die Pflanzkelle in der Hand, und ihr Herz schlug im Gleichklang mit dem Wind.

Die Erde unter ihren Fingern war hart, ihr intensiver Geruch mischte sich mit der modrigen Ausdünstung des

Kanals. Sie brauchte etwa eine halbe Stunde, dann war das Beet fertig. Nach einem letzten Blick auf ihr Werk schaute sie in den Himmel und atmete die kühle Nachtluft ein.

Als sie wieder auf ihr Rad stieg, drehte sie sich noch einmal um, packte dann den Lenker fester und radelte davon. Sie war glücklich und so voller Euphorie, dass sie aufpassen musste, nicht das Gleichgewicht zu verlieren. So war es immer, wenn sie einen ihrer Gärten angelegt hatte – es war etwas geschafft, das ihrem Leben einen Sinn gab.

Sie wohnte in einer kleinen Erdgeschosswohnung in einem Mehrfamilienhaus in Begijnhof, einem der ältesten und faszinierendsten Viertel Amsterdams. Alte Häuser, dazwischen eine Wiese, umrahmt von majestätischen Kastanien, im Zentrum eine Kirche, an der sie jeden Tag vorbeikam, wenn sie zur Arbeit ging.

Egal, wo sie bisher gelebt hatte, stets war sie sich wie eine Fremde vorgekommen. Erst hier begann dieses Gefühl sich mehr und mehr zu verlieren. Dennoch konnte sie sich nur schwer daran gewöhnen, in einer Großstadt zu leben. Warum, das wusste sie selbst nicht so genau. Es war nicht die Einsamkeit, sie war ja immer von Blumen und Pflanzen umgeben. Es war eher ein Gefühl der Leere, als ob irgendetwas fehlte. Ihr erschien es wie ein leichter Schmerz, ein Hauch von Melancholie, der sie umhüllte. Meist war es rasch vorüber, doch es gab auch Tage tiefer Trauer.

Es waren diese Momente, in denen sie aufbrach, um einen neuen Garten anzulegen. Mit einem Rucksack voller Pflanzen über der Schulter suchte sie dann nach einem geeigneten Platz für ein neues Projekt.

Begijnhof war wie ein Dorf inmitten der Großstadt, hier kannte jeder jeden. Aber was sie wirklich überzeugt hatte, die horrende Miete in dieser Gegend zu zahlen, war das wohlige Gefühl von Wärme und Geborgenheit. Die Wohnung war klein, hatte dafür einen Zugang zu einem hellen Innenhof, einem idealen Standort für ihre Pflanzen.

Jede Pflanze hatte eine Geschichte, egal, ob sie sie aus einer Mülltonne gerettet oder geschenkt bekommen hatte, weil der Vorbesitzer sie nicht mehr wollte. Einige hatte sie in erbärmlichem Zustand mitten in der Stadt gefunden an Stellen, wo sie nicht gedeihen konnten, sie dann umgepflanzt und liebevoll hochgepäppelt.

Sie stellte das Rad ab und ging ins Haus. Als sie die Kapuze vom Kopf streifte, fiel das weiche Licht der Straßenlaterne auf ihr fein modelliertes Gesicht mit hohen, ausgeprägten Wangenknochen, umrahmt von langen kastanienbraunen Haaren. Dominiert wurde es jedoch vom intensiven Blick ihrer nachdenklichen Augen.

Noch Stunden später, als sie in ihrem warmen Bett lag, fixierte Iris einen imaginären Punkt in der Ferne, irgendwo jenseits des großen Fensters, das nach außen auf den Hof ging. Das Beet war schön geworden mit den sorgfältig zusammengestellten Farben, die ebenso ausgewogen waren, wie es die Düfte sein würden, sobald die Blumen erblüht wären. Sie hätte glücklich und zufrieden sein müssen wie meistens, wenn sie ein Projekt verwirklicht hatte. Aber heute war es anders, sie war von Unruhe und Sorge erfüllt.

Diesmal ging es nicht allein um sie. Sie hatte zum ersten Mal die Wünsche eines anderen Menschen in ihre Planung einbezogen, andere Vorstellungen zum Zusammenspiel von Formen, Farben und Düften bei der Gestaltung umgesetzt.

Das veränderte alles. Von diesem Augenblick an hatte

sich ihre Beziehung zu ihrer Umwelt und der Welt insgesamt verändert. Bereits jetzt spürte sie das ganze Gewicht ihrer Geste.

Sie seufzte und wälzte sich von einer Seite auf die andere. Es war noch früh am Morgen, kurz vor Sonnenaufgang, doch die Nacht schien nicht weichen zu wollen, noch immer schien der bleiche Mond ins Fenster.

Die Bäume waren aus Silber, die Blumen aus Gold. Samen für die Vorübergehenden, Wasser für die Erde, hieß es in einem Lied.

Sie kannte alle Strophen, und alle begannen mit einer besonderen Blume. Wie in ihrem Leben. Auch da fing alles mit einer Blume an.

Ihr Vater hatte immer davon erzählt. Iris gefiel die Vorstellung, dass ihre Mutter, die sie nie kennengelernt hatte, eine Blume gewesen war. Sie legte einen Arm über die Augen und dachte nach. Ihre Mutter war ganz früh aus ihrem Leben verschwunden, danach gab es nur sie und ihren Vater. An ihre Mutter besaß sie keine Erinnerungen mehr. So viele Menschen hatten sich damals um sie gekümmert, dass ihr Bild dahinter verblasst war. Sie konnte sich kaum noch an alle Namen erinnern: Mariana, Lidia, Dolores und Antonia waren die wichtigsten gewesen. Mit ihnen hatte sie am meisten Zeit verbracht…, aber das Lied verband sie mit Claudia. Dem Namen ihrer Mutter.

2

Amaryllis (Hippeastrum)

Schon der Name verspricht Eleganz. Aus der riesigen Zwiebel entwickelt sich eine üppige Pflanze mit großen, fleischigen Blüten in kräftigen Farben. Sie ist leicht zu pflegen, liebt das Licht und weichen Boden, braucht wenig, jedoch regelmäßig Wasser. Und ihre Blütenblätter lieben es, gestreichelt zu werden. Pflanzt man sie im Winter, blüht sie im zeitigen Frühling. Aber Vorsicht: Wie andere besonders schöne Blumen ist auch die Amaryllis giftig.

Iris stellte ihr Fahrrad ab, kettete es an und schaute auf die Uhr. Sie hatte eine halbe Stunde. Das Pentium war gerade um die Ecke; ein Kaffee und einer der leckeren Krapfen, für die das Café berühmt war, wären ein guter Start in den Tag.

Sie könnte natürlich auch über den Blumenmarkt am Singel-Kanal schlendern, wenn die Zeit noch reichte. Sie liebte diesen Ort, viele Jahre war sie mit ihrem Vater dorthin gegangen, besondere Momente in ihrem Leben, auf die sie nicht verzichten wollte.

Als sie sich in die Menschenmenge einreihte, lächelte sie. Sie liebte den Blumenmarkt: die Blütenpracht, die Düfte, die glückseligen Seufzer der Besucher. Versonnen ließ sie den Blick über das Blumenmeer schweifen, über die Blätter, die Knospen und die Blüten. Das Schwappen des Wassers unter dem Kiel der Schiffe, die Motorengeräusche und das unablässige Gemurmel der Menschen, all das war ihr wohlvertraut.

Wie oft hatte ihr Vater sie hierher mitgenommen?

Die Menschen drängten sich vor den prall gefüllten Blumenkörben. Tulpen in allen Farben und Formen, zart duftende Fresien. Als sie an ihrem Lieblingsstand ankam, blieb sie stehen. In den Regalen an der Wand lagerten die Samentütchen in Reih und Glied, die bunten Bilder darauf verrieten, was aus dem Inhalt einmal werden sollte. Verlockende Versprechungen, die ihre Fantasie beflügelten.

»Hallo, Iris, kann ich dir weiterhelfen?«

Instinktiv schüttelte sie den Kopf. »Danke, Mark, ich schau mich nur um.«

Mark steckte die Hände in die Hosentaschen und lächelte sie an. Sein intensiver Blick war ihr unangenehm, deshalb fragte sie: »Wie geht's deinem Onkel?«

»Sie haben ihn gestern aus dem Krankenhaus entlassen. Ich hoffe, er kann bald wieder arbeiten.«

»Sehr schön, grüß ihn von mir.«

»Und Signor Francesco? Ich hab ihn seit einer Ewigkeit nicht mehr gesehen.«

»Er ist immer noch in Äthiopien.« Lächelnd dachte Iris daran, dass er bald zurückkommen würde – sie vermisste ihren Vater sehr.

»Aha.« Mark räusperte sich: »Hast du heute Abend schon was vor?«

Und jetzt? Iris starrte zu Boden.

»Ich weiß, ich hab dir versprochen, nicht mehr zu fra-

gen, aber ich verstehe es einfach nicht. Du hast dich plötzlich nicht mehr gemeldet. Hab ich was Falsches gesagt?«

Iris wusste nicht recht, was sie antworten sollte. »Nein,
es hat nichts mit dir zu tun.«

Marks Lächeln war angespannt. »Womit sonst? Ich bin
gern mit dir zusammen.«

Allerdings hatte er beim letzten Mal mehr gewollt, und
das wussten beide. Zwar war es bloß ein spontaner Kuss
gewesen, doch Iris sah sich mit einer neuen Situation konfrontiert. War das noch Freundschaft? Oder steckte mehr
dahinter?

»Lass uns einfach ein bisschen warten.«

Sie mochte Mark, er war der Einzige, mit dem sie über
Samen, Blumen und Pflanzen sprechen konnte, ohne sich
lächerlich vorzukommen. Aber sie war bereits öfter verliebt gewesen, und jedes Mal endete es in einem Meer von
Tränen.

Das lag zum einen daran, dass sie ständig umgezogen
waren. Ihr Vater war Botaniker, bildete Rosenzüchter fort
und hielt sich selten länger als ein Jahr an einem Ort auf.
Und ständig in der Welt unterwegs zu sein, trug nicht gerade dazu bei, langfristige Freundschaften zu pflegen. Darüber hinaus lag es auch an ihr selbst, das wusste sie. Sie
war anders als die anderen. Wer verbrachte seine Zeit
schon damit, mit Blumen zu reden? Wer verließ mitten in
der Nacht mit einem Rucksack voller Pflanzen das Haus,
um sie heimlich irgendwo einzugraben, wo sie ihrer Meinung nach hingehörten? Sie hatte versucht sich anzupassen, doch eine Stimme in ihr trieb sie immer wieder zu den
Pflanzen zurück.

Mark schüttelte den Kopf. »Sag nicht, dass ich dein einziger Freund bin und so, denn das glaube ich dir nicht. Tun wir so, als wäre das für mich in Ordnung, für den Moment zumindest, okay? Und jetzt schenk mir ein Lächeln. Ich will nicht, dass du traurig oder wütend auf mich bist.«

Sie musste lächeln, aber ihre Zweifel blieben. Vielleicht würde es mit Mark anders laufen? Die Frage war bloß: Wollte sie es darauf ankommen lassen?

»Ich hab was für dich, warte kurz.« Mark drehte sich um, schob einige Kunden beiseite und beugte sich über eine Kiste.

An seinem Stand war einiges los. Manche Kunden hatten bereits eingekauft und drückten ihre Schätze an die Brust, andere waren noch unschlüssig und suchten: Rosen, Päonien und Gladiolen.

»Hier.« Mark hatte sich beeilt und reichte ihr ein Päckchen. »Überraschung.«

Iris lächelte. »Ganz ohne Tipp? Nicht mal die Farbe?«

Er schüttelte den Kopf. »Sie brauchen Sonne und Wärme. Und wenn sie blühen, dann denkst du an mich, versprochen?«

Sie nickte und griff nach dem Geldbeutel, doch er wich zurück. »Nein, bitte nicht, das ist ein Geschenk.«

»Das kann ich nicht annehmen«, erwiderte sie nach einer Weile.

»Warum nicht, die wollte keiner haben, ich schwöre es.«

Bevor sie antworten konnte, blinzelte er ihr zu und wandte sich an eine Kundin.

»Kann ich Ihnen helfen?«

Iris warf ihm einen letzten zweifelnden Blick zu, dann machte sie das Päckchen auf und schaute hinein. Das war ja glatt gelogen. Von wegen zweite Wahl, die Zwiebeln waren weder verschrumpelt noch beschädigt wie sonst, wenn Mark etwas verschenkte. Sie befanden sich sogar in einem hervorragenden Zustand, und aus ihnen würden prachtvolle Blumen sprießen. Eigentlich dürfte sie das Geschenk nicht annehmen, dachte sie, aber sie entschied sich anders und verstaute das Päckchen vorsichtig in ihrer Tasche. Sie hatte schon eine Idee, was sie mit diesen Prachtexemplaren machen würde.

Sie verließ den Markt und machte sich auf den Weg in die Stadt. An die Häuser im Zentrum von Amsterdam hatte sie sich noch immer nicht gewöhnt. Einerseits war sie von den stattlichen, himmelwärts strebenden Gebäuden mit den langen, schmalen Fenstern, den vorkragenden Gesimsen, den Dachschindeln aus Schiefer und den kräftigen Fassadenfarben fasziniert, zugleich aber erinnerten sie Iris an niedliche bonbonfarbene Puppenhäuser, in denen man nicht wohnen konnte. Der Sitz von *Onze Tuin*, der Zeitschrift, für die sie arbeitete, befand sich zum Beispiel in einem rosa gestrichenen Haus mit hell abgesetzten Vorsprüngen und Schornsteinen mit schneeweißen Hauben.

Man hatte den Eindruck, dass in diesem Teil der Stadt die Zeit stehen geblieben war. Iris dachte oft an all die Menschen, die hier gewohnt und gelebt hatten. Wer waren sie, was hatten sie in ihrem Leben gemacht, was war von ihnen geblieben? Hoch konzentriert beobachtete sie die einzelnen Häuser in der Hoffnung, Spuren früherer Zeiten zu finden. Selbst kleinste Details waren ihr wichtig, wie zum Beispiel die Farbstruktur der Fassaden, die Verzierung der Stützbalken über den Eingangsportalen oder der Flaschenzug, der früher dazu gedient hatte, schwere Gegenstände und Güter in die oberen Stockwerke zu hieven.

Die Vergangenheit faszinierte sie. Das Nomadenleben mit ihrem Vater hatte in Verbindung mit den ständig wechselnden Kindermädchen dafür gesorgt, dass Geschichte ihr besonders wichtig war, denn eine eigene Vergangenheit, einen Ort, wo sie verwurzelt war, hatte sie nicht.

Sie blickte in den grauen Himmel und betrat das Redaktionsgebäude von *Onze Tuin*. Der leichte Regen hatte ihre Haare durchnässt, eine Strähne klebte ihr an der Stirn. Nervös strich sie sie zur Seite, stieg die Treppe hinauf und blieb einen Moment vor der gläsernen Schiebetür stehen. Sie atmete tief durch und öffnete sie.

Die Redaktion lag im zweiten Stock. Zweiundvierzig Quadratmeter, Ahornparkett, holzvertäfelte Wände, einander gegenüberstehende Schreibtische. Auf jedem ein Computer, dazu überall Fotos, Gartenzeitschriften, Post-its, sogar Zimmerpflanzen. Letzteres war ihr Beitrag zur Einrichtung, sie hatte sie neben die Fenster gestellt, damit sie so viel Licht wie möglich bekamen, und sie dankten es ihr, indem sie fleißig blühten.

»Mijnheer Jansen hat dir etwas auf den Schreibtisch gelegt, es soll um vier fertig sein. Beeil dich.«

»Erst mal einen schönen guten Morgen, Egle.«

Iris schaute ihrer Kollegin nach, die mit hoch erhobenem Haupt wieder zu ihrem Schreibtisch stolzierte. Alles an ihr wirkte steif, selbst die Haare, die sie zu einem Knoten gedreht hatte. Was aß sie wohl zum Frühstück? Steine?

Sie nickte den anderen Kollegen zu, die die Szene reglos verfolgt hatten, zwang sich zu einem Lächeln und zog dann den Regenmantel aus. Insgeheim bewunderte sie die

Kollegen, die Egle einfach ignorierten – sie konnte das nicht.

Als ihr Blick auf die rote Amaryllis im blauen Übertopf fiel, hob sich ihre Laune. Sie hatte ihr sogar einen Namen gegeben: Lucio. Aus den trompetenförmigen Blüten leuchteten goldgelbe Staubfäden, ein wunderbarer Anblick. Noch mehr aber liebte Iris den exotischen und gleichzeitig frischen Duft, den die Blüten verströmten. Sie stellte die Tasche ab und griff nach dem Zettel, den ihr Dolf Jansen, ihr Chef, auf den Schreibtisch gelegt hatte.

»Wie hältst du das nur aus?« Fast transparent wirkende, hellwache Augen unter einem roten Haarschopf strahlten sie an: Lena.

Iris zuckte mit den Schultern. »Es gibt schlimmere Typen.«

»Echt?«

»Echt.« Vergeblich hoffte sie, dass ihre Kollegin jetzt Ruhe gab. Weit gefehlt, denn Lena hatte etwas in petto, das sie unbedingt loswerden wollte. Iris erkannte es an ihrem Blick, an der Art, wie sie sich auf die Lippen biss und ungeduldig auf den Fußballen wippte. Warum mussten gewisse Leute immer ihre Nase in die Angelegenheiten anderer stecken? Weil sie meinten, alles besser zu wissen?

»Wer zum Beispiel? Nenn mir einen.« Lena sah sie herausfordernd an.

Iris hasste es, unter Druck gesetzt zu werden, sie hasste es, wenn man ihre Grenzen nicht respektierte. Und vor allem hasste sie Auseinandersetzungen. Ihr Unbehagen wuchs, und aus ihrer Nervosität wurde Ärger. Verzweifelt suchte sie nach einer Antwort, um Lena loszuwerden, und als ihr keine einfiel, drehte sie den Spieß um und reagierte nicht. Den anderen einfach zu ignorieren, führte oft zum Erfolg. Nichts war Menschen schließlich wichtiger, als beachtet zu werden Wenn man nicht auf sie einging, suchten sie sich jemand anderen.

Doch Lena ließ nicht locker. »Gar nicht so einfach, was? Du bist die Einzige, die Egle erträgt und mit Jonas spricht.«

»Warum auch nicht?« Iris bereute die Antwort bereits, als ihr die Worte über die Lippen kamen. Aber Jonas war ihr Freund und der netteste Mensch, den sie kannte.

»Iris, dieser Typ wirkt wie ein Landstreicher. Er wohnt auf einem Lastkahn, der so alt ist wie Methusalem, und er stinkt nach Katzen.«

»Was soll er deiner Meinung nach denn mit seinen Katzen machen? Aussetzen? Verhungern lassen?«

Iris konnte diesen mitleidigen Blick nicht mehr ertragen, ihre Geduld war zu Ende. Sie biss sich auf die Lippen, um nichts Unüberlegtes zu sagen. Ablenkung war die beste Methode, sagte sie sich und begann ihren Schreibtisch umzuräumen, während Lena wieder an die Arbeit ging.

Bis zur Mittagspause hatte Iris so viele Karamellbonbons in sich hineingestopft, dass sie keinen Hunger mehr hatte. Sie musste damit aufhören, dachte sie. So viel Zucker war ungesund. Doch es war die einzig erfolgreiche Strategie, den bitteren Geschmack, den ihr der alltägliche Frust verursachte, zu vertreiben.

Völlig durchnässt vom strömenden Regen, gegen den selbst ihr Regenmantel keinen Schutz bot, bog sie um die Straßenecke und erreichte einen offenen Platz. Vor ihr lag eine der vielen Brücken über den Singel. Sie ging auf die andere Seite des Kanals zu einem rot gestrichenen Boot. Unter jedem Fenster hingen bunte Blumenkästen mit Hyazinthen, Narzissen, Traubenhyazinthen, Tulpen und Fresien. Die Farbenpracht war überwältigend. Ein harmonisches Zusammenspiel von Blau, Weiß und Creme und aufeinander abgestimmte Rot-, Rosa- und Lilatöne. Manche Blüten erinnerten sie an die winzigen Schmetterlinge, die sie als Kind in Brasilien an einem Fluss gesehen hatte. Sie atmete tief durch, spürte, dass es ihr wieder besser ging. Jonas stand wie immer wartend auf der Brücke.

»Hallo, wie geht's dir?«

Er winkte kurz und starrte weiter in den Regen.

»Darf ich mich setzen?«

Jonas wandte ihr stirnrunzelnd den Blick zu, als ob er nicht verstanden hätte, dann lächelte er. Er besaß die blauesten Augen, die sie je gesehen hatte, und obwohl sie von unzähligen Fältchen umgeben waren, wirkten sie hellwach und quicklebendig. Die fast weißen Haare erinnerten an weiche Wolle, auf seinen unzähligen Löckchen glänzten Regentropfen.

»Ich hab uns Tee gemacht.«

Iris ging mit ihm unter Deck und achtete darauf, dass die Katzen, die ihr miauend um die Beine strichen, nicht nach draußen huschten. »Hier, aber verteil nicht alles an deine Lieblinge.«

Jonas nahm die Tüte, packte das Gebäck aus und roch daran. »Ringelblume und Reismehl, großartig.« Seine Stimme klang tief und rau, als ob er sie nicht oft benutzen würde.

Iris lächelte und wärmte sich die Hände am Ofen. An diesem Ort herrschte tiefer Frieden, es war warm und gemütlich, die Katzen schnurrten, man konnte den Fluss riechen. Alles hier war anheimelnd. Nach und nach fiel die Anspannung von ihr ab wie immer, wenn sie Jonas besuchte. Bei ihm fühlte sie sich wohl.

Jonas streichelte einer Katze den Rücken, dann deutete er auf den Tisch. Auf der mit Bienenwachs spiegelblank polierten Platte warteten schon zwei Teetassen und eine Kanne, die er wahrscheinlich vor zehn Jahren, als er hierher gezogen war, vom Vorbesitzer übernommen hatte.

Iris nahm Platz und schaute sich um. Überall waren Bücher aufgestapelt, auf einem Schränkchen standen zwei Teller und zwei Gläser. Jonas hatte sie, ebenso wie die zwei Tassen, irgendwann angeschafft und lud Iris seitdem regelmäßig zum Mittag- oder Abendessen ein. Vor allem dann, wenn ihr Vater unterwegs war. Sie wusste, dass er Jonas gebeten hatte, ein Auge auf sie zu haben. Anfangs war sie irritiert gewesen, sie war schließlich kein Kind mehr, doch nachdem sie bemerkt hatte, dass Jonas nie aufdringlich wurde, ließ sie es zu.

»Was ist los?«

Als Iris seine Worte hörte und seinen Blick auf sich spürte, zuckte sie zusammen. Auch wenn sie Lenas abfällige Worte über ihren Freund beiseitezuschieben versuchte, war etwas hängen geblieben – und das schmerzte. Was war das bloß zwischen ihr und Lena?

»Hast du dich jemals fehl am Platz gefühlt?«

Der alte Mann lächelte. »Nein, ich tue immer das, was ich für richtig halte. Und du?«

Sie dachte nach und schüttelte den Kopf. »Meine Kollegen geben mir ständig Ratschläge, weißt du? Immer wieder. Als erweckte ich den Eindruck, sie zu brauchen.«

Jonas sah sie lange an. »Du hast mir auf meine Frage nicht geantwortet.«

»Ich weiß, dass ich auf andere merkwürdig wirke, als wäre ich von gestern. Ich höre zu, ich bedanke mich, solche Sachen eben ...« *Und ich spreche mit Pflanzen*, fügte sie im Stillen hinzu, das mochte sie nicht offen aussprechen.

Er lachte und reichte ihr einen Teller mit Keksen. »Klar, das ist natürlich schrecklich, all diese Freundlichkeit, da muss man sich ja schämen. Ich frage mich, mit welchen Leuten du zu tun hast, mein Mädchen.«

Iris senkte den Blick und fühlte sich plötzlich wie ein kleines Kind. »Bei dir wirkt das immer alles so einfach.«

»Bei mir?« Jonas hielt inne und räusperte sich. »Was gefällt dir bei Menschen am besten? Überleg dir nur eine Sache, bitte.«

Sollte das ein Ratespiel werden? Wie früher? Iris wollte nicht antworten, aber Jonas machte so wilde Faxen und schnitt Grimassen, dass sie lachen musste.

»Das Lächeln.« Man konnte so viel am Gesicht eines Menschen ablesen, wenn er lächelte. Auch das hatte ihr Jonas beigebracht.

»Richtige Antwort. Und weißt du, warum?«

Sie spürte, dass er es ihr erklären wollte, und schüttelte den Kopf.

»Das Lächeln ist ein Fenster zur Seele. Es zeigt den Menschen, wie er ist, offenbart sein Wesen, seine Humanität. Denk an das schönste Buch, dass du je gelesen, das schönste Bild, das du je gesehen, das schönste Lied, das du je gehört hast: All das ist Ausdruck der Seele.«

Iris lächelte. »Manchmal fragt man sich trotzdem, ob man in der gleichen Welt lebt wie die anderen.«

»Dann erinnere dich daran, wer du bist, an was du glaubst. Es ist nicht so schwer. Das Wichtigste ist, dass du mit dir selbst im Reinen bist. Und vergiss nie, dass die Dinge lediglich dann existieren, wenn du sie an dich heranlässt, mein Mädchen.«

Jonas begleitete Iris bis zur Mole. Während er sie davongehen sah, strich er sich über den Bart. Wie sie sich diese Herzensgüte, Warmherzigkeit und Sanftheit hatte bewahren können nach allem, was sie mit ihrem Vater erleben musste, war ihm ein Rätsel. Er schüttelte den Kopf, kehrte zu seinem Boot zurück und setzte sich auf Deck in seinen Lehnstuhl, zog seinen Regenmantel fester um sich und betrachtete das Wasser im Kanal.

Iris hatte alle Mails an die »Blumenfee«, wie ihre Kolumne hieß, heruntergeladen und bereits einige beantwortet. Zum Glück waren es einfache Fragen gewesen, eine zweite Anne Linth war nicht darunter. Der Gedanke an sie stimmte sie traurig. Sie war ein gehöriges Risiko eingegangen, als sie in der vergangenen Nacht das Beet unter ihrem Fenster bepflanzt hatte, und hoffte, dass sich die Mühe wenigstens gelohnt hatte und Anne darin etwas Trost und Seelenfrieden fand. Der Verlust ihres Mannes hatte die Frau in tiefe Verzweiflung gestürzt. Iris schob den Gedanken beiseite und wandte sich den anderen Mails zu.

»Liebe Blumenfee, ich möchte meine Terrasse bepflanzen, leider liegt sie fast immer im Schatten. Hast du ein paar Tipps für mich?«

Iris las weiter. Lilian Vos war erst vor Kurzem nach Amsterdam gezogen, um hier einen neuen Job anzunehmen. Sie war einerseits glücklich, weil sie mehr verdiente, andererseits verunsichert, weil sie auch mehr Verantwortung übernehmen musste. Sie hatte die Beschaulichkeit eines kleinen Provinzstädtchens hinter sich gelassen, und es fiel ihr schwer, ihren Lebensrhythmus an die Großstadt anzupassen.

Was man einer Unbekannten so alles erzählen konnte!

Es kam Iris vor, als würde sie Lilian vor sich sehen. Und sie wusste schon, wie sie ihr helfen konnte: bei der Balkonbepflanzung ebenso wie bei der Bewältigung ihrer Lebenskrise. Mit einem Lächeln auf den Lippen schrieb sie: *Für die Blumen brauchst du ein Gemisch aus fertiger Pflanzenerde, grobem Sand und Bimsstein. Für eine optimistische Sicht der Dinge pflanzt du blaue und rosafarbene Hortensien, dazu Veilchen, für einen klaren Blick weiße Alpenveilchen. Für mehr Gelassenheit Maiglöckchen, für die Aufrichtigkeit Christrosen. Um das Ganze farblich abzurunden rosa-weiße Ice-Cream-Tulpen und Efeu. Die höheren Pflanzen kommen nach hinten, die niedrigen nach vorne.*

Dann kam die nächste Mail. Für fast alle Ratsuchenden schien das Gärtnern eine Art Geheimwissenschaft zu sein und das Gelingen Zufall oder Schicksal.

Doch das stimmte so nicht. Zum Gärtnern brauchte man Geduld, gesunden Menschenverstand, Kompetenz und ganz viel Herz und Seele.

Am wichtigsten war es, im Garten oder auf dem Balkon das richtige Klima zu schaffen. Pflanzen, die Wärme mögen, brauchten einen sonnigen Standort, andere Halbschatten. Voraussetzung zwei war der richtige Boden. Er musste locker und wasserdurchlässig sein. Vor der Aussaat sollte man die Samen über Nacht einweichen, danach mit einer dünnen Schicht Erde bedecken, sie bis zum Keimen feucht halten und danach nur dann gießen, wenn es nötig war, was allerdings aufmerksame Beobachtung erforderte. Die meisten Pflanzen gingen ein, weil sie zu oft gegossen wurden.

Iris arbeitete so lange weiter, bis sie sämtliche Post beantwortet hatte, dann reckte und streckte sie sich.

»Können wir uns jetzt unterhalten?«

Sie hatte Dolf Jansen nicht kommen hören. Ein Mann um die vierzig, mit blonden Haaren und einem Hang zu gutem Essen, Oldtimern und auffälligen Krawatten.

»Ja, ich bin fertig, willst du mal lesen?« Sie hielt ihm ein Blatt hin.

Dolf griff danach und überflog den Inhalt. »Sehr gut, gefällt mir.« Er gab ihr das Blatt zurück und lächelte. »Ich möchte dir was zeigen. Chelsea Flower Show. Was meinst du?«

Er legte einen Prospekt mit Artikeln und Fotos vor ihr auf den Schreibtisch, nahm sich dann einen Stuhl und setzte sich neben sie.

Iris griff nach dem Flyer und biss sich auf die Unterlippe. »Die einzige Gartenausstellung, die ich bislang nicht besucht habe.«

»Ich dachte, du warst bereits überall?«

Sie schüttelte den Kopf. »Ich war in Deutschland auf der IPM, auf dem Salon du Végétal im französischen Angers, auf dem IFTF hier in Holland, außerdem in Genua, Nantes und Gent. Aber noch nie in London.«

»Hast du Lust zu fahren?«

Iris nickte. Natürlich, eine solche Gelegenheit bot sich nicht oft. »Hast du etwas Bestimmtes im Sinn?«

»Überrasch mich. Wenn es gut läuft, verlängere ich deinen Vertrag. Wie lange bist du mittlerweile hier? Drei, vier Monate?«

»Sechs.« Sie konnte es selbst kaum glauben. Würde ihr Traum doch in Erfüllung gehen? »Hab ich das richtig verstanden? Ein guter Artikel und dann ein fester Vertrag?«

Dolf runzelte die Stirn. »Soll ich es wiederholen? Du bringst mir den besten Artikel, der je über die Chelsea Flower Show geschrieben wurde, und du hast eine feste Stelle.«

BIANCA

»Pflanzen sind lebendige Wesen. Zu ihrer Familie gehören Bäume, Büsche, Sträucher, Gräser und die Blumen, nicht zu vergessen die Farne, die Kletterpflanzen ...«

Sie hält inne, plötzlich kommen ihr Zweifel, all diese Wörter sind so kompliziert. Bianca fährt mit dem Zeigefinger über ihre Notizen, dann schließt sie die Augen und versucht sich zu konzentrieren. Aber die Begriffe, die sie lernen soll, verwandeln sich in ihrem Kopf in Bilder, bunte Blüten, längliche, runde, spitze und herzförmige Blätter. Am liebsten mag sie Blättergirlanden und zarte Zweige, die mit Beeren bedeckt sind.

Ihr Blick wandert durch das große Fenster ihres Zimmers in den Garten und dann zur Tür. Und wenn sie einfach rausgehen würde? Nicht lange natürlich. Sie hat ihrer Mutter versprochen, fleißig zu sein und sich besser zu benehmen. Und das will sie auch. Unbedingt. Doch es hat aufgehört zu regnen, und ihre Beine weigern sich stillzuhalten. Das Kleidchen schwingt hin und her, ihr Bewegungsdrang lässt sich nicht mehr unterdrücken.

»Bist du fertig?«

Auf der Türschwelle steht ihre Schwester. Bianca lacht und geht zu ihr. »Nein, und du?«

»Natürlich! Es war ja bloß eine Seite. Ich gehe raus spielen.«

Bianca reißt überrascht die Augen auf. Wie war das möglich? All die vielen Begriffe? Dann wird ihr wieder bewusst, wie klug ihre Schwester ist, der ganze Stolz ihres Vaters. Alle sagen das.

Wieder allein, setzt sich Bianca im Schneidersitz auf den Boden, das Buch auf dem Schoß. Sie ist traurig, aber schon bald schaut sie wieder aus dem Fenster. Sie bleibt noch ein bisschen sitzen, dann steht sie auf.

»Ich komme gleich wieder.«

Die Katze auf dem Bett lüpft ein Augenlid und gähnt, dabei streckt sie die rosafarbene Zunge heraus. Bianca lächelt und geht zur Tür.

Die Treppe wird in ihrer Fantasie zu einem Schachbrett, über das man hopsen muss, dann zum Rücken eines Drachen und zum Flügel eines Schmetterlings. Sie ist jetzt an der Haustür und öffnet sie langsam, dabei legt sie die Hand auf den Mund, um ihre Freude zu unterdrücken. Die Stimme, die sie mahnt, wieder reinzugehen und weiterzulernen, wird immer leiser, und als sie die Stufen hinunter in den Garten läuft, ist sie ganz verschwunden. Sie fühlt sich frei und unbeschwert, die Sonne scheint, die warme Luft kitzelt sie an der Nase. Das Leben ist herrlich. Einen Augenblick später rennt sie los, die Wiese heißt sie willkommen, sie lässt sich fallen.

Da hört sie eine Stimme in der Ferne. Sie weiß sofort, wer das ist. Langsam steht sie auf, und als sie die Flecken

auf ihrem Kleid sieht, erlischt ihr Lächeln. Im hellen Son-
nenlicht wird man sie sofort erkennen. Sie ist noch in Ge-
danken, als die Stimme des Vaters lauter wird. Rasch ver-
steckt sie sich hinter einem Busch, ihre Finger streifen die
Blätter. Einen Moment lang überlegt sie, welche Form sie
haben, wie ihre botanische Definition lautet. Für sie sind
es schlicht Blätter, warum braucht man da einen lateini-
schen Namen?

»Die Blätter sind die Organe der Pflanze, in ihrem Inne-
ren findet die Fotosynthese ...«

Der Vater spricht weiter, Bianca lauscht den Erklärun-
gen über die Zellen und die Blattnerven, findet aber keine
Bilder dazu, und deshalb haben all die Worte für sie auch
keinen Sinn. Mit gerunzelter Stirn betrachtet sie ein kleines
grünes Blatt. Für sie ist es einfach nur schön.

Die Lektion geht weiter. Lorenzo Donatis Schüler hän-
gen an seinen Lippen. Nach einer Weile ziehen sie weiter.
Alle außer einem Mädchen. Der Vater legt ihm die Hände
auf die Schultern.

»Du wirst immer klüger, mein Kind. Ich bin sehr zufrie-
den. Eines Tages wird dieser Garten dir gehören.«

Bianca schnappt nach Luft. Sie stellt sich vor, an der
Stelle ihrer Schwester zu stehen: Das ist leicht, wo sie sich
doch so ähnlich sehen. Wie sehr wünscht sie sich, dass die-
ses Lob ihr gelten würde. In ihrer Vorstellungswelt werden
die Worte des Vaters zu Lichtern am Wegesrand.

Es gefällt ihr, wenn er glücklich ist, wenn er lächelt. Ein
gut aussehender Mann, seine schwarzen Haare fallen ihm
in die Stirn, und seine Augen leuchten wie das Meer. Und
wenn er sie anlächelt, wird alles leichter. Aber das schöne
Bild verschwindet, sie öffnet die Augen, und die Wirklich-

keit ist zurück. Sie muss aus ihrem Versteck heraus, sie muss ihm zeigen, was sie gelernt hat. Auch sie will sein Lächeln, das ihr so lange verwehrt worden ist. Sie weiß nicht, warum. Vorher war alles anders, sie war ein braves Mädchen, und alle lächelten ihr zu.

Doch die Zeiten haben sich geändert.

3

Glyzine (Wisteria sinensis)
Die beliebte Kletterpflanze gibt es in vielen Farbnuancen,
am bekanntesten ist der Blauregen, der im Frühjahr überreich
blauviolett blüht. Die Glyzine verströmt einen durchdringend
süßlichen Geruch. Sie kann in normalen Gartenböden gepflanzt werden, verträgt aber keine Staunässe. Sie liebt
Sonne, wenigstens für einige Stunden am Tag, und braucht
viel Platz. Die Blüten sind essbar und verleihen Speisen und
Getränken eine verführerische Note.

Seit ihrer Ankunft in London war Iris ständig unterwegs
und suchte vergeblich nach Worten, die die Stadt treffend
beschreiben könnten. Eine Symbiose aus Tradition und
Moderne, Vergangenheit und Zukunft. Auf der einen Seite
die Stahl- und Glaskolosse an der Themse, auf der anderen
die hochherrschaftlichen Stadtvillen, die an längst vergangene Zeiten erinnerten.

Das Riesenrad, das sich auf der Wasseroberfläche spiegelte, und das Parlamentsgebäude jenseits der Westminster
Bridge gehörten natürlich allen voran zur faszinierenden
Kulisse der Metropole, doch Iris beeindruckte am meisten Chelsea, das Nobelviertel, in dem die Flower Show
stattfand. Ein städtebauliches Juwel aus viktorianischer

Zeit mit seinen blumengesäumten Alleen und den rosenbewachsenen Backsteingebäuden mit großzügigen Erkerfenstern, wo die Zeit stehen geblieben zu sein schien.

Die Chelsea Flower Show findet seit mehr als hundert Jahren in den Gärten des Royal Hospital statt. Lena hatte ihr ein paar Infos zusammengestellt. *Sie ist nur auf den ersten Blick eine der üblichen Gartenausstellungen – im Grunde ist sie nämlich weit mehr.*

Lena hatte recht, irgendetwas war hier anders: vom Ambiente bis zu den träumerischen Blicken der Besucher. Iris war fasziniert. Ihr Blick fiel auf eine Granitplatte, auf der ein schlichtes Orangenbäumchen so geschickt arrangiert war, dass es mit seinen glänzend grünen Blättern und den weißen Blüten den Eindruck erweckte, das Zentrum der Welt zu sein. Von hier führte der Weg durch orientalisch anmutende Granitbögen zu kleineren Gärten, die von Wasserspeiern und glitzernden Windspielen dominiert wurden.

Als sie an einer riesigen, mit Girlanden geschmückten Teekanne vorbeikam, musste sie lächeln, fühlte sich wie Alice im Wunderland. Rund um die Kanne standen vier bauchige Teetassen, die an Cupcakes erinnerten. Wenn man sich dazu noch die Cremefüllung vorstellte, war die Illusion, die man aus Abertausenden Blüten arrangiert hatte, perfekt.

Es duftete so verlockend, dass sie sich zwingen musste, nicht die Finger auszustrecken und über die Blütenblätter zu streichen. Aber es zog sie weiter, diesen Teil der Ausstellung würde sie sich ein anderes Mal ansehen, entschied sie. Immerhin hatte sie drei Tage Zeit.

»Erst ein guter Bericht, dann ein neuer Vertrag«, murmelte sie.

Sie war aufgeregt und glücklich, am liebsten hätte sie ihren Vater angerufen und ihm alles erzählt. Doch es sollte eine Überraschung werden. Wenn er wieder in Amsterdam war, würde sie ihn zum Abendessen einladen und ihm den Artikel präsentieren. Beim Gedanken an sein verblüfftes Gesicht lächelte sie in stiller Vorfreude.

Dann streifte sie stundenlang durch die Außenanlagen, vorbei an üppigen Blumenbeeten und akkurat in Form geschnittenen Sträuchern, bis sie eine Anlage mit kleinen Wasserfällen entdeckte. Das Rauschen des Wassers mischte sich mit dem Säuseln des Windes und dem Gesang der Vögel. Die Luft war erfüllt von betörenden Gerüchen.

Sie kam zu einer Margeritenpyramide. Als sich die Blumen rhythmisch im Wind bewegten, seufzte sie. Welch ein Kontrast zu dem direkt angrenzenden Ödland, das man naturgetreu gestaltet hatte. Sie schlenderte weiter und kam zu einem Hügelbeet mit Klatschmohn, Glockenblumen, Fingerhut, Pfingstrosen und violetten Schwertlilien, umrahmt von Austinrosen, erkannte die »Queen of Sweden«, einmalig in ihrer Farbenpracht.

Schon wollte sie daran riechen, als ihr eine junge Frau in einer reflektierenden Arbeitsjacke auffiel, die neben dem Beet kniete. In diesem Moment merkte Iris, dass sie versehentlich auf das Beet getreten war und wich einen Schritt zurück. Hoffentlich hatte die Gärtnerin nichts gemerkt… Wohl doch, denn plötzlich stand sie vor ihr.

Iris lächelte verlegen. Okay, sie würde sich für ihre Unachtsamkeit entschuldigen und dann weitergehen. Sie machte zwei Schritte auf die Frau zu und registrierte erst jetzt, dass die andere sie mit weit aufgerissenen Augen anstarrte.

Iris war wie gelähmt, ihr Herz schlug zum Zerspringen. »Wer bist du?«

Ihr Gegenüber antwortete nicht, sondern erwiderte den Blick. Irisierende Augen, graublau mit mannigfachen Nuancen. Diese Augen sah Iris jeden Tag, wenn sie in den Spiegel blickte. Genau wie diese langen kastanienbraunen Haare. Und das fein modellierte Gesicht mit der kecken Stupsnase. Der Körperbau, die Figur, die Größe, einfach alles! Wenn die Fremde keine Arbeitskleidung getragen hätte, stünde Iris sich gerade selbst gegenüber.

Die Gärtnerin war leichenblass.

»Wer bist du?«, wiederholte Iris, aber plötzlich drängten sich Besucher zwischen die beiden, und sie verloren sich aus den Augen.

Diese Frau sah genauso aus wie sie.

Das Gesicht, die Nase, die Lippen. Iris schaute auf, wo war sie? Wohin war sie verschwunden? Mit wild klopfendem Herzen machte sie sich auf die Suche, bahnte sich einen Weg durch die Menge. »Lassen Sie mich durch, weg da, lassen Sie mich durch!«, rief sie.

Sie konnte einfach nicht glauben, was sie gerade erlebt hatte. Verwirrt taumelte sie von links nach rechts. Ein Mann vom Sicherheitsdienst packte sie am Arm, um sie zu stützen.

»Brauchen Sie Hilfe, Miss?«

»Ein Frau… eine Frau in einer Arbeitsjacke.«

Er blickte sie fragend an. »Vom Personal?«

»Ja.« Sie merkte gar nicht, dass sie brüllte und dass der Mann die Ausweise kontrollierte, die sie um den Hals trug.

»Folgen Sie mir, Miss Donati, folgen Sie mir.«

4

Weißdorn (Crataegus monogyna)
In der Antike spielte dieser Strauch eine wichtige Rolle.
Seine intensiv duftenden Blüten bilden üppige Dolden-
rispen, meistens weiß, seltener rot oder rosa. Die Blätter
und die Blüten sind reich an Flavonoiden und werden als
Therapeutikum und Antioxidantien eingesetzt. Der Weißdorn
liebt fette Böden und viel Wasser und blüht im Frühling.
Weißdorntee ist gut gegen Angst und schenkt innere Ruhe.

Die Wände des kleinen Büros waren frisch gestrichen. Iris
starrte darauf, ohne etwas wahrzunehmen, während Pat-
rick O'Brien, der Wachmann, telefonierte und sich rück-
versicherte, dass keine Frau ihres Aussehens aus einem der
psychiatrischen Krankenhäuser der Umgebung ausgebro-
chen war. Kein Wunder, dass er so etwas vermutete, schoss
es Iris durch den Kopf. Hektisch fuchtelte er mit dem Telefon herum, tippte etwas in den Computer, und hin und
wieder warf er ihr einen Blick zu.

Iris konzentrierte sich auf ihre Hände. Diese Situation
war ebenso verwirrend wie rätselhaft. Vielleicht eine Hal-
luzination? Aber selbst wenn das eine beruhigende Vorstellung gewesen wäre und ihr merkwürdiges Verhalten erklärt hätte, glaubte sie nicht wirklich daran.

Der Wachmann lächelte ihr zu. Er war kaum über zwanzig, hatte freundliche Augen und raspelkurze kupferfarbene Haare. »Heute war die Sonne besonders stechend, die Hitze kann einem manchmal merkwürdige Streiche spielen. Nehmen Sie das Ganze nicht so ernst. Oder sie sind auf einen Doppelgänger gestoßen. Wissen Sie, dass jeder Mensch etwa fünf davon hat? Außerdem sind Ihnen als Journalistin bestimmt schon andere seltsame Sachen passiert. Wenn Sie nach Amsterdam zurückfliegen, haben Sie jetzt eine ganz besondere Geschichte zu erzählen.«

»Stimmt«, murmelte Iris, »einfach unglaublich.« Die Erklärung klang plausibel. Trotzdem musste sie das Erlebte erst einmal beiseiteschieben, sich beruhigen, sonst würde alles nur noch schlimmer.

Der junge Mann gab ihr die Tasche und den Ausweis zurück. »Warum gehen Sie nicht ins Hotel? Sie werden sehen, morgen lachen Sie über die Sache.«

Wohl kaum, dachte sie. »Danke, und entschuldigen Sie nochmals. Ich weiß wirklich nicht, was mit mir los war.«

Sie hatte sich für ein B & B entschieden, denn es war günstiger und hatte mehr Atmosphäre als die sterilen Hotelzimmer. Die Unterkunft in einer viktorianischen Villa unweit von Chelsea hatte sich den Charme dieser Epoche bewahrt: Nippesfiguren aus Keramik, tiefe Sessel und schwere Teppiche, Ölgemälde an den Wänden, alles Dinge mit Vergangenheit. In diesem Augenblick allerdings hatte sie keinen Blick dafür, sondern einfach bloß Angst. Sie legte sich ins Bett und starrte an die Decke.

Wer war diese Frau? Warum war sie weggelaufen? Sie konnte sich das nicht erklären. Das beklemmende Gefühl wollte sie einfach nicht loslassen.

Einige Stunden Schlaf und zwei Tassen Tee brachten Iris zwar in die Realität zurück, aber noch immer schlug ihr Herz zu schnell, und noch immer hatte sie das Gefühl, jeden Moment in Tränen ausbrechen zu müssen. Warum? Im Grunde war gar nichts passiert. Sie hatte eine junge Frau gesehen, die ihr ähnlich sah, mehr nicht. Iris ging ins Bad und stellte sich unter die Dusche. Beim Abtrocknen fiel ihr ihr Vater ein.

Sie musste mit ihrem Vater sprechen.

Rasch schlang sie ein Handtuch um die feuchten Haare und tippte mit zitternden Händen seine Nummer ein. Inzwischen war sie noch nervöser als zuvor. Das Herz schlug ihr bis zum Hals, und ungeduldig zählte sie die Klingeltöne.

»Iris, mein Schatz, wie geht es dir?«

»Papa, du kannst dir nicht vorstellen, was mir passiert ist.«

Er lachte. »Dann erzähl's mir.«

»Ich hatte eine unglaubliche Begegnung.«

»Soll ich raten?«

»Keine Witze bitte, ich zittere nach wie vor am ganzen Körper.«

»Wie das? Was ist denn passiert, geht's dir nicht gut?« Francesco Donatis Stimme klang besorgt.

»Ich bin einer jungen Frau begegnet, die mir total ähnlich sah. Ich schwöre, es war, als ob ich in den Spiegel gesehen hätte.«

Ihr Vater reagierte nicht.

»Bist du noch da? Hast du mich verstanden?«

»Ja, habe ich.«

»Eine Frau in meinem Alter, die genauso aussah wie ich, kannst du dir das vorstellen?«

Schweigen, dann die Frage: »Und wo? In Begijnhof?«

»Nein, nein, ich bin nicht zu Hause.«

»Na, so was? Wo bist du denn dann?«

»Ich bin in London.«

Sekunden verstrichen, dann seufzte er. »Was zum Teufel treibst du in England, Iris?«

Warum regte er sich so auf? »Dir ist schon klar, was ich gesagt habe?«

»Ja, trotzdem möchte ich wissen, warum du in London bist.«

Was sollte diese Frage? Und dann der Ton? So hatte Iris ihren Vater selten erlebt und ihr gegenüber eigentlich nie. Sie legte sich die Hand auf die Stirn. Das war nicht der Moment, mit ihrem Vater zu streiten, sie brauchte eine Antwort. »Papa, hör mal… Könnte es eine Verwandte gewesen sein… irgendeine? Vielleicht gibt es außer uns beiden noch jemanden…« Sie schloss die Augen, die Finger umklammerten die Bettdecke.

Das Schweigen, das nun folgte, schien nicht enden zu wollen. Schließlich räusperte sich ihr Vater. »Diese Frau… hat sie mit dir gesprochen?«

»Nein. Wir sind uns auf der Chelsea Flower Show begegnet, ich habe sie praktisch sofort wieder aus den Augen verloren, vielleicht war sie ebenfalls furchtbar erschrocken.«

»Ja…, das kann ich mir vorstellen.« Seine Stimme war jetzt so leise, dass sie ihn kaum verstand. »Sie… Ging es ihr gut?«

»Ob es ihr gut ging?« Warum interessierte sich ihr Vater für eine Unbekannte?

Tief in ihr regte sich etwas, sammelte sich in ihrem

Bauch und wurde dann zu einem Klumpen Angst. »Du kennst sie …«

Das war keine Frage, sondern eine Feststellung. Und als Francesco nichts sagte, hakte Iris nach einem kurzen Moment des Schweigens nach: »Wer ist diese Frau?«

In der erneuten Stille waren allein ihre Atemgeräusche zu hören.

»Ich nehme das erste Flugzeug. Du fliegst nach Hause zurück und wartest dort auf mich. Wir müssen reden.«

»Leg nicht auf!«, schrie Iris vergeblich und warf zornig das Telefon auf den Boden, begann im Raum hin und her zu wandern, um sich zu beruhigen, um nachzudenken. Am Fenster hielt sie inne. Ihr Vater kannte diese Frau oder dieses Mädchen.

Wer mochte das sein?

Sie ähnelten sich wie ein Ei dem anderen. Ein Gedanke kam in ihr auf, den sie aber sofort wieder verwarf. Nein, jetzt bloß keine Fantastereien. Es musste eine andere logische Erklärung geben.

Langsam ebbte die Angst ab.

Sie beschloss, sich wieder hinzulegen, noch eine Runde zu schlafen, aber in ihrem Kopf lief wieder und wieder derselbe Film ab, immer mehr Details ihrer Begegnung mit der Unbekannten fielen ihr ein. Sie war ihr nicht nur äußerlich ähnlich, sie war auch ähnlich gekleidet gewesen, wenn man sich die Arbeitsjacke wegdachte.

Iris sprang aus dem Bett und riss die Schranktür auf. In der Tat: Von Farben und Stil her entsprach ihre Kleidung ziemlich genau dem, was ihre Doppelgängerin getragen hatte.

»Wer bist du?«

5

Hibiskus (Hibiscus)

Als Garten- und Zimmerpflanze begleitet er uns durchs Leben, seine Blätter scheinen den Geschichten zu lauschen, die man in seiner Nähe erzählt. Die intensiv duftenden, farbenprächtigen Blüten sind ein Sinnbild für Schönheit und Vitalität.

Der Hibiskus liebt heiße Sommer, ist anspruchslos, was den Boden angeht, wobei ihm sparsame Düngergaben guttun. Er ist empfindlich gegen Kälte und muss regelmäßig gegossen werden. Er blüht vom Frühling bis zum Herbst. Hibiskusblüten werden auch für Tees und in der Küche verwendet, beispielsweise als besondere Note bei Süßspeisen.

Francesco Donati ließ sich am Amsterdamer Flughafen erschöpft auf die Rückbank des Taxis sinken. Er fühlte sich hundeelend.

Eine strapaziöse Reise lag hinter ihm. In Geländewagen, Armeefahrzeugen oder Lkws von Mineralölfirmen hatte er sich irgendwie nach Nairobi durchgeschlagen, ein Flugzeug nach Kairo genommen und dort eines nach Rom, dabei hatte er kaum ein Auge zugetan, sondern die ganze Zeit über die richtige Antwort auf Iris' Fragen nachgedacht, nach einem Argument gesucht, damit er seine damalige Entscheidung rechtfertigen konnte. Aber ihm war nichts eingefallen.

In Rom hatte er dann aufgrund eines technischen Defekts vier Stunden auf den Anschluss nach Amsterdam warten müssen. Zeit genug, dass ihn beklemmende Erinnerungen überfielen, wie jedes Mal in Italien. Doch diesmal war das sein geringstes Problem gewesen Er steckte bis zum Hals in Schwierigkeiten. Die Vergangenheit würde ihn einholen, und er musste sich ihr stellen.

»Singel 97.« Der Taxifahrer nickte und fuhr los. Trotz der späten Stunde pulsierte das Leben, die Stadt erstrahlte in hellem Licht, die Kanäle, die Brücken, die Fassaden der stolzen Bürgerhäuser im Zentrum. Einen Moment lang schloss er die Augen und strich sich mit den Fingern durch den Bart.

Er hatte das Geheimnis zwanzig Jahre lang gewahrt, und jetzt musste er für sein Schweigen bezahlen.

Warum zum Teufel war Iris bloß nach England gefahren? Und war es Zufall oder Schicksal, dass sie dort Viola getroffen hatte? Er rieb sich die Augen und schaute wieder aus dem Autofenster. Dann waren sie da. Francesco nahm das Gepäck aus dem Kofferraum und drückte dem Fahrer Geld in die Hand: »Behalten Sie den Rest.« Auf den Abschiedsgruß reagierte er nicht, überquerte mit schnellen Schritten die Straße und ging die Stufen zum Kanal hinab. Er hatte Jonas nicht Bescheid gesagt, dass er kommen werde, was auch nicht möglich gewesen wäre, denn sein Freund besaß kein Telefon.

Als er auf das Boot kletterte, fütterte Jonas gerade auf dem Deck die Katzen. »Du scheinst dich gar nicht zu wundern, mich zu sehen«, sagte er statt einer Begrüßung.

Jonas' Gesicht blieb unbewegt. »Deine Tochter war vor Kurzem hier und hat mir Fische für die Katzen vorbeigebracht. Sie ist ein gutes Mädchen, eigentlich unverständlich, bei deinen Genen.«

Er runzelte die Stirn, legte noch einen Fisch in den Napf. »Wahrscheinlich hat sie es von ihrer Mutter …«

Das war zu viel. »Ich bin nicht zum Diskutieren hier, ich brauche deine Hilfe«, erwiderte Francesco ungehalten.

Das heisere Lachen seines Freundes klang, als würde es aus den Tiefen eines Strudels aufsteigen. »Sie hat mir gesagt, dass sie eine junge Frau gesehen hat, die ihr aufs Haar gleicht. Und sie hat nicht die geringste Idee, wer das sein könnte. Sie denkt an eine entfernte Verwandte. Albern, was?«

Francesco schwieg.

»Sie war verwirrt und zugleich irgendwie glücklich … Kannst du dir das vorstellen? Sie hatte die eine oder andere Vermutung. Dass die Frau vielleicht irgendwie zur Familie gehört und du es ihr nicht gesagt oder es womöglich selbst nicht gewusst hast. So ist sie eben, sie denkt von jedem Menschen das Beste. Sogar von dir! Sie ist sicher, dass sich alles in Wohlgefallen auflösen wird.«

Er hielt inne und lachte bitter, bevor er fortfuhr. »Ja, so ist sie. Sie möchte, dass du nach London fliegst und die Sache klärst. Weil sie unbedingt ihre Familie kennenlernen will.« Jonas wischte sich die Finger an einem Tuch ab und schaute wieder auf den Kanal. »Weißt du, was mich besonders wütend macht? Dass ich dir prophezeit habe, genau das würde passieren. Und ich hasse es, recht behalten zu haben. So geht man nicht mit den Gefühlen anderer Menschen um. Vor allem nicht mit denen, die man liebt.«

»Ich habe ihr nicht wehtun wollen.«

Erneut lachte Jonas. »Die guten Absichten führen direkt in die Hölle.«

»Wenn du mit deiner Moralpredigt fertig bist, gib mir bitte einen Rat. Kluge Sprüche helfen mir nicht weiter.«

»Glaubst du wirklich, dass du aus diesem Schlamassel herauskommst, ohne deiner Tochter die Wahrheit zu sagen?«

»Das kann ich nicht. Es geht nicht allein um mich, das betrifft schließlich noch viele andere.«

Jonas schloss die Augen. »Hör auf zu schreien, ich verstehe dich sehr gut.« Er verteilte die restlichen Fische, säuberte sich die Hände und sagte: »Auf was wartest du? Willst du die ganze Nacht hier draußen stehen bleiben?«

Iris wählte ein weiteres Mal die Nummer ihres Vaters, vergeblich. Wieder las sie seine Nachricht. »Flieg zurück, sehen uns morgen früh.«

Sie steckte das Smartphone in die Tasche. Noch eine schier endlose Nacht. Lange hielt sie das nicht mehr aus. Sie ging nach draußen: Die Abendluft war kalt, der Frühling ließ auf sich warten. Sie steckte die Hände in die Manteltaschen, senkte den Kopf, achtete aber darauf, nicht mit den zahlreichen Radlern zusammenzustoßen, die trotz der fortgeschrittenen Stunde noch unterwegs waren.

Iris blieb stehen und starrte in den Kanal, auf dessen Wasser sich die Lichter spiegelten. Warum war sie bei ihrem ziellosen Umherstreifen ausgerechnet hier gelandet? Bei Jonas' Boot? Kopfschüttelnd ging sie weiter. Plötzlich überfiel sie ein Gefühl der Einsamkeit, sie ließ sich auf eine Bank sinken. Die Hände nach wie vor in den Taschen, die

Augen auf den Singel gerichtet. Es war so kalt, dass sie ihre Atemwölkchen sehen konnte. Ihre Gedanken kreisten unentwegt um die gleiche Frage: Wer war diese Frau?

Francesco sah sich in der Kajüte um, griff wieder nach seiner Tasse. Der Tee war nurmehr lauwarm, doch das machte nichts. Er mochte vieles, was lau war. Nicht heiß, nicht kalt, in der Mitte, von der aus er sich entscheiden konnte, in welche Richtung er gehen wollte. Iris hingegen war anders. Sie war konsequent und lebte nach ihren Idealen.

Wie würde sie es aufnehmen? Einen Moment lang überfiel ihn Angst, seine Gedanken rasten. Aber er war zu müde, um sich zu wehren, und seitdem er wusste, dass Iris und Viola sich getroffen hatten, konnte er ohnehin an nichts anderes mehr denken. Was war aus seiner anderen Tochter geworden? War sie ebenso feinfühlig, genauso wunderbar wie Iris?

Er seufzte, fuhr sich mit der Hand über die Augen und begann zu erzählen: »Mir wurde ein guter Auftrag in Äthiopien angeboten, ich soll dort einen unrentabel gewordenen Betrieb wieder auf Vordermann bringen, neue Rosensorten züchten, das Personal schulen, das alles wird einige Jahre dauern. Vor ein paar Tagen habe ich Iris gebeten, mich zu unterstützen, sie meinte jedoch, sie sei beruflich zu eingespannt. Und jetzt … das. Diese Katastrophe.«

Jonas zuckte mit den Schultern, die Augen auf ein Katzenjunges gerichtet, das sich zwischen die Großen zu drängen versuchte. Jonas packte es im Nacken und hob es hoch. Es begann zu schnurren.

»Kluges Mädchen, warum sollte sie dein Leben leben und nicht ihr eigenes?«

Francesco zog die Augenbrauen hoch. »Auf welcher Seite stehst du eigentlich?«

»Auf der Seite der Katzen, das siehst du doch.« Jonas hielt inne. »Und auf der von Iris. Sie ähneln sich, sind einfühlsam und herzerwärmend, etwas ganz Besonderes. Unverfälscht und zuverlässig. Und sie stehlen nicht.«

»Stehlen? Bist du verrückt geworden?«

»Nicht im herkömmlichen Sinne – es gibt auch Zeiträuber oder Diebe, die Gefühle und Emotionen stehlen. Und dann gibt es Typen wie dich, die stehlen ein ganzes Leben.«

Francesco begann zu verstehen, wenngleich Jonas' verquere Tiraden ziemlich kompliziert waren. »Kommst du mir schon wieder mit dieser Geschichte? Wann hörst du endlich damit auf, mir Vorwürfe zu machen? Du weißt genau, dass ich keine andere Wahl hatte.«

Der alte Mann kniff die Augen zusammen und setzte das Kätzchen vorsichtig zurück auf den Boden. »Wir kennen uns lange genug, spar dir die Lügerei.«

Francescos Gesicht verdüsterte sich. »Ich habe dich nie angelogen.«

»Mich vielleicht nicht. Aber dich. Und bei dir hat es bestens funktioniert.«

»Du weißt genauso gut wie ich, was passiert ist.«

»Wenn du oder deine Frau den Mut gehabt hättet, ehrlich zu sein, wären die Dinge anders gelaufen. Es ging nicht bloß um euch beide – es ging ebenso um zwei kleine Mädchen. Jetzt musst du deiner Tochter alles erklären.« Er seufzte. »Und das, mein Freund, wird dich zerstören.«

Francesco wandte den Blick ab, sein Gesicht glich einer Maske. »Claudia und ich, wir waren einfach zu jung, mein

Gott!« Er fuhr sich mit den Fingern durchs Haar. »Und dann konnte ich mich nicht von beiden Mädchen trennen.«

»Welche Mädchen?« Die Männer fuhren herum. Iris stand in der Tür, das Gesicht war im Dämmerlicht kaum zu erkennen. »Welche Mädchen meinst du?«

»Was machst du denn hier?«

Iris' Finger umklammerten den Türpfosten, ihr Atem flog. »Von welchen Mädchen sprichst du da?«

Jonas räusperte sich. »Setz dich neben deinen Vater, er hat dir einiges zu sagen. Ich mach derweil frischen Tee.« Er warf seinem Freund einen warnenden Blick zu und ging in die Kombüse.

Iris blieb wie angewurzelt stehen. Ohne den stützenden Türpfosten wären ihr die Beine weggeknickt. Die Gedanken, die sie zu verdrängen versucht hatte, kamen mit Macht wieder hoch. Sie musterte ihren Vater. Er war unrasiert, hatte tiefe, dunkle Ringe unter den Augen und wirkte verzweifelt. Am liebsten hätte sie ihn in den Arm genommen, doch sie verbot es sich.

»Was ist los, Papa?«

Er sah sie lange an, bevor er antwortete. »Ich weiß nicht, wo ich anfangen soll … Du bist mein Ein und Alles, das Einzige, was mir geblieben ist.«

»Wer ist diese Frau?«

Ein tiefer Atemzug, dann antwortete er: »Sie heißt Viola …, du hast sie Vivi genannt.«

Er lächelte sie zärtlich an. Dieses Lächeln, es hatte sie immer alle Probleme vergessen und in seinen Armen Zuflucht finden lassen. Obwohl sich der Raum um sie zu drehen schien, zwang sie sich, ihren Vater weiter anzusehen.

»Sie ist deine Schwester.« Seine Stimme war nur noch ein Flüstern, für Iris aber klang es wie ein Donnerschlag.

Ihre Schwester, sie hatte eine Schwester. Plötzlich fügten sich all ihre Gedanken, Zweifel und Vermutungen zu einem klaren Bild zusammen. Tief in ihrem Inneren hatte sie es immer gewusst, dass sich hinter dem Schleier des schönen Scheins ein dunkles Geheimnis verbarg.

Sie hatte es gewusst, in ihrem Herzen gespürt, und gleichzeitig konnte sie es jetzt nicht glauben. Ein Gefühl der Leere und Verlorenheit machten sich in ihr breit.

Ihre Beine gaben nach, sie ließ sich zu Boden sinken und umfasste ihre Knie mit den Armen. Die Katzen versammelten sich um sie, als spürten sie ihre Angst und ihren Schmerz, als wollten sie sie trösten.

Francesco schwieg eine ganze Weile, dann wurde ihm klar, dass er keine andere Wahl hatte.

»Das, was geschehen ist ... lässt sich schwer erklären.« Er schaute zur Decke, als ob er dort nach Worten suchen würde. »Ihr seid Zwillinge. Aber es hat nicht funktioniert mit dem Familienleben. Wir haben uns getrennt, du bist bei mir geblieben, Viola bei ihrer Mutter.«

Viola. Auch sie trug den Namen einer Blume. Viola und Iris. Sie hatte nicht einfach eine Schwester, sie hatte eine Zwillingsschwester. Und wo war ihre Mutter? Einen Moment lang schloss sie die Augen, die Worte verschwammen. Sie wollte nach ihnen greifen. Wollte verstehen.

Vielleicht war das alles bloß ein Traum. Bestimmt. Jonas hatte es diesmal mit seiner geheimen Mischung übertrieben. Dabei hatte sie gar keinen Tee getrunken. Unvermittelt lächelte sie und begann hysterisch zu lachen. Tränen liefen ihr über die Wangen. Dann blickte sie in das Gesicht ihres Vaters, der sich über sie gebeugt hatte. Jonas stand neben dem Tisch, ein Tablett mit zwei Teetassen in der Hand.

»Sie hat mich nicht gewollt, weil sie mich nicht geliebt hat, oder? Hast du es mir deshalb nie erzählt?«

Es wäre so einfach, jetzt zu nicken und sie in diesem Glauben zu lassen. Francesco sah seine Tochter an und erinnerte sich an das kleine Wesen, das ihm glückstrahlend entgegenstürmte, wenn er nach Haus kam, auf seinen Schoß kletterte, auf ihn einredete und ihm ihr Beet mit den selbst gepflanzten Blumen zeigte. Erinnerte sich an ihre leuchtenden Augen, ihre Tränen, wenn sie mehr als einen Tag getrennt waren. An die Nächte, wenn sie Fieber hatte, die Geburtstagsfeste ohne andere Kinder, einzig die Dienstboten waren zu Gast.

Der Kloß im Hals nahm ihm die Luft zum Atmen. Er beschloss, die Wahrheit zu sagen. Er würde ihr das Bild nicht nehmen, das sie von ihrer Mutter hatte. »Sie liebte dich über alles, mein Schatz, sie liebte euch beide ohne Unterschied.«

»Warum hast du mir nie von Viola erzählt, was ist passiert?

»Das ist kompliziert. Es war… besser so. Wir wollten beide, dass ihr in Ruhe aufwachsen könnt.«

»Und wann ist Mama gestorben? Was geschah dann mit Viola?«

Francesco wäre am liebsten im Erdboden verschwunden. Wie sollte er Iris erklären, warum sie ohne Mutter aufgewachsen war? Er gab sich einen Ruck. »Claudia…, sie ist nicht tot.«

Iris erstarrte. Ein dumpfes Gefühl machte sich in ihr

breit. Verzweifelt schaute sie zu Jonas hinüber. »Und du ...
hast das gewusst?«

Sie kannte die Antwort, ohne dass er etwas sagte. Trotzdem wartete sie weiter, hoffte inständig, dass sie sich irrte.
Nein, denn Jonas nickte.

Iris fragte nicht nach dem Warum. Unnötig. Die beiden waren uralte Freunde, die nichts voreinander verbar-
gen. Irgendwie konnte sie sogar verstehen, dass Jonas geschwiegen hatte, und dennoch fühlte sie sich hintergangen,
die Enttäuschung brannte wie ein Feuer in ihr.

Sie schob Francescos Hand weg, sprang auf und rannte
davon, weit weg, bis die Bilder vor ihren Augen verschwammen und sie nichts mehr zu erkennen vermochte.
Erst dann blieb sie stehen, atemlos, unfähig etwas zu sagen
oder ihre Gedanken zu ordnen.

Aber eines wusste sie jetzt: Sie hatte eine Schwester. Und
sie hatte eine Mutter. Iris lachte unter Tränen.

BIANCA

*Worte, nichts als Worte und keine Bilder. Wie soll sie sich
das alles merken, wenn sie ihre Bedeutung nicht kennt?
Sie sich nicht einmal vorstellen kann? Bianca beißt sich
auf die Lippen und hebt den Kopf. Sie ist allein im Zimmer, damit sie niemand stört. Das hat ihr Vater gesagt: Sie
brauche Ruhe und Konzentration.*

*Bianca glaubt das nicht. Wenn sie ihrem Vater im Gar-
ten zuhört, dann kann sie sich wenigstens ein paar Begriffe
merken, weil sie die Pflanzen vor sich sieht.*

*Eine Locke fällt ihr ins Gesicht, sie pustet sie zur Seite,
das fühlt sich lustig an. Doch sie wird von den Schatten
im Raum abgelenkt. Sie laufen über die holzvertäfelten*

Wände, erreichen den mit einem weichen Teppich bedeckten Fußboden und streifen ihre Schuhe. Auf dem Stuhl vor dem Schreibtisch lässt es sich bestimmt besser lernen, aber dort gefällt es ihr nicht. Sie setzt sich vor den Kamin und wird sofort von den tanzenden Flammen in den Bann gezogen. Es sieht aus, als würden die Feuerzungen die Holzscheite streicheln. Bianca richtet den Blick auf das hässliche Buch in ihrem Schoß, es ist schwer, es ist gemein. Eine kleine Bewegung, mehr braucht es nicht. Dann liegt es beim Holz im Feuer. Einen Augenblick später wird ihr bewusst, was sie getan hat, kniet sich vor den Kamin und versucht verzweifelt, das Buch aus den Flammen zu retten.

Papa wird böse sein, überlegt sie. Ihre Schwester würde so etwas nie machen. Warum kann sie nicht sein wie sie?

Die Flammen verschlingen die Seiten und verwandeln sie in Knospen, die golden erblühen. Erst Blüten, dann Asche. Der Geruch ist ätzend scharf und lässt ihre Augen tränen. Jetzt kommen die Flammen näher, erreichen ihr Kleid, ihre Haut. Bianca schreit auf. Die Tür öffnet sich, sie verliert den Halt, ein starker Arm zieht sie im letzten Moment zurück. Ihr Vater schlägt die Flammen mit den Händen aus, der Geruch wird unerträglich.

Bianca beginnt zu weinen, doch ihr Vater hält sie ganz fest, sein Atem rast, genau wie ihr Herz. »Geht es dir gut? Geht es dir gut?«

Bianca erkennt Tränen in seinen Augen. Sie schlingt ihm die Arme um den Hals. Die Worte sprudeln aus ihr heraus: »Entschuldigung, das wollte ich nicht.«

Er schiebt sie von sich. »Bist du verrückt geworden? Du hättest fast das Haus abgebrannt und dich dazu! Was hattest du vor?«

Ohne ihre Antwort abzuwarten, überlässt er sie Ines, ihrer Mutter, dann stürmt er aus dem Raum und schließt sich in der Bibliothek ein.

Die Tür, die ihn von der Welt abschirmt, ist hoch, schwer und unnachgiebig, hart wie sein strenger Blick. Ihre Mutter hat gesagt, dass die Tür so alt ist wie das Haus, in dem es nach welken Blüten und abgestandenem Wasser riecht. So oft sie kann, geht Bianca nach draußen in den Garten, aber heute regnet es, und niemand will mit ihr spielen.

Der Garten ist ihr Lieblingsort, besonders ihr Blumenbeet mit der scharlachroten Rose. Und es gibt ein Gewächshaus. Ihre Schwester hat ihr den kürzesten Weg dorthin gezeigt. Immer wenn die beiden allein sind, streifen sie durch das riesige Haus, in dem es unzählige Verstecke gibt. Sie ist gerne mit ihr zusammen, sie kennt die schönsten Spiele und ist so klug.

Bianca geht zum Gewächshaus, ihre Schritte hallen von den Wänden wider, und sie lächelt zufrieden. Ihre kleinen Finger stoßen die Tür auf. Üppige Pflanzen klettern die Wände hoch bis zur Decke. Es sieht aus wie im Salon, wo Mama ihre Orchideen züchtet.

Bianca ist stolz, dass sie sich die Namen merken kann. Sie muss nur an Schmetterlinge denken, schon fällt ihr einer ein: Phalaenopsis. Und die anderen hat sie ebenfalls behalten: Die mit den langen, schmalen Blättern heißen Cymbidium, die mit den gelben und rosa Blüten Cattleya. Sie berührt die Pflanzen sanft, und es kommt ihr vor, als würden die Blüten zwischen ihren Fingern wachsen und ihr zulächeln. Plötzlich öffnet sich die Tür, sie versteckt sich hinter den Blumentöpfen.

»Du kannst sie nicht wegschicken, sie ist noch ein Kind.«

Warum ist ihre Mutter so aufgeregt? Sie will gerade auf sie zulaufen, als die strenge Stimme des Vaters sie erstarren lässt.

»Glaubst du, mir macht das Spaß? Trotzdem muss sie lernen, muss verstehen, dass das Leben kein Spiel ist. Ohne Ordnung und Disziplin wird sie nie erwachsen werden. Sie muss ins Internat. Hast du dich einmal gefragt, was sie als Nächstes anstellt? Wenn ich sie nicht schreien gehört hätte, dann wäre das Haus abgebrannt und sie … Was wäre aus ihr geworden?«

Ihre Mutter weint, Bianca hasst dieses Geräusch. Sie hält sich die Ohren zu.

»Du kannst sie zu nichts zwingen, wozu sie nicht reif genug ist. Sie braucht Geduld und Sanftmut. Du erwartest zu viel von ihr. Bianca ist nicht wie ihre Schwester.«

»Glaubst du, das weiß ich nicht? Bloß ändert das nichts. Unsere Familientradition muss bewahrt werden: eine für die Wanderer, die andere für die tausendjährige Rose. So war es immer, und so wird es auch dieses Mal sein. Dazu braucht es Fleiß, Sachverstand und einen starken Charakter. Ich werde ihnen beibringen, was sie wissen müssen.«

»Sie sind noch zu klein, das hat noch Zeit.«

»Und wenn mir etwas passiert?«

»Was redest du da? Diese Tragödie liegt Jahre zurück. Du musst dich davon lösen.«

»Nein. Mateldas Tod hat mir gezeigt, dass nichts selbstverständlich ist. Je früher sie selbstständig sind, desto besser.«

Ines seufzt. »Der Krieg ist vorbei, Lorenzo, es war für

alle eine schreckliche Zeit, aber es ist vorbei. Du kannst dein Leben nicht ewig von Schmerz und Angst bestimmen lassen.

»Schluss jetzt! Bianca ist eine Donati und wird tun, was getan werden muss.«

6

Die Farben unseres Gartens helfen, die Herausforderungen des Lebens zu meistern. Das Violett der Hyazinthen und der Stiefmütterchen gibt uns Kraft und Mut in Krisenzeiten. Die Stiefmütterchen brauchen Halbschatten, sie blühen das ganze Jahr. Als würde aus einer Träne ein Lächeln wachsen.

Das Eichhörnchen kam näher, stellte sich auf die Hinterbeine und schaute sie erwartungsvoll an.

»Hallo, mein Kleiner.« Viola Donati steckte die Hand in die Tasche und tastete nach einer Nuss. Sie sollte es nicht füttern, doch in ihrem Leben waren die Regeln ohnehin derzeit außer Kraft gesetzt. Seit Tagen hatte sie das Gefühl, als stünde ihre Welt kopf. Sie schaute dem Eichhörnchen nach, wie es mit seiner Nuss davonhuschte. Dieser Teil des Hyde Park war Teil ihrer Kindheit. Hier hatte ihr die Mutter das Radfahren beigebracht, hier hatte sie Freunde gefunden und ihre Geburtstage gefeiert, hier hatte sie wichtige Momente erlebt, Erfolge wie Niederlagen.

Sie flocht ihre langen Haare im Nacken zu einem Zopf und steckte sie mit einem Zweig zusammen, den sie vom Boden aufgehoben hatte. Was wollte sie hier? Meinte sie wirklich, dass eine grüne Wiese, hohe Bäume und der See sie beruhigen könnten?

Als Kind war sie davon überzeugt gewesen, die Sonne würde in der Mitte des Serpentine-Sees aufgehen, und ihre Mutter hatte dazu gelächelt. Viola glaubte so lange daran, bis ihre Lehrerin ihr eine Karte des Sonnensystems zeigte. Aber warum glänzte der See dann so, wenn die Sonne gar nicht darin wohnte, hatte sie sich dennoch weiterhin gefragt.

Diese Philosophie begleitete sie durchs Leben. Sie kannte die Wahrheit, hielt jedoch an ihren Illusionen fest. Wie hätte sie sonst mit den schwarzen Schatten ihrer Vergangenheit umgehen sollen?

Im Grunde hatte sie gar keine Vergangenheit, keine Familie. Es gab nur Claudia Bruni, ihre Mutter, und sie selbst, Viola Donati. Von ihrem Vater wusste sie lediglich, dass er Italiener gewesen war genau wie sie und nicht mehr lebte. Jedes Mal, wenn sie über ihn sprechen wollte, wurde Claudia traurig. Dass die Ehe nicht glücklich gewesen war, ahnte sie. Warum sonst sollte die Mutter beim Erzählen in Tränen ausbrechen? Es mussten sehr schmerzhafte Erinnerungen sein. Überhaupt sprach sie wenig, hatte kaum Freunde, blieb für sich. Gleichzeitig war sie der gütigste Mensch, den Viola kannte.

Wieder fragte sie sich, wer diese fremde Doppelgängerin bei der Chelsea Flower Show gewesen sein mochte und wie sie mit ihrer Mutter darüber sprechen könnte.

»Hallo.«

Sie hob den Kopf »William? Was machst du denn hier?« Sie hatte niemandem erzählt, dass sie hierher gehen wollte.

Der junge Mann lächelte, die Hände in den Taschen vergraben. »Willst die Wahrheit wissen, oder ziehst du eine gute Geschichte vor?«

»Wie meinst du das?«

Er setzte sich neben sie und spielte mit einem Büschel Gräsern. »Wenn ich es sage, hältst du mich für verrückt.«

Viola zog die Augenbrauen hoch. »Musst du ständig in Rätseln sprechen?«

Er hob abwehrend die Hände. »Okay, okay, kein Grund, sich aufzuregen. Außerdem ist es deine Schuld.«

»Wie bitte?«

»Seit Tagen machst du den Eindruck, als wärst du ganz woanders.«

Viola verstand noch immer nicht. »Was hat das damit zu tun, dass du hier bist?«

William strahlte sie an »Ich wäre dir nie gefolgt, wenn ich mir keine Sorgen gemacht hätte.«

»Du bist mir gefolgt? Bist du verrückt?«

Er zuckte mit den Schultern. »Siehst du, ich hab's dir gesagt. Aber nein, ich bin nicht verrückt. Schließlich ist es ganz normal, sich Sorgen zumachen um einen Menschen, der einem wichtig ist, oder?«, sagte er nach kurzem Zögern und warf ihr einen fragenden Blick zu.

»Ein Mensch, der dir wichtig ist?«

Viola war wütend, dazu hätte sie ihm einiges sagen können. Doch sie schwieg. Wie lange kannten sie sich? Seit sie sich die Wohnung mit zwei anderen jungen Frauen und einem Zweimetermann aus Norwegen teilten. Während er sich den beiden anderen Wohngenossinnen gegenüber eher reserviert verhielt, hatte es zwischen ihr und William von Anfang an geknistert. William war ein hochgewachsener Bursche mit braunen Haaren und blitzenden Augen und stets zu einem Scherz aufgelegt. Sie mochte William Stuart. Und er gefiel ihr, sehr sogar. Trotzdem ging sie ihm aus dem Weg. Als Teenager hatte sie sich nämlich mit dem Falschen eingelassen und sich noch immer nicht von dieser Enttäuschung erholt.

»Wirklich, Vi, was ist denn los? Du bist sonst so gelassen, ein echter Fels in der Brandung. Was beschäftigt dich?«

»Nenn mich nicht so, du weißt, dass ich das nicht leiden kann. Wovon sprichst du eigentlich?«

William lächelte sie erneut an. »Hör mal, Vi, sag mir einfach, was los ist, und ich verzieh mich.«

Ihr wurde schwer ums Herz, sie schloss die Augen. »Versprochen?«

»Versprochen ist versprochen und wird auch nicht gebrochen.«

Am liebsten hätte sie ihn umarmt – stattdessen funkelte sie ihn wütend an. Sie konnte einfach nicht, seit dem Debakel mit Thomas, ihrer Jugendliebe, glaubte sie keinem Mann mehr trauen zu können, niemals.

Eine Gruppe Schwimmer zog ihre Bahnen durch den See, am Ufer liefen Enten schnatternd Kindern nach, auch eine Schwanenfamilie kam neugierig näher.

»Ich habe eine Frau gesehen.«

William zögerte, dann meinte er: »Ich nehme an, du erwartest jetzt einen klugen Kommentar, irgendetwas Philosophisches. Aber ich bin nur aus Zufall auf der Royal Academy, das weißt du ja, oder?«

»Klar, warum sonst wohl?«

Viola musste lächeln. William Stuart galt bereits jetzt als einer der besten Pianisten Englands und als Ausnahmetalent. Ihn würde jede Hochschule nehmen. Und mit einer cooleren Brille und modischerer Kleidung würden die Frauen bestimmt Schlange stehen.

»Es war eine junge Frau, etwa so alt wie ich, und sie glich mir aufs Haar. Sie sah mir nicht einfach ähnlich, es war, als würde ich in den Spiegel schauen.«

William warf ihr einen ungläubigen Blick zu. »Hast du mit ihr gesprochen?«

Viola schüttelte den Kopf.

»Hast du es deiner Mutter erzählt?«

»Nein.«

»Ich will ja nicht aufdringlich sein, doch wenn ich dir einen Rat geben darf: Tu's. Obwohl ich es mir dann ganz mit dir verscherze.«

Viola verschränkte die Arme vor der Brust, und ehe sie sichs versah, hatte er seine Jacke um ihre Schultern gelegt. »Du wirst dich erkälten mit deinem kurzärmligen T-Shirt.«

»Wer? Ich? Bei der Hitze?«

»Wo waren wir stehen geblieben?«, unterbrach William sie. »Ach ja. Du hast nach einer Ausrede gesucht, warum du mit deiner Familie nicht über die junge Frau gesprochen hast.«

Sie sah ihn an. »Ich habe keine Familie. Es gibt niemanden außer mir und meiner Mutter, verstehst du? Ich erinnere mich nicht mal an meinen Vater – als er starb, war ich noch ein kleines Kind.«

»Und plötzlich steht eine Unbekannte vor dir, die haargenau so aussieht wie du. Um zu verstehen, was das heißt, braucht man kein Humanbiologe zu sein. Bestimmt gibt es eine Erklärung, da wette ich drauf. Sprich mit deiner Mutter, Vi. Frag sie, was sie davon hält. Vielleicht hat dein Vater ja eine weitere Tochter in die Welt gesetzt?«

Viola biss sich auf die Lippen. »Und wenn mir das, was sie mir zu sagen hat, nicht gefällt?«

William nahm die Brille ab und wischte sie an seinem T-Shirt sauber. »So bist du nicht, Viola. Du versteckst dich nicht.«

»Nein? Wie bin ich denn, William?«

Er drehte sich langsam zu ihr um. Zum ersten Mal fiel ihr auf, wie tief und ausdrucksvoll seine Augen waren.

»Du bist ein Pulverfass, eine Melodie voller Poesie, voller Überraschungen. Du bist mutig, sanftmütig und wunderschön.«

Der Satz verschlug ihr die Sprache. Sie stand auf und ging. Reagierte nicht auf Williams Rufe, ließ seine Jacke einfach zu Boden fallen.

»Du weißt nichts von mir, gar nichts.«

7

Saubere Luft ist lebenswichtig für Herz und Geist. Sie sorgt für klare Gedanken und freie Sicht. Geranien, Grünlilien und Efeututen reinigen die Luft von Giftstoffen, befreien uns von Kopfschmerzen und verwirrten Gedanken.

»Hallo, Lucio.« Iris setzte sich an den Schreibtisch und begrüßte ihre Amaryllis.

Zwei Tage war sie verschwunden gewesen, einfach so, ohne irgendjemandem Bescheid zu geben. Und wenn Dolf sie deswegen entlassen würde? Sie schauderte und vergrub das Gesicht in den Händen. Es hatte keinen Sinn, sich deswegen das Leben zu vermiesen. Sie streichelte über die Blätter der Amaryllis, und gleich ging es ihr besser. Die Pflanze schien ihr zuzulächeln, ihr neue Energie einzuhauchen, sie zu trösten.

Als sie den Schreibtisch aufräumte, bemerkte sie, dass ihr jemand die neueste Ausgabe von *Onze Tuin* hingelegt hatte. Ihr Herz begann wie wild zu klopfen. Darin musste ihr Artikel über die Chelsea Flower Show sein.

Ein Gefühl von Stolz und Genugtuung überkam sie.

Sie hatte sich anpassen müssen, hatte bis zur Erschöpfung gearbeitet und sich sogar demütigen lassen, damit dieser Augenblick Realität werden konnte. Ganz zu schweigen von den Mühen, die es sie gekostet hatte, den Artikel überhaupt zu schreiben, nachdem sie diese Doppelgängerin getroffen hatte.

»Es hat sich gelohnt«, murmelte sie mit heiserer Stimme. Sie war angekommen und konnte künftig vorwärtsgehen. Doch sie musste stark sein. Und lächeln.

Sie blätterte die Seiten durch, bis sie den Artikel gefunden hatte.

Er sprang ihr förmlich ins Auge mit den Fotos, die sie gemacht hatte. Der Rosenbogen, die florale Teekannenskulptur, die Pyramide aus Margeriten. Der Steingarten. Dann las sie ihre Worte, die dort abgedruckt waren, ihre Gedanken. Aber am Ende angekommen, erstarrte sie. Dolf Jansen.

Als Autor war nicht Iris Donati angegeben.

Unfähig, ihre Augen von dem Namen zu lösen, dachte sie anfangs an einen schlechten Scherz. Sie holte sich eine andere Ausgabe und schlug ihren Artikel auf. Dolf Jansen. Ihre Knie gaben nach, sie musste sich am Schreibtisch abstützen.

Wie konnte er ihr das antun? Sie ließ sich auf den Stuhl fallen, in ihrem Kopf wirbelten die Gedanken.

»Wo zum Teufel hast du dich rumgetrieben?«

Sie hob den Kopf und sah Dolf direkt in die Augen. Ballte die Fäuste, als ob sie ihre Wut darin sammeln könnte. »Ich habe den Artikel bereits gesehen.«

Er kam auf sie zu und tippte mit der Fingerspitze auf die Titelseite. »Schön geworden, oder? Saubere Arbeit, dein Bericht war wirklich gut.«

»Du hast gesagt, das sei mein Artikel, mit meinem Namen darunter.«

»Ich weiß genau, was ich gesagt habe.« Er lächelte. »Dein Vertrag ist fertig. Du wirst noch viele Artikel schreiben. Schau, Iris, ich habe einiges geändert und angepasst. Ich denke, das hat alles seine Richtigkeit.«

Iris spürte Übelkeit in sich aufsteigen. Ihre Wut auf Dolf vermischte sich mit der Verbitterung über die Scheinheiligkeit ihrer Eltern.

»So war das nicht vereinbart.«

»Iris, jetzt reg dich nicht auf, die Zukunft gehört ohnehin dir...«

Sie hatte genug. Ein Gefühl der Ohnmacht fesselte sie an den Stuhl, und erneut konzentrierte sie sich auf Lucio. Sie brauchte was Süßes, und zwar sofort. Sie wühlte in der Hosentasche, in der Handtasche nach einem Bonbon. Vor ihren Augen verschwamm alles, sie konnte die Tränen kaum zurückhalten. Wieder dieser bittere Geschmack in der Kehle.

»Du hast nie vorgehabt, den Artikel unter meinem Namen zu veröffentlichen.« Sie bemerkte, wie weinerlich ihre Stimme klang. Dolf war ein dreister Lügner, und sie war naiv genug gewesen, ihm zu vertrauen.

»Das nächste Mal steht dein Name drunter. Das Wichtigste ist doch, dass du deinen Vertrag hast, oder?« Er lächelte.

»Ich gehe.« Sie sprang auf, raffte ihre Sachen zusammen, griff nach Lucio und wandte sich zur Tür.

»Warum nimmst du die Pflanze mit?«

Dolf gehörte nicht zu den Menschen, die verstehen würden, dass es Lucio war, der ihr die Kraft für diese Entscheidung gegeben hatte.

»Du hast mich um meinen Artikel betrogen. Und du hast mich belogen. Mehr habe ich nicht zu sagen.«

Er ging auf sie zu, sein sonst so unverbindlicher Gesichtsausdruck war kühl. »Du machst einen Fehler.«

»Geh zum Teufel, Dolf!«, zischte sie. Obwohl sie gerade ihre Stelle verloren hatte, spürte sie, dass sie das Wichtigste gerettet hatte: ihre Würde.

Als sie in Begijnhof ankam, war ihr Zorn verraucht und sie todmüde. Ihre Füße waren wie Blei, und selbst die Amaryllis schien zentnerschwer. Sie bog um die Ecke und hörte ein vertrautes Seufzen. »Papa?«, rief sie, und ihre Augen füllten sich mit Tränen.

Sie lief auf ihn zu, er nahm sie fest in die Arme. »Warum bist du einfach so verschwunden? Jonas und ich haben dich überall gesucht. Ich habe fast den Verstand verloren vor Angst! Bitte, mach so was nie wieder, was auch immer geschieht.«

»Es tut mir leid.«

Francesco nahm ihr Gesicht zwischen die Hände und strich ihr die Haare aus der Stirn. Er war blass, nach wie vor unrasiert, und an den Mundwinkeln hatten sich tiefe Falten eingegraben.

»Wir fliegen morgen, keine Widerrede. Hör mir zu. Ich werde alles tun, um die Sache wiedergutzumachen.« Er holte tief Luft. »Das wird nicht leicht, keiner weiß, was passieren wird. Aber wir versuchen es trotzdem, ja? Und wenn die Dinge sich anders entwickeln als erwartet, dann kehren wir einfach wieder in unser Leben zurück.«

»Wann?«

»Wie bitte?«

Iris räusperte sich. »Wann fliegen wir?«

»Wenn du einverstanden bist, rufe ich erst deine Mutter an.«

Sie starrte ihn entgeistert an. »Wenn ich einverstanden bin? Es geht hier um meine Mutter und um meine Schwester, und du fragst mich, ob ich sie wiedersehen will?« Ihre Stimme brach, sie musste schlucken. »Ja, Papa. Ich bin einverstanden. Und ruf sofort an, ich will nicht länger warten. Und wenn nicht, dann werde ich auf eigene Faust nach London fliegen und Himmel und Hölle in Bewegung setzen, die beiden zu finden.«

8

Einen Blumenstrauß zusammenzustellen, ist eine gute Konzentrationsübung, Kopf und Hände arbeiten zusammen, um Farben und Formen zu kombinieren. Die Tulpe eignet sich dazu perfekt. Die Zwiebelpflanze blüht Jahr für Jahr und bringt Eleganz und Anmut in den Garten. Sie mag fruchtbare, durchlässige Böden und einen hellen Standort, indes kein direktes Sonnenlicht. Sie blüht im Frühling und sollte regelmäßig gedüngt und gegossen werden.

Blumen waren ihre Leidenschaft, ein Quell der Freude und des Glücks. Claudia Bruni hatte nach der Trennung von Francesco Donati eine Zeit lang in einem pisanischen Blumenladen gearbeitet, eine Ausbildung in Flower Design absolviert und sich dann selbstständig gemacht. Nach mehreren Anläufen war sie schließlich in London gelandet. Sie liebte diese Stadt, und als sich die Gelegenheit bot, dort einen Laden zu eröffnen, hatte sie zugegriffen.

Allerdings fehlte ihr Violas intuitive Genialität, Claudias Sträuße waren eher solide und zeichneten sich durch große Handwerkskunst aus. Dass sie sich überhaupt auf eine so intensive Beschäftigung mit Blumen eingelassen hatte, war unter anderem dem Wunsch entsprungen, ihre Tochter mit ihrem spirituellen Erbe vertraut zu machen.

Die Donatis waren seit Generationen Gärtner, die Beziehung zu Blumen und Pflanzen war Viola also in die Wiege gelegt worden.

Claudia hatte eine Weile gebraucht, bis sie sich in London etabliert hatte, aber jetzt lief ihr Geschäft gut, und sie war stolz darauf. Soeben war sie mit einem Strauß fertig. Sie warf einen prüfenden Blick auf das Gebinde aus Mohn, Anemonen und Schmucklilien. Was hatte sie sich bei diesem Arrangement eigentlich gedacht? So hatte sich die Kundin die Blumen für die Taufe ihres Enkels sicher nicht vorgestellt.

Der Strauß leuchtete in grellen Farben, was mit dem Auftrag nichts mehr zu tun hatte. Sie musste von vorne anfangen. Einen Augenblick lang überlegte sie, lediglich einzelne Blumen auszutauschen, doch das machte wenig Sinn. Jedes Arrangement war eine Mischung zwischen ihren Vorstellungen und den Wünschen der Kunden – und diese Mischung war es, die am Ende ein Bild ergab. Retuschen hier und da änderten daran nur wenig.

Sie schüttelte den Kopf, ihr Herz klopfte, und sie legte das Gebinde beiseite. Nicht aufregen, alles halb so schlimm. Irgendjemandem würde es schon gefallen, gerade wegen der extravaganten Farben. Andernfalls würde sie ihn Francis schenken, ihrem Nachbarn. Sie wischte sich die Finger an der Schürze ab und schaute aus dem Fenster. Die Morgensonne leuchtete verlockend, es würde ein schöner Tag werden. Träge betrachtete Claudia den dichten Verkehr und stellte sich die Insassen in den Autos vor.

Wie viele Sträuße waren ihr in den letzten Tagen misslungen, inklusive dem von Mrs. Roberts? Sie strich sich mit der flachen Hand über die Stirn und suchte nach einer Antwort. Vergeblich. Die Frage blieb.

Warum hatte ihr Mann sie angerufen? Nach so vielen Jahren?

Francesco Donati. Allein beim Gedanken an seinen Namen zog sich ihr Magen zusammen.

Ich bin's. Mehr brauchte es nicht, um ihr Leben aus den Angeln zu heben. *Ich bin's.*

Zwei kurze Wörter hatten gereicht.

Sie presste die Finger an die Scheibe, ballte die Fäuste. Wie konnte er es wagen! Sie einfach anzurufen! Dazu hatte er kein Recht. Dieses *Ich bin's* war ein Zeichen für Vertrautheit, für eine enge Verbindung zwischen zwei Menschen. Und auch wenn Francesco Donati sich diese Vertrautheit irgendwann einmal erworben haben mochte, er hatte sie verspielt.

Sie ließ den Kopf hängen, war verzweifelt, gefangen, einsam. Das jedoch, was sie jeden Augenblick in den vergangenen zwanzig Jahren begleitet hatte, was sie nicht zur Ruhe kommen ließ, war nicht ihre gescheiterte Ehe. Die hatte sie verkraftet. Weil da noch Viola war. Aber jede von ihren Gesten hatte sie an ihre andere Tochter erinnert, die sie damals zurücklassen musste.

»Mama, bist du da?«

Claudia drehte sich nicht gleich um, sondern wischte sich erst die Tränen aus dem Gesicht und setzte ein Lächeln auf. »Ich bin hier, mein Schatz.«

Viola betrat die Werkstatt. Sie merkte sofort, dass ihre Mutter geweint hatte. »Hallo, alles in Ordnung?«

»Jetzt ja«, sagte Claudia und ließ sich von ihrer Tochter in den Arm nehmen.

»Entschuldige, dass ich gestern nicht vorbeigekommen bin.« Viola küsste sie sanft auf die Wange, ging dann zum Arbeitstisch und entfernte die Plastikhülle von einem Bündel verschiedenfarbiger Blumen. »Wo soll ich die hinstellen?«

Claudia lächelte. »Dreh die Heizung im Kühlraum auf zehn Grad und stell sie nach Farben geordnet ins Wasser. Ich muss einen Strauß neu binden, ich weiß nicht, was mit mir los ist.«

»Warum?«

»Der sollte für Mrs. Roberts sein.«

Viola lachte. »Für die Taufe? Die trifft der Schlag …«

»Eben. Ich war unkonzentriert.« Sie bedauerte diesen Satz sofort, wollte sich nicht erklären, doch Viola kümmerte sich gar nicht darum. Claudia sah sie an, und eine Welle der Liebe überflutete sie. Ihre Tochter war ein wunderbarer Mensch, es hatte sich gelohnt, sich für sie aufzuopfern. Zugleich aber war sie eine tägliche Mahnung, was sie verloren hatte. Claudia versuchte den Schmerz wieder zurückzudrängen und machte sich erneut an die Arbeit.

Die Finger ihrer Tochter waren so sensibel wie Blütenblätter, sie schienen zu fliegen. Hin und wieder warf Claudia ihr bewundernde Blicke zu. Viola war überaus begabt, viel geschickter als sie selbst. Zwar fehlte es ihr noch an Ausdauer und Erfahrung, doch ihre Fingerfertigkeit war einmalig, schien ihr in die Wiege gelegt worden zu sein.

Alle Donatis verfügten über diese Gabe, alle waren geborene Gärtner. Während für andere Familien äußerliche Merkmale wie Haar- oder Augenfarbe, Körpergröße oder Statur charakteristisch waren, zeichneten sich die Donatis seit Generationen durch ihre Liebe zur Natur und ihren instinktiven Umgang mit ihr aus.

Claudia betrachtete Viola aus den Augenwinkeln. Ihre Bewegungen waren weich und fließend, ihr Gesicht ausdrucksvoll, sie arbeitete hoch konzentriert. Sie war wie Francesco, der gleiche intensive Blick, die gleiche Leidenschaft, egal, was sie tat.

Diese Gedanken waren schmerzhaft – Claudia musste sich ablenken, das Thema wechseln. »Mrs. Smith geht in den Ruhestand. Sie hat mich gefragt, ob ich ihren Marktstand übernehmen möchte. Was meinst du?«

Viola hob den Kopf. »Entschuldige, was hast du gesagt?«

Erst jetzt bemerkte Claudia, dass ihre Tochter mit ihren Gedanken ganz woanders war.

»Alles in Ordnung?«, erkundigte sie sich.

»Ehrlich gesagt, nein.«

»Was ist los?«

Viola hielt kurz inne, als müsste sie sich erst für eine Antwort entscheiden oder nach den richtigen Worten suchen. »Setz dich, Mama, ich will mit dir reden.«

Claudia streichelte ihr über die Hand. »Du kannst mir alles sagen, das weißt du hoffentlich.« Sie war unverändert nervös, nahm eine Handvoll Rosen und entfernte die Dornen.

Viola wurde kalt und heiß, aber sie wollte hier und jetzt Bescheid wissen, koste es, was es wolle. »Ich habe kürzlich… Also, ich habe eine junge Frau gesehen. Sie sah exakt aus wie ich. Verwandt sind wir ja kaum. Was meinst du, wer sie gewesen sein könnte?«

Claudia wurde blass, sie ließ die Rosen fallen und stürzte aus der Werkstatt.

Verwirrt schloss Viola die Augen und atmete tief durch.

Verwarf endgültig den Gedanken, die junge Frau könnte einfach eine unbekannte Doppelgängerin gewesen sein. Im Grunde hatte sie es von Anfang an gewusst: Eine solche Ähnlichkeit ohne Blutsverwandtschaft war unmöglich.

Und nun? Ihr Blick wanderte von den Rosen auf dem Boden zur Tür. Sie würde ihrer Mutter noch fünf Minuten geben, obwohl ihr Herz vor Ungeduld raste und ihre Augen brannten. Rasch band sie den Strauß zu Ende, säuberte den Arbeitstisch und füllte eine Vase mit Wasser. Dann wischte sie sich die Hände an der Schürze ab und ging in die Küche.

Ihre Mutter hatte Tee gemacht.

Ihre alte Winnie-the-Pooh-Tasse dampfte, auf dem passenden Teller daneben lagen ihre Lieblingskekse. Sie nahm ein Taschentuch, reichte es Claudia und starrte in den Tee, bis die Dampfwölkchen sie beruhigten und ihr Gesicht sich entspannte. Endlich wandte sie den Blick ihrer Mutter zu. Alles an ihr wirkte zart und empfindlich, als würde sie sich am liebsten verstecken. Genau wie ihre Blumenarrangements. Deshalb hatte sie auch der farbenprächtige Strauß für Mrs. Roberts gewundert. Das war ganz und gar nicht ihr Stil.

Jetzt hingegen erlebte sie ihre Mutter, wie sie wirklich war. In ihrer eigenen Welt gefangen, einsam und verzweifelt. Sie tat ihr unendlich leid, und zugleich war sie zutiefst beunruhigt. Das war die Frau, die sie umsorgt, ermutigt, selbstlos geliebt und ihr die Tränen bei ihrem ersten Liebeskummer getrocknet hatte. Claudia war die beste Mutter der Welt, ihre Klassenkameradinnen hatten sie immer um sie beneidet. Sie hatte ihr Märchen vorgelesen, ihr beigebracht, Sträuße zu binden, die passenden Blumen auszuwählen, und sie hatte ihre Kreativität geweckt. Sie angeregt, zu träumen und zauberhafte Welten zu entdecken. Ihr versichert, dass die Sonne im Serpentine-See aufgeht.

Viola wärmte sich die Hände an der Tasse, bevor sie einen Schluck trank.

In der Vergangenheit ihrer Mutter musste es ein Geheimnis geben, ein großes Leid, das sie daran hinderte, nach vorne zu schauen. Sie betrachtete sie: die kurzen, immer noch schwarzen Haare, die großen, ausdrucksvollen Augen, die geschwungenen Wimpern, die vollen Lippen, ein Antlitz voller Melancholie. Als sie nach ihren Händen griff und sie drückte, machte sich auf Claudias Gesicht Verzweiflung breit.

»Mama, sag mir die Wahrheit, woher kommen wir?«

Vergeblich versuchte die Mutter die Hände zu lösen. »Ursprünglich aus Italien, das weißt du ja. Erst später sind wir nach England gegangen. Warum fragst du?«

»Mein Vater, seine Familie… Von ihr weiß ich überhaupt nichts, du hast mir nur erzählt, dass er tot ist.« Viola hielt inne und fixierte ihr Gesicht. Man konnte so vieles darin lesen: Bedauern, Reue, Qual. Sie wartete, aber ihre Mutter schwieg. »Und diese junge Frau…, wer ist sie?«

»Wo…?« Claudias Stimme brach. »Wo hast du sie gesehen?«

»Auf der Chelsea Flower Show.«

Ihre Mutter schloss die Augen. »Und… ging es ihr gut?«

Violas Vermutung – das, was sie William anvertraut hatte – wurde in diesem Moment zur Gewissheit. Ging es ihr gut? Wie meinte sie das? Die Ähnlichkeit konnte kein Zufall sein, keine Laune der Natur. Sie umklammerte die

Tasse, eine düstere Vorahnung stieg in ihr auf. »Wer ist diese Frau, Mama?«

Ihre Mutter wandte den Blick ab und starrte die Wand an. »Ich will nicht darüber reden.«

»Schade, denn *ich* will darüber reden, und zwar jetzt.« Viola warf ihr einen flammenden Blick zu, die Hände hatte sie kämpferisch gegen die Tischkante gestemmt. Sie war jetzt genau wie ihr Vater.

In Claudia stieg die alte Angst wieder hoch. Schluss, darum drehte es sich hier nicht, mahnte sie sich. »Sie heißt Iris.«

Schweigen, die Spannung zwischen ihnen war fast mit Händen zu greifen.

»Dann ist sie vielleicht …?«

Claudia verbarg das Gesicht in den Händen, dann streckte sie sich. Sagte nichts, doch das war auch nicht nötig. Man konnte die Antwort von ihrem verzweifelten Gesicht ablesen. »Erzähl mir alles von Anfang an. Wann hast du sie gesehen und wo?«

»Auf der Chelsea Flower Show, am Eröffnungstag. Das habe ich dir bereits gesagt.«

Das war eine Woche her. Iris war ganz in ihrer Nähe gewesen, und sie hatte es nicht gewusst! Verbitterung und Traurigkeit machten sich in ihr breit. Das konnte nicht sein …

Viola griff nach ihrer Hand. »Ich bitte dich, Mama, rede endlich.«

Claudia sah sie an, ohne sie wirklich wahrzunehmen. »Ihr seid Zwillingsschwestern. Wir haben euch getrennt, du bist bei mir geblieben, Iris bei ihrem Vater. Er ist nicht tot.«

Ihre Stimme versagte. All das kam ihr so absurd, so ungeheuerlich vor. Ein dunkler Schatten legte sich über sie, erstickte jedes Lächeln. Sie fühlte sich schuldig.

Violas Beine gaben nach, sie ließ sich auf den Stuhl sinken. Suchte nach Worten, aber da war nichts als blinde Wut. Sie schloss die Augen.

»Ich habe also eine Schwester. Und mein Vater lebt.« Wenngleich sie am Tod ihres Vaters immer gezweifelt hatte – die Nachricht, dass es eine Zwillingsschwester gab, traf sie wie ein Blitz aus heiterem Himmel. »Ich kann es einfach nicht glauben. Das ist verrückt. Warum bloß? Warum die ganze Lügerei? Warum habt ihr uns getrennt? Habt ihr gelost? Erzähl's mir, Mama«, sagte sie und betonte jedes Wort. »Wie habt ihr entschieden, wer beim Vater und wer bei der Mutter bleibt?«

BIANCA

Bianca schließt einen Moment lang die Augen, ihre Hand fährt sacht über die Steppdecke. Sie ist so schön weich und warm. Hier fühlt sie sich geborgen.

»Abendessen, kommst du?«

Warum lassen sie sie nicht einfach in Ruhe? Sie sieht sich um. Ihre Gedanken drehen sich im Kreis, aber sie versucht sie zu ignorieren. Jetzt weiß sie, was man von ihr erwartet, es hat gedauert, doch jetzt hat sie es begriffen. Ihre Bilder sind immer noch da, genau wie die Puppen und die Holzpferde. Nur spielt sie nicht mehr damit, sie ist zu alt für so was.

Das hat ihr Vater bei ihrer Rückkehr gesagt, nachdem er ihr die Autotür geöffnet und sie angelächelt hat. »Du bist eine richtige junge Dame geworden.«

Ja, inzwischen ist sie erwachsen. Weiß, was von ihr erwartet wird. Sie geht die Treppe nach unten, und als sie kerzengerade das Esszimmer betritt, knistert die Seide ihres Kleides. Am Tisch sitzen ihr Vater und ihre Schwester direkt daneben, sie winkt ihr zu. Bianca winkt zurück, Freude erfüllt ihr Herz. Ihre Mutter wischt sich verstohlen eine Träne von der Wange. Manche Gäste lächeln sie an, andere beobachten sie neugierig.

Mitten auf dem riesigen Tisch thront ein Blumenbouquet, alle erheben sich, um sie zu begrüßen, alle beglückwünschen sie zu ihrer Rückkehr und zum Schulabschluss. Gläser werden hochgereckt, Trinksprüche ausgebracht.

Ihr Hals wird eng, es schnürt ihr den Magen zu. Sie lächelt, auch wenn sie am liebsten weinen würde, nickt, bedankt sich. Wieder schaut sie zu Giulia, die mit dem Vater spricht, seine Hand liegt auf ihrer Schulter. Es tut so weh. Sie lässt den Kopf sinken, hebt ihn sofort wieder, die Schultern gerade, das Gesicht starr. Eines Tages wird sie an Lorenzos Seite sitzen. Eines Tages wird sein Lächeln ihr gehören. Jetzt weiß sie, was sie zu tun hat, um seine Liebe zu erringen.

Der zarte Duft der Rosen zieht sie in den Bann, alles andere ist nicht mehr wichtig. Angst, Kummer, Schmerz, alles löst sich auf. Elegante Knospen, leuchtend rote Blütenblätter. Ihr Duft hüllt sie ein, umgibt sie mit Freude.

Die tausendjährige Rose heißt sie willkommen.

9

Ein Ranunkelstrauß kann Spiegelbild der Persönlichkeit sein.
Die **Ranunkel (Ranunculus asiaticus)** ist eine Zwiebelpflanze und gehört zur Familie der Hahnenfußgewächse.
Sie liebt einen feuchten Standort, zum Beispiel den Rand
von Teichen und Weihern. Ranunkeln gibt es in vielen Farben
und Formen, damit bringen sie Freude in den Garten.
Sie gedeihen am besten in nahrhaften Böden und blühen
vom Frühling bis zum Sommer.

Viola wählte, passend zu den Blumenarrangements, drei
Gefäße verschiedener Größe aus. Das war das Grund-
prinzip der Floristen: das harmonische Zusammenspiel
der einzelnen Komponenten, das Sichverbinden zu einem
Ensemble. Hinzu kam natürlich persönliche Kreativität.

Wenn sie einen Strauß band, musste sie nicht nachdenken, das geschah intuitiv. Blumen waren ihr Allheilmit-
tel, ihre Art sich auszudrücken, Quell der Freude und des
Trostes, aber zugleich ihr Studienobjekt. Sie hatte sich in
ihrer Abschlussarbeit mit Gartentherapie beschäftigt. Ihrer
Meinung nach konnte sich der Mensch nur im Kontakt
mit der Natur entwickeln. Blumen waren für sie der Inbegriff von Schönheit und Anmut, durch sie lernte man
Achtsamkeit und Wertschätzung.

Für jedes Gefäß verwendete Viola ein Bündel getrockneter Gräser, die sie mit doppelseitigem Klebeband zu einer Girlande formte, ein schlichtes und natürlich wirkendes Gestaltungselement. Als sie den Boden des Gefäßes mit Steinchen bedeckte, erinnerte sie sich daran, wie sie mit ihrer Mutter am Fluss Kieselsteine gesammelt hatte, die in der Sonne wie Glas glitzerten. Weiße, graue und bräunliche. Ein Bett aus Steinen, die ideale Grundlage für ein Blumengesteck.

Ihre Mutter würde es schütteln, denn während für sie Harmonie und chromatische Farbverläufe das A und O waren, brachte Viola Kontraste und Brüche ins Spiel. Das galt auch für die Auswahl der Blumen. Obwohl sie letztlich den gleichen Beruf hatten, war ihre Herangehensweise grundverschieden.

Außerdem stand für Viola nicht das Geschäftliche im Vordergrund, sondern das Künstlerische. Mit ihren Kompositionen brachte sie ihre Gefühle zum Ausdruck. Sie arbeitete ebenfalls mit der Seele, nicht allein mit den Händen und mit dem Verstand. Wie ein Maler aus Farben und Leinwand ein Bild schafft, formte sie Kunstwerke aus Blüten, Knospen, Blättern, Gräsern und Steinen. Alles Künstliche hatte in ihren Arrangements keinen Platz, Seidenbänder und gefärbte Blumen suchte man bei ihr vergebens.

Doch sie wollte jetzt nicht an ihre Mutter denken, nicht an das, was sie gesagt hatte. Sie hatte sie angeschrien, das erste Mal in ihrem Leben. Viola konnte sich an keine Situation erinnern, in der ihre Mutter die Beherrschung verloren hätte und so mit ihr umgegangen wäre. Einen Tag Zeit gab sie ihr noch, dann wollte sie die Wahrheit wissen.

Wollte Namen, Fotos, Antworten auf ihre Fragen, wollte ihre Vergangenheit zurück.

Die junge Frau verschränkte die Hände, versuchte das Zittern zu unterdrücken und atmete tief durch, bis sie endlich zur Ruhe kam.

Dann teilte sie die Stiele des blauen Zierlauchs in verschiedene Längen und ordnete sie halbmondförmig an, kombinierte sie mit Bindegrün, Anemonen und zuletzt Rosen. Nachdem sie alles im ersten Gefäß arrangiert hatte, füllte sie das etwas kleinere zweite mit einem Gebinde aus hellblauen Hainblumen sowie violetten und dunkelblauen Tulpen. In das dritte und kleinste Gefäß stellte sie einen Strauß cremefarbener Rosen.

»Unglaublich.«

Überrascht drehte sie sich um. William stand hinter ihr und lächelte. Im Park hatte er ihr gesagt, sie sei ein Pulverfass, eine Melodie voller Überraschungen – Worte, die sie zutiefst verwirrt hatten.

Sie wich zur Seite, die Augen auf die Rosen gerichtet. »Ich habe dich nicht kommen hören.«

»Schon klar, du warst mit deinen Blumen beschäftigt. Faszinierend, wie du verschiedene Farben und Formen miteinander kombinierst.« Als er näher kam, roch sie seinen Duft. Seife, kein Eau de Toilette. »Als würdest du nach einem vorgegebenen Plan vorgehen.«

»Stimmt. Ich folge bestimmten Gestaltungselementen und bemühe mich, Farben, Formen und Düfte so miteinander zu verbinden, dass ein harmonisches Ganzes entsteht. Die Farben bilden die Basis, Blau für Ruhe und Ausgeglichenheit, Gelb und Orange für Freude, Lila für Eleganz und Rot für Enthusiasmus und Leidenschaft. Aber das verbindende Element ist der Duft, der entweder beruhigen oder anregen kann.«

»Das alles willst du bloß mit Blumen bewirken?«

Sie schoss herum. »Magst du keine Blumen? Glaubst du mir nicht?«

William zögerte mit der Antwort. »Ehrlich gesagt, weiß ich das nicht so genau.«

Als er Violas enttäuschten Gesichtsausdruck bemerkte, lächelte er beschwichtigend und fuhr ihr sanft durchs Haar. »Es tut mir leid wegen der Sache am See.«

»Lass das.«

»Ich wollte dir nicht wehtun, entschuldige.«

Viola wich zurück. »Es geht hier nicht ums Wehtun. Du sollst mich nicht anfassen.«

»Wenn ich dich nicht berühren darf, wie soll ich dich dann kennenlernen?«

»Indem du mit mir redest.«

William vergrub die Hände in den Taschen. »Das ist nicht das Gleiche. Ich will nicht mit dir über das Wetter oder dieses ganze Blabla reden. Das haben wir schließlich hinter uns.«

Viola war verunsichert. Was wollte er von ihr? Sie hob den Kopf und sah ihm in die Augen. Eine Weile schwiegen sie, sein intensiver Blick nahm ihr fast den Atem.

»Hör auf, so zu schauen«

»Ich habe mich entschieden.«

»Wie bitte? Was meinst du damit?«

»Wegen der Blumen.«

»Und?« Viola wusste nicht, worauf er hinauswollte.

»Ich mag sie.« Er hob ein abgefallenes Blütenblatt auf und streichelte darüber, eine unbeschreiblich zärtliche und intime Geste. »Blumen sind wirklich etwas Besonderes, sie verändern alles, sogar die Atmosphäre in diesem Raum.« Er lachte leise und schüttelte den Kopf. »Unglaublich.«

»Was ist unglaublich? Dass es die kleinen Dinge sind, die alles verändern?«

William schloss die Augen. »Genau. Das Glück liegt in den kleinen Dingen.«

Viola zuckte zusammen, auch sie schloss jetzt die Augen, hob allerdings warnend den Zeigefinger. »Komm mir nicht zu nahe, William.«

Er nahm ihr das Gefäß aus der Hand. »Lass mich das machen, das ist zu schwer für dich.«

»Die Antwort ist trotzdem Nein.«

Gelassen zuckte er mit den Schultern. »Ich hab alle Zeit der Welt.«

Sie wollte ihn gerade anfahren, sah dann aber sein belustigtes Lächeln. Die schroffe Erwiderung, die ihr auf den Lippen gelegen hatte, vergaß sie. »Soll das etwa heißen, dass du immer noch nicht aufgibst?«

»Jetzt wird es ernst, oder?« William nahm die Brille ab und putzte die Gläser mit der Manschette seines Hemds. »Entschuldige, so kann ich mich besser konzentrieren.« Er setzte die Brille wieder auf, seine Wangen waren gerötet. »Jedes Mal, wenn ich dich ansehe, ist da etwas. Es kommt von hier drinnen und fühlt sich gut an«, erklärte er und tippte dabei mit dem Zeigefinger auf sein Herz.

Viola machte einen Schritt nach vorne, jetzt war sie ihm so nahe, dass sie seinen Atem riechen konnte. Mandarine. »Leere Worte ohne Bedeutung, William.«

»Wirklich? Das glaube ich nicht. Worte sind wie Noten in der Musik. Auf dem Papier sind sie bloß Symbole, doch wenn sie sich in Töne verwandeln, ist alles möglich. Sie bekommen eine Bedeutung – und wir sind es, die sie ihnen geben.«

Sein Blick irritierte sie. Für sie waren Worte wie Steine, sie lasteten schwer auf ihr, verursachten ihr einen fast körperlichen Schmerz.

Sie drehte sich um. »Geh jetzt, William, einen schönen Tag noch.«

»Was hast du vor?«

»Ich muss zur Uni. Dort ist die Zukunft, die auf mich wartet.«

»Soll ich dich begleiten?«

Sie zuckte mit den Schultern. »Meine Antwort ist und bleibt Nein.« Sobald sich allerdings die Tür hinter ihm schloss, stahl sich ein Lächeln auf ihr Gesicht. Das erste Mal seit dem Tag, an dem sie ihrer Schwester gegenübergestanden hatte, lächelte sie wieder.

Während sie sich ihren Weg durch die Menge bahnte, erlosch das Lächeln wieder. Williams Gegenwart tat ihr zwar gut, weil sie sich bei ihm geborgen fühlte, doch mehr war da nicht. Sie hastete die Stufen zur U-Bahn hinunter, stieg in den Waggon, setzte sich und hing ihren Gedanken nach.

Da war er wieder, der Kloß in ihrem Hals.

Francesco Donati hatte sich für Iris entschieden und nicht für sie. Auf sie hatte er verzichtet.

Wie konnte es sein, dass ein Mensch, an den sie sich nicht einmal erinnerte, plötzlich so viel Einfluss auf ihr Leben bekam? Für so viel Schmerz verantwortlich war? Er hatte sie nicht gewollt, sondern ihre Schwester vorgezogen. Er hatte sie abgelehnt.

Ihr Urverlust.

Sie kannte dieses Gefühl und sollte eigentlich daran gewöhnt sein, und dennoch litt sie. Es war ihr schwergefallen, sich in London einzuleben – die Privatschule, an der sie angemeldet worden war, hatte die Sache noch verkompliziert. Über die Hänseleien ihrer Mitschüler war ihr der Mutter gegenüber nie ein Wort über die Lippen gekommen, denn Claudia hatte viel auf sich genommen, damit ihre Tochter die Internationale Schule besuchen konnte. Sie war überzeugt gewesen, dass sich Viola dort wohlfühlen und ihre mangelnden englischen Sprachkenntnisse schnell aufholen werde, immerhin kamen die Schüler aus allen Ecken der Welt.

Nur hatte Claudia nicht bedacht, dass alle außer ihr aus begüterten Familien stammten. Viola war und blieb anders, hatte eine andere Sicht der Dinge und wollte sich nicht anpassen.

Das letzte Jahr im Gymnasium stand ihr noch schmerzhaft vor Augen. Er hieß Thomas Howard, Amerikaner, attraktiv, sportlich, ein guter Schüler, ihr Klassenkamerad. Als er sie zum Schulball einlud, dachte sie erst an einen Scherz und lehnte ab. Außer ihren Lehrern hatte sich in der Schule nie jemand ernsthaft für sie interessiert.

Sie suchte sich lieber andere Freunde, Jugendliche aus der Nachbarschaft, die nicht die Nase rümpften, wenn sie ihren sportlichen Haarschnitt oder ihre Klamotten von der Stange sahen oder wenn sie erfuhren, dass sie bis abends im Blumenladen ihrer Mutter half.

Thomas hatte ihr Nein nicht akzeptiert und alles getan, sie umzustimmen. Setzte sich in der Mensa neben sie, zeigte Interesse für ihre Probleme, traf sich außerhalb der

Schule mit ihr. Aber so leicht war Viola nicht zu überzeugen. Doch durch Thomas lernte sie auch andere Mitschüler näher kennen, und irgendwann wurde ihr bewusst, wie sehr sie es genoss, Freunde zu haben und Teil einer Clique zu sein. Jedenfalls bildete sie sich das ein.

Eine Illusion, mehr nicht – die Realität war eine andere, wie ihr auf schonungslose Weise klargemacht wurde.

Thomas Howards Interesse hatte nämlich nichts mit romantischen Gefühlen zu tun, sondern mit einer Wette unter Freunden, die er gewann. Und das Schlimmste: Nach ihrem ersten richtigen Date, bei dem sie sich ihm hingegeben hatte, wusste die ganze Schule Bescheid.

Der Rest waren Erniedrigung und Schmerz, Tuscheln und boshafte Kommentare hinter ihrem Rücken. Es war so einfach, mit den Gefühlen eines anderen zu spielen, ihn zu demütigen und zum Gespött zu machen.

»Es war bloß Spaß, ein Spiel«, hatte Thomas gesagt.

Viola hatte allen Mut zusammengenommen, das Jahr beendet und einen Abschluss mit Bestnoten gemacht. Aber sie konnte diese Schmach nie vergessen. Und nie vergeben.

Wenn sie daran zurückdachte, stieg alles wieder hoch. Wut, Enttäuschung, das Gefühl der Demütigung. Sie strich sich die Haare nach hinten und schlang sie im Nacken zu einem Knoten. Sie würde sie abschneiden lassen, entschied sie. Ein klarer Schnitt, weg damit. Ab jetzt würde sie selbst über ihr Leben entscheiden. Sie musste sich wehren. Und mit ihrer Vergangenheit würde sie anfangen. Dann erst kam die Gegenwart.

»Ich lasse mir mein Leben nicht nehmen«, murmelte sie, auch wenn eine kleine Stimme in ihrem Kopf das Gegenteil behauptete.

10

Blumenzwiebeln zu züchten und zu vermehren, macht glücklich. **Maiglöckchen (Convallaria majalis)** wachsen häufig wild in Wäldern und auf Hügeln. Ihre zarten weißen Blüten verströmen einen intensiven Duft. Die Zwiebeln werden im fünf bis acht Zentimeter Abstand in die Erde gesetzt. Maiglöckchen lieben nahrhafte, durchlässige Böden und bevorzugen einen hellen Standort ohne direkte Sonneneinstrahlung. Sie blühen im Frühjahr. Aber Vorsicht! Das Maiglöckchen ist giftig.

Nachdem der letzte Behälter im Transporter verstaut war, schloss Claudia die Hecktür und setzte sich ans Steuer. Es war früher Morgen, hinter ihr lag eine weitere schlaflose Nacht. Dieses Mal waren es nicht die Gedanken an Francesco gewesen, die sie wach gehalten hatten. Das Leben war ein fortwährender Kreislauf. Alle ungelösten Probleme kamen wieder und wieder zurück. Genau wie jetzt. Iris, ihre kleine Iris, das Mädchen, das sie zurückgelassen, die Tochter, von der sie lange nichts mehr gehört hatte.

Nur das Allernötigste. So lautete die Vereinbarung, der Vertrag, den sie damals beim Notar unterschreiben musste. Francesco zahlte Unterhalt für Viola, obwohl sie nicht geschieden waren. Erst nach der Volljährigkeit der Töchter hatte sie diesen Schnitt machen wollen. Aber als es so weit war, hatte sie es sich anders überlegt. Der Gedanke, mit Francesco Kontakt aufnehmen zu müssen, war unerträglich gewesen.

Und jetzt? Was sollte sie tun?

Sie bog in Richtung King's Cross ab, hielt neben der British Library, lieferte die bestellten Blumen aus und plauderte ein wenig mit dem Archivar. Dann nahm sie eine neue Bestellung auf. Zum Glück hatte sie alles vorrätig, vielleicht nicht genug Ranunkeln, doch die könnte sie leicht durch Anemonen und Narzissen ersetzen.

Sie war kurz vor ihrem Haus, als das Handy klingelte. Nachdem sie schnell noch den Transporter geparkt hatte, nahm sie ab. »Ja?«

»Nicht auflegen.«

»Was willst du?«, presste sie mühsam hervor.

»Wir müssen reden.«

Jetzt kam ihre Antwort wie aus der Pistole geschossen. »Nein, müssen wir nicht. Ich habe dir nichts zu sagen. Und tu uns beide einen Gefallen und ruf nicht mehr an.«

»Es geht um Iris. Sie will dich kennenlernen.«

Ihr wurde siedend heiß, dann fast panisch flüsterte sie: »Weiß sie, dass Viola sie gesehen hat?«

»Ja, ich musste ihr alles sagen.«

Claudia wurde in ihrem Autositz immer kleiner. »Ich Viola auch. Es war schrecklich.« Sie hielt inne. »Und Iris, wie geht es ihr?«

Francesco atmete tief durch, bevor er weitersprach: »Gut. Sie ist zwar wütend, enttäuscht und verunsichert, aber es geht ihr gut. Und Viola? Wie hat sie es aufgenommen?«

»Schlecht, sehr schlecht. Sie zermartert sich das Hirn, warum du Iris vorgezogen hast, und fühlt sich zurückgewiesen, ungeliebt.« Claudia seufzte. »Und sie hat Schuldgefühle, glaubt, dass es an ihr liegt, dass sie Fehler gemacht habe, verstehst du?«

»Ja, das geht Iris genauso.«

Liebe, Trennung, Verlust. Claudia erstarrte. Warum dachte sie daran? Mit diesem Mann verband sie schließlich nichts mehr nach all den Jahren, und so sollte es bleiben.

Francesco spürte die quälende Stille. Die für einen kurzen Augenblick aufgeflackerte Verbundenheit war rasch wieder verflogen. »Wir sind in Amsterdam und könnten nach London fliegen. Oder wollt ihr lieber zu uns kommen?«

Claudia schloss die Augen. Der Moment war da. Eine nie zuvor gefühlte Angst ließ sie erzittern. Endlich würde sie ihr Kind wiedersehen, ihr Mädchen. Sie schaute auf ihre Handinnenfläche, und wie schon so oft kam es ihr vor, als würde sie Iris' kleine Hand darin erkennen, die ihr entglitt, sich von ihr löste. Für immer.

»Was soll ich ihr sagen? Wie soll ich ihr erklären, dass ich sie zurückgelassen habe?«

»Wir sagen ihnen die Wahrheit.«

Sie fuhr sich über die Augen. »Welche Wahrheit, Francesco? Erzähl sie mir, damit wir sie beide kennen.« Sie hatte es so satt, war der ganzen Sache müde.

»Keiner von uns hätte es alleine geschafft. Wir waren gezwungen, sie zu trennen, um überhaupt die Chance für einen Neuanfang zu haben.«

»Nein, das ist nicht wahr. Wir hätten eine Möglichkeit finden können. Im Nachhinein war es ein Fehler, ein schrecklicher Fehler. Doch damals schien das für uns die einzig denkbare Alternative zu sein.«

Sie musste schlucken, ihre Gedanken rasten. »Es ist... besser, wenn ihr kommt.«

»In Ordnung, wir fliegen morgen.«

»Ich gebe dir die Adresse.«

Er lachte. »Ich weiß genau, wo ihr wohnt.«

Amsterdam im Sonnenuntergang war wunderschön. Die Dunkelheit brach schnell herein und verwandelte die Stadt in ein flackerndes Lichtermeer. Francesco stand auf dem Boot seines Freundes, ihm wurde langsam kalt, aber er wollte nicht nach drinnen gehen. Er brauchte Ruhe, um zu entscheiden, was zu tun war.

Was konnte er überhaupt tun?

Die Tickets nach London waren gekauft. Allerdings hatte Claudia es sich im letzten Moment anders überlegt, sie würden sich nicht bei ihr zu Hause treffen, sondern in seinem Hotel. Auf neutralem Boden gewissermaßen. Eine Zusammenkunft unter zivilisierten Menschen. Sie wollte ihn nicht in ihrem Zuhause haben, das war es, da machte er sich keine Illusionen. Und schon gar nicht in ihrem Leben. Ein bitteres Lächeln legte sich auf seine Lippen. Wenn es nicht so ernüchternd gewesen wäre, hätte er gelacht.

Es war schließlich sie, die sich entschuldigen müsste. Ein Satz, der selbst in seinen Ohren arrogant und egoistisch klang. Egoisten waren sie beide gewesen. Keiner von ihnen hatte auf die Kinder verzichtet, und deshalb war die Entscheidung getroffen worden, die Zwillinge zu trennen. Ein

Kompromiss. An das Wohl der Mädchen hatten sie nicht gedacht.

Eine späte Erkenntnis voller Schuldgefühle.

Aber da war noch mehr. Wie hatte er auf eine der beiden verzichten können? Der Schmerz in seiner Brust wurde so stark, dass er aufstöhnte. Und dann kam die Scham. Er sollte nicht an sich oder an seine verletzten Gefühle denken, sondern an seine Töchter. An Iris und Viola.

»Willst du nicht mit mir zu Abend essen?«, erkundigte sich sein alter Freund.

Francesco atmete tief die feuchte Luft ein, die vom Kanal aufstieg. »Ich hab keinen Appetit.«

Jonas kam näher. »Wann hast du das letzte Mal richtig geschlafen? Wenn du jetzt sagst, dass mich das nichts angeht, werfe ich dich über Bord.«

Francesco lächelte. »Es wäre nicht das erste Mal.«

In den Augen seines Freundes leuchtete es. »Seinerzeit waren wir noch jung.«

»Stimmt ...« Francesco sah ihn zerknirscht an. »Ich war innerlich zerrissen. Auf der einen Seite meine Töchter, auf der anderen meine Bedürfnisse. Ich hab einfach versucht zu überleben, ohne zu bedenken, dass ich ihnen damit wehtat. Das wollte ich nie.«

Jonas schüttelte den Kopf. »Darum geht es nicht wirklich. Dein Fehler war, dass du gelogen hast. Sie hätten trotz allem wie Schwestern aufwachsen können, und das weißt du sehr wohl, willst es nur nicht zugeben.«

Francesco blickte zum Himmel. »Ich hätte meine Familie monatelang allein lassen müssen mit dem Risiko, dass Claudia sich ein eigenes Leben aufbaut, einen besseren Mann findet als mich. Einen Fremden, der mir meine Kinder weggenommen hätte.« Er schwieg einen Moment. »Das hätte ich nicht ertragen. Selbst wenn ich jetzt weiß, wie egoistisch es war, sie auseinanderzureißen – doch in der damaligen Situation war ich einfach nicht dazu bereit, auf sie zu verzichten, und Claudia ging es genauso.«

Auf die Frage, ob es auch anders gegangen wäre, gab es offensichtlich keine vernünftige Antwort.

»Waren da andere Frauen?«

Er seufzte: »Keine von Bedeutung.«

»Und Claudia?«

Er zuckte mit den Schultern. »Keine Ahnung, was nach unserer Trennung war. Ich weiß bloß das Nötigste aus den Infos, die sie mir über Viola geschickt hat.«

»Dann wäre das Lügen gar nicht nötig gewesen.«

»Nein, vermutlich nicht.« Seine Stimme klang bitter.

Jonas legte ihm die Hand auf die Schulter. »Hab ich dir schon erzählt, wie ich die Zwiebeln aus der Erde geholt und dann ins Wasser gelegt habe? Die Hälfte war verfault, die anderen hingegen hatten sich umso besser entwickelt. Unterm Strich also kein Verlust.«

»Weh tut es trotzdem.«

»Nein, das ist das Leben.«

Francesco wollte gerade antworten, als sein Handy klingelte. »Das muss Iris sein«, sagte er und erstarrte sodann, denn mit diesem Anruf holte ihn ein weiteres Stück seiner Vergangenheit ein.

»Hallo, Francesco«, hatte sich eine vertraute italienische Stimme gemeldet.

Sein Gesicht verzog sich zu einer Grimasse, er kniff die Augen zusammen. Warum rief die Verwandte, die seiner Mutter den Haushalt führte, gerade jetzt an?

»Fiorenza? Was ist los?«

»Komm nach Hause. Sofort.«

»Warum?«

»Wegen Giulia. Sie will dich sehen.«

Er fuhr sich mit der Hand übers Gesicht, fühlte sich plötzlich leer. Ein Spruch kam ihm in den Sinn, ein altes Sprichwort: *Ein Unglück kommt selten allein.* Eine Kettenreaktion. Francesco fühlte sich umzingelt. Wenn seine Mutter ihn sehen wollte, dann stand es nicht gut um sie.

»Wie schlimm ist es?«

Schweigen, dann ein tiefer Seufzer. »Sehr schlimm.«

11

Manche Pflanzen sind wahre Wunder. Die Blütenstände der **Strelitzie (Strelitzia reginae)** erinnern zum Beispiel an einen Vogelschnabel, weshalb sie auch Paradiesvogelblume genannt wird. Die geheimnisvollen Blüten sind von intensiver Farbe. Sie lieben die Sonne und sind sehr kälteempfindlich. Der Boden sollte nahrhaft und durchlässig sein. Die Strelitzie wird als Kübelpflanze im Wintergarten gehalten, gedeiht aber ebenfalls an geschützten Standorten im Freien. Sie blüht von Oktober bis in den Frühling.

Iris war nie wieder in Italien gewesen, seit sie als kleines Mädchen das Land mit ihrem Vater verlassen hatte. Als sie aus dem Flugzeugfenster auf die grünen Hügel der Toskana schaute, fuhren die Gedanken in ihrem Kopf Karussell und fügten sich dann zusammen. Ihr Vater hatte alles getan, um sie von Italien und genauso von England fernzuhalten. Jetzt wusste sie, warum: in Italien lebte Giulia Donati, in England Claudia Bruni Donati. Und bei ihr Viola.

Ihre Großmutter, ihre Mutter und ihre Schwester.

Iris hätte glücklich über die Nachricht sein müssen, und in gewissem Sinne war sie das auch. Als der Vater ihr von der Großmutter erzählt und ihr mitgeteilt hatte, dass sie

Giulia vor der Reise nach London besuchen würden, war sie begeistert gewesen.

Endlich bekam sie das, was sie so lange vermisst hatte: eine Familie, eine Vergangenheit.

Inzwischen hatte sich indes ihre Sicht der Dinge verändert. Sie hatte ihrem Vater, der verzweifelt nach einem Gesprächsthema suchte, bittere Vorwürfe gemacht und all seine Versuche, zu erklären und zu beschwichtigen, im Keim erstickt. Den Schmerz in seinen Augen, die fahrigen Hände, die nervös über den Stoff seiner Jacke strichen, seine Erschöpfung und seine Resignation ignorierte sie.

Tatsache war, dass er sie ihrer Familie beraubt hatte, mit ihr durch die Welt gereist war und sie belogen hatte. Die Motive dafür interessierten sie nicht. Alles, woran sie denken konnte, war die Vorstellung, wie es gewesen wäre, mit einer Mutter und einer Schwester, vielleicht zudem mit einer Großmutter aufzuwachsen. In der Geborgenheit einer Familie, in der man sich alles hätte anvertrauen können. Diese Vorstellung war zu einer fixen Idee geworden.

Iris dachte nicht an das Wiederfinden, sie war besessen vom Verlust.

Jahre, Tage, Geburtstage ..., alles hatte man ihr genommen, und die Schuld gab sie ihrem Vater.

Ihr Leben erschien ihr als ein einziges Chaos, und so vieles lag noch im Dunkeln. Es hatte sie ihre ganze Kraft gekostet, sich eine Zukunft aufzubauen, und mit einem Schlag war alles dahin. Die Unsicherheit, die ihr früheres Leben bestimmt hatte, war mit Macht zurückgekehrt. Dass sie keinen Job mehr hatte, kam hinzu.

Sie schaute wieder nach draußen in den blauen Himmel, der sie an Afrika und seine leuchtenden Farben erinnerte, während sie an das Gespräch zurückdachte, das sie mit ihrem Vater geführt hatte.

»Warum bist du aus Italien fortgegangen?«

Francesco hatte sehnsüchtig auf diesen Moment gewartet, den ganzen Tag lang gehofft, dass Iris endlich sprechen, ihm diese Frage stellen würde. Und dann fehlten ihm die Worte. Wie sollte er in wenigen Sätzen die Tragödie erklären. Hatte er sich doch all die Jahre selbst diese Frage gestellt. Voller Verzweiflung, es könnte ein Fehler gewesen sein. Voller Sehnsucht nach Viola.

Er räusperte sich, legte sich eine Antwort zurecht und verwarf sie wieder. Wie sollte er erklären, was geschehen war? »Gib mir noch etwas Zeit. Ich erzähle dir alles, wenn wir in La Spinosa sind.«

»La Spinosa?«

Francesco lächelte gequält. »Ja, La Spinosa. Dieser Name wird von Generation zu Generation weitergegeben. Es ist eines der wenigen Landgüter in Italien, die seit Anbeginn durchgehend in Familienbesitz geblieben sind.« Er hob gedankenverloren den Blick. »Ein riesiger Park, der früher für die Öffentlichkeit zugänglich war, ein Ort, der Menschen Freude machte. Wir Donatis waren schon immer Gärtner und Botaniker. Jetzt ist er geschlossen, ein Jammer.«

»Warum?«

Er schaute zu Iris hinüber, auf das fein geschnittene Gesicht, die blasse Haut, die hellen Augen unter den dunklen Wimpern, die vollen Lippen, die so gerne lächelten. Es spielte keine Rolle, dass sie es im Moment nicht taten, er wusste, dass das Lächeln wiederkommen würde. Irgendwie erinnerte sie ihn immer an Claudia, obwohl sie sich äußerlich kaum ähnelten. Auch jetzt kam ihm seine Frau in den Sinn, seine Hände begannen zu zittern, und er umklammerte die Zeitschrift, die er in den Händen hielt.

»Giulia…«, er musste sich räuspern, »deine Großmutter hat das so entschieden.«

Sie hatte nichts davon wissen wollen, den Park instand zu setzen und wieder zu eröffnen. Was La Spinosa anging, war nicht mit ihr zu reden.

»Ist der Park groß?«

Er zwang sich, seine Tochter direkt anzusehen, sie anzulächeln. Und plötzlich fanden die Worte ihren Weg wie von selbst. Wie lange schon hatte er nicht mehr an La Spinosa gedacht?

»Es ist ein riesiges Anwesen, das in einer hügeligen Landschaft mit Wiesen, Feldern und Wäldern liegt. Ein kleiner Fluss, der einen künstlichen See speist, fließt hindurch. Dort habe ich dir schwimmen beigebracht, weißt du?« Die Erinnerung ließ ihn nicht los, er lächelte versonnen. »Mein Großvater war Botaniker, Professor an der Universität.«

Er sprach eine Weile weiter, dann verstummte er. Traurigkeit legte sich wie ein Schatten über ihn, er sackte in sich zusammen. Iris musste sich zwingen, ihn nicht zu trösten und zu umarmen, obwohl sie ihm bis vor Kurzem kaum in die Augen schauen konnte.

Sie schluckte. »Und treffen wir Mama und Viola dort?«

Francesco hob den Kopf. »Nein, ich hatte noch keine Gelegenheit, ihnen Bescheid zu geben, das mache ich, wenn wir dort sind.«

Er wusste nicht genau, wie es um seine Mutter stand, immerhin war sie nicht im Krankenhaus. Das war ein gutes Zeichen oder eben auch nicht. Man wurde schließlich ebenfalls entlassen, wenn die Ärzte nichts mehr für einen tun konnten, damit man zu Hause im Kreise der Familie sterben konnte. Allerdings gab es in Giulias Fall lediglich Stefan und Fiorenza. Vertraute beziehungsweise Verwandte ja, aber eben nicht Familie im eigentlichen Sinn.

Für einen Moment schloss er die Augen. Machte er einen Fehler? Claudia würde ihm das nie verzeihen. Doch das war ihm egal, er musste jetzt andere Prioritäten setzen: Um Viola und Iris ging es sowie um Giulia, die ihre Enkelinnen seit mehr als zwanzig Jahren nicht mehr gesehen hatte.

Genauso lange hatte Francesco nicht mehr mit seiner Mutter gesprochen – nicht mehr, seitdem er aus Italien weggegangen war. Nur durch gelegentliche Telefonate mit Stefan oder Fiorenza hörte er, wie es um das Gut bestellt war. Über Privates hatte er eisern geschwiegen. Vielleicht wusste Giulia nicht einmal, dass Claudia und er sich endgültig getrennt hatten. Auch über das Schicksal der Zwillinge hatte er mit niemandem geredet.

Wieder dieser Schmerz, er wischte sich über die Augen. Wie konnte es so weit kommen? Der Streit mit seiner Mutter war grauenvoll gewesen, unversöhnliche und gemeine Worte waren gefallen. Er hatte ihr die Schuld gegeben, ja, er hatte sie gehasst. Aber deshalb zwanzig Jahre Schweigen?

Wie hatte die Situation derart eskalieren können?

Die Schmerzen breiteten sich vom Kopf über den ganzen Körper aus. Reue, Trostlosigkeit und Verzweiflung lähmten ihn. Es war ein Wettlauf gegen die Zeit, sein Leben entglitt ihm genau wie die Menschen, die ihm wichtig waren. Zu seinen Gefühlen gesellte sich Wut. Sollte sich Claudia ruhig aufregen, dachte er. Wenn er etwas in den vergangenen Jahren gelernt hatte, dann war es die Tatsache, dass es nie leicht war, Verantwortung zu übernehmen, die Konsequenzen des Handelns zu tragen.

»Aber sie werden doch kommen, oder?«, fragte Iris.

Er nickte, den Blick in die Wolken gerichtet. »Es wird alles gut, du wirst sehen.« Allerdings wirkte er seinen Worten und seinem Lächeln zum Trotz wenig überzeugt.

Iris spürte das. »Ich habe noch immer nicht verstanden, warum wir nach Italien statt nach London fliegen.«

»Ich kann dir das nicht so einfach erklären, du musst dir selbst ein Bild machen. Falls deine Mutter und deine Schwester nicht kommen sollten, dann begleite ich dich nach England. Versprochen.«

Erneut wanderten seine Gedanken in die Vergangenheit: zu Claudia, zu Viola und schließlich zu seiner Mutter. Sie hatten so viele Jahre voller Harmonie und Wärme miteinander erlebt, und dennoch erinnerte er sich vor allem an den Streit. An die hasserfüllten Worte, die sie sich an den Kopf geworfen hatten. Es waren die letzten gewesen, die sie miteinander gewechselt hatten.

Vor einigen Monaten dann, nach Fiorenzas erster Bitte, er möge nach Hause kommen, hatte er versucht, Kontakt mit Giulia aufzunehmen. Hatte die Sekunden gezählt, bis er ihre Stimme hören würde. Stattdessen war es erneut Fiorenza gewesen, die sich meldete. »Sie will nicht mit dir sprechen. Die Gelegenheit ist ungünstig«, hörte er sie sagen.

Was hatte er sich überhaupt vorgestellt?

»Macht nichts«, erwiderte er und legte einfach auf.

Er wollte ihre Entschuldigungen gar nicht hören, hatte sich etwas zu trinken eingegossen und der untergehenden Sonne zugeschaut, den flammenden Himmel in seiner ganzen Großartigkeit auf sich wirken lassen. Inzwischen bedauerte er, angerufen zu haben. Das redete er sich jedenfalls ein. Weil er so lange gebraucht hatte, den Schmerz in den Griff zu kriegen, und nun war er wieder aufgebrochen. Offenbar hatte er nicht begriffen, dass Hoffnung die Wirklichkeit nicht zu ändern vermochte. Seine Mutter jedenfalls hatte sich eindeutig überhaupt nicht verändert.

Als er Claudia mit den Zwillingen damals nach La Spinosa gebracht hatte, war sie blutjung gewesen, jünger als Iris und Viola heute. Giulia hatte sie eingeladen, bei ihr zu wohnen, und er hatte angenommen, weil er nicht mehr weiterwusste. Mit seinem Gehalt konnte er die Familie nicht ernähren, und er klammerte sich an die Hoffnung, dass seine Mutter ihn unterstützen werde, dass sie weicher geworden sei. Wie naiv er doch gewesen war! Zu glauben, ihre Wutanfälle, ihre verächtlichen Worte und ihre ständigen Nörgeleien beschönigen zu können. Außerdem hatte er zugelassen, dass sie sich in seine Ehe einmischte.

Francesco wandte den Blick seiner Tochter zu, betrachtete ihr ebenmäßiges Gesicht, die weichen Haare, die ihr bis auf die Schultern fielen. Sie war so zart, so verletzlich. Genau wie Claudia damals. Diese Erkenntnis kam ganz unvermittelt und erschreckend intensiv. Sein Magen verkrampfte sich vor Angst. Was, wenn Jonas recht hatte? Wenn alles, was damals schieflief, seine Schuld war und er zu früh aufgegeben hatte?

Der Pilot kündigte die Landung an und riss ihn aus

seinen Gedanken. Während er Iris mit dem Gepäck half, keimten die Zweifel erneut auf, und als sie schweigend durchs Terminal gingen, drangen sie in jede Zelle seines Körpers.

BIANCA

Der Stein ist allgegenwärtig. Hart, starr und ewig. Der erste Donati, Goffredo, wollte darauf sein Haus bauen. Das hatte ihre Mutter Ines erzählt.

Bianca hat früher nicht darauf geachtet. Aber mit den Augen einer Erwachsenen gibt es nur ein Wort, um das Gut zu beschreiben: majestätisch. Alles ist aus diesem Stein: Bänke, Springbrunnen, Statuen, Bögen und Säulen, die Häuser für das Personal. Bianca fährt mit dem Finger über die Konturen einer Säule und entdeckt Risse, unzählige Risse. Die Stabilität ist eine Illusion, denkt sie lächelnd.

Es gefällt ihr, dass sich in jedem Riss eine Pflanze eingenistet, die Natur sich den Stein zurückerobert hat. Der Garten ist Leben, der Stein nicht. Er ist lediglich die Erinnerung an die Zeit und an das Vergessen. Wie dumm Goffredo doch gewesen war, er hätte sich auf das Natürliche beschränken sollen. Denn das, was der Mensch schafft, trägt stets den Keim des Verfalls in sich. Wirklich unsterblich sind allein die Pflanzen, die Blumen, denn sie kommen immer wieder, sie welken, vergehen und treiben neu aus.

Sie betrachtet die Rosen, die an den hohen Wänden des pompösen Gebäudes hochklettern. Es sind die Blumen, die dieses Haus unsterblich machen, sie haben es sich zurückgeholt – mit ihren Wurzeln, ihren Trieben und Zweigen halten sie es zusammen.

Ein wunderbarer Gedanke.

In diesem Moment meint sie ein Seufzen zu hören. Die Pflanzen atmen und sprechen mit ihr. Endlich weiß sie, was zu tun ist. Ihr Vater irrt sich, was den Garten betrifft. Nicht die Namen der Pflanzen, ihre Einordnung in Klassen, Arten und Gattungen sind wichtig. Erst wenn man sie anschaut, sie wachsen lässt, werden sie unsterblich. Denn der Garten kennt das Geheimnis des Lebens.

Er ist das Leben.

Zum ersten Mal seit Langem ist sie glücklich. Ihre Arme heben sich, ihre Finger bewegen sich. Während sie sich zur Melodie des Windes und zum Gesang des Gartens dreht, schwingt ihr Rock und sieht aus wie eine Ringelblume.

»Ich erinnere mich an dich, du bist doch Bianca, die Tochter von Signor Lorenzo.«

12

Mit Erde zu arbeiten, das Leben an den Rhythmus der Natur anzupassen, hilft das innere Gleichgewicht zu finden und bringt den Menschen näher zu sich selbst. Die **Kamelie (Camellia japonica)** ist pflegeleicht und schenkt große Freude. Sie braucht einen gegen Wind und direkte Sonneneinstrahlung geschützten Standort, gedeiht am besten in nährstoffreicher und wasserdurchlässiger Erde. Regelmäßig, aber wohldosiert gießen. Die Kamelie ist ein Sinnbild für Raffinesse.

Giulia Donati betrachtete von der vorderen Terrasse aus den Horizont. Die Hügel waren leuchtend grün, der Himmel strahlend blau. Selten hatte sie eine solche Angst verspürt wie in diesem Moment, sie umklammerte die Balustrade, die Augen fest auf die Zufahrtsstraße gerichtet. Bald würden ihre Enkelinnen hier sein, hoffte sie. Sie hob den Blick und versuchte sich zu konzentrieren.

Der Garten verfiel zusehends, im Frühling war nicht eine einzige blühende Blume zu entdecken gewesen. Verzweifelt hatte Giulia nach Blüten gesucht: zwischen den Rosenbüschen, auf der Wiese, unter den Bäumen. Vergebens. Allerdings war sie nicht überrascht, sie hatte die Zeichen bereits vor geraumer Zeit erkannt. Hatte gehört, dass der Garten nach ihr rief, dass er sein Sterben ankündigte, und dennoch die Zeichen einfach ignoriert. Jetzt nicht mehr. Sollte der Garten gerettet werden, war es höchste Zeit zu handeln. Das wusste sie, und doch bestimmte Angst ihr Denken, lähmte ihren Atem. Sie schwankte, die Landschaft vor ihr verschwamm, sie musste sich stützen. Als sie wieder Luft bekam, streckte sich eine Hand nach ihr aus.

»Stefan.« Ihr Kopf schmerzte, sie griff nach der Hand und fühlte sich gleich besser.

»Geht es dir gut? Willst du dich setzen?«

»Nur ein leichter Schwindel.«

»Pass gut auf dich auf. Der Arzt hat gesagt, du musst dich schonen.«

Seine Freundlichkeit und Fürsorge hatte sie schon immer geschätzt. Stefan war groß und stark, sein Blick offen und direkt, sein Griff fest.

»Ich schone mich seit Monaten, jetzt muss ich endlich etwas unternehmen.«

»Du warst monatelang krank, unterschätze das bitte nicht.«

»Ich kann nicht immer bloß zuschauen. Das habe ich viel zu lange gemacht.« Sie schwieg, bis sie wieder tief durchatmen konnte. »Du weißt, was passiert ist, zu was ich fähig war. Ich muss das wiedergutmachen …, irgendwie. Und ich fühle mich allein, verstehst du? Einsam.«

Seit ihrer Krankheit war sie fähig, Gefühle zu äußern und zu erkennen, wie andere sich fühlten. Andere waren ihr wichtig geworden. Davor hatte sie ausschließlich an sich gedacht, die anderen waren ihr egal gewesen. Das

»Davor« war mit Angst, schlechtem Gewissen und Bedauern verbunden gewesen. Jedes Mal, wenn sie an diese Zeit zurückdachte, suchte sie mit aller Kraft zu verdrängen, was damals geschehen war. Jetzt lagen die Dinge anders, sie hatte sich verändert. Als ob sie nach der Krankheit als eine andere wiedergeboren worden wäre.

»Nein, du bist nicht allein, Giulia.«

»Bleibst du bei mir?«

Als er nickte, schaute sie ihn dankbar an. Sie kannte Stefan, seine Hand, die ihre hielt. Wusste, wie es war, ihn zu berühren, seine Haut zu spüren. Und obwohl sie dieses Gefühl lange verdrängt hatte, in diesem Moment war es ihr bewusst, und sie genoss es. Denn es waren die schönen Dinge, die einem die Kraft gaben weiterzumachen.

»Ich habe Fehler begangen, Stefan«, flüsterte sie.

»Wir alle machen Fehler, Giulia.«

Sie hatte weder die Kraft noch den Mut, darauf zu antworten, wandte vielmehr den Blick ab und ließ ihn über die Hecke schweifen.

»Sie werden sich nicht erinnern, denke ich. Sie waren noch so klein, als sie weggegangen sind. Warum sollte ihnen dieser Garten etwas bedeuten? Alles zerfällt wie eine Burg aus Sand.« Sie schwieg und lachte bitter. »Wenn sie da sind, werde ich ihnen alles erzählen. Alles. Und wenn sie trotzdem bleiben wollen, sind sie herzlich willkommen.«

»Du bist nach wie vor besorgt wegen des Gartens?«

»Ja, hat dein Experte etwas herausgefunden?«

Stefan schüttelte den Kopf. »Nein, alle Resultate der Analyse waren negativ. Gabriel prüft zusätzlich andere potenzielle Ursachen. Das braucht allerdings seine Zeit.«

Giulia schloss die Augen. Als sie sie wieder öffnete, waren sie voller Tränen. »Ich hoffe, dass meine Enkelinnen nicht allein wegen meiner Krankheit kommen. Immerhin sind sie die Donati-Zwillinge. Vielleicht besteht ja doch noch Hoffnung – vielleicht ist aber auch alles schon zu spät.«

»Du hast alles getan, was in deiner Macht steht.«

»Das befreit mich nicht von meiner Schuld.«

»Gut, das stimmt. Dafür versuchst du verzweifelt es wiedergutzumachen. Wichtig ist die Einsicht, dass du einen Fehler gemacht hast. Hab Vertrauen.«

Mit diesen Worten entfernte er sich. Giulia wollte nicht, dass er ging. Dennoch durfte sie nicht zu viel verlangen, dazu hatte sie nicht das Recht. Also blieb sie allein, hörte dem Wind und seinen Geschichten zu.

Was immer sich Iris vorgestellt haben mochte: Die Realität stellte alles in den Schatten. Die mächtigen Akazien mit ihren unzähligen weißen Blüten, deren intensiver Duft sich mit dem würzigen Geruch der feuchten Erde mischte. Das Smaragdgrün der Wiesen, die nicht enden wollenden Reihen der schmalen Zypressen rechts und links, die sich in den türkisblauen Himmel reckten. Die hügelige Landschaft, die hin und wieder von einem Steinhäuschen oder ein paar Kühen auf den Weiden unterbrochen wurden.

Sie hatten am Flughafen Pisa ein Taxi genommen und waren in Richtung Volterra unterwegs. Als die Stadt in Sichtweite kam, hatte ihr Vater dem Fahrer gesagt, er solle auf die Nebenstraße abbiegen, und nun standen sie vor einem wuchtigen schmiedeeisernen Tor, das rechts und links von zwei gewaltigen, von Rosen überwucherten

Backsteinpfeilern gehalten wurde, nur dass die mit Dornen übersäten Zweige keine Blüten trugen. Seltsam.

»Sind wir da?«

Ihr Vater antwortete nicht. Er war zu sehr in seine Gedanken versunken und in das Bild vertieft, das sich seinen Augen darbot, und hatte ihre Frage nicht einmal gehört. Sie blieb schweigend sitzen, bis ein Mann unbestimmten Alters mit ernstem Gesicht auftauchte und das Tor öffnete.

Als sie an ihm vorbeifuhren, hielt er das Taxi an und sprach erst mit dem Fahrer, bevor er sich ihnen zuwandte und sie anlächelte. »Gerade rechtzeitig, mein Junge!«

Mein Junge? Iris sah erst ihren Vater an, dann den Mann, der ihnen das Tor geöffnet hatte. Als er Francesco an der Jacke packte und aus dem Auto zog, erschrak sie kurz, bis sie sah, wie sich die Männer in die Arme fielen und sich gegenseitig auf die Schultern klopften. Sie verstand nicht, worüber die beiden sprachen, aber sie erkannte, dass sie sich gut kannten. Sehr gut sogar.

»Erinnerst du dich noch an Iris?«

Stefan, wie ihr Vater ihn genannt hatte, schaute sie an. Seine Augen schimmerten feucht, er hatte die Mütze abgenommen. »Giulia wird sich freuen, dass ihr da seid.«

Ihr war mittlerweile klar, dass zwischen ihrem Vater und ihrer Großmutter etwas Schlimmes vorgefallen sein musste – trotzdem wunderte sie sich über den eisigen Ausdruck in Francescos Gesicht, die tonlose Stimme, mit der er fragte: »Wie geht es ihr?«

Stefan fixierte ihn. »Sie ist eine andere geworden.«

»Fiorenza war ziemlich vage am Telefon, sie meinte bloß, es sei etwas Ernstes.«

»Es stand auf Messers Schneide, wir haben das Schlimmste befürchtet.«

»Ihr hättet früher anrufen sollen.«

»Nein, wir hatten genaue Anweisungen. Du weißt, wie sie ist. Jedenfalls will sie dich jetzt sehen, sie spricht von nichts anderem mehr.«

Francesco fuhr sich durchs Haar. »Woher dieser plötzliche Sinneswandel?«

»Reicht es nicht, dass ihr euch seit zwanzig Jahren nicht gesehen habt?« Stefans Stimme war plötzlich hart, genauso hart wie seine Miene. Iris kam es vor, dass Stefan noch etwas sagen wollte, es jedoch bei einem ernsten Blick beließ. Dann deutete er auf einen fernen Punkt hinter den hohe Zypressen. »Am wichtigsten ist, dass ihr da seid, alles andere spielt keine Rolle. Du kennst den Weg.« Er wartete die Antwort nicht ab, sondern verschwand hinter den Bäumen.

Iris hätte zu gerne gewusst, wer dieser Mann war, der trotz seiner Arbeitskleidung wie der Hausherr wirkte. Aber sie fragte nicht. Ließ den Vater nach wie vor ihre Missbilligung spüren. Nervös rutschte sie auf ihrem Sitz hin und her. Duldete lediglich, dass er ihre Hand nahm und fest drückte.

Der Weg führte einen Hügel hinauf. Sie schaute sich um, und ihre Anspannung wuchs, je mehr sie sich dem Haus näherten. Irgendetwas hier war seltsam. Die Wiesen waren von Zypressenhecken unterbrochen, das Gebüsch von Kletterpflanzen überwuchert. Die blütenlosen Rosen rechts und links des Weges wuchsen so dicht, dass sie wie Dornenhecken wirkten. Das Sonnenlicht sickerte durch die hohen Bäume und malte Schatten auf den Boden. Iris kam ein Märchen über einen verzauberten Wald in den Sinn, das ihr Antonia, ihr Kindermädchen, früher erzählt hatte.

»Wir sind da.«

Die gepresste, von Gefühlen überwältigte Stimme ihres Vaters überraschte sie – sie hingegen überraschte der Anblick, der sich ihr bot. Denn unversehens tauchte hinter einer Kurve ein von mächtigen Eichen gesäumter Platz auf, und dahinter thronte auf einer Anhöhe ein majestätisches, dreistöckiges Gebäude, das von zwei Türmen mit Zinnen flankiert wurde und sich nach vorne zu einer großen Terrasse erweiterte, von der eine Freitreppe in einen Garten führte. Soweit Iris sehen konnte, gab es weitere Terrassen nach hinten zum Park hinaus. Sprachlos umklammerte Iris die Hand ihres Vaters.

»Ist das …?«

Francescos Blick war starr auf das Anwesen gerichtet, das immer gewaltiger wurde, je näher sie kamen. Wie ein Gefängnis, dachte er. So viele Erinnerungen. Der Familiensitz war noch genauso, wie er ihn in Erinnerung hatte, doch nichts an diesem alten Gemäuer mit den hohen Fenstern, dem Dach aus Terracottaziegeln und den Marmorterrassen löste Bewunderung in ihm aus. Er fragte sich, ob es nicht ein Fehler gewesen war, seine Tochter hierher zu bringen. »Das ist La Spinosa.«

Iris betrachtete mit klopfendem Herzen den steinernen Koloss. »Ein Schloss …, du hast in einem Schloss gelebt und mir nie etwas davon erzählt?«

Ihr Vater verzog das Gesicht. »Lass dich nicht täuschen, Iris. Dieser Teil …«, sagte er und deutete auf die Mitte des Gebäudes, »ist einsturzgefährdet und durfte schon vor meiner Geburt nicht mehr betreten werden, genau wie die Türme. Der bewohnbare Bereich ist nicht übermäßig groß. Die ehemals prächtigen Gartenanlagen sind offenbar völlig verwildert, und nichts blüht mehr. Wir waren früher einmal sehr reich – das hier ist alles, was uns geblieben ist.«

»Trotzdem sieht es herrlich aus, wie ein Märchenschloss. Und selbst Baufälliges ist besser als nichts.«

Francesco schwieg, er kannte den flammenden Blick seiner Tochter. Den gleichen hatte Claudia ihm zugeworfen, wenn sie wütend war. Seufzend dachte er, dass Iris ihre Worte hoffentlich nicht bereuen würde, atmete tief durch und blickte wieder aus dem Fenster. Eine ganz in Schwarz gekleidete Frau stand auf dem großen Platz.

Als das Auto hielt, streckte er seiner Tochter die Hand entgegen. »Komm, Iris. Das ist Fiorenza, eine Verwandte von uns. Sie hat sich in all den Jahren um das Haus und deine Großmutter gekümmert. Lass uns gehen, sie wartet nicht gerne.«

13

Wenn wir uns um Sträucher, Gehölze und Blumen kümmern, erkennen wir den wahren Rhythmus des Lebens, es lässt uns die Langsamkeit schätzen lernen. Lässt uns verstehen, dass das Leben nicht aus Hast und Angst, sondern aus Ruhe und Achtsamkeit besteht. Der **Johannisbrotbaum (Ceratonia siliqua)** ist ein stattlicher Baum, dessen Blütenstände eingeschlechtlich männliche oder weibliche Blüten enthalten. Er ist immergrün und langlebig. Die Blütenstände werden zu langen Schoten, die man nach der Reife essen kann. Er mag karge, wasserdurchlässige Böden und volle Sonne.

In einer anderen Situation hätte Francesco über den Gesichtsausdruck seiner Tochter gelacht.

Staunend und mit offenem Mund bewunderte sie die endlosen Korridore, durch die Fiorenza sie nach einer herzlichen Umarmung führte. Hier hatte er als Kind gespielt. Er kannte jeden Riss in den Wänden, jede noch so versteckte Ecke. Imponiert hatte ihm das nie. Aber er vermochte sich vorzustellen, wie tief beeindruckt Iris war, die das alles zum ersten Mal bewusst sah.

»Fast da«, sagte Fiorenza, nachdem sie einen Schlenker durch einen Innenhof gemacht hatten, und öffnete eine mit Intarsien verzierte, massive Holztür. »Von hier aus ist es nicht mehr weit. Iris. Merk dir trotzdem den Weg gut, sonst verläufst du dich.«

Sie nickte, die Augen auf die Gemälde an den Wänden, die antiken Möbel, die Marmorstatuen und auf die hohe Gewölbedecke der weitläufigen Halle gerichtet. »Und das ist immer noch dasselbe Haus?«, fragte sie ungläubig.

Fiorenza lachte. »Ja, und das ist nur der Teil, der noch bewohnt wird. Du wirst dich dran gewöhnen, wart's ab.« Sie lächelte ihr freundlich zu, während sie eine Treppe hochstiegen, und öffnete oben eine Tür. »So, das hier ist dein Zimmer. Man muss es vielleicht ein bisschen herrichten. Wenn wir etwas mehr Zeit gehabt hätten…«

»Es ist perfekt, mach dir keine Gedanken.« Francescos Stimme klang gepresst.

»Ich hätte dich sofort erkannt, Iris«, sagte Fiorenza. »Du siehst ihr so ähnlich, unglaublich. Wie ein Ei dem anderen.«

»Natürlich, Viola und ich sind ja auch Zwillinge.«

Die alte Frau runzelte die Stirn: »Ich spreche von Giulia, deiner Großmutter, als sie in deinem Alter war. Sie war wunderschön.« Jetzt lächelte sie. »Sie wartet im Gewächshaus auf euch. Kommt, ich führe euch hin.«

Durch Korridore und Treppen ging es zurück nach unten und von dort nach draußen zum Gewächshaus. Bevor sie eintraten, blieb Fiorenza abrupt stehen, sah die beiden nachdenklich an und sagte leise: »Francesco, versuch sie nicht aufzuregen, das tut ihr nicht gut. Und du, Iris, sei bitte geduldig mit ihr. Sie hat manchmal Schwierigkeiten mit der Aussprache.« Dann öffnete sie Tür. »Giulietta, schau mal, wen ich hier habe!«

Eine zierliche Frau mit strenger Frisur und einem himmelblauen Kleid wandte ihnen langsam den Kopf zu. Sie saß in einem Lehnstuhl, hatte eine Decke über die Beine gelegt, und man sah ihr an, wie schwach sie war. Sie umklammerte die Armlehnen und zog sich nach vorne, als ob sie ihnen entgegenkommen wollte, ließ sich jedoch mit schmerzverzerrtem Gesicht wieder zurücksinken. »Francesco.«

»Hier bin ich, Mama.« Seine Stimme war ein Flüstern, leiser als ein Windhauch, eine lange zurückgehaltene Gefühlsregung.

Giulia streckte die Hand nach ihm aus. »Endlich bist du zurückgekommen.«

Erst jetzt, aus der Nähe, erkannte Francesco, wie sehr sich seine Mutter verändert hatte. Ihre Haut war so dünn, dass man deutlich die Adern sehen konnte, ihr Blick war leer.

»Wie geht es dir?«

»Besser, jetzt bist du ja da. Ich habe so sehr auf dich gewartet.«

»Ja, da bin ich.«

Sie streichelte ihm sanft übers Haar. »Ich muss dir so viel sagen.« Sie wischte sich eine Träne von der Wange. »Ich weiß gar nicht, wo ich anfangen soll.« Dann hielt sie kurz inne und streichelte ihn noch einmal. »Wo sind die Mädchen? Du hast sie doch mitgebracht, oder?«

Ihre Frage versetzte Francesco einen Stich. Von ihm zumindest wusste seine Mutter nicht, was zwischen ihm und Claudia in den vergangenen zwanzig Jahren gelaufen war. Wusste sie überhaupt von der endgültigen Trennung der Zwillinge? Plötzlich erschien ihm die ganze Situation absurd. Er würde ihr später alles erklären, am besten heute Abend oder in den nächsten Tagen.

»Iris ist hier.«

»Und Viola?« Giulia rutschte nervös auf dem Stuhl hin und her, ihr Blick irrte durch das Gewächshaus. »Ich dachte, du bringst beide mit und auch Claudia.« Sie griff nach seinem Ärmel und zog ihn zu sich. »Ohne die Mädchen hat alles keinen Sinn, der Garten braucht sie beide.«

Einen Moment glaubte Francesco, sich verhört zu haben. Wie lange hatten sie sich nicht gesehen? Mehr als zwei Jahrzehnte. Und die ersten richtigen Worte, die sie wechselten, galten diesem verfluchten Garten.

Seine Begeisterung für La Spinosa hatte sich mit der Zeit abgekühlt. Das Gut war ein Hindernis für seine Lebensplanung gewesen, er hatte sich in einem Zwiespalt befunden, seine Mutter und der Garten auf der einen, die Freiheit, tun und lassen zu können, was er wollte, auf der anderen Seite. Bitterkeit stieg in ihm auf. Er sah auf die ausgestreckte Hand, die flehenden Augen voller Schmerz. Dann wandte er sich ab.

»Über Viola reden wir später, ich hole das Gepäck.« Er verließ das Gewächshaus, Giulia rief ihm etwas hinterher, doch er drehte sich nicht um. Er bedauerte seine Rückkehr bereits zutiefst, besser wäre es gewesen, Iris zu Claudia zu bringen. Stattdessen hatte er gedacht … hatte wirklich gehofft, seine Mutter würde ihn in die Arme nehmen und um Verzeihung bitten. Wie konnte er so dumm sein? Ihm hätte klar sein müssen, dass Giulia so etwas nie tun würde.

Tief in seinem Inneren wusste er allerdings, dass er aus einem anderen Grund hier war, dass es um die Leere ging, die er in sich spürte. Manchmal war das Leben grausam und ungerecht, und man musste Entscheidungen treffen. Er war zurückgekommen, weil er sich mit seiner Mutter aussprechen wollte, weil er einsam war. Denn trotz allem, was zwischen ihnen vorgefallen war, liebte er sie.

Iris war schockiert, so hatte sie ihren Vater noch nie erlebt. Sie wäre ihm am liebsten hinterhergerannt, aber dann fiel ihr Blick auf ihre Großmutter, und sie beschloss, erst später nach ihm zu suchen.

Ihr Herz klopfte, als sie sich der alten Dame zuwandte. »Guten Abend, Großmutter, ich bin Iris.« Sie stutzte. Denn Giulia war nicht so alt, wie sie im ersten Moment angenommen hatte. Es war ihr Gesichtsausdruck, der sie älter erscheinen ließ.

Giulia Donati brauchte eine Weile, bis sie antwortete. »Ich wusste, dass du so werden würdest.«

Iris' Herz schlug noch schneller. »Wie werden?«

»Stark und zugleich freundlich.« Giulias Stimme war sanft. »Und wie geht es deiner Schwester? Erzähl mir von ihr. Wann kommt sie?«

Die Enkelin schüttelte den Kopf. »Ich weiß es nicht, ich kenne sie ja nicht.«

»Das verstehe ich nicht ... Wie meinst du das?«

Wusste sie es nicht? Wusste ihre Großmutter etwa nicht, was ihre Eltern getan hatten? »Es ist kompliziert. Ich werde meinen Vater bitten, es dir zu erklären.«

»Schon gut, geh jetzt bitte zu ihm und sag ihm, dass es mir leidtut. Ich wollte ihn nicht verletzen. Doch die Zeit drängt. Er muss Viola anrufen, es ist wichtig. Wenngleich er es nicht verstehen wird – es ist wirklich wichtig. Der Garten braucht euch. Ich brauche euch. Beide. Dich und deine Schwester.« Ihre Stimme klang jetzt ganz anders, sie senkte den Blick und schloss die Augen. »Eine für die Wanderer, damit der Garten auch jenseits der Mauer blüht, eine für die tausendjährige Rose. Nur durch euch beide gemeinsam kann er von seiner Krankheit geheilt und wieder zu dem werden, der er einmal war.«

Iris lief es kalt den Rücken herunter, das alles ergab keinen Sinn. »Wen meinst du? Wer soll geheilt werden?«

Giulia hob den Kopf, Tränen standen in ihren Augen, ihr Blick war entschlossen. »Der Garten. Er ist krank, hast du das nicht bemerkt? Er blüht nicht mehr, bald wird er sogar seine Blätter verlieren.« Ihre Stimme war zu einem Flüstern herabgesunken. »Das ist alles allein meine Schuld. Und wenn deine Schwester nicht kommt, wird er sterben.«

Stille machte sich breit, lediglich das Säuseln des Windes und das Zwitschern der Vögel, die zwischen den Pflanzen im Gewächshaus Zuflucht gefunden hatten, waren zu hören. Iris versuchte krampfhaft den Sinn hinter den Worten ihrer Großmutter zu erfassen.

Fiorenza stand lächelnd daneben. »Kümmere dich nicht darum, deine Großmutter ist noch geschwächt, und wenn sie aufgeregt ist, sagt sie manchmal merkwürdige Dinge. Und heute war ein anstrengender Tag für sie.«

»Sprich nicht so, als ob ich nicht da wäre, das ertrage ich nicht, das weißt du.«

»Dann hör auf, einen solchen Unsinn zu erzählen. Das Mädchen ist schon ganz verstört.«

Giulia blickte zu Iris. »Ich sehe kein Mädchen. Ich sehe bloß zwei alte Frauen und eine Blumenfee.«

»Blumenfee?« Iris glaubte sich verhört zu haben. Wieder klopfte ihr Herz zum Zerspringen. Blumenfee, das war der Name ihrer Kolumne bei *Onze Tuin*. Woher wusste ihre Großmutter das?

Giulia bemerkte ihre Verwirrung. »Erinnerst du dich?« Ihr Gesicht leuchtete. »Ja, du weißt es.« Sie begann zu singen, zuerst stammelnd und zittrig, dann fand sie den Rhythmus. »Silbern sind die Bäume, golden die Blumen. Samen für die Wanderer, Wasser für die Rose. Der Garten fliegt mit weißen Flügeln unbeirrt von Zeit und Raum. Er wird leben, solange es eine Gärtnerin für die Wanderer und eine für die Rose gibt. Sie sind die Blumenfeen, und ihnen wird alles gelingen.«

»Ich erinnere mich, das ist ein Kindervers.«

Versonnen schüttelte Giulia den Kopf. »Eigentlich ist es ein Lied. Ich habe es immer deinem Vater vorgesungen, als er klein war, und später dir und deiner Schwester. So wie es meine Mutter mit mir gemacht hatte.« Ihr Blick schweifte in die Ferne. »Darüber hinaus ist es viel mehr. Es ist die Geschichte unserer Familie. Und dein Geheimnis. Sag mir, Iris Donati, wer bist du? Die für die Wanderer oder die Hüterin der Rose?«

»Es reicht. Deine Enkelin hat eine lange Reise hinter sich und ist bestimmt müde. Und wenn du so weitermachst, reist sie sofort wieder ab. Mit diesem wirren Zeug machst du sogar mir Angst. Wir gehen jetzt ins Haus, du musst dich ausruhen.« Fiorenza stand plötzlich zwischen ihnen.

Giulia schwieg, ihre Lippen zitterten. »Es tut mir leid«, murmelte sie, »sehr leid.« Dann erhob sie sich, ging langsam zur Tür und verließ das Gewächshaus.

»Von was hat sie gesprochen?«

Iris war sichtlich verwirrt. Schließlich war sie nach La

Spinosa gekommen, um ihre Familie zu finden, stattdessen erwarteten sie ein baufälliger Palast, ein sterbender Garten und eine komplett verrückte alte Frau. Hatte ihr Vater sie deshalb so lange von hier ferngehalten?

»Das ist eine Legende, eine alte Familiengeschichte.«

»Und zwar?«

Fiorenza blieb an der Tür stehen. »Es geht um einen Pakt.«

»Was für einen Pakt? Und mit wem?«

Giulias Cousine seufzte. »Zwischen den Donatis und ihrem Garten. Solange es eine Gärtnerin für die Wanderer und eine für die tausendjährige Rose gibt, wird La Spinosa überleben, bis in alle Ewigkeit. Du hast deine Großmutter ja gehört. Diesem Pakt verdankten die Donatis einst ihren Reichtum.«

»Das verstehe ich nicht.«

»Du scheinst wirklich keine Ahnung zu haben, was hier vorgeht, oder?«

Iris zuckte mit den Schultern. »Ich habe erst gestern von euch und diesem Landsitz erfahren.«

Fiorenza räusperte sich: »Die Donatis, deine Großeltern und alle ihre Vorfahren, waren Gärtner, durch alle Generationen. Sie wussten alles über Pflanzen und Blumen, sie sollen sogar mit ihnen gesprochen haben. In der Vergangenheit jedenfalls … Das besagen zumindest die Gerüchte, alles Unfug, natürlich. Ich habe Giulia niemals mit einer Pflanze reden hören.« Sie lachte, aber als sie Iris' ernsten Gesichtsausdruck sah, wurde sie wieder ernst. »Mehr weiß ich auch nicht. Giulia wird mit dir darüber sprechen, wenn sie das will. Im Augenblick ist sie dazu nicht in der Lage, wie du bemerkt haben wirst. Warte ein paar Tage, dann

wird sie dir bestimmt die Familiengeschichte erzählen.«
Sie hielt kurz inne. »Das alles sind überlieferte Geschichten, verstehst du? Legenden.«

»Natürlich.« Geschichten, Legenden. Die Blumenfeen. Was ging hier vor?

Inzwischen waren sie wieder am Haus angekommen. »Bitte bleib immer in dem mittleren Teil des Hauses, selbst wenn du Umwege machen musst, der andere ist einsturzgefährdet.«

Iris nickte, was sollte sie sonst schon machen. Sie winkte Fiorenza zu, ging dann gedankenverloren in Richtung Garten. Auch wenn für alle anderen die Familiengeschichte der Donatis eine Legende sein mochte, für sie hatte sie eine Bedeutung. Noch fehlte ihr der rote Faden, noch waren es nur Gefühle. Episoden aus ihrer Kindheit fielen ihr ein, zum Beispiel dass ihre spanische Kinderfrau Carmen ihr verboten hatte, verwelkte Pflanzen anzunehmen, die andere ihr zur Pflege anvertrauen wollten. Kinder sollten mit anderen Kindern spielen und nicht mit Pflanzen reden, das waren ihre Worte gewesen.

Allerdings sprach Iris gerne mit Pflanzen, liebte ihre Gesellschaft, sie machten sie glücklich. Und sie verstand sie, wusste, wie man sie pflegen musste, damit sie sich erholten. Bei ihr wurden die Blätter wieder grün, die Zweige wieder stark und kräftig, neue Triebe entwickelten sich. Und nachdem Carmen sich bei ihrem Vater über ihre »Spinnereien« beklagt hatte, schlug der ihr vor, die Pflanzen künftig im Freien zu pflegen, damit die Kinderfrau nichts davon mitbekam.

Das waren ihre ersten gärtnerischen Erfahrungen gewesen.

Damals hatte sie begriffen, dass sie anders war. Doch vielleicht gab es ja noch eine andere Erklärung. Vielleicht hatte ihr gärtnerisches Gespür etwas damit zu tun, dass sie eine Donati war.

Aber war so etwas überhaupt möglich?

14

Die ersten historischen Belege über die Rose reichen bis zu den Sumerern zurück. Der griechischen Mythologie zufolge kam sie aus dem schäumenden Meer, das auch Aphrodite geboren hatte. Die Rose ist die Königin des Gartens, es gibt sie in unzähligen Sorten und Farben. Sie liebt nahrhafte und durchlässige Böden, der ideale Standort ist der Halbschatten, doch sie braucht auch ein paar Sonnenstunden. Rosen sollten regelmäßig gewässert werden, vertragen indes keine Staunässe. Ihre Blüten finden bisweilen Verwendung in der Küche und geben Getränken und Cremespeisen eine besondere Note. Sogar Likör lässt sich damit herstellen.

In dem Bereich, den sie jetzt betreten hatte, wirkte der Garten gepflegter. Die Kieswege waren geharkt, überall standen große Terracottagefäße mit Zitronen- und japanischen Mandarinenbäumen. Iris ging weiter, beide Arme um ihren Oberkörper geschlungen, denn ein Gefühl der Beklemmung begann sich in ihr auszubreiten. Die Zweige der Büsche strichen ihr um die Beine, als wollten sie sie festhalten. Suchend blickte sie sich um, Gedanken und Erinnerungsfetzen wirbelten durch ihren Kopf.

Und dann sah sie sie.

Eine Rose reckte sich ihr aus dem Unkraut entgegen,

unscheinbar, aber stolz. Mit grünen Blättern. Iris ging auf sie zu, ließ sich auf die Knie sinken und vergrub ihre Hände zwischen den Blättern – auf das hohe Gras und auf die Feuchtigkeit, die ihr durch die Kleidung drang, achtete sie nicht.

Als sie die Rose vom gröbsten Unkraut befreit hatte, wurde ihr wieder leichter ums Herz, der Atem wurde freier.

Wunderschön sah sie aus mit ihren zarten grünen Trieben. Ihr war auf den ersten Blick gar nicht aufgefallen, wie stattlich der Rosenstrauch war und wie viele Dornen er hatte. Jedes Mal, wenn sie sich stach, biss sie sich auf die Lippen. Trotzdem spürte sie keinen wirklichen Schmerz, ignorierte ihn ebenso wie das Blut, das ihr von den Fingern tropfte. Ihre Welt begann und endete bei den purpurroten Blütenblättern dieser Rose, ihrem betörenden Duft. Sie bewunderte ihren Mut, sie wirkte so scheu, und dennoch hatte sie sich Licht und Raum zum Leben erkämpft.

Ihre Finger packten jetzt die harten Stängel der Malven und rissen sie heraus, dann den Löwenzahn. Alles, was ihrer Rose noch Licht und Luft wegnahm. Ihre Hände brannten, die Lippen hatte sie entschlossen zusammengepresst, das Gesicht war angespannt. Je großflächiger sie den Boden vom Wildwuchs befreite, desto mehr schien sie vom Himmel über sich zu sehen, mehr frische Luft auf ihrem Gesicht zu spüren und mehr Hoffnung zu schöpfen.

Hoffnung. Wie diese Rose.

Eine Perspektive, eine Zukunft. Die Zukunft, die sie eigentlich in ihrer neuen Familie zu finden gehofft hatte. Stattdessen war alles noch komplizierter geworden. Warum konnte sie nicht sein wie die anderen? Warum konnte sie keine ganz normale junge Frau sein mit einem Vater, einer

Mutter, einer Schwester und einem Lebensziel? Obwohl ein Gefühl der Ohnmacht in ihr aufzusteigen begann, arbeitete sie verbissen weiter. Mit beiden Händen zog sie, riss und zerrte, bis ein dicker Handschuh sich um ihr Handgelenk schloss.

»Nein.«

Als sie den Kopf hob, sah sie ein graues Augenpaar kühl und ausdruckslos an. Sie wollte sich losreißen, aber der bärtige Mann hielt sie fest und zog sie nach oben. »Hör auf.«

»Wer bist du? Lass mich los, verstehst du?« Instinktiv wich sie zurück. Doch der Bursche, wer immer er sein mochte, war stark.

»Willst du meinen Garten zerstören? Denk nicht mal dran! Du wäschst dir jetzt gründlich die Hände, und dann bringe ich dich ans Tor. Und wenn ich dich wieder hier erwische, dann bin ich weniger freundlich. Wie zum Teufel bist du überhaupt reingekommen?«

»Ich zerstöre den Garten nicht! Das Unkraut hat die Rose fast erstickt, ich habe sie bloß davon befreit.«

»Na prima. Und du hast gedacht, wenn du dir die Finger blutig reißt, dann tust du dir einen Gefallen? Was habt ihr Städter eigentlich im Kopf? Glaubt ihr, Blumen könnten eure Neurosen heilen? Ihr kommt her, zupft mal hier, mal da, glaubt etwas Gutes getan zu haben und fahrt wieder nach Hause. Du musst dich wohl beweisen, oder was?«

»Ich bin keine neurotische Städterin, klar? Und lass mich gefälligst los!«

»Ich hab Desinfektionsmittel in meiner Hütte, und mit Glück ist auch noch Pflaster da.«

Iris spürte Angst in sich aufsteigen, sie sah hinüber zu dem kleinen Gebäude. »Ich komme nicht mit.«

Er zuckte mit den Schultern. »Du hast keine Wahl. Dieses Anwesen ist Privatbesitz, den hättest du gar nicht betreten dürfen. Und deshalb verarzte ich dich jetzt, dann gehst du schön nach Hause, und wir alle sind zufrieden.«

Was meinte er damit?

Bevor Iris reagieren konnte, zeigte er auf eine Gartenbank. »Setz dich, ich bin gleich zurück.« An der Tür drehte er sich um. »Und wenn du abhaust, werde ich dich finden und die Polizei rufen. Und denen sind deine blutigen Hände bestimmt völlig egal.«

Sollte das eine Drohung sein? Meinte der Mann ernstlich, damit könnte er ihr Angst machen?

Iris sah sich um. Wer war dieser bärtige Riese überhaupt? Seit ihrer Ankunft in La Spinosa hatte sie den Eindruck, in einer Parallelwelt zu leben, in der die Realität ihren ganz eigenen Gesetzen folgte. Plötzlich durchfuhr sie ein stechender Schmerz, sie betrachtete ihre Hände. Oje, das hatte sie gar nicht gemerkt.

Der Unbekannte kam nach wenigen Minuten zurück. Iris sah ihn sich genauer an. Ein hochgewachsener, kräftiger Mann in einem schwarz-rot karierten Hemd. Eine Hälfte seines Schädels war rasiert, auf der anderen Seite fielen ihm blonde, gelockte Strähnen bis auf die Schulter. Als sie sah, wie er sich mit den Zähnen einen Handschuh abstreifte, lief es ihr eiskalt über den Rücken. Sie war in vielen Ländern gewesen, in denen Tätowierungen zur Tradition gehörten, aber so was? Die Tätowierungen begannen an den Schultergelenken und endeten auf den Fingern. Sie hob den Blick und bemerkte, wie er ein Pulver in Wasser auflöste.

»Was machst du mit dem Bicarbonat?«

»Es desinfiziert, ohne zu brennen. Das Wasser ist warm, tauch deine Hände hinein, das tut dir gut.«

Sie musterte die Schüssel misstrauisch. Die Idee gefiel ihr ganz und gar nicht. Sie berührte vorsichtig die Wasseroberfläche, doch als sie die Hände tiefer hineintauchte, entfuhr ihr ein Schmerzensschrei. »Du hast gesagt, es brennt nicht!«

»Stell dich nicht so an. Das bisschen Schmerz schadet dir nicht, im Gegenteil. Dann erinnerst du dich wenigstens daran, einen Fehler gemacht zu haben.«

»Oh, ein Philosoph!«

Der junge Mann musterte sie ernst. »Stefan sagt das immer, da steckt viel Wahrheit drin. Wenn man einen Fehler macht und ihn zugibt, dann lernt man daraus. Viele Menschen halten Fehler für eine Niederlage, dabei ist genau das Gegenteil richtig: Sie sind der Ausgangspunkt für einen Neuanfang, natürlich nur, wenn man es will.«

Stefan. Der Mann, mit dem ihr Vater bei ihrer Ankunft gesprochen hatte.

»Bist du ein Verwandter von ihm?«

»Von Stefan? Nein, ich kümmere mich hier um die Pflanzen, die Blumen und den Boden, ich bin so etwas wie ein Gärtner.« Seine Bewegungen waren schnell und sicher, seine Hände stark, seine Berührungen hingegen überraschend zart.

»Und wer bist du?«

»Das habe ich bereits gesagt. Der Gärtner. Und du?«

Sie hielt einen Augenblick inne. »Ich bin Iris Donati.«

Er schien wenig überrascht. »Ach.« Jemand musste ihm bereits von ihr erzählt haben, Stefan vielleicht? Was er wohl über sie gesagt hatte? Sie rutschte nervös auf der Bank herum, es gefiel ihr gar nicht, von einem Fremden verarztet zu werden.

»Du bist kein Kind mehr.«

»Sollte ich?«

Der Bärtige ignorierte ihre Frage, verband ihre Hand und sagte nachdenklich: »Du bist also gar nicht unbefugt hier eingedrungen.«

»Nein.«

»Warum hast du dann die Wiese zerstört?«

»Ich habe überhaupt nichts zerstört! Ich habe lediglich die Rose befreit.«

Er schüttelte den Kopf. »Befreit? Und von was bitte? Sie ist zusammen mit dem Unkraut gewachsen. Sie kennen sich, sie sind es gewohnt zusammenzuleben.«

»Unsinn, das Unkraut hätte sie fast erstickt.«

»Schrei nicht so. Bist du sicher, dass es dir um die Rose ging? Wolltest du dich nicht eher selbst befreien?«

Iris sprang auf. »Du kennst mich ja gar nicht.« Sie entzog ihm ihre Hände, stand auf und ging. Als sie den Rand der Wiese erreicht hatte, hörte sie ihn rufen. Instinktiv drehte sie sich um.

»Gabriel.«

»Was?«

»Ich heiße Gabriel Petrovic.« Einen Moment lang blieb sie stehen und sah, dass er ihr zuwinkte. »Lass den Verband die Nacht über drauf. Die Wunden verheilen schnell.«

Sie antwortete nicht, nickte bloß und eilte in Richtung Haus. Es war spät geworden, der Garten lag mittlerweile im Schatten. Die Bäume wechselten die Farbe, das Grün

ging in Braun über. Wie alles in diesem Garten. Eine beängstigende Atmosphäre. Iris schaute auf den Weg, um
sich zu orientieren und ihre Gedanken zu ordnen. Sie sah
einen mächtigen Baum, dessen dunkle Äste sich ihr wie
drohende Finger entgegenstreckten. Woher war sie gekommen? In welche Richtung musste sie gehen? Zum Glück
entdeckte sie plötzlich eine Ecke des Hauses und lief erleichtert darauf zu.

»Wo bist du gewesen?« Francesco saß auf der Treppe,
die Haare zerzaust, die Miene angespannt. Das Abendlicht
fiel auf sein blasses Gesicht.

Iris schnürte es den Hals zu, ihre Augen wanderten
zum dunklen Abendhimmel. Sie war müde, Enttäuschung
machte sich in ihr breit. Als sie ihren Vater ansah, wurde
ihr klar, dass er vermutlich der einzige Mensch war, der sie
wirklich verstand, denn die gleiche Enttäuschung, die sie
quälte, erkannte sie auch in seinem Blick.

»Es ist alles so seltsam. Ich wollte Antworten, stattdessen habe ich immer mehr Fragen. Und ich kann mich an
nichts erinnern, Papa. Wie konnte ich das alles vergessen…?«

Sie hatte kaum zu Ende gesprochen, als Francesco auf-
stand und sie zu sich heranzog. In diesem Moment löste
sich alles auf, was sie in letzter Zeit getrennt hatte.

»Als wir La Spinosa verlassen haben, warst du noch
sehr klein. Natürlich erinnerst du dich nicht.« Er vergrub
das Gesicht in den Haaren seiner Tochter und schloss die
Augen. »Lass uns reingehen, das Essen wird gleich fertig
sein.«

Sie nickte und zwang sich zu einem Lächeln. »Das ist
ein seltsamer Ort. Irgendwie unheimlich. Auf den ersten

Blick ist er wunderschön, doch die Pflanzen sind welk, die Blumen blühen nicht. Ich habe eine Rose entdeckt, die unter dem Unkraut fast erstickt ist.«

Francesco deutete auf ihre Hand. »Und dagegen wolltest du etwas tun?«

»Ich habe einen jungen Mann getroffen, der mir ... geholfen hat.«

»Hier vom Gut?«

»Ja, das hat er wenigstens behauptet, so ganz verstanden habe ich es nicht. Er kümmert sich um den Garten, sagte er, und er kennt Stefan.«

Erleichtert schloss Francesco die Augen, und sein Gesicht entspannte sich. »Wenn er Stefan kennt, ist alles in Ordnung. Keinem liegt dieser Garten so sehr am Herzen wie ihm. Er kennt jeden Winkel und lebt seit Ewigkeiten hier. Lass uns reingehen, ich habe Hunger, und deine Großmutter will dich sehen.«

Sie waren einige Schritte gegangen, als er noch einmal stehen blieb. »Es tut mir leid, Iris. Ich hätte dich zu deiner Mutter und deiner Schwester bringen und alleine herkommen sollen. Aber ... eure Großmutter liebt euch über alles, und der Gedanke, dass sie sterben könnte, ohne wenigstens eine von euch wiedergesehen zu haben, war mir unerträglich.«

»Für sie oder für dich?«

»Für uns beide.«

BIANCA

»Warum schneidest du die Rosen? Bist du verrückt?« Wütend läuft Bianca auf Stefan zu und reißt ihm die Kiste mit den Pflanzen aus den Händen. Seitdem er sie im Gar-

ten erwischt hat, treffen sie sich oft. Sie wird ihn nicht los, seine Blicke bohren sich wie Nadeln in ihre Haut und jagen ihr Schauer über den Rücken. Sie will nicht, dass er sie so anschaut oder so mit ihr spricht. Aber er ist ein Schüler ihres Vaters, und sie muss ihn akzeptieren, genau wie die anderen.

»Das sind die Mutterpflanzen, um neue Rosensorten zu züchten. Professor Donati möchte sie veredeln, weißt du das nicht?« Stefan hebt die Kiste auf und legt die Rosen wieder hinein.

Bianca starrt ihn an. »Warum?«

Stefan lächelt. »Ich diskutiere seine Anweisungen nicht, das führt zu nichts. Ohne die Großzügigkeit deines Vaters ...« Er beendet den Satz nicht und sucht Biancas Blick. »Außerdem ist es schön, wenn etwas Neues entsteht, die Geburt einer neuen Rose hat immer etwas Magisches. Wer weiß, welche Farbe, welchen Duft sie haben wird, welche Form die Blätter aufweisen werden ... Ich zeige sie dir, wenn du willst.«

Bianca überlegt nicht lange und nickt. Stefan stellt die Kiste in einer geschützten Ecke des Gartens ab, seine Hand umfasst die ihre, sie gehen gemeinsam den mit Zypressen gesäumten Weg entlang. An seinem Ende steht eine Hütte, vor der Stefan anhält, langsam öffnet er die Tür. »Die Pflanzen sind drinnen, komm.«

Diffuses Licht empfängt sie, warme Luft hüllt sie ein. Noch immer hält er ihre Hand, seine Haut fühlt sich warm und rau an. Bianca ist wie betäubt, dann schaut sie auf die Rosenpflanzen, und ihre Augen füllen sich mit Tränen.

Diese Rosen sind ein Wunder, die Triebe so zerbrechlich, die Blätter so zart, dass es ihr fast den Atem nimmt.

»Mir ging es genau wie dir, als ich sie zum ersten Mal gesehen habe«, flüstert Stefan fast andächtig.

Sie antwortet nicht. Für ihre Gefühle gibt es keine Worte. Bianca denkt an ihre Schwester, ihr hätte das ebenfalls gefallen, sie weiß es, sie kann es tief in sich spüren. Nachts, wenn alle schlafen, schleicht sie sich oft in Giulias Zimmer. Stundenlang hört sie ihr zu. Es kommt ihr vor, als würde sie das leben, was ihre Schwester ihr erzählt. Giulia ist so lieb, so klug. Sie kennt jeden Winkel des Hauses, sie hat ihr einen Geheimgang auf den Dachboden gezeigt, dort wo der Himmel und die Sterne so nah erscheinen. Das ist ihr Lieblingsplatz.

Doch er gehört Giulia, sie hat ihn entdeckt.

Ein gemeiner Gedanke nistet sich in ihrem Kopf ein: Alles, was sie liebt, gehört Giulia. Alles. Nur eines gibt es, das allein ihr gehört. Ein Traum. Sie sieht Stefan an. Ihm kann sie es sagen, er wird sie verstehen. »Ich habe eine Blume hier drinnen«, sie zeigt auf ihr Herz, »sie ist zart wie eine Wolke im Frühling, ihr Duft macht mich glücklich.«

Er kniet sich neben sie. »Blumen sind so. Sie erblühen in den Seelen derer, die sie sehen können. Auch die Rosen.«

Sein Lächeln ist sanft, und Bianca erwidert es. Es ist ganz still, bloß die Bienen summen, und der Wind rauscht. Plötzlich greift Stefan nach ihrer Hand. »Lass uns deine Blume gemeinsam zum Leben erwecken. Du und ich.«

»Und wie?«

»So«, er deutet auf die Jungpflanzen. »Wie eine Mutter- und eine Vaterpflanze, wie alles neue Leben entsteht.«

Das weiß sie, sie weiß, wie man Pflanzen kreuzt, wie man Samen gewinnt. Und noch viel mehr. Zum Beispiel, wo die schönsten Blumen wachsen. Im Rosenlabyrinth.

Unvermittelt erstarrt Stefan, er geht zur Tür. »Dein Vater, wir kriegen Ärger, wenn er uns erwischt.«

Jetzt kommt die Angst. Und wenn sie wieder weggeschickt wird? »Können wir nicht unbemerkt verschwinden?«

Stefan sieht sie an. »Vertraust du mir?«

»Ja, ich vertraue dir.«

Sie laufen davon, Hand in Hand, einen Traum im Herzen, den sie teilen. Etwas, das sie für immer vereint.

15

Samen auszubringen tröstet über die langen Wintermonate hinweg und lässt uns auf den Frühling und das wieder erwachende Leben hoffen. Die **Geranie (Pelargonium)** muss vor allen anderen einjährigen Pflanzen gesät werden, am besten im Januar und Februar. Sie ist leicht zu ziehen und bringt große Freude, besonders als Balkonpflanze. Geranien lieben die Sonne, die welken Blüten und vertrockneten Blätter sollten regelmäßig abgeschnitten werden. Nur gießen, wenn die Erde trocken ist.

Die neuen Planungen schienen Claudia verärgert zu haben. Francesco hatte sich die Entscheidung nicht leicht gemacht. Es wäre bequemer gewesen, Giulia sich selbst zu überlassen und gleich wieder abzufahren, die Koffer waren nicht einmal ausgepackt. Aber hätte er das mit seinem Gewissen vereinbaren und mit den Konsequenzen leben können? Seine Mutter war schwer krank, das war nicht zu leugnen. War nicht mehr als ein Schatten ihrer selbst, eine alte Frau, die sich hinter einer fixen Idee versteckte. Bei einem langen Gespräch nach dem Abendessen hatte sie ihn inständig gebeten, noch zu bleiben, sie war glücklich ihn zu sehen und hatte ihm viel zu erzählen.

Es schien, als wäre die Zeit zurückgedreht worden,

die giftigen Worte und Gehässigkeiten der Vergangenheit schienen ausgelöscht. Dass Giulia ihren Sohn und die Enkelinnen brauchte, war offenkundig – dass sie allerdings nach Claudia fragte, hatte ihn überrascht.

»Was damals passiert ist, tut mir leid.«

Er fuhr sich mit den Fingern durchs Haar. Und jetzt? Am liebsten hätte er gelacht. Im Grunde war ihm das Gefühl vertraut, die Geschichte wiederholte sich. Nach der Geburt der Zwillinge hatten sie zwei Jahre in La Spinosa gelebt, doch Claudia und ihre Schwiegermutter hatten sich nicht verstanden. Claudia wollte unabhängig sein, einen eigenen Haushalt führen, während Giulia auf der Einhaltung ihrer Regeln bestand. Lautstarke Diskussionen, Klagen und Streitereien waren an der Tagesordnung gewesen.

Nachdem er sich entschieden hatte, seinen eigenen Weg zu gehen, hatte er vor allem Aufträge in fernen Ländern angenommen, weit weg von Italien. Allerdings zunächst mit dem Ziel, irgendwann seine Frau und die Kinder nachzuholen. Anfangs war Claudia einverstanden gewesen, aber schnell hatte sie die Geduld verloren und ihm die Pistole auf die Brust gesetzt, zumal ihre Schwiegermutter ihr zunehmend verhasster wurde.

Jetzt, da er zurück in La Spinosa war und die gleichen Wege entlangging, die er mit Claudia gegangen war, wurde ihm schmerzhaft bewusst, dass er damals viel zu viel unter den Teppich gekehrt, nicht richtig zugehört hatte – und irgendwann war es zu spät gewesen.

Und das bedauerte er zutiefst. Er zog das Handy heraus, atmete tief durch und tippte die Nummer seiner Frau ein. »Hallo Claudia.« Das Schweigen am anderen Ende versprach nichts Gutes. »Bist du das?«

»Ja, natürlich bin ich das«, sagte sie in abweisendem Ton. »Wo seid ihr?«

»In La Spinosa. Kannst du kommen?«, schob er rasch hinterher, obwohl er wusste, wie sehr sie diesen Ort hasste.

»Wie bitte? Soll das ein Witz sein? Du hast Iris zu deiner Mutter gebracht? Wir hatten vereinbart, uns in London zu treffen! Was hast du vor, Francesco?« Claudia schloss die Augen. Bilder schossen ihr durch den Kopf, eines schlimmer als das andere. Ihr kam es so vor, als wäre sie in die Vergangenheit katapultiert worden. »Das kannst du nicht von mir verlangen …«

»Ich musste mich entscheiden, als Fiorenza anrief …«

»Giulia steht immer an erster Stelle, oder?«, unterbrach sie ihn. »Wie konnte ich das vergessen!«

»Hör mal, sie ist krank, verstehst du? Meine Mutter ist nicht mehr die, die sie mal war.« Er hielt inne, damit seine Frau begriff, was er sagen wollte. »Wenn es nicht wirklich wichtig gewesen wäre, hätte ich meine Pläne nicht geändert und wäre jetzt bei dir.«

»Bei mir? Du? Du spinnst wohl. Die Kinder sollen sich treffen, nicht wir, du verwechselst da was.«

»Ich möchte mich nicht streiten, Claudia, bitte hör mir zu. Die Dinge haben sich gewandelt. Wir müssen eine schnelle Lösung finden. Dann kann jeder wieder in sein eigenes Leben zurückkehren.« Francesco hielt inne, um nachzudenken. Gab es überhaupt eine Alternative? Wie auch immer, in La Spinosa hatte die Geschichte begonnen, und dort würde sie auch enden. Oder besser, sich verändern. »Wir lösen das gemeinsam«, fuhr er schließlich fort. »Und dann geht das Leben weiter, ohne diese schwere Last. Das ist für uns alle am besten, verstehst du?«

»Deine Mutter wird dagegen sein.«

»Meine Mutter spielt keine Rolle mehr. Glaub mir, sie hat sich wirklich verändert. Du würdest sie nicht wiedererkennen.«

Claudias Lachen klang bitter. »Sie wird es nicht erlauben, da bin ich mir sicher!«

»Hast du mir überhaupt zugehört? Es steht schlimm um sie. Sie ist nicht mehr sie selbst. Das Gut verfällt… Wer weiß, wie lange sie noch zu leben hat.«

Claudia wischte sich die Tränen aus dem Gesicht, ihre Lippen zitterten vor Wut. Dennoch drangen Francescos Worte langsam zu ihr durch, und sie begann zu begreifen. La Spinosa verfiel, Giulia war schwer krank. Irgendwo tief in ihr spürte sie ein Gefühl der Erleichterung. Wie lange hatte sie auf diesen Moment gewartet? Sie vergrub ihr Gesicht in den Händen. Dieses Dunkle, Schwarze und Böse hatte sie begleitet, jeden Tag. Ihr Leben war überschattet gewesen von Trauer, Melancholie und Zorn. Im Grunde ihres Herzens verurteilte sie sich für das, was damals geschehen war.

»Was willst du von mir?«

»Bitte kommt her. Beide. Iris…, sie braucht euch. Sie will ihre Familie endlich vereint sehen.«

Ihr drehte sich fast der Magen um. Nein. Alles in ihr sträubte sich dagegen. Nein. Solange diese Frau am Leben war, würde sie nicht dorthin zurückkehren. Sie war krank, schön und gut, aber was ging sie das an?

Alles, was geschehen war, war allein Giulias Schuld. Wirklich alles.

Und jetzt war ihre Tochter dort, ihr wunderbares kleines Mädchen, und hörte sich ihre Version der Geschichte an. Giulia würde Iris manipulieren, sie gegen sie aufbringen, sie glauben lassen… Claudia presste ihre Hand auf den Mund. Sie hatte die letzten Stunden damit verbracht, Fotos von Iris anzuschauen, die Briefe zu lesen, die ihr der Anwalt geschickt hatte. Wie sollte sie jemals die richtigen Worte finden, sie um Verzeihung zu bitten? Jetzt war ohnehin alles umsonst. Iris würde ihr nie verzeihen, zumindest nicht solange sie unter Giulias Einfluss stand. Sie unterdrückte ein Schluchzen.

Francesco sprach weiter: »Das alles ist so lange her… Es ist viel Zeit vergangen, die Situation ist eine andere. Und ich möchte Viola sehen. Komm nach Volterra, wir müssen reden und die Dinge in Ordnung bringen, ein für alle Mal.«

Claudia schnappte nach Luft, ihre Gedanken rasten. »Nein! Ich will dich nicht sehen.«

Es dauerte etwas, bis Francesco seine Fassung wiedergefunden hatte: »Claudia, hier geht es um mehr als um dich oder mich. Wir müssen an unsere Töchter denken. Auch wenn ich dich gut verstehen kann – sie wären mit deiner Weigerung nicht einverstanden. Iris will dich unbedingt kennenlernen. Und ich möchte Viola sehen, mit ihr sprechen. Und ihre Großmutter, wer weiß… Entscheide dich, Claudia, entweder du kommst, oder ich hole Viola ab.«

»Nein.« Mehr sagte sie nicht. Sie schaute in den Garten, als hoffe sie dort eine Lösung zu finden. Sie hörte Francescos Atem und wusste genau, was er dachte. Doch sie wollte diese Vertrautheit nicht, wollte nicht wissen, was er fühlte. Trotzdem: Sie hatten sich einmal geliebt, geheiratet und zwei Kinder bekommen. Und so oft sie sich dafür verflucht haben mochte, an der Realität änderte das nichts. Sie wusste, wie er dachte, und fasste einen Entschluss.

»Ich werde mit Viola sprechen. Wenn sie fahren will, werde ich ihre Entscheidung akzeptieren. Mit dir allerdings und deiner Mutter will ich nichts zu tun haben, nie mehr.«

»Und Iris? Sie wünscht ihre Mutter kennenzulernen, verdammt noch mal!«

»Dafür wird danach Zeit sein.«

»Nach was bitte?«

Vergeblich wartete er auf Claudias Antwort – sie hatte bereits aufgelegt.

An diesem Morgen ging Iris einmal um das ganze riesige Gebäude herum, um es sich von allen Seiten anzusehen, und stieg dann die Freitreppe zur hinteren Terrasse hoch. Die Steinbänke waren vermoost, die Säulen und Geländer mit grauen Schuppen verkrustet. Sie schaute sich um, wollte jedes Detail in sich aufnehmen. Wer wusste schon, wie viele Geschichten und Geheimnisse dieses Haus barg. Alles wirkte spannend und geheimnisvoll. Ihr Blick fiel auf einen Pavillon, der kein richtiges Dach mehr hatte und nicht mehr benutzt wurde.

Sie verließ die Terrasse und schlug den gleichen Weg ein wie gestern, um nach ihrer Rose zu sehen. War sie nicht noch schöner geworden? Sie sog ihren Duft ein, fuhr mit den Fingern über den Stiel und überlegte, ob sie ihrer Großmutter damit eine Freude machen könnte. Sogleich verwarf sie die Idee. Nein, sie würde die Rose nicht abschneiden, schließlich war es die einzige Blüte weit und breit.

»Ich werde meiner Großmutter erzählen, dass du da bist«, murmelte sie. »Wer weiß, vielleicht kommt sie dich ja besuchen.« Lächelnd kehrte sie zurück zum Haus.

Fiorenza kam ihr entgegen. »Dein Vater sucht dich, er wartet drinnen.«

»Ich komme sofort.« Hoffentlich hatte er endlich Neuigkeiten aus London von Viola und Claudia. »Ist meine Großmutter inzwischen wach?«

»Ja, ist sie.« Fiorenza nickte. »Sie frühstückt im Gewächshaus, komm mit.«

Als sie die Tür öffnete, bemerkte sie überrascht, dass Giulias Augen heute völlig klar waren, der Blick wirkte hellwach. Sie trug ein altmodisches grünes Kleid, ihre Haare waren hochgesteckt.

»Guten Morgen, Großmutter.«

»Setz dich bitte neben mich, mein Kind. Hast du einen Rundgang gemacht?« Giulia wirkte ausgeruht und frisch, keine Spur mehr von der verwirrten alten Dame. Womöglich war das Wiedersehen mit ihrem Sohn und ihrer Enkelin einfach zu viel für sie gewesen.

Iris lächelte. »Das Haus ist wunderschön, schade, dass man nicht alle Zimmer betreten kann.«

Die Großmutter tupfte sich die Mundwinkel mit der Serviette ab. »Freut mich, dass es dir gefällt. Leider sind einige Teile einsturzgefährdet.«

»Hast du nie daran gedacht, es sanieren zu lassen?«

»Das wäre viel zu teuer, so viel Geld haben wir nicht.«

»Das tut mir leid. Hast du mal mit meinem Vater darüber gesprochen? Vielleicht kann er dich ja unterstützen?«

»Keine Sorge, so schlecht geht es uns auch wieder nicht.

Früher waren wir sehr reich, das Haus war immer voller Gäste, meine Mutter war berühmt für ihre rauschenden Feste.« Sie seufzte. »Wir leben von den Zinsen. Aber für eine Restaurierung reicht das Geld nicht. Und selbst wenn: Was sollten wir damit anfangen?«

Iris hatte da durchaus einige Ideen, nur gehörte La Spinosa ihr nicht, sie war lediglich hier, um ihre Großmutter kennenzulernen, dann würde sie wieder gehen. Der Gedanke stimmte sie bereits jetzt traurig.

»Stimmt etwas nicht?«

Sie schüttelte den Kopf. »Ich bin froh, dich kennengelernt zu haben, Großmutter.«

Giulias Augen füllten sich mit Tränen. »Ich bin ebenfalls froh, Liebes. Wir werden noch viel Zeit miteinander verbringen. Ich möchte mich übrigens entschuldigen.«

»Weshalb?«

Giulia wandte den Blick ab. »Wegen gestern.« Sie stellte die Tasse ab und lächelte. »Vor einigen Monaten hatte ich einen Schlaganfall. Obwohl es mir mittlerweile viel besser geht, habe ich manchmal noch Probleme und bringe vieles durcheinander.«

Iris überlegte eine Weile, bevor sie antwortete, lügen würde sie nicht. »Du hast mir einen ganz schönen Schrecken eingejagt. Einiges jedoch, was du gesagt hast, hat mich nachdenklich gestimmt.«

»Zum Beispiel?«

Lächelnd dachte Iris nach. Wie sollte sie ihrer Großmutter sagen, dass sie den Eindruck hatte, einige ihrer Marotten geerbt zu haben?

»Nun, beispielsweise spreche ich gerne mit Pflanzen. Ich bin davon überzeugt, dass die rote Geranie Mut macht, die violette Tulpe aufmuntert, die Rose Optimismus schenkt. Und jetzt ist mir endlich klar, warum ich es liebe, mich mit solchen Dingen zu beschäftigen.«

Giulia hatte genau zugehört, ihr Herz pochte bis zum Hals. Alle Donatis hatten ein Gespür für die Natur und das Gärtnern, das musste nichts heißen. Sie riss sich zusammen und verbot sich, ihre Enkelin mit Fragen zu überfallen. »Du liebst Blumen, das freut mich. Was hast du im Park entdeckt?«

Iris nahm sich das Törtchen, das Giulia ihr anbot. »Mich wundert, dass dort keine einzige Blume blüht.«

Die Großmutter seufzte. »Der Garten trauert, er will nicht mehr lächeln.«

»Was meinst du damit?«

»Sind die Blüten nicht das lächelnde Gesicht der Blumen, was meinst du?«

Wunderbare Worte. Iris war froh, die Rose nicht abgeschnitten zu haben. »Vielleicht stimmt etwas mit dem Boden nicht, oder die Knospen sind erfroren. Ich denke, das geht vorbei. Mitten im Gestrüpp habe ich gestern eine Wildrose entdeckt, eine Rosa multiflora mit purpurroten Blüten und einem intensiven Duft. Ich wollte sie dir mitbringen, aber dann dachte ich, es wäre zu schade, sie abzuschneiden.«

Giulia erblasste, sie stellte die Tasse ab. »Von welcher Rose sprichst du?«

Die Enkelin streckte ihr die zerkratzten Hände hin. »Sie war von Unkraut überwuchert, ich habe sie befreit. Jetzt sieht man sie schon von Weitem.«

»Zeig sie mir!«

»Jetzt?«

»Sofort!«

»Bist du sicher? Es ist weit bis dorthin.«

»Kein Problem, ich habe einen Stock. Fiorenza, hilf mir hoch, ich will einen Spaziergang machen.«

»Und du lässt wieder mal dein Frühstück stehen?«

Giulia antwortete nicht. Fiorenza hatte ihr gestern Abend gehörig den Kopf gewaschen.

Du hast dich wie eine Verrückte aufgeführt. Wenn du so weitermachst, dann wird sie schneller verschwinden, als sie gekommen ist. Willst du das, du starrköpfiges Weib? Willst du sie vertreiben?

Ihre Cousine hatte recht, sie durfte sich nicht von der Ungeduld leiten lassen, Iris alles mitzuteilen, was ihr auf der Seele brannte. Sie schien es eindeutig übertrieben zu haben.

Und sieh endlich ein, dass diese Geschichte mit den Zwillingen, den Wanderern und der tausendjährigen Rose nichts als eine Legende ist.

Während die Vorwürfe auf sie niederprasselten, war bei Giulia das schlechtes Gewissen erwacht. Die Enkelin derart zu überfordern war falsch, doch die Geschichte mit den Zwillingen entsprach der Wahrheit, das konnte sie tief in sich spüren. Sie musste einfach stimmen, denn wie sollte sonst der Garten gerettet werden?

Das ist mehr als eine Legende, hatte sie Fiorenza widersprochen, *und das weißt du ganz genau.*

Was soll ich wissen? Haben wir etwa mit eigenen Augen gesehen, wozu Donati-Zwillinge fähig sind? Das sind Überlieferungen aus einer Zeit, als die Menschen an so was glaubten. Muss ich dir erst sagen, was die Legende sonst noch besagt?

Die Worte ihrer langjährigen Vertrauten waren deutlich gewesen. Bloß wusste sie nicht alles. Ihr war nicht klar, dass der Garten bereits vor vielen Jahren zu leiden begonnen hatte. Giulia wusste das als Einzige – und vor allem wusste sie, wie sehr er litt.

Jetzt aber war Iris Donati gekommen, eine der Zwillingsschwestern. Und genau jetzt war eine Rose erblüht, die erste nach einem Frühling ohne blühende Blumen. Das konnte kein Zufall sein.

Gestützt auf ihren Stock, eingehakt bei ihrer Enkelin und wachsam verfolgt von Fiorenza, spürte Giulia auf dem Weg durch den Garten, wie Hoffnung in ihr aufstieg. Hoffnung für den Garten. Und Hoffnung für sich selbst.

Als sie die Rose in dem smaragdgrünen Blätterwerk aufleuchten sah, wusste sie, dass sie sich nicht irrte, und eine Frage kam ihr in den Sinn: Wenn allein die Anwesenheit eines Zwillings genügte, eine Rose zum Erblühen zu bringen, zu was waren dann beide gemeinsam imstande?

»Schau, da ist sie. Ist sie nicht wunderschön?«

Giulia warf den Stock zur Seite und kniete sich neben den Rosenstrauch. Mit geschlossenen Augen sog sie den Duft ein, sie konnte Dinge sehen, die sich sonst nur im Herzen erspüren ließen.

»Ja, das ist sie.« Sie wandte sich an Fiorenza. »Und nun? Ist das etwa Einbildung?«

Fiorenza schürzte die Lippen. »Nein, allerdings ist eine Blüte an einem Rosenstrauch kaum ungewöhnlich, oder?«

»Schau dich einmal um! Siehst du hier vielleicht andere Blumen blühen?«

Iris schauderte. Schrieb Giulia das etwa ihr zu? »Ich habe nichts getan, außer sie zu finden«, murmelte sie.

Fiorenza nickte zur Bestätigung. »Genau, das hat nichts mit dir zu tun.«

»Warten wir's ab«, widersprach Giulia resolut. »Iris, hilf mir. Es gibt noch einiges zu erledigen, bevor Viola kommt.«

Auf dem Rückweg sah sie ihre Enkelin immer wieder an. Sie war der Schlüssel, sie und ihre Zwillingsschwester. Durch sie würde sich alles zum Guten wenden, nicht bloß im Garten. Die beiden wussten nicht, wer sie wirklich war, ahnten nichts von der Familiengeschichte der Donatis, nichts von ihrem Vermächtnis.

Die Zeit drängte. Der Garten brauchte Hilfe, und zwar schnell.

Als Hüterin der Tradition hielt sie stille Zwiesprache mit ihm: *Ich werde alles in meiner Macht Stehende tun, um meine Fehler wiedergutzumachen, du musst noch etwas Geduld haben.* Sie wartete nicht auf eine Antwort, der Garten sprach seit Langem nicht mehr zu ihr.

An diesem Morgen aber war Giulia voller Hoffnung – das erste Mal seit vielen Jahren.

16

Der griechische Name der **Schmucklilie (Agapanthus)** heißt
übersetzt »Liebesblume«. Der krautartige Rhizomstrauch
treibt lange, kerzengerade Stängel aus und blüht in intensiven Farben, Himmelblau, Dunkelblau und Weiß, Symbole
des Friedens und der Harmonie. Schmucklilien sind ideale
Rabattenpflanzen und lieben krümelige, wasserdurchlässige
Böden. Ein sonniger Standort ist wichtig, ebenso regelmäßiges Gießen. Sie blühen den ganzen Sommer.

Seit drei Tagen hatte Viola dem Anruf ihrer Mutter entge-
gengefiebert, jetzt hatte sie Angst. Mit wild klopfendem
Herzen betrat sie die Wohnung.

»Mama?«

»Ich bin hier, mein Schatz«, kam die Antwort aus der
Küche.

»Hallo Mama, wie geht's dir?«

Claudia dachte einen Moment nach. Wie ging es ihr
eigentlich? Es war nicht das erste Mal, dass die Welt über
ihr zusammengebrochen war, aber so wie jetzt hatte sie
sich noch nie gefühlt, so einsam und ohne Hoffnung.

»Setz dich lieber.« Sie wartete, bis die Tochter mit zitternden Beinen auf einen Stuhl gesunken war, erst dann begann sie zu sprechen. »Ich habe etwas Schreckliches getan,

und ich weiß nicht, wie…« Ihre Stimme stockte. »Dein Vater hat mich gebeten, mit dir nach Italien zu kommen, doch das bringe ich nicht fertig. Das schaffe ich einfach nicht.« Sie brach in Tränen aus.

Viola schloss sie tröstend in den Arm »Mama, bitte hör auf zu weinen.«

»Es tut mir so leid, ich kann nicht dorthin zurück.« Sie wischte sich die Tränen aus dem Gesicht.

»Beruhige dich und erzähl mir alles von Anfang an.«

Claudia nickte, und sobald sie sich einigermaßen gefasst hatte, begann sie zu sprechen. »Dein Vater heißt Francesco Donati, das weißt du ja. Wir haben uns in Pisa kennengelernt. Er studierte Agrarwissenschaften, und ich war gerade mit der Schule fertig. Er war so einfühlsam, so zärtlich, und er wusste so viel. Außerdem gab er mir Sicherheit.« Sie hielt inne. »Er brachte mich zum Lachen, mit ihm zusammen sah die Welt schöner, spannender und bunter aus.« Wieder machte sie eine Pause. »Ich wurde sehr bald schwanger und hatte furchtbare Angst vor meinem Vater, er war so streng, so unnachgiebig und zugleich so schrecklich stolz auf mich. Weißt du, wie schlimm es ist, diejenigen zu enttäuschen, die dich lieben?«

Viola sah sie ratlos an, zuckte mit den Schultern.

»Entschuldige, das kannst du nicht wissen. Ich habe es erlebt.« Claudia stieß ein bitteres Lachen aus. » Meine Eltern waren geschockt, und ich wusste nicht, was ich tun sollte. Wir waren beide noch so jung. Mit Liebe allein überlebt man nicht – mit Liebe lassen sich weder Miete noch Rechnungen bezahlen. Sie macht alles bloß komplizierter. Trotzdem begann, als ihr auf die Welt gekommen seid, die glücklichste Zeit meines Lebens.«

Ein kurzes versonnenes Lächeln überzog ihr Gesicht und erlosch sogleich wieder.

»Leider holte die Realität uns schnell ein. Francesco hatte sein Studium abgebrochen, jobbte hier und da, die Beziehung zu seiner Familie war angespannt, finanzielle Unterstützung konnte er nicht erwarten. Er fühlte sich in die Enge getrieben und wurde immer verbitterter. Zudem starb mein Vater, meine Mutter wurde sehr krank. In dieser schier ausweglosen Situation schlug deine Großmutter uns vor, nach La Spinosa zu ziehen. Und ich habe deinen Vater angefleht, das Angebot anzunehmen. Ein verhängnisvoller Fehler. Giulia Donati war eine schwierige Frau. Wir verstanden uns einfach nicht…, was die Spannungen zwischen mir und Francesco zusätzlich vertiefte. Das Unheil nahm seinen Lauf.«

»Konntet ihr nicht einfach wegziehen?«

»Das war nicht so einfach.«

Viola wollte nicken, wollte zum Ausdruck bringen, dass sie Verständnis für ihre Mutter hatte. Aber es ging nicht. Diese ganze Geschichte ergab für sie keinen Sinn. Und ihr Urteil war deutlich in ihrem Gesicht zu lesen.

Als Claudia das registrierte, überfiel sie eine panische Angst. Viola konnte sie nicht verstehen. Wie auch? Sie verstand sich ja nicht einmal selbst. Nicht in tausend Jahren würde sie eine Rechtfertigung für ihr Handeln finden. Nur wer selbst einmal in einer solchen Situation gewesen war, vermochte ihre Entscheidung nachzuvollziehen. Sie senkte den Kopf, sie hatte verloren. Wieder einmal.

»Alle weiteren Antworten findest du in Volterra, dein Vater wird dich am Flughafen in Pisa abholen. Ich habe dir für morgen früh einen Flug gebucht.«

Die Angst kam aus dem Nichts, so heftig, dass es ihr die Luft nahm. Das hatte sie nicht erwartet. Sie schüttelte den Kopf. »So kurzfristig geht das nicht. Was ist mit der Uni? Mit meiner Arbeit? Was hast du dir dabei gedacht, mich an einen Ort zu schicken, wo ich nicht erwünscht bin? Was soll ich dort?«

Ihre Mutter fuhr sich mit der Zunge über die Lippen »Er liebt dich. Du solltest ruhig mehr Selbstvertrauen haben, mein Schatz.«

»Das habe ich.«

Claudia strich ihrer Tochter flüchtig über die Hand. »Als wir uns getrennt haben, wusste er, dass ich nicht ohne mindestens eine von euch leben könnte. Ich entschied mich damals für dich, weil du so ... zart warst, so zerbrechlich. Du brauchtest die fürsorgliche Nähe einer Mutter. Allein aus diesem Grund haben wir so entschieden.«

Das Gesicht in den Händen vergraben, stand sie auf und ging zum Herd, wo das Wasser für den Tee zu brodeln begann. Sie goss ihn auf, bevor sie weitersprach. »Er hat immer an dich gedacht, und als ich ihm nicht mehr geschrieben habe, hat er einen Detektiv engagiert. Obwohl er mich hätte anzeigen können, hat er das nicht getan. Und er hat uns finanziell unterstützt. Ich habe das Geld für dich beiseitegelegt – eines Tages wird es dir nützlich sein, damit du ein sorgenfreies Leben führen kannst. Ein glückliches Leben.«

Violas Augen füllten sich mit Tränen. »Warum hast du mir nie etwas gesagt?«

Claudia starrte in den Wasserdampf, der aus der Kanne aufstieg. Wieder dieses ohnmächtige Gefühl. Ihre Worte klangen resigniert. »Ich habe darauf keine Antwort. Es war das Leben, du schwimmst mit und versuchst nicht unterzugehen, ein Rezept gibt es nicht. Es gibt nicht bloß ein Richtig und ein Falsch.«

»Du hast mir meinen Vater und meine Schwester verschwiegen. Mach es dir nicht so leicht.«

»Leicht?« Claudia fuhr herum. »Was weißt du denn schon? Wie es ist, alles zurückzulassen und noch einmal von vorne anzufangen.«

Viola nahm das Flugticket und steckte es in ihre Tasche. »Nichts weiß ich, das ist es ja. Und deshalb fliege ich auch dorthin. Aus keinem anderen Grund.«

Claudia sah ihrer Tochter nach, ihr Herz drohte zu zerspringen. »Viola, warte, geh nicht einfach so …«

Das Geräusch der zufallenden Tür ließ sie zusammenzucken. Sie sank auf den Stuhl und schlug die Hände erneut vors Gesicht. Irgendwann musste es so kommen, sie hatte es gewusst. Niemals allerdings hätte sie gedacht, dass es so wehtun würde. Mehr als die Geschichte vor zwanzig Jahren.

Viola war ihr Lebensinhalt, ihretwegen hatte sie nicht aufgegeben. Für sie hatte sie gekämpft, damit sie eine Zukunft hatte. Wie sollte es ohne sie weitergehen? Sie wischte sich übers Gesicht und versuchte den Kloß im Hals, der sie zu ersticken drohte, hinunterzuschlucken. Dann ging sie hinaus in den Garten. Sie musste nachdenken, eine Lösung finden, mit Viola und ebenfalls mit Iris.

Aber zuerst musste sie zur Ruhe kommen.

Sie strich sanft über den Boden und versenkte die Hände in der weichen Erde. Sie fühlte sich lebendig an, als wollte sie ihr sagen: *Ich bin bereit*. Während sie die Samen ausstreute, ließ die Spannung nach. Ihr Herz und ihre Seele

wurden eins durch das, was sie tat. In diesem fruchtba-
ren Nährboden würden die Samen keimen und neues Leben entstehen lassen. Sie hob den Blick. Es hatte zu regnen
begonnen, die Tropfen wurden zu Tränen auf ihrer Haut.

Tief in ihrem Inneren war etwas, das sie nicht kontrollieren konnte. Etwas, das sie die verrücktesten Sachen machen und jede Vorsicht vergessen ließ.

Nachdem das Flugzeug aufgesetzt und sie mit den anderen Passagieren die Maschine verlassen hatte, gab Viola
sich einen Ruck. Ein Schritt nach dem anderen. Sie würde
es schaffen, sagte sie sich und ging durch das Terminal
zum Ausgang.

Dort blieb sie stehen, umringt von wartenden Menschen, und hielt Ausschau nach einem Mann, mit dem sie
keinerlei Erinnerungen verbanden. Von dem sie lediglich
eine grobe Beschreibung hatte. Hochgewachsen, dunkle
Haare, dunkle Augen. Attraktiv. Mehr hatte ihre Mutter
nicht über ihn gesagt. Ein Foto besaß sie nicht. Sie beobachtete die anderen Reisenden, die von ihren Freunden
und Verwandten in Empfang genommen wurden – ein jun-
ger Mann küsste leidenschaftlich eine junge Frau, in der
Hand hielt er eine rote Rose.

Viola war fasziniert. Zwei Menschen, die sich hinge-
bungsvoll küssten, losgelöst vom Rest der Welt, nichts anderes schien die beiden in diesem Moment zu interessieren. Im Grunde banal. Eine rote Rose, zwei Menschen,
die sich küssten. Warum vermochte sie den Blick dennoch
nicht abzuwenden? Einen Moment lang dachte sie an William. Ob es mit ihm genauso sein könnte, doch sie ließ den
Gedanken erst gar nicht zu. Für einen kurzen Augenblick

schloss sie die Augen, und dann sah sie ihn. Oder besser gesagt, sie – sie standen vor ihr. Einfach so.

Ihr Vater sah aus, wie Claudia ihn beschrieben hatte: hochgewachsen, dunkle Augen, dunkle Haare, gut aussehend. Und daneben… Viola umklammerte den Griff ihres Trolleys, die Knie wurden ihr weich, als sie ihre Schwester anschaute. Es war, als würde sie in einen Spiegel blicken. Iris weinte und klammerte sich an die Jacke des Vaters. Sie selbst presste sich die Hand auf den Mund und bemerkte erst jetzt, dass ihre Augen feucht waren. Energisch wischte sie sich übers Gesicht, sie durfte nicht weinen. Nicht jetzt.

Ein Schritt, dann noch einer. Sie zwang ihre Füße, sich nach vorne zu bewegen, und als Iris ihr die Arme um den Hals schlang, wehrte sie sich nicht.

»Ich wusste es nicht, Viola, ich wusste es nicht…«

Sie wollte etwas sagen, aber die Worte in ihrem Mund wurden zu Staub. Stumm starrte sie die Schwester an, riss sich schließlich unter Aufbietung aller Kräfte zusammen und stammelte: »Ich auch nicht, Iris.«

Francesco stand dabei, er hatte ebenfalls Tränen in den Augen, konnte seinen Blick nicht von seinen Kindern abwenden. Die Worte brannten in seiner Kehle, doch er brachte sie nicht heraus. Verlegen streckte er eine Hand aus, um sie beim Anblick von Violas eisiger Miene sogleich wieder sinken zu lassen. Seine Schultern sackten herab. Er hatte nicht erwartet, dass es einfach werden würde, und trotzdem wenigstens auf eine versöhnliche Geste gehofft. Der Blick seiner Tochter aber war voller Hass gewesen. Und er wusste, dass sie jedes Recht dazu hatte, ihn zu hassen.

»Kommt, eure Großmutter wartet auf euch. In einer Stunde sind wir in La Spinosa.«

Giulia stand auf der vorderen Terrasse und blickte angespannt auf die Zufahrt. Weiter als bis zur Kurve konnte sie von hier aus zwar nicht sehen, doch sie konnte nicht anders. Sie musste bleiben.

»Zieh dir was über, es wird kühl.«

Sie wehrte sich nicht, als Fiorenza ihr eine Jacke über die Schultern legte, aber ihre Augen blieben auf den Weg geheftet. Stundenlang hatte Giulia in ihren Büchern nach Hinweisen auf einen Zusammenhang zwischen La Spinosa, dem Garten, der tausendjährigen Rose und den Zwillingen gesucht. Ihre Cousine, eine praktisch denkende Frau, hielt das für unsinnig, für abergläubische Legendenbildung – dessen ungeachtet waren sie so vertraut miteinander, dass sie auch über Familienprobleme reden konnten.

»Sie wird mich hassen. Claudia hat sicher schlecht über mich gesprochen. Über das, was ich ihr angetan habe.«

»Hör auf, dich zu quälen. Jetzt liegt alles in Gottes Hand, er wird es richten. Du solltest noch mal mit deinem Sohn sprechen und ihn spüren lassen, wie sehr du ihn liebst. Die Liebe braucht klare Worte und keine Andeutungen.«

Giulias Lippen zitterten. »Ich habe so viel falsch gemacht, so viel Zeit verschwendet.«

»Alles wird gut, du musst nur Vertrauen haben.«

»Da kommen sie.« Giulia tastete nach dem Stock.

»Setz dich wieder hin«, mahnte Fiorenza, »sonst müssen sie dich als Erstes vom Pflaster aufsammeln. Ich frage mich sowieso, warum du nicht im Haus warten konntest.«

Giulia lächelte still in sich hinein, fühlte sich leicht und beschwingt, auch wenn alles um sie herum zu verschwimmen drohte. »Du nimmst dir ganz schön viel heraus. Wenn das hier vorbei ist, ziehe ich andere Saiten auf«, scherzte sie.

»Guter Witz, den werde ich Stefan erzählen.«

Statt darauf einzugehen, suchte Giulia nach der Hand ihrer Cousine, und einen Moment lang hielten sie sich fest und gaben sich Kraft.

»Das sind sie.« Auf ihren Stock gestützt, ging Giulia die Treppe der Terrasse hinunter. Ihr Herz klopfte zum Zerspringen. Fiorenza wich ihr nicht von der Seite. Das Auto blieb stehen, Türen öffneten sich und schlossen sich wieder. Zwei zum Verwechseln ähnliche junge Frauen kamen auf sie zu. Gefühle überwältigten sie, Erinnerungen stiegen in ihr auf. Sie schob sie beiseite, musste sich auf die Gegenwart konzentrieren.

»Guten Tag, gnädige Frau.«

Giulias Hals war wie zugeschnürt, ihre wohlüberlegten Begrüßungsworte lösten sich in Luft auf. Dieses Misstrauen in Violas Blick. Dornen, diese Enkelin schien von einer Dornenhecke umgeben zu sein.

»Willkommen, meine Kleine. Meinst du, du schaffst es, mich Großmutter zu nennen?«

Francesco tauchte auf. »Wie sollte sie, sie kennt dich schließlich nicht.«

»Ja«, murmelte sie. Sie musste Geduld haben, ihr Sohn hatte recht. Woher sollte Viola wissen, wie sehr sie ihre Enkelinnen liebte. Dass sie sie und ihre Schwester an jedem Tag vermisst hatte. Dass die Existenz von La Spinosa, die Zukunft der Donatis von ihnen beiden abhing. Wenn sie Iris und Viola zum Bleiben bewegen konnte, würde alles gut. Der Garten würde zu neuem Leben erwachen. Davon war sie mehr denn je überzeugt.

Endlich machte Viola einen Schritt auf sie zu. »Du hast recht, Großmutter, das alles ist neu für mich. Ich wusste nichts von dir und alldem.« Mit einer vagen Handbewegung umfasste sie das palastähnliche Haus und die Umgebung.

»Wenn sich jemand entschuldigen muss, dann bin ich das. Ich ganz allein«, erwiderte Giulia, kümmerte sich nicht um die erstaunten Blicke von Francesco und Fiorenza.

In diesem Moment zählte allein Viola. Sie betrachtete ihre Enkelin genau, jede Bewegung. Wie sie sich mit den Fingern durchs Haar fuhr, wie sie verstohlen zu ihrem Vater schaute, wie sie Abstand zu ihrer Schwester hielt. Für sie waren diese kleinen Gesten wichtiger als viele Worte. Viola war introvertiert, das erkannte sie, wich aus, war immer auf der Suche nach einer Fluchtmöglichkeit. Eigenschaften, die der strahlenden Iris fremd waren.

Giulia verstand, was in dieser Enkelin vorging. Viola war genau wie sie, eine Rose mit Dornen. Auf diese sensible junge Frau musste sie besonders achten, dachte sie und hakte sich bei ihr unter. »Wollen wir uns setzen, ich bin müde.«

»Hier?«, fragte Iris und deutete auf eine steinerne Bank.

»Ja, das ist gut.«

Giulia ging zu ihr, setzte sich neben sie und winkte Viola, wollte beide an ihrer Seite. Die Sonne tat ihr gut! Ihr Blick wanderte über die Wiese, deren smaragdgrüner Teppich von Gestrüpp überwuchert war. Sie streckte die Hand aus, als wollte sie die Sonnenstrahlen fangen, sie zwischen den Fingern hindurchhuschen lassen. Hier konnte sie tief durchatmen, die Enge in ihrer Brust war verschwunden, die Lunge war frei. Und im Herzen war es warm geworden, nicht so eisig kalt wie sonst. Vor allem jedoch spürte sie Hoffnung.

»Großmutter, was wolltest du uns sagen?«

Giulia hob den Kopf, ihre Gedanken schweiften in längst vergangene Zeiten zurück. Sie wollte unbedingt alles erklären. Ein letztes Räuspern, dann begann sie.

»Mein Vater hieß Lorenzo, meine Mutter Ines. Eure Urgroßeltern lebten hier auf La Spinosa. Damals war alles anders. Im Frühling glichen die Wiesen einem Teppich aus Alpenveilchen, das Haus war voller Leben. Besucher besichtigten den Park, holten sich Ratschläge für ihren eigenen Garten. Und immer waren Kinder dabei, die unter den Bäumen spielten. Der Garten hörte jedem zu, der sich ihm anvertraute. Er nahm den Schmerz und gab die Hoffnung und das Lächeln zurück. Die Frauen erzählten ihm von ihren Träumen und ihrer Liebe...« Ihre Stimme zitterte ein wenig. »Es ist schwer. Ich muss euch so viel sagen und weiß nicht, wo ich anfangen soll.«

Die Zwillinge sahen sich verwirrt an, doch Giulia konnte jetzt nicht aufhören, die Worte waren da, wollten heraus.

»La Spinosa wurde ursprünglich von Goffredo Donati für seine Frau erbaut. Dort auf der windigen Anhöhe, wo es damals nichts als Wald gab, pflanzte er seine erste Rose, die sie aus Damaskus mitgebracht hatte. Sie war eine Prinzessin und hieß Seraphina. Seitdem spricht man in der Familie von der tausendjährigen Rose. Sie gehörte...«

»Eine tausendjährige Rose. Kann eine Rose wirklich so alt werden?«, unterbrach Viola sie.

»Auch sie blüht nicht mehr. Früher strömte ihr Duft bis

an die Grenzen des Gartens und zog die vorüberziehenden Wanderer an.« Die Gedanken der alten Frau drifteten ab, und hilfesuchend sah sie zu Fiorenza hinüber.

»Wollen wir ins Haus gehen?«, fragte die sofort.

»Ja, ich bin müde.«

»Wir haben Zeit, du musst die alten Familiengeschichten nicht auf einmal erzählen. Lass die Mädchen erst mal zu Atem kommen!«

Giulia nickte und hakte sich bei ihren Enkelinnen unter. Ihre Beine waren wie Blei, die Müdigkeit lastete schwer auf ihren Schultern. Sie musste sich unbedingt ausruhen.

»Wir machen morgen weiter. Jetzt, wo ihr da seid, haben wir ja Zeit.«

17

Die **Eisbegonie (Begonia semperflorens)** ist eine unermüdlich blühende einjährige Beet- und Balkonpflanze. Ihre fleischigen Blätter sind empfindlich. Sie hat männliche und weibliche Blüten, liebt mineralstoffreiche, feuchte, dabei wasserdurchlässige Böden und muss nur bei Bedarf gegossen werden. Direkte Sonneneinstrahlung sollte vermieden werden. Im Haus reinigt sie die Luft und verströmt einen zarten Duft. Die Wissenschaftler der NASA haben sie auf die Liste der luftreinigenden Pflanzen gesetzt. Die Blüten sind essbar und eignen sich daher als Deko für Getränke und Süßspeisen.

Volterra liegt auf einem Bergrücken, und bei schönem Wetter hebt sich die Silhouette der Stadt mit ihren zinnenbewehrten Mauern und Türmen markant vom kobaltblauen Himmel ab. Zahlreiche Ruinen zeugen von einer langen glorreichen Vergangenheit, von grausamen Schlachten, von Belagerungen und vom Mut und der Tapferkeit der Bewohner. Stets hatte sich die Stadt behaupten und alle Angriffe abwehren können. In jeder Treppenstufe, in jeder Mauerritze der Häuser, Bögen und Tore, in jedem Pflasterstein der mittelalterlichen Gassen lebt und atmet die Geschichte weiter.

Über dieses Pflaster sind Generationen von Menschen gegangen, Freunde und Feinde. Trotz Feuersbrünsten, Strömen von Blut und trotz aller Vergänglichkeit hat sich Volterra behauptet, das vor mehr als zweitausend Jahren von den Etruskern als »Velathri« gegründet worden war.

Iris fuhr mit dem Rad den Hügel hinauf, rechts und links flankiert von schlanken Zypressen, die sich dunkel gegen den strahlend hellen Himmel abhoben.

Bäume seien die Verbindung zwischen Himmel und Erde, hatte sie einmal gelesen. Aber erst in diesem Moment begriff sie die Bedeutung dieses Satzes, und in ihr begann es zu kribbeln. An der nächsten Biegung der Straße stellte sie das klapprige, alte Fahrrad ab, das sie in einem Schuppen gefunden hatte, und ging auf eine Zypresse zu. Zum Glück war es ein Gras- und kein Ackerboden, auf dem sie sich womöglich die Schuhe ruinieren würde, denn immerhin wollte sie später noch durch Volterra bummeln. Schließlich stand sie vor dem Baum. Es roch nach feuchter Erde und Harz. Nach diesem Duft hatte sie gesucht.

Sie legte eine Hand auf die Rinde und strich über die warme, raue Oberfläche. Umschloss dann lächelnd den Stamm mit beiden Armen und legte die Wange dagegen. Ein tiefes Gefühl des Friedens überkam sie, sie schloss die Augen. Bäume, Sträucher und Blumen, all das vermittelte ihr Frieden, es waren die kleinen Momente des Glücks, Symbiosen mit der Natur – Bäume, Sträucher und Blumen waren es schließlich, die den Himmel mit der Erde verbanden. Wie oft hatte sie das die Alten in den Dörfern der Rosen sagen hören? Pflanzen waren wie Menschen: Ihre Füße waren die Wurzeln, ihr Körper war der Stamm, und ihre

Arme waren die Zweige, die zum Himmel hinaufragten und ihn fast zu erreichen vermochten.

Einen Moment lang blieb sie so stehen, die Hände auf der zerfurchten Rinde, die Haare zwischen den weichen Nadeln der Zweige, die sie zu streicheln schienen. Als ihr Handy in der Tasche vibrierte, öffnete sie die Augen.

»Ciao, Papa, was gibt's?«

»Wo bist du?«

Iris sah in Richtung Stadt, die noch ein gutes Stück entfernt war. »Kurz vor Volterra.«

»Wie zum Teufel bist du dorthin gekommen?«

»Mit einem Fahrrad, das ich in einem Schuppen gefunden habe.«

Francesco wischte sich mit der Hand über die Augen. Hinter ihm standen Giulia, Viola und Fiorenza und starrten auf das Telefon. »Warum hast du nicht Bescheid gesagt?«

»Ich stehe gern früh auf, von euch war noch niemand zu sehen. Außerdem habe ich ja das Handy dabei, wenn irgendetwas ist, kannst du mich problemlos erreichen, oder?«

Schweigen, dann stieß er mit belegter Stimme hervor: »Das habe ich versucht. Seit heute Morgen. Irgendwie hattest du unterwegs mal kein Netz. Das nächste Mal gibst du vorher Bescheid, wenn du einen Ausflug unternimmst. Wir haben uns Sorgen gemacht.«

»Tatsächlich? Kaum zu glauben«, gab sie mit deutlich spöttischem Unterton zurück.

Am Vorabend hatten sie kaum miteinander gesprochen, die Atmosphäre war untergekühlt gewesen. Selbst Fiorenza, die sonst immer ihre Kommentare abgab, war seltsam reserviert gewesen. Viola hatte sie ganz offensichtlich ignoriert, auf die Fragen nach ihrer Mutter ausweichend oder gar nicht geantwortet. Und Giulia hatte nur Augen für ihre Zwillingsschwester gehabt.

»Es tut mir leid, dass wir nicht die perfekte Familie sind, die du dir gewünscht hast«, erwiderte ihr Vater brüsk. »So ist das Leben nun mal. Man kann sich seine Verwandten nicht aussuchen, die meisten sind schon da, wenn man geboren wird. Und ob du es willst oder nicht – mit dem Kopf durch die Wand zu gehen, damit wirst du nichts erreichen. Fiorenza stellt dir das Mittagessen warm. Wir sprechen weiter, wenn du zurück bist.«

»Du bist ungerecht, und das weißt du auch, denn diese Vorwürfe sind absurd!« Iris dachte gar nicht daran, sich wie ein Kind behandeln zu lassen. »Hast du gehört?«, schob sie nach, aber ihr Vater hatte bereits aufgelegt.

Wütend warf sie das Handy ins Gras. Tränen stiegen ihr in die Augen. Wie konnte er es wagen? Er war immer auf ihrer Seite gewesen, immer! Hatte sie unterstützt, ermutigt, getröstet und war nie ungerecht gewesen, niemals. Sie atmete tief durch und versuchte ihre Gedanken zu ordnen.

»Warum behandelst du mich so?«, murmelte sie und blickte in den Himmel.

Francescos Worte klangen in ihr nach: *Es tut mir leid, dass wir nicht die perfekte Familie sind…* Sie wollte gar keine perfekte Familie. Oder vielleicht doch? War das ihr Problem? War sie enttäuscht? Hatte sie in ihren Träumen vielleicht darauf gehofft?

Sie hätte wissen müssen, dass die Realität meist eine andere war. Bloß änderte das nichts. Sie musste eine Entscheidung treffen und dazu stehen, hatte es satt, immer vernünftig, immer freundlich zu sein. Es war Zeit, endlich erwachsen zu werden, an sich zu denken und nicht ständig Rücksicht auf die anderen zu nehmen.

Entschlossen ging sie zum Fahrrad zurück. Bei ihrer Rückkehr würde sie einiges klarstellen.

Zunächst jedoch quälte sie sich den steilen Anstieg nach Volterra hoch. Jetzt aufzugeben kam nicht infrage! Sie würde sich diese Stadt wie geplant anschauen. Egal, was ihr Vater von ihr erwartete.

Sie kämpfte sich über das holprige Kopfsteinpflaster der schmalen Straße unter einem steinernen Torbogen hindurch immer weiter nach oben. Die dicht an dicht stehenden Säulenzypressen, die bislang die Straße flankiert hatten, waren hohen Häuserwänden gewichen. Hin und wieder lächelte ihr jemand freundlich zu oder nickte grüßend. Iris stellte das Rad ab und ging zu Fuß weiter, ihre Wut verrauchte.

Als sie den historischen Stadtkern erreicht hatte, hielt sie inne, ließ den Anblick auf sich wirken. Die herrschaftlichen Palazzi, die das Stadtbild prägte. Die vielen kleinen Läden, in deren Schaufenstern Alabastervasen, Silberteller und Tierfiguren aus Porzellan zum Kauf lockten. Im weichen Licht glänzte die Oberfläche der kleinen Kunstwerke. »Wie Magnolienblüten«, murmelte sie.

Sie schlenderte weiter zur Piazza dei Priori, einem weitläufigen Platz, auf dem sich fotografierende Touristen mit Einheimischen mischten. Die alten Paläste mit ihren hohen Rundbogenfenstern zeugten von Macht und Wohlstand vergangener Jahrhunderte, die stark befestigten Mauern von der Wehrhaftigkeit der Stadt. Wie eine Trutzburg, dachte sie. Ein bisschen wie La Spinosa. Ob dort ebenfalls Schlachten geschlagen worden waren?

Nachdem sie die Piazza überquert hatte und den Blick hob, entdeckte sie eine schmale Treppe, deren Stufen gerade breit genug waren für eine Person und die an einer verwitterten Holztür endete. Was sie neugierig machte, waren die Blumentöpfe auf jeder Stufe. Leider war alles verwelkt. Wie schade. Dann entdeckte sie ein Pflanzengerippe, an dem noch ein einziges Blatt hing. Eine Glockenblume?

Iris streichelte mit den Fingerspitzen über das Blatt, von dem ein zarter Duft ausging – es kam ihr wie ein Willkommensgruß vor, und ihr Herz begann aufgeregt zu pochen. Sie nahm ihre Trinkflasche aus der Tasche und goss den Rest Wasser in den Topf, warf dann einen Blick auf das Haus. Tür und Fenster waren vergittert, alles wirkte verlassen. Für Iris aber keine Entschuldigung, sich nicht um die Blumen zu kümmern. Lediglich eine hatte überlebt, vermutlich weil sie gelegentlich ein wenig Regenwasser abbekam.

Entschlossen griff sie nach dem Topf. Sie konnte nicht jeden Tag hierherkommen und gießen. Und wer weiß, wie lange sie in La Spinosa bleiben würde. Bei diesem Gedanken spürte sie erneut Wut in sich aufsteigen. Sie vergewisserte sich, dass niemand sie beobachtete, nahm den Topf und machte sich auf den Rückweg, als sie eine alte Frau auf einem winzigen Balkon bemerkte. Wie peinlich! Und jetzt?

»Niemand hat sich um die Blumen gekümmert, die anderen sind alle vertrocknet. Das geht doch nicht«, rief sie ihr zu. Was anfangs wie eine Rechtfertigung klang, wurde zur Anklage: »Wenn man sich nicht um eine Pflanze kümmern kann, dann sollte man keine kaufen.«

Die Alte nickte: »Ja, meine Liebe, da hast du recht. Caterina hat sich immer rührend um sie gekümmert. Schau dir die schönen Übertöpfe an! Im Frühling waren die Blumen eine wahre Augenweide, man sah kaum noch die Stufen, so üppig blühten sie. Ein Gedicht.«

»Und warum kümmert sie sich jetzt nicht mehr darum?«

»Nun, inzwischen ist sie tot.«

Iris betrachtete das kümmerliche Pflänzchen. »Können Sie es gießen?«

Die Frau zuckte mit den Schultern. »Schön wär's, meine Liebe, schön wär's.« Sie zeigte auf den Krückstock, der am Balkongeländer lehnte. »Wenn du mir einen Gefallen tun willst, dann nimm sie mit. Caterina wäre bestimmt glücklich darüber. Diese Blume ähnelt ihr.«

Iris betrachtete nachdenklich die Pflanze. »Ja, Blumen und Menschen sind einander manchmal ähnlicher, als man denkt.«

»Caterina hat die Blumen geschenkt bekommen, weißt du? Und als sie zu blühen begannen, ist auch sie aufgeblüht, hat mit den Leuten gesprochen und wieder gelächelt. Sie hatte wirklich ein schweres Los.«

»Inwiefern?«

Die alte Frau sah sich um und flüsterte: »Ihr Mann ist gestorben, als ihr Sohn noch ein Kind war. Ein paar Jahre später ist der Junge spurlos verschwunden, Caterina war verzweifelt. Sie wartete und wartete, und plötzlich war sie ebenfalls weg. Die Nachbarn dachten, sie würde nach ihm suchen. Dann eines Tages tauchte sie wie aus dem Nichts wieder auf, als ob nichts passiert wäre. Sie hatte eine Tüte mit Blumensamen dabei, die sie sofort in die Töpfe verteilte. Im Frühling blieben die Leute vor Bewunderung stehen, so herrlich waren die Blumen. Eine Pracht. Manchmal verschenkte sie sogar Blumen oder Samen an Passanten. Genau wie Bianca Donati.«

Verwirrt runzelte Iris die Stirn. »Sie meinen bestimmt Giulia Donati.«

»Nein.« Die Alte legte den Kopf schief. »Nein, Bianca. Manchmal bringe ich Namen durcheinander, in diesem Fall aber nicht. Ich meine Bianca.«

»Hat diese Frau in Volterra gelebt?«

»Caterina? Natürlich.« Sie deutete auf das vergitterte Haus: »Das habe ich dir doch gerade gesagt.«

Iris schüttelte den Kopf. »Nein, nicht Caterina. Bianca Donati. Lebt sie vielleicht sogar noch hier?«

»Woher soll ich das wissen? Ich verlasse meine Wohnung seit Jahren nicht mehr. Die vielen Treppenstufen und kein Aufzug, weißt du. Das Haus ist so alt, da wird keiner mehr eingebaut.«

»Das verstehe ich.« Iris stellte den Blumentopf in den Fahrradkorb und nickte der alten Frau auf dem Balkon zu, die ihr daraufhin etwas nachrief.

»Ich bin nicht sicher, glaube aber, die Blumen von Caterina kamen aus einer Gärtnerei. Vielleicht wohnt diese Frau, diese Bianca, ja dort.«

»Vielen Dank.« Iris winkte noch mal, stieg aufs Rad und fuhr los, die Hände umklammerten die Lenkstange, während ihr Blick immer wieder zu der Blume wanderte. Im Kopf hatte sie nur eine einzige Frage: Wer war Bianca Donati?

BIANCA

Das Läuten der Glocke klingt durchs Tal, durch die Wälder, den Fluss entlang bis zur Villa. Bianca gießt die zarten Pflänzchen und versteckt sie hinter der tausendjährigen Rose. Sie sind ihr einziger Besitz, und jedes einzelne ist ihr Leben und erzählt ihre Geschichte.

Sie erzählen von ihr und Stefan, von der gemeinsamen Zeit, in der sie die Samen ausgewählt, in die Erde gebracht und die Pflänzchen wachsen gesehen haben. Erzählen davon, wie sie zusammen gelacht und Ideen gesponnen haben, was sie verbinde und was sie trenne. Mit den Fingerspitzen streicht sie über die kleinen Blätter, dann hebt sie den Kopf, die Glocke läutet weiter.

Und jetzt? Besser den Garten nicht verlassen, hier ist sie sicher, jenseits der Hecke liegt der Weg der Wanderer. Die Glocke ruft, die anderen sind weit weg, aber sie ist nicht die Hüterin der Glocke. Das ist nicht ihr Ressort, das hat ihr Vater klar und deutlich entschieden. Sie soll keine Besucher treffen, das ist allein die Aufgabe ihrer Schwester.

Eine für die Wanderer, eine für die Rose – die Regel ist unmissverständlich. Und sie hat sich für die Rose entschieden. Von Kindheit an.

Doch Bianca weiß, was zu tun ist. Von ihrem Versteck zwischen den Bäumen hat sie schon häufig zugesehen. Auf der Waldlichtung steht eine Frau. Bianca geht hin, greift nach dem Seil der Glocke und hält es fest.

»Wandersfrau, was führt dich in diesen Garten?«

»Ich suche Frieden.«

»Dann setz dich und hör dem Wind zu, wie er Geschichten erzählt.«

Die Frau schüttelt den Kopf. »Ich möchte nicht den

Wind, sondern die Stimme meines Sohnes hören, er fehlt mir so sehr.«

»Ich kann dir nicht helfen, ich kenne deinen Sohn nicht.«

Die Frau lässt sich auf die Wiese sinken, die Glocke schwingt langsam aus.

»Er ist weggegangen, weit, weit weg. Und er kommt nie mehr zurück.«

»Dann fahr zu ihm.«

Sie schüttelt den Kopf, Tränen laufen ihr übers Gesicht. Wie viel Schmerz sie in sich trägt! Bianca weiß nicht, was sie tun soll. Diese Frau ist nicht die Richtige, das spürt sie.

»Bevor du Samen aus dem Garten an einen Wanderer weitergibst, musst du dir sicher sein, dass er sie zum Keimen und zum Blühen bringt. Das ist seine Aufgabe.«

Diese Anweisung hat sie oft genug gehört, und auch wenn ihr Vater sie nicht an sie gerichtet hatte, ist sie ihr in Fleisch und Blut übergegangen. Jedes Wort hat sich ihr eingebrannt. Eines Tages wird sie ihr Geheimnis lüften und ihm beweisen, dass sie genauso eine Donati ist wie Giulia.

Ein Lächeln erscheint auf ihrem Gesicht. Jetzt weiß sie, wie sie der Wandersfrau helfen kann. Sie wird ihr eine der hinter der Rose versteckten Pflanzen schenken.

»Der Frieden ist wie eine Blume. Du kannst ihn hegen und pflegen.«

Die Frau fährt mit der Hand über die nassen Augen. »Ich wohne in der Stadt und habe keinen Garten.«

»Dann schaff dir einen.«

»Gut.« Die Besucherin sieht sich um. Dieser Ort wirkt so friedlich, und sie hat nichts zu verlieren.

Bianca nimmt sie am Arm und bringt sie zu der Bank unter dem steinernen Bogen, an dem die Glocke befestigt ist, dann wischt sie ihr die Tränen aus dem Gesicht. »Warte hier, ich komme gleich wieder.«

Das hohe Gras auf dem Weg streichelt ihr die Füße. Es dauert eine Weile, dann ist sie zurück, einen Blumentopf und eine Tüte mit Samen in der Hand. Die Frau kommt ihr entgegen. »Danke, wie heißt du?«

»Ich bin Bianca Donati.«

Die Besucherin nickt, atmet tief durch und geht davon. Dann dreht sie sich noch einmal um. »Ich werde dich nicht vergessen.«

18

Das **Veilchen (Viola odorata)** ist das Symbol der Demut und der Bescheidenheit – eine Haltung, die auch wir gegenüber der Natur einnehmen sollten. Veilchen werden häufig in Mythen und Gedichten erwähnt. Die kleine Blume liebt krümelige und wasserdurchlässige Böden, ihre Blüten enthalten ein Alkaloid, das gegen Hautkrankheiten eingesetzt wird. Das Veilchen liebt die Sonne und verleiht Speisen einen besonderen Geschmack.

Viola blickte in die Runde – Täler, Hügel und Wälder, so weit das Auge reichte. Die gelb leuchtenden Felder wurden von filigranen hohen Baumreihen unterbrochen, die wie Pinsel in den Himmel ragten. Nach dem langen Anstieg holte sie tief Luft und setzte sich mit gekreuzten Beinen ins Gras. Sie liebte diesen Aussichtspunkt, er hatte etwas Besonderes. Eine fast mythische Atmosphäre, das bildete sie sich nicht nur ein.

Das Gut war durch eine hohe Mauer von der Straße abgegrenzt. Dort, wo sie jetzt saß, war das Haus in dem weitläufigen Park, der sie umgab, kaum zu sehen. Sie schloss die Augen und stellte sich vor, wie das Leben hier vor einem oder zwei Jahrhunderten gewesen sein mochte, und streckte sich versonnen lächelnd auf dem weichen Gras aus, spürte die warme Sonne und hin und wieder einen Windhauch auf ihrer Haut.

Warum war ihre Schwester einfach weggefahren, um die Umgebung auf eigene Faust zu erkunden?

Anfangs dachte sie, Iris sei eines dieser verwöhnten jungen Dinger, die ihr zutiefst zuwider waren. Ein Grund, warum sie sich ihr gegenüber so reserviert verhalten hatte. Und wie reagierte ihre Schwester? Zog sich zurück und schaute sie so unglücklich an wie ein ausgesetzter Hundewelpe. Furchtbar! Dann noch Großmutters verrückte Geschichten beim Abendessen. Am liebsten wäre sie aufgestanden und gegangen. Und ihr Vater? Er war ein bemitleidenswerter Mann, weiter nichts. Aber was ging sie das überhaupt an?

Nichts, außer dass sie ebenfalls Traurigkeit kannte, dieses niederdrückende Gefühl, das man nicht mehr loswurde. Mal sehen, wie sich die Beziehung zu ihrem Vater entwickeln würde. Noch war es zu früh, um zu erkennen, ob sie ihn mochte oder nicht. Allerdings spürte sie bereits, dass da etwas war, doch was hieß das schon? Außerdem war Iris, von ihrer Großmutter einmal abgesehen, sowieso die Einzige, die sie wirklich interessierte, auch wenn sie sie gleichzeitig nervte.

Ihr Zwilling liebte Francesco Donati, das war ebenso deutlich zu erkennen wie die merkwürdige Spannung, die zwischen ihnen herrschte. Als hätten sie sich heftig gestritten. Wie sie und ihre Mutter. Aber was bedeutete schon ein Streit?

Für einen Moment beneidete Viola ihre Schwester um diese Vertrautheit, verdrängte aber den Gedanken sofort. Sie war ungerecht, schließlich hatte sie dafür ihre Mutter ganz für sich allein gehabt – bloß besser fühlte sie sich dadurch nicht.

Der Rückweg von Volterra zum Gut war weniger mühsam, da es bergab ging. Beschwingt nahm Iris die Kurven und wurde schneller, bis der Verkehr dichter wurde und sie an einer besonders engen Stelle sogar kurz anhalten musste, um einen Lastwagen vorbeizulassen. Während sie wartete, fiel ihr ein Mann auf, der am Straßenrand entlanghastete. Es war Gabriel. Sie fuhr weiter und überholte ihn.

»Ciao, Iris!«

Sie stoppte. »Ach..., du bist das?«

»Wenn du damit sagen willst, dass du mich nicht erkannt hast, dann tue ich mal so, als würde ich dir glauben. Damit ist der Schein gewahrt, und alle sind zufrieden.«

Recht hatte er – sie wurde rot und stieg vom Rad. »Entschuldige, natürlich habe ich dich erkannt.«

Gabriel musterte sie, dann lächelte er. »Nimmst du mich mit.« Er ließ ihr keine Zeit zu antworten. »Richtiger gesagt, ich fahre, und du setzt dich auf den Gepäckträger.«

»Mal sehen, ob ich das hinkriege.«

»Wenn wir stürzen, fällst du weicher – du auf mich ist besser als ich auf dich.«

Die Vorstellung zauberte ein Lächeln auf Iris' Lippen. »Noch besser, du fährst vorsichtig. Auf einen Sturz kann ich gern verzichten, und meine Blume würde das zudem nicht überleben.«

»Eine schöne Blume, wo hast du sie her?« Geduldig wartete Gabriel auf eine Antworte, während sie schweigend den Blick über die bezaubernde Landschaft schweifen ließ, die grünen Hügel, die goldgelben Weizenfelder, durch die der Wind strich und den Geruch des vergehenden Tages mitbrachte.

»Ich habe sie gestohlen.«

Er drehte sich lachend um, schaute erst sie und dann den Blumentopf an. »Das musst du mir näher erklären, Blumendiebin!«

Iris dachte eine Weile nach, bevor sie antwortete, dabei umklammerte sie von hinten die Taille des jungen Mannes, der den Blick wieder auf die Straße richtete, die Lenkstange fest im Griff. Sein Lachen war ansteckend.

»Ich habe sie in Volterra gefunden, auf einer Treppenstufe, die wohl ein bisschen Regen abbekam. Die anderen Pflanzen waren alle total verdorrt, ein schrecklicher Anblick. Ich wollte nicht, dass sie das gleiche Schicksal ereilt, das verstehst du sicher, oder?«

»Natürlich. Trotzdem lässt du dich besser eine Weile nicht in der Stadt sehen.«

Iris riss die Augen auf. »O Gott, meinst du, man sucht nach mir?«

»Klar, Diebstahl ist schließlich kein Kavaliersdelikt.« Er hielt inne, dann prustete er los. »Du lachst nicht so oft, was? Das war ein Witz!«

Sie gab ihm einen Klaps auf die Schulter. »Du hast mich erschreckt!«

Gabriel lachte weiter und fuhr Zickzack. Um nicht vom Gepäckträger zu fallen, musste sie ihn noch fester umklammern. Plötzlich fiel alle Schwere von ihr ab. Diese Farben, die angenehme Wärme, das Postkartenidyll um sie herum, ihre unbeschwerte Plauderei. Iris konnte sich nicht erinnern, jemals so viel gelacht oder jemandem so gerne zugehört zu haben, wenngleich es lediglich um Belanglo-sigkeiten ging.

Die jungen Leute an jenem Abend in Amsterdam kamen ihr wieder in den Sinn. War es ihnen genauso ergangen? War es wirklich so einfach? Gabriel schwieg einen Augen-blick, dann erzählte er weiter, klang lustig mit seinem ulki-gen Akzent.

»Woher kommst du?«, fragte sie.

Er erstarrte und schwieg, einzig Verkehrsgeräusche wa-ren zu hören.

»Aus Bosnien«, sagte er schließlich.

»Da war ich noch nie, ist es schön dort?«

Er zuckte mit den Schultern, aber seine Anspannung war deutlich zu spüren – seine Bewegungen verrieten es, die Verbissenheit, mit der er in die Pedale trat. »Vermut-lich, kommt darauf an.«

»Du musst nicht darüber reden, wenn du nicht willst.«

»Es ist auch nicht interessant. Erzähl mir von dir. Warum hast du Signora Donati nie besucht? Sie ist deine Großmutter, oder?« Als Iris nickte, fügte er hinzu: »Da-von hatte ich keine Ahnung – nicht mal davon, dass es sie gibt.«

Sie legte ihre Wange gegen Gabriels Rücken, wich je-doch erschrocken zurück und wurde rot.

»Halt dich gut fest, sonst ist es vorbei mit deiner Pflanze«, hörte sie ihn sagen.

Iris schloss die Augen und atmete tief durch. Sie wusste nicht recht, ob sie ihn wieder umklammerte, um nicht run-terzufallen, oder weil es sich gut anfühlte.

»Ich habe ebenfalls erst vor einigen Tagen von ihrer Existenz erfahren«, begann Iris. »Ich dachte immer, ich hätte nur meinen Vater. Und auf einen Schlag war alles anders, und ich bekam eine Mutter, eine Schwester und eine Großmutter. An keine von ihnen konnte ich mich erinnern. Ehrlich gesagt, bin ich nicht sicher, ob meine Mutter überhaupt etwas mit mir zu tun haben will. Umso sicherer bin ich mir, dass meine Schwester überall lieber wäre als in meiner Nähe.« Sie schwieg, dann fügte sie hinzu: »Entschuldige, ich wollte dich nicht mit meinen Problemen langweilen.«

»Wirke ich gelangweilt?«

Sie lächelte und blickte gen Himmel. »Woher soll ich das wissen? Ich kenne dich ja gar nicht.«

»Dann musst du mir glauben, wenn ich dir sage, dass ich absolut nicht gelangweilt bin.«

Seine Worte berührten sie, sein lockerer Ton, seine Selbstsicherheit – vor allem aber wie er sie ansah, wie er mit ihr umging. Sie hatte ihm von sich erzählt, von ihren Sorgen. Das wunderte sie, das war sonst nicht ihre Art, selbst Jonas vertraute sie nicht alles an. Allein die Pflanzen kannten alle ihre Geheimnisse, mit ihnen teilte sie ihre Freude und ihren Schmerz. Gabriel allerdings hatte nicht einfach zugehört, sie hatte seine Anteilnahme gespürt, und das gefiel ihr, es war wie eine zärtliche Berührung.

»Es ist schön, endlich jemanden zu haben, wenn man vorher ganz alleine war.«

Iris antwortete nicht. So hatte sie das bislang nie gesehen, hatte immer bloß Wut, Schmerz und Frustration empfunden. Jetzt schämte sie sich dafür und biss sich auf die Lippen, ihre Gedanken fuhren Karussell. Sie schwieg, bis sie in La Spinosa ankamen, wo sie das Tor verschlossen vorfanden.

Gabriel stieg vom Rad und gab ihr ein Zeichen: »Wir nehmen eine Abkürzung, komm.«

Plötzlich war ihr Interesse geweckt, sie wollte mehr über ihn wissen. Zu ihrer eigenen Überraschung, denn fremde Menschen waren ihr immer eher gleichgültig gewesen. Nun musste sie sich sogar zwingen, sich ihre neugierigen Fragen, die ihr auf der Zunge lagen, zu verkneifen.

Sie gingen auf einem ihr unbekannten Weg zum Haus, Gabriel schob das Fahrrad und redete über dies und das. Als sie fast da waren, blieb er stehen.

»Besser du gehst alleine rein.«

Iris hob den Kopf und sah ihn verwundert an. »Warum? Dass sie wütend auf mich sind, hat mit dir nichts zu tun.«

»Das verstehst du nicht, oder?« Dann hielt er inne und wechselte das Thema. »Warum sind sie eigentlich wütend auf dich?«

»Weil ich losgefahren bin, ohne Bescheid zu sagen. Ich dachte nicht, dass sie sich deswegen Sorgen machen würden.«

Gabriel lächelte und deutete mit dem Zeigefinger auf das Haus. »Stefan meint, dein Vater sei ein guter Mensch. Was sind schon ein paar Vorwürfe, wenn sie aus Liebe gemacht werden? Besser als Schweigen. Glaub mir.« Er hielt ihr den Blumentopf hin. »Ich bringe das Rad zurück.«

»Danke.«

Als sie sich umdrehten, erblickten sie Francesco und Giulia, die neben der Tür standen und auf sie warteten.

»Großmutter!« Iris winkte ihr zu.

»Das Fahrrad gibt's noch? Kaum zu glauben«, wunderte Giulia sich.

»Ich habe es in einem Schuppen gefunden. Und es gut behandelt, keine Sorge.«

Die Großmutter lachte. »Ehrlich gesagt, kann ich es kaum fassen, dass es überhaupt noch fährt. Ich weiß nicht mal mehr, wann es das letzte Mal benutzt wurde.«

Gabriel fand es an der Zeit, sich zu verabschieden. »Einen schönen Abend, Iris, es war mir ein Vergnügen.«

Sie hielt ihn am Ärmel fest. »Danke, Gabriel.«

»O nein, Iris, ich habe zu danken.«

19

Sich uneigennützig um das Wohl der Pflanzen zu kümmern, ohne eine Gegenleistung zu erwarten außer der Freude, sie blühen und gedeihen zu sehen, verleiht ein Gefühl der Leichtigkeit. Die **Magnolie (Magnolia grandiflora)** steht für Würde und Ausdauer, sie ist eine besonders dekorative Pflanze, braucht jedoch viel Pflege. Im Winter muss sie ins Haus und kann erst im Frühling wieder im Freiland ausgepflanzt werden, am besten in einen nährstoffreichen und wasserdurchlässigen Boden. Sie wächst langsam, aber dafür verleihen ihre Blüten dem Garten einen altertümlichen Charme. Magnolien mögen Geschichten und Vertraulichkeiten.

Viola erwachte. Sie war auf der Wiese eingeschlafen, um sie herum rauschte der Wind in den Gräsern. Verwirrt sah sie sich um, bis es ihr wieder einfiel: Sie war in Italien, um ihre Familie kennenzulernen. Seufzend legte sie sich einen Arm über die Augen. Sie musste zum Haus zurück, wollte nicht, dass ihr Vater nach ihr suchte. Das hätte er an diesem Morgen fast mit Iris gemacht – das Gleiche mochte sie nicht erleben. Sie reckte und streckte sich, wäre am liebsten liegen geblieben.

Nur noch ein bisschen, es war so schön hier! Während sie nach einer bequemen Position suchte, tauchte ein Schatten vor ihr auf. »Hallo.«

Viola setzte sich auf, dann fragte sie misstrauisch: »Ist irgendwas?«

Iris zuckte zusammen, im Blick der Schwester lag offene Feindseligkeit.

»Habe ich dich irgendwie verletzt?«, fragte sie.

Viola zuckte mit den Schultern. »Nein.«

»Dann erklär mir bitte, warum du so abweisend bist.«

»Das mit der Blutsverwandtschaft ist alles Quatsch.«

»Was meinst du damit?«

Nach ihrem Gespräch mit Gabriel hatte Iris beschlossen, nicht lockerzulassen. Sie wollte offen und direkt auf Viola zugehen. Vielleicht war ihre Schwester einfach von Natur aus zurückhaltend. Obwohl sich auch dieses Gespräch nicht gerade ermutigend anließ, würde sie nicht aufgeben und suchte Violas Blick. »Wir sind eineiige Zwillinge«, sagte sie. »Das heißt, wir teilen ...«

»... das gleiche genetische Erbe, schon klar. Glaubst du, ich bin blöd?« Violas Stimme nahm einen schrillen Ton an. »Immerhin habe ich einen Bachelor in Botanik und mache gerade einen Master in Gartentherapie, also versuch mir nicht zu erklären, was Genetik ist.«

Iris schluckte. Dermaßen abgekanzelt zu werden, daran war sie nicht gewöhnt. Sie unterdrückte die aufsteigenden Tränen und antwortete bemüht ruhig. »Glückwunsch zu deinen akademischen Erfolgen. Damit kann ich nicht konkurrieren, mit Höflichkeit hingegen kenne ich mich aus. Du magst die tollsten Abschlüsse haben, aber von einem freundlichen Umgang mit anderen hast du keine Ahnung. Entschuldige die Störung.«

Energisch stapfte Iris durch das hohe Gras davon. Ihre Schwester war ganz anders als erwartet, selbstverliebt und unsympathisch. Sie mochten ja gleich aussehen – darüber hinaus waren sie grundverschieden. Zum Glück. Es würde ihr niemals einfallen, so arrogant mit jemand anderem umzugehen. Sie blieb vor dem Rosenbusch stehen, den sie vor einigen Tagen vom Unkraut befreit hatte. Er stand an seinem angestammten Platz, unbeeindruckt von allem, was um ihn herum vorging. Gabriel hatte recht. Die Rose war zusammen mit dem Unkraut gewachsen und fürchtete es nicht. Es war ihre eigene Angst, die sie gespürt hatte, dieses Gefühl, ersticken zu müssen, und hatte all das auf die Rose übertragen.

Ihre Seele spiegelte sich in den Pflanzen und im Garten wider, er war ihr Ebenbild.

Wenn der Garten litt, litt auch sie. Sie hatte die Rose befreit, aber würde sie sich genauso selbst befreien können? Um wieder frei zu atmen? Was machte sie eigentlich hier? Nichts war so, wie sie es sich vorgestellt hatte. Gar nichts. Sie senkte den Blick und hatte den dringenden Wunsch, ganz schnell zu verschwinden.

Doch wohin? *Jeder Mensch sollte einen Ort haben, an den er zurückkehren, ein Zuhause, wo er Zuflucht finden kann, wenn es nötig ist.* Die Rose bog sich im Wind, Iris schloss einen Moment die Augen. Was war das eigentlich, ein Zuhause? Sie sah zu dem mächtigen Gebäude hinüber und spürte eine tiefe Sehnsucht in sich. »Ich habe kein Zuhause mehr. Ich habe gar nichts mehr«, murmelte sie traurig.

Wo sollte sie hin? Sie hatte ihren Job verloren und kein Geld mehr. Womit sollte sie die Miete für ihre Wohnung in

Amsterdam bezahlen? Mit Tränen in den Augen kniete sie vor der Rose nieder.

Giulia umklammerte den Vorhang. Zum Glück war heute ein guter Tag, die Schmerzen waren auszuhalten. Sie atmete tief durch und schaute nach draußen. War das Iris, die da auf dem Boden kauerte? Aus der Entfernung konnte sie das nicht genau erkennen, zumal sich ihre Enkelinnen täuschend ähnlich sahen. Aber sie hatte das Gefühl, dass es Iris sein musste, las es aus ihrer Körperhaltung. Die junge Frau dort wirkte unglücklich, entrückt und einsam.

Das war auch Viola in gewisser Weise, nur dass sie zugleich irgendwie hochmütig wirkte. Die Zwillingsschwestern sollten sich gegenseitig unterstützen, schließlich hatten sie das gleiche Schicksal erlebt. Stattdessen sah sie Eifersucht und Hass in ihren Blicken, als wären sie Feindinnen. Damit hatte sie nicht gerechnet – ihre Hoffnung auf die Rettung von La Spinosa hatte sie blind dafür gemacht.

Wenn Iris und Viola gegeneinander und nicht miteinander arbeiteten, machte alles keinen Sinn, das lag auf der Hand. Ihre Anwesenheit allein reichte nicht, um das drohende Schicksal abzuwenden und den Garten zu neuem Leben zu erwecken.

Was wäre die Lösung?

Die alten Familiengeschichten sagten nichts darüber, nur eines war klar: Die Donati-Zwillinge mussten sich unterstützen, denn lediglich gemeinsam waren sie stark. Wieder begann sie ihr schlechtes Gewissen zu quälen. Hätte sie sich damals aus dem Leben ihres Sohnes herausgehalten, wäre alles anders gekommen: Iris und Viola wären miteinander aufgewachsen in einer Atmosphäre von Harmonie und Liebe. Sie seufzte resigniert, alles war so kompliziert.

»Sie sind noch nicht so weit.« Unvermittelt war Fiorenza neben ihr aufgetaucht und schien zu spüren, was in ihr vorging. »Mit der Zeit werden sie sich aneinander gewöhnen und sich lieben lernen. Sie sind schließlich Schwestern, hab Vertrauen.«

»Uns bleibt keine Zeit, der Garten hat keine Zeit.«

»Du weißt, wie ich darüber denke. Du versteifst dich auf diese alte Geschichte, das führt zu nichts. Damit verschreckst du die beiden bloß. Glaub mir.«

Giulia ließ sich schwer in einen Sessel sinken, vergrub den Kopf zwischen den Händen. »Ich weiß nicht, was ich tun soll, Fiorenza.«

Ihre Cousine sah sie mitleidig an, dann begannen ihre Augen zu funkeln: »Warum erzählst du ihnen nicht die Geschichte deiner Vorfahren? So wie es deine Großeltern mit dir gemacht haben. Erzähl ihnen die Geschichte der Donatis, aber ohne Pathos – die jungen Leute mögen es nicht, wenn man ihnen vorschwärmt, wie viel großartiger früher alles war. Erzähl ihnen, wie sie gelitten haben und wie schwer sie es hatten, sprich von den Fehlern, die sie machten, und von ihrer großen Liebe.«

Unbeweglich wie eine Statue hörte Giulia zu, bevor sie den Blick hob: »Daraufhin ergreifen sie bestimmt sofort die Flucht.«

»Ach was, du hast keine Ahnung von jungen Leuten. Sie brauchen Ehrlichkeit und keine Belehrungen. Und sie wollen Vorbilder. Menschen, die gefallen und wieder aufgestanden sind.«

Giulia musste sich sehr anstrengen, um im Hier und

Jetzt zu bleiben. Fiorenzas Worte hatten sie bis ins Mark erschüttert. Wie würden ihre Enkelinnen reagieren, wenn sie ihr Geheimnis lüftete und sie mit der Wahrheit konfrontierte? »Die alten Geschichten langweilen sie bestimmt«, erwiderte sie verzagt.

Fiorenza runzelte die Stirn, schüttelte sodann den Kopf. »Mach, was du willst. Doch warum fragst du mich überhaupt, wenn du die Antwort sowieso schon weißt? Du kannst von deiner Tante Matelda und ihrem Soldaten erzählen. Oder wie du Cosimo Baci rausgeschmissen hast, der sich La Spinosa unter den Nagel reißen wollte. Schade, dass ich nicht dabei war, das hätte ich zu gerne miterlebt.«

»Erinnere mich nicht daran, diesen Namen will ich in diesem Haus nicht mehr hören. Er ist bereits seit Jahren tot.« Sie quälte sich wieder hoch und ging zum Fenster. Iris war immer noch da.

»Sie ist ein so freundlicher, offener Mensch«

»Deshalb kann ihre Schwester sie auch locker in die Tasche stecken.«

»Da wäre ich nicht so sicher. Erst wenn es wirklich darauf ankommt, zeigt sich, wie stark ein Mensch ist.« Eine Erinnerung stieg in ihr auf und ließ sie zusammenzucken. Niemand wusste, zu was ein anderer imstande ist. Giulia schob den Gedanken beiseite.

Fiorenza kam näher und wischte sich die Hände an der Schürze ab. »Jedes Mal, wenn ich dieses zarte Geschöpf ansehe, zieht sich mir das Herz zusammen.«

»Sie braucht kein Mitleid, sie ist stark, eine echte Donati. Allerdings weiß sie es noch nicht.« Giulias Stimme zitterte bei diesen Worten.

»Reg dich nicht auf, das tut dir nicht gut. Und was Iris

betrifft: Sie verstellt sich nicht – selbst von hier aus erkenne ich, dass sie leidet.«

»So ist das Leben, Lachen und Weinen. Sie sollte besser diese armselige Rose in Ruhe lassen und sich um wichtigere Dinge kümmern«, sagte Giulia. »Wie auch immer, ich habe mich entschieden, deinem Rat zu folgen. Bring mir die Tasche mit den Samen und schau nach, ob die Säckchen gut gefüllt sind. Ich werde ihr von meiner Mutter erzählen und was sie mit dieser Tasche gemacht hat.«

Fiorenza schmunzelte. »Ich bringe auch die Gartengeräte mit, die mit den glatten Griffen, damit sie sich nicht die Hände kaputt macht.«

Giulia nickte. Diese Enkelin beeindruckte sie mit ihrem Drang, die Erde zu berühren, alles mit den Händen zu machen, obwohl es mit Harke und Spaten weitaus einfacher und schneller gehen würde. Iris jedoch wollte den unmittelbaren Kontakt, wollte die Natur mit allen Sinnen spüren.

»Gut, aber beeil dich, die Sonne geht bald unter, und dann wird es draußen zu kalt.«

»Bin gleich wieder da.«

Als Fiorenza zurückkam, stand Giulia schon wartend am Gartentor.

»Bist du verrückt geworden, ganz allein hierher zu gehen?«

»Ich fühle mich wirklich gut. Und jetzt hilf mir, ich muss meiner Enkelin etwas erzählen, und zwar gleich.«

20

Seit Tausenden von Jahren werden Blüten in der Küche verwendet, bereits die Römer und Griechen nutzten sie. Die **Freesie (Freesia)** ist Basis für Sirup oder eine raffinierte Beigabe zu Suppen und Risottogerichten. Freesien bilden Knollen, verbreiten einen intensiven, frischen Duft und blühen in vielen Farben. Sie sind für Freiland und Balkon gleichermaßen geeignet, sind leicht zu vermehren und zu kultivieren. Freesien bevorzugen lockere, sandige Böden, einen halbschattigen Standort und blühen den ganzen Sommer über. Sie gelten als Symbol der Freundschaft.

Viola beobachtete ihre Schwester seit einer ganzen Weile von ihrem Versteck auf dem Hügel oberhalb des Hauses aus, wo sie selbst nicht gesehen werden konnte. Warum kniete Iris auf der Wiese? Jetzt kamen Giulia und Fiorenza zu ihr. Worüber redeten sie? Sie schlich sich näher heran, achtete jedoch darauf, dass man sie nicht entdeckte. Aber sie konnte nach wie vor nichts hören.

Enttäuscht setzte sie sich auf einen Stein, zog das Handy aus der Tasche und suchte nach Williams Nummer. Sein Konterfei lächelte ihr entgegen. Er hatte sie unbedingt zum Flughafen bringen wollen und sie kurz vor dem Einchecken an sich gedrückt. *Ich würde dich so gerne küs-*

sen, hatte er ihr ins Ohr geflüstert, ohne es dann zu tun. Er wusste, dass sie noch nicht so weit war. Doch allein seine Worte waren intensiver gewesen als jeder Kuss, den sie bisher bekommen hatte. Der Gedanke ließ sie wehmütig lächeln. William war einer der Menschen, die allein durch ihre Präsenz gute Laune verbreiteten. Zeit, ihn endlich anzurufen, schließlich hatte sie ihm versprochen, sich schnellstmöglich zu melden.

Sie drückte die Kurzwahltaste und wartete. Stille. Seitdem sie in Italien war, meinte sie von der Außenwelt abgeschnitten zu sein. Nein, das stimmte nicht. Erst seit sie durch das Tor des Anwesens gefahren waren, hatte sie dieses Gefühl. La Spinosa war eine Welt für sich mit den nicht enden wollenden Feldern, den mächtigen Bäumen und dem hochherrschaftlichen Gebäude, das mehr ein Schlösschen als ein Landgut war.

Einfach überwältigend. Allein die immense Größe, die Erhabenheit, die exponierte Lage des stolzen, prunkvollen Baus, der auf der Anhöhe wie eine Festung wirkte. Geschwungene Steinbögen und Alabasterverzierungen prangten an den Fenstern, wenngleich gerade an den kunstvoll bearbeiteten Teilen des Mauerwerks der Zahn der Zeit genagt hatte. Dennoch war Viola fasziniert von dem Anblick, dachte sich Geschichten aus, wer dort wohl gewohnt hatte und was dort wohl passiert war.

Ihre Fantasie ging mit ihr durch. Pferde. Sie meinte sie wiehern, die Hufe auf dem Boden klappern und die Rufe der Reiter hören zu können. Sie stellte sich vor, wie gut gekleidete Männer und Frauen durch den Park flanierten, der wie ein ›italienischer‹ Garten geometrisch angeordnet war. Viola hatte die Stilelemente sofort erkannt.

Der Springbrunnen war noch erhalten, wenngleich von Unkraut überwuchert. Er sah gar nicht so alt aus. Wahrscheinlich war das Haus im Laufe der Jahrhunderte von der Hauptachse ausgehend ständig erweitert worden – zusätzliche Räume, Innenhöfe, Türmchen, Ställe und Schuppen waren hinzugekommen. Ein wirres Durcheinander, als hätte sich niemand über ein Gesamtkonzept Gedanken gemacht.

Auch bei der Auswahl der Materialien galt: von allem etwas. Naturstein, Holz, Backsteine und Beton. Solche Bauwerke gab es in England ebenfalls, nur blieben die meist einer Stilrichtung treu. La Spinosa hingegen schien sich den Bedürfnissen der jeweiligen Donati-Generation angepasst und sich mit der Familie stetig verändert zu haben. Selbst die Kletterpflanzen an den Fassaden hielten sich nicht an Regeln, sie wuchsen nicht nach oben, wie sie sollten, sondern kreuz und quer.

Und dann gab es noch den Garten. Auch er barg Geheimnisse, als ob ein Schatten über ihm läge. Als ob er, von einer schweren Krankheit gezeichnet, dahinsiechen würde. Keine einzige Blume blühte, wie war das möglich? Es war immerhin Frühling, die Wiesen hätten übersät sein müssen mit Margeriten. Und kein Schmetterling, keine Biene weit und breit…

Erneut blickte Viola auf ihr Telefon. Akku leer. Sie seufzte, dann würde sie eben ein andermal mit William sprechen. Unschlüssig blickte sie zu den drei Frauen auf der Wiese und entschied sich schließlich, sich ihnen anzuschließen.

»Hallo.« Sie winkte ihnen zu, doch als sie dicht bei ihnen war, wurde sie nervös. »Was tut ihr hier?«

»Ich wollte deiner Schwester eine Freude machen«, antwortete Giulia.

»Aha.«

»Es sind Säckchen voller Samen, schau mal, wie wunderschön!«

Iris' glückliches Lächeln verdross sie. Warum konnte sie nicht einfach mal den Mund halten? Hatte ihr Vater ihr das nicht beigebracht? Unvermittelt zuckte Viola zusammen. Langsam klang sie wie ihre Mutter …

Unbekannte Gefühle stiegen in ihr auf. Und während Iris ihr voller Stolz die alte Tasche mit den Samenbeutelchen zeigte, schaute sie in die Augen ihrer Schwester, die leuchteten wie bei einem kleinen Kind. Und dazu dieses Lächeln! Wann hatte sie jemals jemand so angelächelt? Ihre Verbitterung verschwand, am liebsten hätte sie ihre Schwester umarmt und sich bei ihr entschuldigt.

»Hast du so etwas je gesehen?«, fragte Iris hellauf begeistert.

Samen, du meine Güte! Ihre Schwester schien sich wirklich über alles und nichts freuen zu können. Trotzdem zwang sie sich, Interesse zu heucheln. »Zeig mal.«

»Schau! Wusstest du, dass es auch rosa Rittersporn gibt?«, fragte Iris und deutete auf das Etikett eines Samentütchens. »Und dann die Anemonen, diese Farbe habe ich noch nie gesehen. Die Blätter sind ähnlich wie die von Caterinas Pflanze.«

Viola hob den Kopf. »Welche Caterina?«

»Die Frau, der die Pflanze gehörte, die ich in Volterra gefunden und mitgenommen habe, weil sich keiner darum gekümmert hat.«

Nach einem erstaunten Schweigen redeten alle durcheinander. Einschließlich Francesco, der sich unbemerkt zu ihnen gesellt hatte. Viola spürte, wie die bleierne Last, die sie den ganzen Tag gequält hatte, von ihr abfiel und einem angenehmen Kribbeln Platz machte. Und als sie das lachende Gesicht ihrer Schwester sah, wurde ihr ganz warm ums Herz, und ein Lächeln umspielte ihre Lippen.

»Ich konnte doch die Pflanze nicht einfach sterben lassen«, erzählte Iris weiter.

Giulia reagierte nicht, sie schaute auf die Rhododendrenbüsche und streckte die Hand danach aus. »Hast du das gesehen?«, fragte sie Fiorenza.

Die Cousine nickte. »Offenbar hat Gabriels Gebräu etwas genutzt?«

»Das ist Naturdünger, eine einfache, aber wirksame Mischung, kein Gebräu«, warf Francesco ein. »Dieser junge Mann ist Diplomlandwirt, der versteht sein Handwerk.«

Am Tag nach ihrer Ankunft hatte er Stefan nach dem jungen Mann gefragt, den Iris im Garten getroffen hatte. Daraufhin hatte der ihm Gabriel vorgestellt, und sie hatten sich eine Weile unterhalten. Der Respekt, den dieser vor der Natur bezeugte, hatte ihn beeindruckt, genau wie sein Ansatz, keinerlei Chemie im Garten einzusetzen – seine Philosophie beruhte auf einer Kombination aus Tradition und modernen Erkenntnissen. Francesco hatte sich selbst ein wenig in diesem Denkansatz wiedergefunden, von dem er sich allerdings inzwischen verabschiedet hatte.

Giulia schwieg zu diesen Spekulationen. Sollten die anderen getrost denken, was sie wollten – sie hielt unbeirrt daran fest, dass diese erfreuliche Entwicklung andere Gründe hatte. Still lächelte sie in sich hinein.

»Ich bin froh, dass ihr da seid«, sagte sie und hakte sich

bei ihren Enkelinnen unter, um zum Haus zurückzukehren.

Bevor sie hineingingen, blieb Viola stehen. »Was bedeutet diese Inschrift?«

Die Großmutter hob den Kopf. Die Worte auf dem verwitterten Stützbalken über der Tür waren kaum noch lesbar, doch Giulia kannte sie genau. »Dieser Gebäudeteil ist als letzter entstanden und wurde von Fulvio Donati gebaut«, sagte sie nach einer Weile. »Ich werde euch später von ihm erzählen. Jetzt lasst uns erst mal reingehen, es ist Zeit fürs Abendessen.«

Die Kühle des Hauses nahm sie auf, es duftete nach Wachs und in der Sonne getrockneten Kräutern. In der Küche köchelte eine Suppe, für die Francesco Gemüse aus dem Garten verwendet hatte. »Wollen wir nicht gleich in der Küche essen?«, fragte er in die Runde.

Normalerweise wurden die Mahlzeiten im ehrwürdigen Esszimmer eingenommen, an dessen langem, massivem Holztisch alle Donatis und jede Menge Gäste Platz hatten. Dahinter stand eine ausladende Kredenz, die vor Jahrhunderten von geschickten Handwerkern in eine Wandnische eingepasst worden war und in der das gesamte Geschirr Platz fand.

»Gute Idee.«

»Finde ich auch.«

Selbst Giulia willigte, wenngleich naserümpfend, ein. Also füllte Francesco die Suppe in die Terracottateller und gab einen Spritzer Olivenöl dazu, die Zwillinge deckten den Tisch, Fiorenza schnitt das Brot. Giulia saß wartend etwas abseits. Francesco sah sich um und lächelte.

Wie lange hatte er nicht mehr für seine Kinder gekocht?

Erinnerungen stiegen in ihm auf. An zwei kleine, übermütige Mädchen, deren Münder rot von Tomatensauce waren und in deren Haaren Nudelteig klebte. Ihr ansteckendes Lachen und ihr munteres Geplauder fielen ihm wieder ein, aber ebenso die Ungeduld in Giulias und die Ablehnung in Claudias Augen. Sein Lächeln erlosch.

Iris hob den Kopf. »Stimmt etwas nicht?«

»Nein, nein, alles in Ordnung.« Er aß weiter, die Augen starr auf seinen Teller gerichtet. Jeder Löffel schmeckte nach Wut, Ohnmacht, Tränen und Schmerz. Erneut streifte ihn Iris' Blick. Erneut zwang er ein Lächeln in sein Gesicht – sie sollte sich keine Sorgen machen. Die ganze Wahrheit konnte er den beiden ohnehin nicht sagen. Noch nicht, noch war es zu früh. Ob es überhaupt je einen richtigen Zeitpunkt dafür gab? »Du hast in Volterra einen alten Garten gefunden?«, lenkte er ab.

»Nein, keinen Garten, eine Treppe mit alten Blumentöpfen.« Iris fuchtelte mit dem Suppenlöffel herum. »Die Eigentümerin des Häuschens ist tot, der Sohn verschwunden. Die Nachbarin meinte, um die Pflanzen würde sich niemand kümmern. Alle waren vertrocknet, nur eine hatte offenbar ein wenig Regenwasser abbekommen. Die habe ich mitgenommen. Mit ihr verbindet sich übrigens eine faszinierende Geschichte.«

»Wie meinst du das?«

Viola nahm sich noch etwas Suppe, während sie ihre Schwester fragend anblickte. Auch Giulia richtete jetzt ihre Aufmerksamkeit auf Iris.

»Caterina – ich habe schon erwähnt, dass die Frau so hieß, oder? Caterina also hatte es nicht leicht im Leben, und dennoch ließ sie sich nicht unterkriegen. Als sie eines

Tages nach längerer Abwesenheit nach Hause zurückkam – sie hatte ihren verschwundenen Sohn gesucht –,
zeigte sie ein Säckchen Samen herum, das ihr eine Unbekannte geschenkt hatte. Sie säte sie aus, die Blumen gediehen gut und dufteten so zart, dass die Leute bewundernd
davor stehen blieben. Ein bisschen so, wie wenn ich Jonas
besuchen gehe…«

»Wer ist Jonas?«, warf Viola ein.

»Ein Freund der Fam… von Papa.«

Viola musterte die beiden. Dieser Mann spielte offensichtlich eine wichtige Rolle im Leben der beiden. Sie
würde Iris später danach fragen.

»Wie geht es Jonas denn?«, hakte Giulia nach.

Francesco legte seinen Löffel auf den Tisch und schaute
zu seiner Mutter hin. Seit wann interessierte sie sich für
seine Freunde?

»Er ist umgezogen und lebt jetzt auf einem Hausboot in
Amsterdam.«

»Zusammen mit unzähligen Pflanzen und Katzen«,
fügte Iris hinzu.

Viola goss sich ein Glas Wasser ein und kam auf das alte
Thema zurück. »Diese Caterina hat also Samen ausgesät,
aus denen Blumen gewachsen sind, schön und gut. Und
was ist daran so besonders?«

Iris tupfte sich mit ihrer Serviette den Mund ab. »Wichtig ist dabei etwas anderes.« Sie wandte sich an Giulia,
die die Tischkante umklammert hielt und wie gebannt an
ihren Lippen hing. »Es geht nicht um die Blumen, es geht
vielmehr um die Samen.«

»Warum?«

Iris war überrascht von Giulias schroffem Tonfall. »Die

Nachbarin hat in diesem Zusammenhang einen Namen erwähnt, und ich denke, das hat etwas mit uns zu tun.«

»Was meinst du damit?«

»Caterina bekam die Samen von einer gewissen Bianca Donati geschenkt.«

Francesco schaltete sich ein. »Bianca Donati? Nie gehört. Du, Mama?«

Giulia antwortete nicht. Sie starrte auf den Tisch, stand auf, wartete, bis Fiorenza ihr den Stock reichte, und sagte dann: »Ich bin müde, ich gehe ins Bett.«

Nachdem die beiden die Küche verlassen hatten, schauten sich Francesco, Iris und Viola überrascht an.

»Habe ich etwas Falsches gesagt?«, fragte Iris.

Der Vater strich ihr über die Hand. »Nein, mein Schatz. Deine Großmutter ist einfach müde.«

Iris nickte, aber ihre Gedanken drehten sich nach wie vor um diese Geschichte. »Papa, wer könnte diese Bianca sein? Vielleicht eine Verwandte? Die alte Frau in Volterra meinte, sie habe etwas mit einem Garten oder einer Gärtnerei zu tun. Ich finde das alles sehr merkwürdig.«

Nachdenklich blickte Francesco zur Tür. »Das kann durchaus sein. Deine Großmutter spricht höchst selten über die Vergangenheit, ich selbst weiß kaum etwas über unsere Familiengeschichte. Außer dass wir von den Donatis aus Pisa abstammen und dass La Spinosa von Generation zu Generation weitervererbt wurde. Und dass Goffredo Donati es als Gegenleistung für seine Dienste im Heiligen Land bekommen hat. Viel mehr weiß ich nicht. Ich glaube, Giulias Schweigen hat mit meinem Vater zu tun, sie hat mich nämlich alleine aufgezogen.«

»Alleine? Warum?«

Sein Gesicht verhärtete sich. »Meinen Vater habe ich nie kennengelernt, ich trage den Familiennamen meiner Mutter. Sie hat nie etwas über ihn erzählt, selbst wenn ich sie noch so sehr gedrängt habe.« Sie hatten sich so oft deswegen gestritten, doch sie hatte eisern geschwiegen, nicht einmal seinen Namen hatte sie verraten. »Er hat sie bereits vor meiner Geburt verlassen. Ich bin sicher, dass sie bis heute nicht darüber hinweg ist.«

Die Zwillinge wirkten bestürzt.

Einen Moment lang spielte Francesco mit dem Gedanken, ihnen zu erklären, dass der Vater ihm nie gefehlt habe. Stefan Mannu hatte diese Rolle übernommen. Er lebte schon seit vor seiner Geburt auf dem Gut, betreute den Garten und war immer für ihn da gewesen, wenn er jemanden gebraucht hatte. Wie ein richtiger Vater. Manchmal war ihm sogar der Verdacht gekommen, er könnte es tatsächlich sein. Denn die Beziehung zwischen Giulia und Stefan war ausgesprochen ambivalent – meist distanziert, aber bisweilen wechselten sie Blicke, die Bände sprachen.

Er fuhr sich mit den Fingern durchs Haar und erhob sich. Wenn Stefan damals da gewesen wäre, dann wäre vielleicht alles anders gekommen. Vielleicht hätte die Trennung vermieden werden können. Ein Gedanke, den er lieber nicht zu Ende dachte.

»Ich gehe ebenfalls ins Bett. Und euch würde das sicherlich auch guttun.«

Die Mädchen sahen ihm nach, sie dachten beide in die gleiche Richtung, obwohl Francesco nichts dergleichen angedeutet hatte.

»Und wenn nun dieser Stefan Papas Vater ist?«, meinte Iris.

»Warum sollte er uns das denn verschweigen?«, erwiderte Viola.

»Es ist einfach so ein Gefühl. Stefan hatte Tränen in den Augen, als er Papa bei unserer Ankunft umarmte. Und ihm ging es genauso. Immer wieder schauten sie sich an – jedenfalls sind sie sich sehr nah. Und wie sie miteinander gesprochen haben…«

Sie schwiegen, eine jede in ihre eigenen Gedanken versunken. Dann räumte Iris den Tisch ab, und Viola begann die Teller zu spülen.

»Viola, sag mal…, wie ist Mama eigentlich?«

Endlich hatte sie ausgesprochen, was ihr seit der Ankunft ihrer Schwester auf der Seele lag.

Viola schluckte: »Was soll ich sagen?« Ihre Gedanken vermischten sich mit Bildern. »Sie hat die freundlichsten Augen, die du dir vorstellen kannst, trotzdem sind sie meist traurig. Kurze schwarze Haare, einen schönen Mund. Wenn sie lacht, meint man, sie trägt alle Freude der Welt in sich.« Leider lachte sie nicht oft, aber das verschwieg sie.

Als sie bemerkte, dass Iris sie unverwandt anstarrte, warf sie den Schöpflöffel, den sie gerade abgetrocknet hatte, auf den Tisch und trat auf ihre Schwester zu. »Du hast Papa ganz für dich allein gehabt und bist um die Welt gereist, das sollte dir eigentlich reichen!« Dann drehte sie sich um und rannte aus der Küche.

Auf der Treppe blieb sie stehen, die Stirn gegen die Wand gepresst, die Last schien sie zu erdrücken. Einen Moment lang überlegte sie, zurückzugehen und sich zu entschuldigen, doch sie konnte nicht. Hastig stürmte sie die Treppe hoch, immer zwei Stufen auf einmal, stürzte in ihr Zimmer, schloss die Tür und ließ sich zu Boden sinken, die Arme um die Knie gelegt.

So blieb sie eine gefühlte Ewigkeit sitzen.

Als sie Geräusche im Zimmer nebenan hörte, hielt sie die Luft an. Iris. Das Gesicht ihrer Schwester tauchte vor ihrem inneren Auge auf. Ihr Ebenbild mit den gleichen kleinen Fältchen um Mund und Augen, tausendfach hatte es ihr aus dem Spiegel entgegengeblickt. Jetzt vermischten sich beide Gesichter zu einem. So oft sie auch diese Gedanken beiseitezuschieben versuchte – Iris war in ihr, hatte die gleiche Angst, die gleichen Gefühle, steckte in ihr wie ein Nagel in einer Wand. Das Lächeln, der Schmerz, Viola spürte beides in jeder Faser ihres Körpers.

Es ließ sich nicht ändern: Zwischen ihnen bestand eine merkwürdige Symbiose.

Aufgewühlt zog sie sich aus, schlüpfte unter die Decke und vergrub ihr Gesicht im Kopfkissen, während der Wind die Vorhänge bewegte. Kurz bevor sie einschlief, kam ihr der Name Bianca Donati wieder in den Sinn. Ihre Großmutter musste sie kennen, ihre Reaktion hatte sie verraten. Die Donati-Familie steckte voller Geheimnisse.

Morgen würde sie Claudia anrufen.

BIANCA
Seit Tagen wimmelt es vor Kaufinteressenten für Loren-
zos Neuzüchtungen. Bianca hasst diese Leute, am liebsten
würde sie schreien, wenn sie sieht, wie jemand einen Topf
wegschleppt.

»Warum verkauft Papa seine Rosen?«

Ihre Mutter hebt den Blick vom Kassenbuch und lacht.
»Wir stecken in Schwierigkeiten und brauchen Geld.«

Sie schaut durchs Wohnzimmerfenster. Ihre Stimme wird sanft. »Du willst doch studieren und reisen, oder? Im nächsten Jahr wirst du zwanzig, dann bist du eine junge Frau.«

Allein der Gedanke erfüllt Bianca mit Panik. Sie geht auf ihre Mutter zu und umarmt sie. »Schick mich nicht weg, bitte.«

»Red keinen Unsinn! Am liebsten hätte ich dich für immer bei mir, du bist schließlich mein Schatz.« Sie streicht ihr zärtlich über den Arm, aber Bianca weicht zurück. Ines lässt die Hand sinken. »Alle Kinder brauchen eine gute Ausbildung, und du warst auf einem hervorragenden Internat.«

Das stimmt, bloß ist in Biancas Augen daran nichts Gutes. Ihre Schwester war nie im Internat, sie wurde zu Hause von ihrem Vater unterrichtet. Sie ist seine designierte Nachfolgerin.

Auf Ines' Stirn erscheint eine Sorgenfalte. »Du musst offener werden, mit deinen Freundinnen ausgehen, mit …«

»Nein, das will ich nicht. Ich habe hier alles, was ich brauche.«

Sie darf ihrer Mutter nicht ins Wort fallen. Sie tut es trotzdem, denn die Erinnerungen trüben ihr den Blick. Bianca will nicht offener werden, keinen Kontakt mit anderen haben. Ihr gefallen die Blicke nicht, die Lorenzos Studenten ihr zuwerfen. Und auch die Freunde ihrer Schwester gefallen ihr nicht.

Wehmütig wandern ihre Gedanken zu Stefan, ihrem einzigen Freund. Die Liebe zu den Blumen verbindet sie.

Er versteht sie, sie brauchen nicht viele Worte, bei ihm muss sie sich nicht verstellen. Zudem kennt er ihr Geheim-

nis, ihm hat sie die Geschichte von dem Buch erzählt, das
sie ins Feuer geworfen und bei dessen Rettung sie ihr Kleid
verbrannt hatte. Und nach diesem Vorfall war sie weggeschickt worden.

21

Der **Liguster** (**Ligustrum ovalifolium**) ist ein immergrüner Strauch, der dekorative, weiß blühende Hecken bildet. Die zarten Blüten locken mit ihrem süßen Duft die Bienen an. Liguster ist pflegeleicht, liebt die Sonne und passt sich allen Böden an. Er muss je nach Bedarf gewässert werden. Die Zweige werden gerne zum Korbflechten verwendet. Die Blüten gelten als Symbol der Jugend.

Giulia schlug nachdenklich das alte Buch zu. Sie seufzte. Fiorenzas Vorschlag folgend, hatte sie nach weiteren Berichten gesucht, um den Zwillingen die Geschichte der Donatis nahezubringen. Spätestens nach ihrem Tod würden sie sowieso alles entdecken. Sie schloss die Lider.

Ja, sie würde es tun.

Vor ihrem inneren Auge tauchte eine Schachtel mit Briefen auf. Wenn alles so verlief, wie sie es sich wünschte, wollte sie sich endgültig von ihnen trennen. Die Briefe würden ihr Abschiedsgeschenk an Iris und Viola sein.

Sie erwartete nicht, dass sie sie verstehen konnten. Das war unmöglich. Wenn sie darüber nachdachte, was sie getan hatte, verstand sie es selbst nicht. Im Grunde musste sie der Krankheit dankbar sein. In dieser schweren Zeit hatte sie vergessen, wie sie einst gewesen war, und eine andere Giulia war geboren worden. Hoffentlich fanden die Zwillinge irgendwann die Kraft, ihr zu vergeben, jetzt war es wichtig, die Dinge in Ordnung zu bringen, die zerstört worden waren. Seufzend stellte sie das Buch ins Regal zurück. Dahinter befanden sich eine Geheimtür und ein verborgener Gang, der zu den bewohnten Teilen des Hauses führte. Nachdem sie am Vorabend Iris die Tasche mit den Samen gegeben hatte, war etwas Erstaunliches geschehen. Der Garten hatte reagiert und Kontakt mit ihr aufgenommen. Das hing mit der Anwesenheit der Zwillinge zusammen, da war sie sicher. Sie wusste das, weil es bereits in früheren Donati-Generationen so gewesen war. Sie schloss die Augen und sah den Garten vor sich, wie er in ihrer Kindheit ausgesehen hatte mit all den Blumen, den Farben. Und sie roch seinen Duft.

Ihre Enkelinnen mussten lernen, miteinander zu leben, miteinander zu arbeiten. Dann würde der Garten das Seine tun. In der Zwischenzeit wollte sie ihnen das nötige Rüstzeug über das Zusammenspiel von Natur, Boden und Pflanzen vermitteln. Schritt für Schritt. Und darauf achten, dass die beiden so viel Zeit wie möglich miteinander verbrachten – alles Weitere ergab sich hoffentlich von selbst. Zum Glück wussten beide schon einiges über Botanik, noch wichtiger allerdings war, sie davon zu überzeugen, dass der Garten ihr Freund war, dass sie eine emotionale Beziehung zu ihm aufbauen und ihn lieben mussten. Sie würde perfekte Gärtnerinnen aus ihnen machen.

Als Erstes brauchten die Mädchen ein gemeinsames Projekt, und da hatte sie bereits eine Idee – Fulvio Donati und seiner eingravierten Inschrift über dem Hauptportal sei Dank. Sie warf einen Blick auf das Pergament vor sich auf dem Schreibtisch und lächelte. Eine ganze Weile hatte sie suchen müssen, bis sie es in einem Ordner in der Bibliothek entdeckte. Sie würde den Enkelinnen alles erzählen, auch ihre eigenen Träume und Wünsche. Um den Rest würde sich der Garten kümmern. Wenn ihr Plan funktionierte, bemerkten Iris und Viola bestimmt selbst, dass sie ihr Ziel bloß gemeinsam erreichen konnten.

Die fünf Schritte des gärtnerischen Wissens, sie waren allen Donatis über Generationen hinweg vermittelt worden. Mit Ausnahme von Francesco. Für ihren Sohn hatte Giulia ein klassisches Studium gewünscht, ihm hatte sie lediglich das Allernötigste über seine Vorfahren und die Familientradition erzählt. Aber er war ebenfalls ein Donati, und Blut war nun mal dicker als Wasser. Und so wurde er gegen ihren Willen Botaniker wie sein Großvater Lorenzo. Dabei hatte sie alles getan, das zu verhindern.

Sie fuhr sich übers Gesicht. »Für was muss ich mich noch alles schämen, mein Gott?«, murmelte sie.

Iris war niemand, der lange grübelte, doch an diesem Morgen vermochte sie ihre Gedanken nicht zu ordnen, die sie in der Nacht wach gehalten hatten. Die geheimnisvolle Bianca Donati und ihre Blumen. Violas Feindseligkeit. Die Zurückhaltung ihres Vaters, der ihr eigentlich beigebracht hatte, immer offen und ehrlich zu sein. Ganz zu schweigen von ihrer Mutter … Warum kam sie nicht nach La Spinosa? Und dann war da noch die Sorge um Giulias Gesundheit.

Sie hatte ihre Großmutter vom ersten Augenblick an ins Herz geschlossen. Wieso, das wusste sie nicht, fühlte sich einfach zu ihr hingezogen, wollte sie beschützen, sie he-

gen und pflegen wie die welken Pflänzchen vom Wochen-
markt, die sie vor der Abfalltonne rettete. Irgendwie absurd, denn Giulia Donati war eine starke Frau. Aber hinter
ihrem stolzen Blick meinte sie etwas erkannt zu haben,
das ihr zu Herzen ging. Vielleicht lag es an den Geschichten, die sie erzählte. Vielleicht daran, dass sie eine Seelen-
verwandtschaft spürte. Beide waren sie anders. Eine enge
Beziehung zu Tieren pflegten viele Menschen, doch mit
Pflanzen zu sprechen? Das war zweifellos seltsam. Und
auch der Begriff *Blumenfee* ging ihr nicht aus dem Kopf.
Woher kam ihre Leidenschaft für Pflanzen und Blumen?

Dafür gab es nur eine Erklärung: Es war das Erbe der
Donati-Frauen.

Rasch zog sie sich an und begab sich nach unten. Ihr Leben hatte sich innerhalb weniger Tage völlig verändert, sie
fühlte sich wie ein Windmühlenflügel, der nicht aufhören
konnte, sich zu drehen. Als Achtjährige war sie in dem hol-
ländischen Dorf Zaanse Schans gewesen, und sie erinnerte
sich noch heute an das ständige Rotieren.

Im Haus war es sehr still. Iris blickte sich um und
schnupperte. Kaffeeduft lag in der Luft.

»Ich bin hier!«

Sie fuhr herum und sah ihre Schwester am Küchentisch
sitzen. »Hallo.«

»Ein tolles Haus, was?« Viola hielt eine Tasse in der
einen Hand und in der anderen einen Keks. »Was hältst du
von einem Rundgang?«

»Denk dran, was Großmutter gesagt hat, es geht nicht«,
erwiderte Iris und goss sich eine Tasse Kaffee ein.

»Du hörst wohl immer auf das, was die anderen sagen.«

»Und dir sind sie egal, oder?«

»Du kennst mich ja gar nicht, als spar dir dein Urteil.«

»Das beruht auf Gegenseitigkeit.«

»Ein Punkt für dich.«

Als Viola traurig lächelte, bedauerte Iris ihr Verhalten sofort. Was war bloß in sie gefahren? Natürlich würde sie gerne das alte Gemäuer erkunden, aber im Zorn sagte sie manchmal Dinge, die weder klug noch sinnvoll waren. Deshalb war sie normalerweise darauf bedacht, sich aus allen Streitgesprächen herauszuhalten. Sie atmete tief durch und lächelte. »Ich wollte nicht unhöflich sein, entschuldige.«

Viola legte den Kopf schief und musterte ihre Schwester. »Es ist echt seltsam, du siehst genauso aus wie ich und bist trotzdem ganz anders. Ich hätte mich zum Beispiel niemals entschuldigt. Hör auf damit! Sonst wirst du nie ernst genommen.«

Iris zuckte zusammen. »Gehörst du etwa zu den Menschen, die Freundlichkeit mit Dummheit verwechseln? Du enttäuschst mich, ich hätte dich für klüger gehalten.«

»Schon wieder eine Unterstellung«, gab Viola zurück.

Warum war sie so feindselig und aggressiv, überlegte Iris. Da steckte gewiss mehr dahinter. »Du bist nicht gerade freundlich. An dem was geschehen ist, bin ich genauso wenig schuld wie du. Wir sitzen im gleichen Boot, das ist dir hoffentlich klar, oder?«

Viola sprang auf: »Und was ändert das, meine ach so gute Schwester?«

Iris hob abwehrend die Hand. »Hör auf, mit mir zu streiten.« Ihr sehnlichster Wunsch war es, sich mit ihrer Schwester zu vertragen. »Wo sind die anderen?«

»Dein Vater ist mit Stefan unterwegs, deine Großmutter ist noch nicht aufgetaucht.«

»Er ist auch dein Vater, Viola«, sagte Iris empört.

»Nein, Iris, da täuschst du dich. Ein Vater kümmert sich Tag für Tag um dich, er tröstet dich, ist an deiner Seite, schimpft manchmal mit dir. Er hingegen war nie da für mich.« Ihre Stimme sank zu einem Flüstern herab. »Da gab es keinen Vater, der mich in den Armen gewiegt hätte, wenn ich nachts nicht schlafen konnte, und der am ersten Schultag beim Tor auf mich wartete. Und als ich lernen musste, dass sich Lügen hinter einem freundlichen Lächeln und falschen Versprechungen verbergen, war ebenfalls niemand da. Er hätte an meiner Seite sein sollen, stattdessen hat er mich im Stich gelassen. Das ist die Realität. Er ist dein Vater, nicht meiner, ist es nie gewesen!«

Nach kurzem Zögern ging Iris auf die Schwester zu und schlang die Arme um sie. »Das tut mir leid.«

Zunächst versteifte Viola sich, ließ es dann zu. »Entschuldige, vergiss es einfach wieder.«

»Mach dir keine Gedanken, ich kann dich wirklich gut verstehen.«

»Ich weiß.« Verunsichert lächelte Viola und setzte wieder ihren ironischen Gesichtsausdruck auf.

»Wenn ihr mit dem Frühstück fertig seid, erwartet euch eure Großmutter im Gewächshaus.« Sie fuhren herum. Wie aus dem Nichts war Fiorenza aufgetaucht.

Iris sah sie überrascht an. »Natürlich. Wie geht es ihr heute Morgen?«

»Sie hatte schon bessere Tage. Geht da lang.« Sie zeigte auf einen Flur, der zum Innenhof führte. »Am Ende dann die erste Tür rechts.«

»Kommst du nicht mit?«, erkundigte sich Viola.

Fiorenza schüttelte den Kopf. »Sie hat euch beiden etwas

unter sechs Augen zu sagen.« Sie nahm eine Schürze aus dem Schrank und band sie um. »Und jetzt verschwindet.«

Rasch halfen sie noch beim Aufräumen und machten sich anschließend sogleich auf den Weg.

»Was könnte das wohl sein, was glaubst du?«

Viola zuckte mit den Schultern. »Vielleicht geht es ja um Bianca Donati.«

»Gut möglich. Jedenfalls gehört sie bestimmt irgendwie zur Familie.«

»Was sonst? Gibt es überhaupt andere Familien mit dem gleichen Namen in der Gegend?«

»Keine Ahnung. Im Grunde wissen wir gar nichts über unsere Familie. Nur dass die Frau auf dem Gemälde im Esszimmer Matelda hieß und auf tragische Art und Weise ums Leben kam.«

»Ach? Und woher weißt du das?« Violas Augen blitzten neugierig.

»Fiorenza lässt hin und wieder eine Bemerkung fallen.«

Violas Interesse war geweckt. Sie musste öfter mit dieser Verwandten sprechen. Möglicherweise konnte sie da noch allerlei in Erfahrung bringen. »Vielleicht ist diese Bianca ja verstoßen worden«, spekulierte sie. »War so eine Art schwarzes Schaf der Familie. Unsere Großmutter ist nicht gerade für ihre Geduld berühmt.«

»Auf mich macht sie eigentlich einen netten Eindruck.«

Viola nickte, um Iris nicht zu enttäuschen. Wenn sie ihr erzählen würde, was sie von ihrer Mutter gehört hatte... Allerdings waren ihr inzwischen Zweifel gekommen, ob das wirklich die gleiche Frau war, die ihre Mutter und ihren Vater schikaniert und schließlich entzweit hatte.

»Ich frage mich mehr und mehr, was damals passiert ist, dass es so weit kommen konnte.«

»Das hängt bestimmt alles miteinander zusammen, Papa, Mama, Großmutter und die Trennung im Streit.«

»Es muss auf alle Fälle etwas wirklich Schwerwiegendes gewesen sein. Sonst würde man kaum einen so wunderbaren Ort aufgeben, ohne sich ein einziges Mal umzudrehen. Das hier ist schließlich ein Paradies.«

Sie hatte recht. Schon wieder dieser Gleichklang der Gefühle, als könnte sich die eine in die Gedanken der anderen einschalten. Aber vielleicht war das bei Zwillingen ja normal.

Im Gewächshaus war es warm und feucht, unzählige Düfte erfüllten die Luft: Minze, Weinraute, Zitronenstrauch, Eisenkraut und Orchideen.

»Fiorenza sagte, du willst uns sprechen?«, begann Viola.

Giulia saß in einem Sessel neben dem Fenster und las. Sie trug ein klassisch geschnittenes rosa Seidenkleid, die Haare fielen offen auf die Schultern. Sie wandte sich langsam um und umfasste die Schwestern mit einem langen Blick. »Wir müssen uns unterhalten, kommt näher.«

»Natürlich.« Iris nickte. »Deshalb sind wir ja da.«

»Ich möchte euch das Anwesen zeigen, das Haus und den Garten. Es gibt hier einiges für euch zu tun ...«

»Für uns?«, fragten die Zwillinge wie aus einem Mund.

»Ja, ich dachte daran, den Garten in Ordnung zu bringen, um den sich so lange niemand gekümmert hat. Ich bin dafür zu alt, für euch jedoch könnte es interessant sein.«

»Was meinst du damit?« Instinktiv griff Viola nach der Hand ihrer Schwester, Iris drückte sie. Einen Moment lang meinte Giulia zu spüren, wie ihre Herzen synchron schlugen, ihre Gedanken in die gleiche Richtung gingen.

»Früher war der Park für Besucher geöffnet, ein Zentrum für botanische Studien. Es gibt viele Pflanzenarten, die nur hier wachsen, denn die Donatis haben im Laufe der Jahrhunderte viele Raritäten gesammelt, spezielle Wildrosen, Kletterpflanzen, Sukkulenten, seltene Gehölze … Und im Grunde gehört all das irgendwann euch. Denkt bitte darüber nach.«

»Ja, gerne.« Iris wusste nicht, was sie sonst antworten sollte. Sie war dermaßen aufgewühlt, dass sie keinen klaren Gedanken fassen konnte. Immerhin hatte ihre Großmutter sie soeben indirekt aufgefordert, in La Spinosa zu bleiben.

22

Die **Silberakazie (Acacia dealbata)** ist ein Gehölz, das Mut gibt. Sie kommt ursprünglich aus Australien und wird auch als »Falsche Mimose« bezeichnet. Sie wächst schnell und passt gut in sonnige Gärten. Sie gedeiht am besten in sauren, wasserdurchlässigen Böden, ansonsten ist sie genügsam, aber frostempfindlich. Wichtig ist regelmäßiges Wässern. Ihre leuchtend gelben Blüten verströmen einen dezenten Duft.

Iris setzte sich auf den Boden, während das Blumenbeet, das sie anlegen wollte, in ihrer Vorstellung allmählich Gestalt annahm: schlicht, klare Struktur, keine geometrischen Vorgaben.

Sie hatte sich einen Platz auf der Lichtung ausgesucht, die auf der einen Seite von Bäumen, auf der anderen von einem kleinen Bach begrenzt war, der munter dahinplätscherte. Die Samen, die sie von ihrer Großmutter bekommen hatte, steckten in spitzen, dickwandigen Tütchen, auf denen in filigraner Schrift zu lesen stand:.

Akelei, blau und violett. Für einen weiten, klaren und festen Blick.

Wer hatte das geschrieben?

Margerite: Reinheit, Güte. Dort aussäen, wo die Luft

mild und die Erde fruchtbar ist. Sie wird es dir mit Liebe und Sanftheit vergelten.

Iris faltete die Tütchen wieder zu und nahm ein anderes heraus. Auf jedem stand etwas. Ein Ratschlag, wie eine Stimme aus der Vergangenheit, dachte sie lächelnd. Und wenn sie beim Anlegen des Blumenbeets einfach dieser Stimme folgte?

Für das, was vor ihr lag, brauchte sie Kraft. Also wählte sie gesprenkelte Nelken. Und für Güte nahm sie das Tütchen mit den Margeritensamen heraus. Mut ... Gab es eine Pflanze, die mutig machte? Sie suchte weiter. Da, das goldgelbe Sommerröschen versprach das. Und dann Geduld. Viel fand sie da nicht, am besten gefiel ihr eine gefleckte Margeritenart. Warum nicht? Das Beet würde trotz seiner Natürlichkeit ein einziges Farbspektakel werden. Sie lächelte bei dem Gedanken und kramte nach einem Samen für die Liebe. Hier, Ginster für ewige Liebe. Sie las, dass der Ginster ein ganzes Leben brauchte, um zu wachsen. Sie hielt inne. Konnte Liebe ebenfalls ein ganzes Leben wachsen? Und Bestand haben?

Ein unbekanntes Gefühl stieg in ihr auf.

Was war nur mit ihr los? Das Leben war anders, das wusste sie schließlich. Alles hatte ein Ende. Schon wollte sie das Ginstersamentütchen wieder zurückstecken, als es sich wie von selbst öffnete. Erschrocken sah sie nach, ob etwas herausgefallen war. »Und wenn schon«, murmelte sie. »Bloß nicht von diesen alten Geschichten mitreißen lassen.«

Was passte noch in das Beet? Roter Mohn, Symbol des Vergessens und der Vergänglichkeit ... Nein, das nicht. Dann lieber gelben Mohn, ein bisschen Reichtum schadete nie. Sie lachte, alles ging ihr plötzlich so leicht von der Hand.

Nun noch Astern für die Strahlkraft, Licht war immer gut. Und Redlichkeit, denn ehrlich sollte man sein, vor allem mit sich selbst. Schwarzer Nachtschatten für die Wahrheit, davon würde sie etwas mehr säen. In ihrer Familie gab es so viele Geheimnisse, die gelüftet werden mussten. Und schließlich Salbei, das Symbol der Rettung. Besser, sie baute vor.

Nachdem sie ihre Auswahl getroffen hatte, bereitete sie das Beet vor, lockerte den Boden, glättete die Oberfläche und begann mit der Aussaat.

»Hallo, Iris. Kann ich dir helfen?«

Sie hob den Kopf. »Hallo, Gabriel, ich hab dich gar nicht kommen hören.«

»Du warst so vertieft, was hast du gesät?«, fragte er lächelnd.

»Ein bisschen was von allem, schau hier.« Sie zeigte ihm die Tasche. »Die hab ich von meiner Großmutter«, erklärte sie und nahm die Samentütchen heraus.

Gabriel öffnete sie vorsichtig, eines nach dem anderen. »Das sind bestimmt alte Samen, aber sie sehen gesund aus.«

»Ich hab ein Beet damit gestaltet und dabei neben der Farbzusammenstellung auch an die Symbolik gedacht. Daran, was mir wichtig ist.«

Gabriel schaute auf die glatt gestrichene Erde, dann auf die Samen, zerrieb einige zwischen den Fingern. »Sind sie wirklich alt?«

Iris zuckte zusammen, als ihr klar wurde, was Gabriel damit sagen wollte. Ihm schien zweifelhaft, ob die alten Samen überhaupt aufgingen.

»Ich fahre in die Stadt, kommst du mit?«, wechselte er sodann das Thema.

»Das geht nicht, leider.« Gerne wäre sie mitgefahren, doch sie musste sich mit Viola bei ihrer Großmutter treffen.

Gabriel nickte. »Natürlich, entschuldige, dann mache ich mich mal auf den Weg.«

Iris winkte ihm zum Abschied. Warum hatte er sich entschuldigt? Sie zuckte mit den Schultern, räumte die Gartengeräte zusammen und ging zum Haus zurück.

Zum allerersten Mal bekamen Iris und Viola die Räume ihrer Großmutter zu Gesicht. Sie durchquerten ein großes Wohnzimmer mit Regalen, einem Sofa, kleinen Tischen und einem wuchtigen Schreibtisch und kamen zum Schlafzimmer, in dessen Mitte ein Himmelbett thronte. Überall Bücher, wohin man schaute.

Giulia saß mit angespannter Miene in einem Sessel und erwartete die Enkelinnen bereits. »Danke, dass ihr gekommen seid.« Eigentlich hatte sie geplant, mit ihnen das gesamte Anwesen zu besichtigen, fühlte sich indes zu schwach.

»Wie geht es dir?«

»Nicht so gut, aber ich bin glücklich. Ich möchte euch etwas zeigen. Seht ihr dieses Pergament dort auf dem Tisch?«

»Das da?«

»Ja, Iris, genau das. Setz dich neben deine Schwester und lies mir die erste Zeile vor.«

»Achtsamkeit, Bewusstsein, Tatkraft, Freude, Leben.«

Giulia schloss die Augen, die sanfte Stimme ihrer Enkelin gab ihr Kraft, und die schlichten Worte gewannen in der Stille des Raumes an Tiefe.

»Was bedeutet das?«

Sie ließ sich noch tiefer in den Sessel sinken, den Kopf zur Seite geneigt, die Augen auf Viola gerichtet.

»Erinnerst du dich, dass du mich nach der Bedeutung der Inschrift über dem Hauptportal gefragt hast?«

»Natürlich.«

»Es sind die gleichen Worte, die dort stehen – es ist das Familienmotto. Findet ihr das lächerlich?«

Iris schüttelte den Kopf: »Warum sollten wir? Wir haben unsere Familie gefunden, ein Schloss, einen Park und sogar ein Motto!«

»Ich habe als Kind ein Buch geschenkt bekommen, in dem dieses Pergament steckte. Damals war ich elf – in diesem Alter ist die Bedeutung der Worte kaum zu verstehen. Und niemand half mir weiter. Dennoch wollte ich unbedingt herausfinden, um was es ging, dachte nächtelang darüber nach. Es war eine Frage des Stolzes und der Ehre, nicht aufzugeben. Erst nach langer Zeit begriff ich, dass nicht alles, was geschieht, sofort eine Bedeutung hat. Oft geht es um eine Pflicht, die man einfach erfüllen muss, und erst dann bekommen die Dinge einen Sinn.«

Iris und Viola sahen sie schweigend an.

Giulia lächelte: »Ich möchte euch das Pergament gerne schenken.«

Erneut tauschten die beiden einen verwunderten Blick, und wieder war es Iris, die höflich antwortete. »Danke, Großmutter, das ist sehr großzügig.«

Nachdenklich verließen die Zwillinge Giulias Gemächer, und erst als sie außer Hörweite waren, wandte sich

Viola an ihre Schwester. »Als ich das Pergament sah, habe ich mich zunächst gefragt, was sie dazu bewogen hat, etwas so Wertvolles als Notizzettel zu verwenden. Es dauerte eine Weile, bis ich begriff, dass nicht sie das Pergament beschrieben hat, sondern dass es sich um seit Jahrhunderten bestehende Verhaltensregeln handelt.«

»Und was haben sie zu bedeuten?«

Sie waren im Innenhof angekommen. »Ich habe nicht die geringste Ahnung, aber das Pergament muss uralt sein. Mist, dass ich meinen Laptop nicht dabeihabe ... Mit dem Handy komme ich nicht in die Datenbank der Uni, fürchte ich.«

Die Augen auf das Schriftstück geheftet, setzten sie sich dicht nebeneinander auf eine Bank. »Unter dem Motto ist die Zeichnung eines Gartens, der in verschiedene Bereiche eingeteilt zu sein scheint. Ob das ein Plan ist?«, meinte Iris.

»So einfach ist es nicht, schau mal genauer hin. In jedem Bereich sind Hinweise auf Pflanzen und Symbole zu erkennen ...« Viola hielt inne und sah sich um. »Nein, das kann nicht sein.«

»Was meinst du?«

Viola biss sich auf die Lippe. »Nichts. Das kannst du nicht wissen, deshalb macht es wenig Sinn, es dir zu erklären.«

Iris schwieg, dann stand sie auf und entfernte sich – ihre Wangen waren gerötet. »Viola, du bist ja so dumm.«

»Was ist denn jetzt wieder los?«, fragte sie, ohne eine Antwort zu erhalten.

Iris drehte sich nicht einmal mehr um. Wieder einmal empfand sie gleichermaßen Wut und verletzten Stolz. Natürlich hatte sie keine Universitätsausbildung wie Viola, trotzdem musste die Schwester damit nicht ständig angeben. Sie hatte die Nase gestrichen voll.

Während Viola der Schwester noch überrascht nachblickte, bemerkte sie, dass jemand Iris zuwinkte. Gabriel. Sie tat, als hätte sie ihn nicht gesehen, und ging ins Haus. Dieser Typ gefiel ihr ganz und gar nicht und noch weniger der Blick, den er ihrer Schwester zuwarf.

Iris blieb stehen, ihr Herz schlug ihr bis zum Hals, sie musste sich mit den Händen auf den Oberschenkeln abstützen, so schnell war sie gerannt. Um alles hinter sich lassen zu können, Viola, die Großmutter, einfach alles. Ihre Schwester war wie alle anderen, für sie zählten hauptsächlich Äußerlichkeiten und Prestige. Gleichermaßen zornig wie traurig schlenderte sie über moosbedeckte Steinplatten den Gartenweg entlang, bis sie auf eine kleine Anhöhe kam. Vor ihr erstreckte sich der Hügel mit seinen Wiesen, Wäldern und Lichtungen. Und mächtigen, einzeln stehenden Bäumen: Stieleichen, Steineichen, Platanen, Pappeln, Weiden, Tannen und Kastanien. Aber irgendetwas stimmte nicht… Sie schaute genauer hin. Auch hier wirkte alles kraftlos, verwelkt und verdorrt.

Viola war nach der Auseinandersetzung mit Iris in ihr Zimmer gegangen, hatte ein bisschen gelesen und immer wieder nach draußen gelauscht. Warum war ihre Schwester bloß so verdammt empfindlich? Schließlich hatte sie ihr nicht wehtun wollen! Als Iris nach einer Weile nach wie vor nicht aufgetaucht war, beschloss Viola, nach draußen zu gehen und zu telefonieren – dort war die Verbindung besser. Für Schuldgefühle war jetzt weder Zeit noch Raum.

Sie ging durch die weitläufigen Flure, verließ das Haus, durchquerte den Renaissancegarten und erreichte schließlich die Straße, auf der sie das Taxi hergebracht hatte. Obwohl erst wenige Tage vergangen waren, kam es ihr wie eine Ewigkeit vor. Sie nahm ihr Handy, blieb neben einem Torbogen am Rand der Begrenzungsmauer stehen und als sie aufsah, entdeckte sie eine Glocke, die darin befestigt war. Viola kannte sich mit der Anlage alter Gärten einigermaßen aus, doch so etwas hatte sie nie zuvor gesehen.

Die Glocke war zu weit vom Haus entfernt angebracht, um für Besucher nützlich zu sein. Aber was mochte sie sonst für einen Zweck haben? Der Wind bewegte sie sacht hin und her, ohne sie indes zum Klingen zu bringen. Die Steine des Bogens waren verwittert und mit Flechten überzogen, daneben rankte sich eine Kletterrose ganz nach oben bis zur Glocke. Viola berührte den Stamm. Wer weiß, welcher Donati sie wohl gepflanzt hatte? Sie setzte sich auf den Boden und zog die Knie an die Brust, als sie etwas registrierte. Hatte sich da nicht gerade etwas bewegt?

»Wer ist da?«, rief sie und schaute sich erschrocken um. In diesem Moment klingelte ihr Handy. Als sie die Nummer auf dem Display sah, seufzte sie erleichtert auf. »Mama, endlich!«

»Hallo, mein Schatz, wie geht es dir?«

Violas Herz klopfte noch immer heftig. »Ich bin gerade zu Tode erschrocken.«

»Was ist denn passiert? Ich habe gewusst, dass es ein Fehler war. Du hättest nicht fahren sollen.«

Von was redete ihre Mutter da? »Beruhige dich, ich bin erschrocken, weil das Handy plötzlich geklingelt hat. Sonst ist nichts. Dieser Ort ist unglaublich.«

»Du meinst schrecklich.«

»Um Himmels willen nein. So etwas wie hier habe ich noch nie gesehen, das riesige Haus, der Park, die Wiesen, der Fluss, die jahrhundertealten Bäume. Obwohl im Garten alles verwelkt ist, scheint er zu leben. Erinnerst du dich an die Märchen, die du mir als Kind erzählt hast? Mit den Zwergen in den Wäldern...«

Stille, dann fragte ihre Mutter: »Was hat das denn damit zu tun?«

»Ich weiß nicht, La Spinosa erinnert mich irgendwie daran. Vergiss es.«

»Bist du sicher, dass alles in Ordnung ist?«

»Warum sollte ich lügen? Großmutter ist nett und behandelt mich sehr freundlich.«

Wenn Claudia wüsste, dass Giulia sie in den Arm genommen und ihr eine Halskette mit einem ziselierten, brillantenbesetzten Schlüssel geschenkt hatte. Als Zeichen der Zugehörigkeit? Sie strich über den wertvollen Anhänger. Er gefiel ihr sehr, eine Antiquität, etwas mit Vergangenheit und Geschichte. *So kann ich euch besser auseinanderhalten*, hatte Giulia gesagt. Stimmt, sie waren sich so ähnlich, dass selbst ihr Vater damit so seine Schwierigkeiten hatte.

»Du darfst dieser Frau nicht vertrauen«, mahnte Claudia. »Sie ist nicht die, die sie zu sein scheint. Die Krankheit ist lediglich ein Vorwand, das weiß ich.«

Viola schüttelte den Kopf. »Nein, du irrst dich. Als ich ankam, konnte sie sich kaum auf den Beinen halten, im Grunde braucht sie ständige Unterstützung. Es gibt sogar Momente, in denen sie völlig abwesend scheint. Wirklich, Mama, es geht ihr nicht gut.« Sie meinte Claudias Feindseligkeit durch den Hörer zu spüren. »Warum erzählst du mir nicht, was wirklich zwischen euch passiert ist? Dann kann ich es vielleicht besser verstehen.«

Stille. Nichts war zu hören außer dem schweren Atem ihrer Mutter. »Sie hasst mich und, ehrlich gesagt, ich sie auch.«

»Das hilft mir wenig. Kannst du nicht etwas konkreter werden?«

»Es ist eine schlimme Geschichte, weißt du, und es tut weh, darüber zu sprechen. Es muss nicht sein.« Sie seufzte und schwieg wieder eine Weile. »Und… deine Schwester?«, umging sie das heikle Thema.

Viola passte das ganz und gar nicht. Zwar versuchte sie ruhig zu bleiben, aber langsam hatte sie genug von Claudias ewigen Ausflüchten. »Wie bitte?«

»Wie ist Iris, wie geht es ihr?«

»Sie hat mich nach dir gefragt, und ich wusste nicht, was ich antworten sollte.«

»Ihr hättet nicht an diesen schrecklichen Ort zurückkehren sollen.«

La Spinosa war ganz und gar nicht schrecklich, fand Viola, und ihre Großmutter erst recht nicht. Ihr ohnehin strapazierter Geduldsfaden riss endgültig. »Jetzt reicht es, Mama! Steig in ein Flugzeug und komm her! Iris will dich kennenlernen. Meinst du, für mich ist das einfach? Mein Vater schleicht um mich herum wie ein geprügelter Hund, hat nicht den Mut, mir in die Augen zu sehen und geht mir aus dem Weg. Stattdessen beobachtet er mich immer dann, wenn er glaubt, ich bemerke es nicht. Und er weint. Verstehst du? Weißt du, wie es ist, wenn ein Mann heimlich weint? Ich schon. Es ist kein schönes Gefühl, das garantiere ich dir. Also was ist? Kommst du, oder müssen wir zu dir kommen?«

Als auf der anderen Seite aufgelegt wurde, stieß sie einen abgrundtiefen Seufzer aus. »So ein Dickkopf«, murmelte sie vor sich hin. »Verdammt noch mal!«

Viola war stinksauer und hatte genug von der ganzen Geschichte. Den Kopf an den Torbogen gelehnt, atmete sie tief durch, um sich zu beruhigen. Sie sah einem Vogel nach, lauschte dem Wind zwischen den Zweigen, spürte den Atem des Waldes. Was zum Teufel war zwischen ihrer Mutter und ihrer Großmutter passiert?

»Hallo, wer bist du? Viola oder Iris?«

Sie hatte ihn nicht kommen hören und stand auf. Wer redete so mit ihr? Dann erkannte sie ihn. »Hallo, Stefan, ich bin Viola.«

Ein Lächeln überzog das ernste Gesicht des Mannes, die tiefen Falten um Mund und Augen glätteten sich etwas. Viola musterte ihn aufmerksam, suchte nach einer Ähnlichkeit zwischen ihm und ihrem Vater. Vergeblich, aber das musste nicht unbedingt etwas heißen.

»Erinnerst du dich an mich?«

Was für eine merkwürdige Frage. Wie sollte sie? Sie war noch ein Kleinkind gewesen, als ihre Eltern sich getrennt hatten. Schließlich erinnerte sie sich nicht einmal an Iris. In diesem Augenblick jedoch erkannte sie, dass sie ihre Abwesenheit immer gespürt hatte. Als ob sie die ganze Zeit etwas vermisst, nach etwas gesucht hätte. Vielleicht war sie deshalb manchmal ohne jeden Grund schlagartig traurig gewesen. Ihre Zwillingsschwester. Obwohl sie keine bewussten Erinnerungen mit ihr verband, schienen sie in einer geheimnisvollen mentalen Verbindung zu stehen.

Viola schüttelte den Kopf und deutete hinauf zum Torbogen. »Was für einen Sinn hat diese Glocke, und warum hängt sie gerade hier?«

»Man kann damit jemanden rufen.«

Ja danke, so weit war sie auch schon. »Das ist wohl offensichtlich«, gab sie zurück. »Mich interessiert, wen man ruft. Das Haus ist zu weit weg, um die Glocke dort zu hören …«

Stefan betrachtete den Rosenstamm und fuhr über die knotige rissige Rinde. »Das ist leicht erklärt. Dieser Torbogen und die Glocke sind älter als die Mauer.«

Viola fixierte ihn, dieser Mann hatte etwas Unergründliches. Erst jetzt bemerkte sie den Eimer neben ihm.

»Was ist denn das da?«

»Stecklinge. Ich veredele die Wildrosen. Das hier werden weiße Edelrosen. Kommst du mit?«

»Gerne, aber ist es dafür nicht bereits ein bisschen spät? Ich meine, wir haben fast Juni.«

»Das hängt von der Temperatur ab, und in der Talsenke neben dem See ist es kühl. Bei fünfundzwanzig, sechsundzwanzig Grad bilden sich unterhalb der Veredlungsstelle Wurzeln. Du kennst dich mit Züchtungen aus?«

»Ja, oder besser gesagt, mit der Theorie. Zuerst muss die Wildrose am Wurzelhals mit einem Okuliermesser T-förmig eingeschnitten werden, dann wird das Auge des Stecklings in die Schnittstelle eingesetzt, das Ganze mit Bast umwickelt und schließlich mit Harz versiegelt. Fertig!«

»Perfekt. Allerdings muss alles mit Liebe und ganz sanft passieren.«

Stefan umwickelte die Stecklinge mit feuchtem Sackleinen und stellte sie in den Eimer. »Komm, hier lang.«

Viola schaute in Richtung Haus. »Es ist fast Abend-essenszeit.«

»Es dauert höchstens eine halbe Stunde, du bist also rechtzeitig zurück.«

Der alte Mann strahlte so viel Ruhe und Gelassenheit aus, dass Viola keine Sekunde länger zögerte, ihm zu folgen.

23

Die **Myrte** (**Myrtus communis**) ist ein schwachwüchsiger, immergrüner Strauch, aus dessen Blättern ätherisches Öl gewonnen wird. Sie war schon bei den alten Griechen und Römern beliebt. Myrtesträucher wurden vor den Quirinus-Tempeln und später zu Ehren der Göttin Venus gepflanzt. Im Sommer entwickeln sich duftende weiße Blüten, die Beeren werden als Gewürz für Fleischgerichte und zur Likörherstellung verwendet. Die Myrte liebt die Sonne, wächst selbst auf steinigen Böden, verträgt jedoch keine Staunässe.

Viola eilte ins Esszimmer, sie war zu spät dran, entschuldigen würde sie sich trotzdem nicht. Ihre Schwester plauderte gerade mit Fiorenza, deshalb nahm sie rasch neben ihrer Großmutter Platz.

»Was gibt's?«, erkundigte sie sich lächelnd.

Giulia schaute sie mit leisem Tadel an. »Wir haben dich überall gesucht.«

»Sie war mit mir unterwegs, ich habe ihr gezeigt, wie man Rosen veredelt«, sagte Stefan mit ruhiger Stimme und setzte sich ebenfalls an den riesigen Esstisch. »Warum sind wir alle hier versammelt?«

Giulia ließ ihren Blick über die Anwesenden wandern.

»Ich habe euch alle hergebeten, weil ich euch etwas Wichtiges mitzuteilen habe.«

»Seitdem wir hier sind, tust du eigentlich nichts anderes, Mama.« Francesco kippte seinen Aperitif hinunter und stellte das Glas vor sich ab. Er sah blass und hohlwangig aus. Mit Viola war er keinen Schritt weitergekommen, sie ignorierte ihn komplett, und auch Iris wirkte distanziert. Seine schlimmsten Befürchtungen schienen sich zu bestätigen – er war dabei, sie beide zu verlieren. Das Gefühl, versagt zu haben, lastete auf ihm wie ein Felsblock und flößte ihm Angst ein. »Ich frage mich, was für einen Sinn das alles hat«, fügte er leise hinzu.

Einen Moment lang schien Giulia der Mut zu verlassen. Vielleicht musste sie Francesco um Verzeihung bitten, bevor sie den nächsten Schritt machte. Die Dinge entwickelten sich rasch, das Auftauchen von Bianca Donatis Namen war bestimmt kein Zufall. Genauso wenig wie die Tatsache, dass die Zwillinge die Inschrift über dem Eingangsportal entdeckt hatten.

Giulia trug das gleiche Kleid wie am Morgen, nur die Haare waren jetzt mit einem Samtband zusammengefasst. Ihr Gesichtsausdruck war selten entschlossen. »Ich habe euch alle aus einem ganz bestimmten Grund nach La Spinosa eingeladen: Es geht um die Zukunft der Familie Donati.«

Francesco lachte bitter auf, dann schaute er seine Mutter lange an. »Ich dachte, wir würden uns endlich aussprechen. Was bin ich für ein naiver Trottel, das zu denken!«

Giulias Lippen zitterten. »La Spinosa liegt in deiner Verantwortung, Francesco. Das Haus, die Ländereien, der Garten. Du musst deine Pflicht erfüllen, du bist ein Donati.

Der Augenblick ist gekommen, dass ich deine Hilfe brauche.«

»Wir haben früher so oft darüber diskutiert, Mama. Ich habe meine Vorstellungen, und du hast deine.«

Giulia fuchtelte mit den Händen in der Luft herum. »Unterbrich mich nicht.« Ihre Stimme klang schrill, ihr Atem flog. »Die Mädchen werden ihre Aufgabe bekommen, so wie es für Donati-Zwillinge üblich ist. Dass sie wissen, was zu tun ist, dafür werde ich sorgen. Alles wird so sein wie früher. Hör mir endlich einmal zu!«

»Schluss jetzt!« Francescos barscher Ton ließ sie zusammenzucken. »Ich muss gar nichts. Immerhin bin ich hergekommen, weil ich dachte, dass du mit dieser – wie soll ich es nennen – Feindschaft endlich Schluss machen wolltest.« Er verbarg sein Gesicht in den Händen, bevor er ihr den nächsten Vorwurf entgegenschleuderte. »Wie zum Teufel willst du dein Verhalten rechtfertigen, deine Gefühlskälte, deine Gleichgültigkeit?«

Die alte Dame umklammerte die Tischkante so fest, dass ihre Fingerknöchel weiß hervortraten. »Das verstehst du nicht … Es geht nicht um dich.«

»Nein, du bist es, die nichts versteht«, entgegnete er mit einem gequälten, fast verzweifelten Lächeln. »Seitdem ich hier bin, hast du mich nicht ein Mal gefragt, wie es mir ergangen ist, wo ich gelebt und was ich gemacht habe. Jede Nacht kommen stattdessen die Erinnerungen, die Reue und das Bedauern zurück. Und die Tage überstehe ich allein deshalb, weil ich die Gefühle verdränge und mich durch Arbeit betäube.«

»Jetzt bist du hier – und der Garten …«

»Hör auf!«, schrie er. »Hast du es immer noch nicht kapiert? Für dich geht es bloß um diesen verfluchten Garten. Sind wir, du und ich, Mutter und Sohn, denn überhaupt nicht wichtig? Was soll ich hier, sag mir das bitte!«

Seine Worte waren fast ein Flehen, aber Giulia spürte ebenso seine Wut und ihre eigene Verletztheit. Sie versuchte die richtigen Worte zu finden, sanft, ermutigend. So wie man zu einem kleinen Jungen spricht, der seiner Mutter voller Vertrauen die Ärmchen um den Hals schlingt, sie voller Stolz ansieht, wenn er laufen gelernt hat.

In seiner Kindheit hatte sie nachts seinem Atem gelauscht und über seine Träume gewacht, voller Angst, jemand könnte ihn ihr wegnehmen. Giulia öffnete den Mund, wollte diese plötzlich aufgeflammte Zärtlichkeit in Worte fassen, doch wieder kam ihr kein einziges Wort über die Lippen. Es war nicht der richtige Zeitpunkt, sagte sie sich und atmete tief durch, um zu einer rein sachlichen Erklärung anzusetzen.

»Ich habe dich hergebeten, damit du deinen angestammten Platz einnimmst. Alleine schaffe ich es nicht mehr. Du bist künftig das Familienoberhaupt.«

Francesco biss die Zähne aufeinander. Das wollte er nicht hören, Macht und Besitz hatten ihn noch nie interessiert. Er blickte in die Runde. Fiorenza hatte die Hände in den Schoß gelegt, Stefan starrte die Wand an. Violas Augen waren voller Hass, Iris musterte ihn verwirrt. Eine unerträgliche Situation.

Und dabei hatte ihm seine Mutter soeben auf dem Silbertablett serviert, was er sich schon als Kind erträumt hatte. Denn er hatte La Spinosa keineswegs immer gehasst. Es war sein Spielplatz gewesen, seine Burg voller Geheimgänge, mit langen Ahnenreihen an den Wänden der Korridore, mit Falkenjungen, die aus dem Nest gefallen waren und die er aufgezogen hatte. Mit Grausen erinnerte er sich daran, wie er eines Tages den Lastenaufzug entdeckt hatte und im Gewölbekeller gelandet war. In einem Labyrinth aus in den Fels gehauenen Stollen und Gängen mit Alabastersäulen, Relikte einer längst vergangenen Zeit.

La Spinosa war sein Traumschloss gewesen, was hatte er für Pläne gemacht, hier wollte er leben, eine Familie gründen und seine Kinder großziehen. Und er erinnerte sich genau an den Tag, als er Claudia zum ersten Mal herumgeführt hatte, voller Stolz auf das, was seine Vorfahren geschaffen hatten. Eine Welle von Schmerz und Wehmut durchfuhr ihn. Alle Dämme brachen in diesem Moment, und die Flut riss ihn mit. Wie hatte es so weit kommen können?

»Von mir aus kann La Spinosa vor die Hunde gehen, und was meine Töchter angeht, für die beiden kann ich selbst sorgen. Verkauf es, brenn es nieder, mach damit, was du willst. Bevor du daran denkst, das Schicksal von La Spinosa in meine Hände zu legen, solltest du noch einmal gründlich nachdenken.« Er ignorierte das am Tisch aufkommende Stimmengewirr und wandte sich an seine Töchter: »Es war ein Fehler hierherzukommen, für euch und für mich, und dafür entschuldige ich mich. Wie es aussieht, verlängert sich meine Wiedergutmachungsliste um einen Punkt. Soll Giulia doch warten, bis sie schwarz wird, und die drangsalieren, die ihr die Treue halten. Ich allerdings ziehe die Konsequenzen und gehe. Und ihr solltet das Gleiche tun.«

Es war bereits dunkel, als Giulia in den Garten hinausging. Das hohe Gras strich ihr um die Beine, erschwerte ihr das

Gehen zusätzlich, in ihrem Kopf herrschte ein Chaos. Über dem Garten schien ein silberfarbener Schleier zu liegen, und das fahle Mondlicht streifte sanft über die Umrisse der Bäume. Wie verzaubert blieb sie einen Moment lang stehen, für einen kurzen Augenblick der Freude. Der Hügel, dachte sie, sie musste dem Weg folgen und in den Wald gehen.

Wie oft war sie diesen Weg gegangen? Zwei Mal, nicht öfter. Sie konnte sich gut daran erinnern, als wäre es gestern gewesen. Das erste Mal hatte er sie zur Liebe hingeführt, das zweite Mal von ihr weg. Ihr Ziel war die Hütte gewesen und war es auch heute wieder. Selbst der Duft nach Minze war der gleiche. Plötzlich explodierten die Erinnerungen in ihrem Kopf, löschten Nacht und Stille aus. Eine schwarze Welle, die alles verschlang. Giulias Beine gaben nach, schwer stützte sie sich auf den Stock.

»Ich habe auf dich gewartet.« Eine starke Hand packte sie am Arm.

Sie schwieg, dann stieß sie hervor: »Ich brauche …«

»Mich?«

Die raue Stimme klang ungläubig, misstrauisch und erfreut zugleich. Die Gefühle, die sie bei ihr auslöste, waren so widersprüchlich, dass Giulia nicht antworten konnte. Stefan hatte sie durchschaut.

»Einen Freund, ich brauche einen Freund.«

Er lachte. »Komm, wir gehen rein. Heute Abend ist es frisch, du wirst dich erkälten.«

Sie folgte ihm, seine Hand war warm, und sie umklammerte sie fest. Als Stefan das Licht anmachte, blinzelte sie.

»Setz dich, ich mach dir einen Tee.«

»Danke, ich möchte nichts.«

Er musterte sie kritisch, aber sie ließ es zu. Denn Stefan war der Mann, der sie liebte.

»Francesco ist weg.« Die Mädchen waren geblieben, doch obwohl sie sich darüber freute, tat die Entscheidung des Sohnes weh.

»Hast du wirklich geglaubt, Francesco würde bleiben? Nach dem, was du gesagt hast? Oder eben nicht gesagt hast…«, hakte Stefan nach. »Vermutlich hätte es ohnehin nichts geändert.«

»Was ich glaube, spielt keine Rolle. Ich brauche ihn. Er muss zurückkommen und seinen Platz einnehmen. Was ich sagen wollte, habe ich nicht über mich gebracht.« Sie tippte sich an die Stirn. »Trotzdem ist alles noch hier drin. Wenn er nicht einlenkt, ist alles vorbei. Das könnte ich nicht ertragen.«

»Du hättest ihm sagen sollen, dass er dir gefehlt hat, dass du ihn all die Jahre gerne an deiner Seite gehabt hättest. Oder dass du ihn liebst. Ganz einfach. Dann wäre er nicht gegangen.«

Giulia schwieg. »Du weißt ja, wie die Dinge liegen. Ich hatte nicht das Recht.«

»Du irrst, du hättest es tun müssen. Weil du damals eine Entscheidung getroffen hast, die uns alle betraf. Es ging nicht allein um dich, es ging ebenso um uns und um Francesco. Bei dir liegt die Verantwortung.«

»Ich habe alles für ihn getan.«

Er runzelte die Stirn. »Wenn du davon überzeugt bist, was machst du dann hier?«

Sie seufzte. »Du musst mir sagen, dass er zurückkommt, dass du das glaubst.«

»Und was würde das ändern?«

Giulia schloss die Augen, sie war so müde. »Es würde mir Zuversicht geben. Allein mit Hoffnung kann man in die Zukunft schauen.«

»Ich soll einfach dein Gewissen beruhigen? Hilft dir das wirklich?«, fragte er, und als sie nicht antwortete, fuhr er fort: »Du hast dich verändert.« Dabei war sein Blick voller Mitgefühl, als ob seine Augen ausdrücken könnten, was Worte nicht vermochten. Doch dann schüttelte er den Kopf. »Ich soll dir eine Illusion schenken? Das passt so gar nicht zu dir.« Er stieß ein bitteres Lachen aus. »Francesco ist kein Mann, den du zu etwas zwingen kannst. So geht das nicht. Er muss im Innersten seines Herzens überzeugt sein, dass La Spinosa seine Heimat ist. Und das gilt auch für seine Töchter. Wenn du sie zu sehr drängst, werden sie ebenfalls gehen.«

»Ich tue das, was ich tun muss. Nicht Worte, sondern Taten zählen, sie machen uns zu dem, was wir sind. Erinnerst du dich? Das hast du damals zu mir gesagt.«

»Unter anderem ...«

Giulia verzog das Gesicht und wechselte das Thema. »Hat Gabriel das Ergebnis der Bodenproben bekommen?«

»Ja.«

»Und?«

»Alles in der Norm, es gibt nichts, was erklären könnte, warum die Pflanzen nicht mehr blühen.«

Sie schwieg, und ein kalter Schauer lief ihr über den Rücken. »Es ist ein Zeichen. Im Wald liegt welkes Laub, obwohl wir Frühling haben.«

Stefan stellte den Wasserkessel auf. »Nein, das liegt weder an einem Pilz noch an irgendwelchen Schädlingen. Der Wald stirbt einfach.«

»Sag so was nicht, das ertrage ich nicht.«

»Wie du willst – so oder so ändert sich nichts. Die Pflanzen haben keine Abwehrkräfte mehr und bringen deshalb kein neues Leben hervor.«

Angst schnürte ihr die Kehle zu – ein Gefühl, das Giulia hasste. Und mit der Angst kamen Bilder zurück, die sie nicht mehr sehen, Worte, die sie nicht mehr hören wollte. Sie hob den Kopf. »Es muss eine Erklärung geben. Ich will unbedingt wissen, was mit meinem Garten passiert. Es muss schließlich Mittel und Wege geben, die Krankheit aufzuhalten und den Garten irgendwie zu heilen.«

Er kannte diesen ungeduldigen Ton und ließ sich bereits seit Langem nicht mehr davon beeindrucken. Er zeigte auf die gefüllte Tasse. »Setz dich und trink deinen Tee.«

Ihre Gedanken überschlugen sich. »Und wenn sich Parasiten eingenistet haben?«

»Das haben wir als Erstes geprüft. Gabriel ist äußerst gründlich, wir haben ihn ausgewählt, weil er der Beste auf seinem Gebiet ist, weißt du das nicht mehr? Du musst es akzeptieren, dass La Spinosa stirbt.«

»Das darf nicht sein! Für was habe ich mich aufgeopfert und auf alles verzichtet? Für nichts? Warum? Ich soll dem Garten beim Sterben zusehen? Niemals.«

Er antwortete nicht, aber in seinen Augen lag ein uralter Schmerz.

Ihr schrilles Lachen durchbrach die Stille. »Es ist die Strafe für das, was ich getan habe. Es ist alles meine Schuld«, sagte sie gepresst, drehte sich um und verließ die Hütte.

Auf dem Rückweg dachte sie bloß an eines: an den Mythos, der sich um die Donati-Zwillinge rankte.

Als vor ein paar Monaten Gabriel Petrovic der Garten anvertraut worden war, hatte sie gehofft, dass er die Probleme lösen könnte. Er war Spezialist für Bodenverbesserung durch natürliche Düngung, doch er war genauso machtlos wie alle anderen. Umso mehr verdichtete sich für Giulia ihr Glaube, dass einzig Iris und Viola Hilfe und Rettung bringen konnten, zur Gewissheit. Sie musste sich beeilen, ihnen das nötige Rüstzeug zu vermitteln. Viel Zeit blieb nicht mehr.

BIANCA

»Bianca, Bianca, wo bist du?« Die Stimme dröhnt in ihrem Kopf, kreuz und quer, vor und zurück. Bianca hält sich die Ohren zu, aber die schmerzverzerrte Stimme will nicht verstummen.

»Ich brauche dich, komm wieder nach Hause, ich bitte dich.«

»Lass mich in Ruhe!« Sie schlägt sich mit der flachen Hand gegen die Schläfe, beißt sich auf die Lippen, ihr Atem wird hektisch. Sie will diese Stimme nicht mehr hören, kann Giulias Weinen nicht mehr ertragen und mag sich nicht auch noch mit ihrer Verzweiflung belasten. Sie hat genug mit ihrer eigenen zu tun.

Bianca steht auf und rennt davon, die Arme sind ihre Flügel, sie fliegt durch den Wald mit seinen Vögeln, seinen glänzenden Blättern und Blumen. Plötzlich taucht die Hütte vor ihr auf, sie findet den Hintereingang und schlüpft hinein. Endlich empfängt sie die Rose wieder, doch sie kann sich nicht mehr unter ihr verstecken, sie ist jetzt erwachsen.

Dort, wo sie sich als Kind verborgen hat, wachsen inzwischen ihre selbst gezüchteten Pflanzen. Niemand weiß davon. Und jetzt? Wem wird sie sie zeigen? Sie hat sie für ihn gezüchtet, damit er stolz auf sie sein kann. Ihr Vater hätte sehen sollen, was sie und Stefan geleistet haben. Endlich wollte sie ihm beweisen, dass sie genauso klug ist wie Giulia, ihre Schwester.

Zu spät. Warum mussten ihre Eltern so früh sterben?

Der Schmerz übermannt sie, sie zieht die Knie zur Brust hoch.

»Alle suchen dich.« Bianca hat ihn nicht kommen hören, aber das macht nichts. Sie bleibt zusammengekauert zu Füßen der Rose sitzen, bis Stefan sie hochzieht, sie an sich drückt und sie in seinen Armen wiegt. Seine zärtlichen Hände streichen ihr übers Haar. Während ihre Tränen langsam versiegen, schmiegt sie sich an ihn. Als sich allerdings ihre Lippen treffen, zittert sie.

»Komm, wir müssen gehen, die Beerdigung beginnt bald. Dort ist dein Platz, neben Giulia.«

24

Die Blüten der **Ringelblume (Calendula officinalis)** entfalten
sich bei den ersten Strahlen der Sonne, folgen ihrem Lauf
und schließen sich wieder, sobald sie untergeht. Sie werden
für Öle und Salben verwendet und wirken pflegend, er-
frischend und beruhigend zugleich. Ringelblumentee wirkt
entzündungshemmend und fördert die Wundheilung.
Die Ringelblume ist robust und für viele andere Blumen ein
idealer Begleiter. Wichtig ist ein sonniger Standort, der Boden
sollte immer feucht sein. Sie blüht von Sommer bis in den
Herbst.

Es wurde jeden Tag schlimmer. Im Laufe der Zeit schien
ihr das Leben Stück für Stück zu entgleiten. Claudia versuchte vergeblich, Viola zu erreichen. Seitdem sie in Italien
war, hatten sie nur ein einziges Mal miteinander gesprochen, und die Ungewissheit ließ sie schier verzweifeln. Sie
rieb sich die Stirn und begann hin und her zu tigern.

»Was treibst du da?«, murmelte sie.

Vor einem Jahr war Viola aus der gemeinsamen Wohnung ausgezogen, doch Claudia hatte sich noch immer
nicht an die neue Situation gewöhnt. Die Angst um ihre
Tochter wurde unerträglich, sie rannte die Treppe hoch.
Zum Teufel! Diese Frau, sie hatte zum zweiten Mal ge-

wonnen, hatte es erneut geschafft, ihr Leben zu zerstören. »Verdammte Giulia Donati!«

Fluchend holte Claudia ihre Reisetasche hervor, schleuderte sie aufs Bett und packte das Nötigste zusammen. Lange würde sie ohnehin nicht bleiben. An Iris wagte sie nicht zu denken, aber Viola würde mit ihr nach England zurückkehren. Etwas anderes stand nicht zur Diskussion.

Sie packte zu Ende, setzte sich aufs Bett und griff nach ihrem Handy, wählte eine Nummer. »Lilian? Hier ist Claudia. Kannst du dich ein paar Tage um den Laden kümmern?«

»Natürlich. Alles in Ordnung?«

Für Smalltalk hatte sie keine Zeit, deshalb schluckte sie ihre Angst und ihre Verbitterung hinunter und zwang sich, harmlos zu klingen. »Ja, ich brauche einfach mal einen Tapetenwechsel. Kannst du dich um die Aufträge kümmern?«

»Klar, alles wie immer?«

»Ja, ich lasse die Schlüssel für den Transporter auf dem Tisch liegen, alles andere ist wie gehabt. Wenn irgendetwas sein sollte, rufst du mich auf dem Handy an.«

»Keine Sorge, das schaffe ich schon. Und amüsier dich gut. Du hast recht, dir ein paar Tage Urlaub zu gönnen.«

»Danke, lieb von dir. Bis bald also.«

Als sie auflegte, krampfte sich etwas in ihrem Bauch zusammen. Jetzt gab es keine Ausreden mehr. Claudia atmete tief durch und trug die Reisetasche nach unten. Sie wollte gleich los, bevor sie ihre Entscheidung womöglich wieder infrage stellte.

Sie nahm eine Gießkanne und füllte sie mit Wasser.

Zwar würde Lilian sich um ihre Pflanzen kümmern, doch sie musste etwas tun, um sich zu beruhigen. Dann würde sie telefonieren, ob sie wollte oder nicht. Sie hoffte bloß, dass Francesco drangning.

La Spinosa. Ein Albtraum, ein Ort, der aus der Zeit gefallen schien. Während Claudia die Blumen goss, tauchten in ihrem Kopf die Bilder aus einem vergangenen Leben auf, die sie zwanzig Jahre lang beiseitegeschoben hatte.

Als es an der Tür klingelte, zuckte sie zusammen. Wer konnte das sein? Sie bekam selten Besuch und wenn, kamen die Leute durch den Laden. Rasch trocknete sie sich die feuchten Hände ab und öffnete.

»Hallo, Claudia, wie geht's dir?«

Sie erstarrte. Mit jedem hatte sie gerechnet, aber nicht mit Francesco. Auf den ersten Blick hatte sie ihn wiedererkannt, obwohl er verändert aussah. »Was willst du hier? Ich dachte, du bist bei den Mädchen – das hast du mir versprochen.« Panik stieg in ihr auf.

Er hielt ihrem abweisenden Blick stand. »Darf ich reinkommen?«

Zögernd trat sie zur Seite. Irrationale Angst machte sich in ihr breit, ihr Herz schlug zum Zerspringen, als er an ihr vorbeiging. »Du hast Viola und Iris alleine bei deiner Mutter gelassen? Hast du den Verstand verloren?«

Ohne zu antworten, ging er ins Wohnzimmer, den Mantel in der Hand. Er wirkte angespannt und dennoch selbstsicher, ganz anders als früher. Seine Körperhaltung, sein Gang, sein Gesichtsausdruck, alles war anders.

Claudia schluckte, dann deutete sie höflich auf das Sofa. »Setz dich.«

»Wir müssen reden, die Situation ist unerträglich geworden. Ich will diese unsägliche Geschichte ein für alle Mal zu Ende bringen.«

Claudias Hände ballten sich zu Fäusten, sie wandte sich ab, wollte ihm nicht in die Augen schauen. »Ich mach dir einen Kaffee«, bot sie an, aber sie war wie gelähmt und außerstande, sich zu bewegen.

Die Stille im Raum lastete schwer auf ihnen, bis sich plötzlich seine Hände auf ihre Schultern legten. »Es tut mir leid.«

Überrascht riss sie die Augen auf und holte tief Luft. »Mir auch. Doch das ändert nichts, Francesco. Ich hab alle Brücken abgebrochen.« Sie spürte, wie seine Hände zitterten, spürte Schmerz, Verzweiflung und den Drang, einfach wegzulaufen.

»Wir waren damals, als das alles passierte, genauso alt wie unsere Kinder heute. Sollten sie in dieser Situation die gleichen Fehler begehen, würden wir sie dann so streng behandeln, wie wir es erlebt haben?«

Sie drehte sich um, ihr Atem ging stoßweise. »Nein, vielleicht hätten wir ja ebenfalls eine andere Lösung finden können. Es war deine Mutter, die wollte, dass ich gehe und die Kinder zurücklasse.«

In ihren Worten lag eine tief verwurzelte Verbitterung, die ihr all die Jahre gestattet hatte, die Schuld auf andere zu schieben. Ihre Wut stand ihr ins Gesicht geschrieben, trat zutage in ihrer melancholischen Miene, ihrem dunklen Blick, in den Falten um Augen und Mund. Sichtbare Zeichen ihres nie verloschenen Schmerzes.

»Wir können nur versuchen zu retten, was noch zu retten ist«, erwiderte Francesco. »Das zumindest ist unsere Pflicht.«

Sie wich zurück. »Viola wird mich hassen, beide werden mich hassen.«

»Nein, das stimmt nicht. Du bist es, die sich hasst, Claudia…«

Betroffen schwieg sie, während Francescos Worte in ihr nachhallten. Raus, nichts wie raus, sonst fing sie an zu schreien. Sie ließ ihn einfach sitzen, riss die Terrassentür auf und stürmte nach draußen. Im Garten bekam sie wieder Luft, Regentropfen benetzten ihre Haut, sie schlang die Arme um den Oberkörper und schaute in den Himmel. Sobald sie sich einigermaßen beruhigt hatte, ging sie wieder hinein. Kaffeeduft empfing sie, Francesco goss gerade die Tassen voll.

»Setz dich, Claudia, wir müssen reden. Wir kommen nur gemeinsam aus dieser Geschichte heraus.«

Sie sah ihn eindringlich an, dann nickte sie. »Woher dieser plötzliche Sinneswandel?«

»Ich habe mich irgendwann gefragt, wie ich reagiert hätte, wenn der Ehemann von Iris oder Viola seine Frau monatelang mit jemandem wie meiner Mutter allein gelassen hätte.«

So hatte Claudia die Situation noch nie betrachtet, hatte sich immer für ihr eigenes Verhalten verachtet. Francescos Sichtweise machte sie sprachlos. Was wäre, wenn Viola an ihrer Stelle gewesen wäre? Sie dachte nach, schüttelte den Kopf. Zu viele Für und Wider kamen ihr in den Sinn, zu viele Widersprüche. Es ging um etwas anderes. Ihr Verhalten hatte Konsequenzen gehabt, hatte Handlungen nach sich gezogen, die ihr Leben bestimmten.

Francesco lächelte, aber es war ein bitteres Lächeln. »Es war nicht leicht, nichts im Leben ist leicht. Doch ich habe verstanden und gebe zu, dass ich es war, der dich verraten hat.« Erneut herrschte Stille, eine Stille voller verwirrender Gedanken. »Deshalb müssen wir gemeinsam handeln, und zwar sofort.« Seine Stimme klang jetzt wie früher, allerdings sicherer und bestimmter. »Wir fliegen nach Italien, klären alles auf und führen dann unser Leben weiter, jeder für sich.«

Claudia verschränkte die Finger. Aufklären …, an nichts anderes hatte sie gedacht. Sie schloss die Augen. Der Kaffee war heiß und bitter, genauso wie sie ihn mochte. Dass er sich noch daran erinnerte! Allerdings war an diesem Morgen ohnehin alles anders.

Sie dachte an die gepackte Reisetasche und suchte seinen Blick. »Wenn du etwas später gekommen wärst, wäre ich schon weg gewesen.«

»Du wolltest weg?« Er schwieg eine Weile, bevor er weitersprach. »Das kann ich gut verstehen, ich bin oft genug davongelaufen. Erst jetzt wieder. Ich weiß nicht, wie ich Viola gegenübertreten, Iris erklären soll, warum ich Hals über Kopf aus La Spinosa abgereist bin … Meine Mutter hat mich gebeten, das Gut zu übernehmen. Ich habe abgelehnt und bin einfach abgehauen. Ohne die Mädchen.« Erneut hielt er inne und schaute aus dem Fenster. »Keine Ahnung, wie es weitergehen soll. Lediglich eins steht für mich fest: dass ich dieses Kapitel meines Lebens endlich abschließen muss. Was auch immer geschieht, es muss sein. Und deshalb bin ich hier.«

Mehr Worte bedurfte es nicht, Claudia musste ihn bloß ansehen. Dieser energische Blick, diese zusammengepressten Lippen. Wenn er sich etwas vorgenommen hatte, zog er es durch, das hatte sie selbst oft genug erfahren. Ihre

Angst verschwand und machte Gelassenheit Platz. Was hatte sie zu verlieren? Sie wollte sie selbst bleiben, ohne sich verbiegen zu müssen.

»Spar dir das Gerede und hör mir zu. Was zwischen uns war, ist ein riesiger Berg, und der lässt sich nicht mit einem Löffel abtragen. Ich kann mir nicht verzeihen und dir genauso wenig. Und ich brauche kein Mitgefühl oder Mitleid. Alles, was ich will, ist, meine Kinder vor deiner Mutter zu schützen und sie von diesem verfluchten Ort wegzubringen. Sollen sie mich hassen oder verachten, das halte ich aus, aber nicht ihr Leid. Und sollte deine Mutter meinen Mädchen wehtun, dann wird sie mich kennenlernen!«

Claudia wartete seine Antwort nicht ab, ging in den Flur und griff nach der Tasche. Als er ihr helfen wollte, wehrte sie ärgerlich ab. Mit einem Mal fühlte sie sich sicherer und selbstbewusster.

Sie würden nach La Spinosa zurückkehren. Wer hätte das gedacht.

25

Die Bougainvillea stammt ursprünglich aus Brasilien, kann sich zwar dem südeuropäischen Klima gut anpassen, mag allerdings keinen Frost. Der Kontrast zwischen den tiefgrünen Blättern und der Farbenpracht der Blüten macht sie zu einem Blickfang. Sie mag schwere, wasserdurchlässige Böden und sollte regelmäßig gegossen werden.

Vor ihnen öffnete sich eine Lichtung. Viola schaute gerade auf das Pergament, als ihr ein Steinkreis auffiel. »Was ist das denn?«

Iris, die vor ihr ging, legte sich eine Hand über die Augen, um sie vor der Sonne zu schützen, und sah sich um. »Ich bin nicht sicher, warte mal.« Dann schaute auch sie auf die Skizze. »Wir sind hier.« Alles sah fast noch so aus wie auf dem jahrhundertealten Pergament. »Das muss der höchste Punkt des Anwesens sein«, stellte sie fest.

Ihre Worte wurden von einem Windstoß ebenso davongetragen wie Violas Haarband. Vergeblich versuchte sie es festzuhalten, aber zu ihrem Glück fing Iris es auf, gab es der Schwester zurück. Viola bedankte sich mit einem Lächeln.

»Komm, beeil dich, ich will dir etwas zeigen«, drängte Iris und strebte weiter zu einer Stelle, die einen unvergleichlichen Ausblick bot.

Viola ließ den Blick über die Landschaft schweifen und war fasziniert angesichts der rot und gelb leuchtenden Hügel ringsum, der wogenden Weizenfelder und der mächtigen Zypressen, die die Wege säumten. Die von Menschenhand angelegten niedrigen Mäuerchen dazwischen waren von Moosen und Flechten überwuchert.

»Dort hinten liegt Volterra«, erklärte Iris.

Viola schätzte die Entfernung ab, die Stadt war näher, als sie gedacht hatte. »Wollen wir zusammen hinfahren?«, fragte sie die Schwester.

»Ist das dein Ernst?«

»Ja.«

Iris lächelte und setzte sich ins Gras. »In Ordnung, vielleicht finden wir noch ein zweites Fahrrad, wir fragen am besten Gabriel.«

Viola verzog das Gesicht. »Was findest du an dem?«

»Was meinst du damit? Er ist freundlich und klug – und ich mag sein Lächeln und seinen Bart.«

»Der ist unmöglich.«

»Jetzt hör mal auf, außerdem irrst du dich.«

»In ihm oder seinem Bart?«

»Das ist nicht lustig – doch egal, was du denkst, ich mag ihn. Punkt.«

Obschon sie sich unbehaglich fühlte, ließ Viola sich neben Iris auf die Erde sinken.

»Was hast du da?«

»Zitronenbonbons.«

»Schmecken die?«

Iris hielt ihr eines hin, Viola griff danach und wickelte es aus. Eine Weile saßen sie gedankenverloren nebeneinander und lutschten ihre Bonbons.

»Meinst du, er kommt wieder?«

»Papa? Keine Ahnung. Er fand es bestimmt nicht gut, dass wir bei Großmutter geblieben sind.«

»Das ist mir so was von egal, er interessiert mich nicht. Bei dir ist das natürlich was anderes. Du hättest mit ihm gehen können.«

Iris stand auf, die Hände tief in den Taschen vergraben.

»Ich bin wegen Großmutter geblieben… und meinetwegen.« Nachdenklich hielt sie inne. »Es gibt noch so vieles, was ich nicht weiß. Warum ist er so unversöhnlich? Was verheimlicht Großmutter uns? Was hat es mit dieser Mauer auf sich, die das Anwesen hermetisch von der Außenwelt abschirmt? Wir haben das Recht darauf, mehr zu erfahren. Dass die Situation so verfahren ist, ist schließlich nicht unsere Schuld, oder?«

»Ich bitte dich!« Viola warf ihr einen geringschätzigen Blick zu. »Wir waren zwei Jahre alt.« Sie band sich die Haare wieder zusammen. »Das ist absurd, wie kommst du überhaupt darauf?«

Iris sah betreten zu Boden. »Ich weiß auch nicht…«

»Gib's zu, du hast dich von dieser Zwillingsgeschichte beeindrucken lassen.«

»Ich glaube, es hängt alles irgendwie zusammen. Erinnerst du dich an Großmutters Worte? Die Zwillinge, die Wanderer und die tausendjährige Rose? Meinst du, es gibt sie wirklich? Tausend Jahre sind eine lange Zeit…«

»Vielleicht ist es nur symbolisch gemeint, aber unmöglich ist es nicht. Rosen sind sehr robust. Die neuen Triebe ersetzen die alten, sie verzweigen sich. Wenn es sie wirklich gibt, muss sie einen dicken knotigen Stamm haben…« Ihr fiel etwas ein. »Kennst du den Torbogen an der Grenzmauer?«

»Nein.« Iris schüttelte den Kopf.

Viola malte mit einem Stock einen Lageplan auf den Boden. »Dort befindet sich ein steinerner Torbogen, und um ihn herum rankt sich eine uralte Rose. An seinem Scheitelpunkt hängt außerdem eine Glocke, die älter sein muss als die Mauer.«

»Woher weißt du das?«

»Stefan hat es mir erzählt.«

»Mir scheint, dass er so ziemlich alles weiß: von unserem Vater sowie von unserer Großmutter. Wir könnten ihn ja einfach fragen.«

Viola schüttelte den Kopf. »Hab ich schon probiert, zu diesem Thema schweigt er eisern.«

Erneut fiel ihnen ein, wie eng das Band zwischen Giulia und Stefan war, und eine Weile hing jede ihren eigenen Gedanken nach. Plötzlich zerbrach Viola den Stock, mit dem sie die Skizze auf den Boden gemalt hatte, und schaute ihre Schwester an. »Und wenn alles mit dem Garten zusammenhängt?«

»Wie meinst du das?«

»Giulias Schwierigkeiten, die Probleme unserer Eltern… Überleg doch mal. Nicht das Familienmotto ist das Wichtigste auf dem Pergament, sondern der Grundriss des Gartens. Vielleicht sah er vor Jahrhunderten einmal genauso aus?«

»Ja, das kann sein«, gab Iris zu, deutete dann auf eine Gestalt in der Nähe des Hauses. »Da ist Großmutter, sie geht den Weg entlang.«

»Was meinst du, wohin sie geht?«

»Keine Ahnung, folgen wir ihr.«

Gabriel rutschte nervös auf seinem Stuhl hin und her und schaute immer wieder auf die Papiere in seiner Hand. Was war bloß mit La Spinosa los? Alle Analysen waren unauffällig, und dennoch ging der Verfall unaufhörlich weiter. Monatelang hatte er jeden Winkel des Gartens beobachtet, vergeblich. Trotz intensiver Recherchen war ihm nichts aufgefallen, es musste etwas sein, das er nicht verstand.

Gabriel stand vor einem Rätsel.

Es war nicht leicht, eine Niederlage einzugestehen, aber er wusste, dass die Alternative ungleich schlimmer war. Und den Garten zu opfern, stand für ihn nicht zur Diskussion. Professor Giovanni Martelli war der Beste auf diesem Gebiet, er würde bestimmt helfen können.

»Petrovic?«

»Ja, hier.« Gabriel sprang auf und folgte Antonio Landini, dem Assistenten des Professors, den er gut kannte, allerdings nicht leiden konnte.

»Falls dein Anliegen viel Zeit in Anspruch nimmt, kannst du dir die Mühe gleich sparen.«

»Warum?«

Landini zog die Augenbrauen hoch und blickte Gabriel verächtlich an, ein kaltes Lächeln lag auf seinen Lippen. Alles an ihm wirkte aalglatt, seine Kleidung war überkorrekt. Gabriel fragte sich, ob er sogar seine Krawatte stärkte. Als Studenten hatten sie sich immer über seinen Aufzug lustig gemacht. Landini stammte aus einer der reichsten Florentiner Familien, war der Inbegriff des Sohnes aus gutem Haus. Leute wie er waren so von sich überzeugt, dass eine Niederlage undenkbar war. Deshalb ging er den für ihn günstigsten Weg: den des geringsten Widerstands.

Könnte er so leben? Gabriel hielt Landinis Blick stand und fragte sich, wie ein solcher Speichellecker an der Uni überhaupt so weit gekommen war.

»Die Zeit des Professors ist kostbar.«

Und er wird sie sicher nicht mit dir verschwenden – Gabriel war sicher, dass Landini diesen Nachsatz am liebsten hinzugefügt hätte.

Egal, er würde sich von diesem Fatzke nicht verunsichern lassen. Er ruhte in sich. Obwohl Gabriel mit seiner gewöhnungsbedürftigen Frisur – halb lang, halb abrasiert – und den Tattoos auf den ersten Blick etwas wild aussah, war er ein friedfertiger Mensch. Aggression und Gewalt waren ihm fremd.

Kurz bevor er das Büro des Professors betrat, rief Landini ihm nach: »Wenn du weiter gegen den Strom schwimmst, wirst du niemals Karriere machen, Petrovic.«

»Vielleicht interessiert mich das ja gar nicht.«

»Dann wärst du nicht hier. Martelli hat mir von deinen Problemen erzählt. Hast du Bodenproben dabei?«

Verdammt, vor einem Typen wie diesem würde er sich bestimmt nicht rechtfertigen! Gabriel bedachte ihn mit einem eisigen Lächeln. »Zu großzügig. Falls der Professor zu beschäftigt sein sollte, ich habe Zeit. Ciao, Antonio, einen schönen Tag noch.«

Als er das Gebäude verließ, schlug ihm feuchte Hitze entgegen, und er hatte das Gefühl, gegen eine Wand zu laufen. Zum Teufel! Warum hatte der Professor seinen Assistenten vorgeschickt? Er musste ihn unbedingt persönlich sprechen und ihm die Fakten darlegen. Er brauchte seine Hilfe, um La Spinosa zu retten.

Gabriel setzte sich ins Auto, und nach ein paar Minuten verrauchte seine Wut. Er hätte warten und um einen neuen Termin bitten sollen. Und jetzt? Diese Verzögerung passte ihm gar nicht, Zeit war der wichtigste Faktor. Er musste eine Möglichkeit finden, den schleichenden Verfall einzudämmen. Danach würde er Italien verlassen.

Seine Mutter hatte ihn nach Argentinien eingeladen. Ein Land, das er eigentlich nicht auf dem Radar gehabt hatte, aber er würde noch mal darüber nachdenken. Wie lange hatte er sie nicht mehr gesehen? Es kam ihm wie eine Ewigkeit vor – plötzlich überfiel ihn Heimweh.

Seine Mutter war eine Kämpferin. Sie hatte alles hinter sich gelassen und weit weg von Sarajewo ganz von vorne angefangen. Hatte wieder geheiratet, noch ein Kind bekommen, sich eine neue Existenz aufgebaut.

Er dagegen konnte nach wie vor nicht loslassen, trug die Zeichen seiner Vergangenheit sichtbar auf der Haut. Seine Tattoos erzählten seine Geschichte, er wollte nicht vergessen. Er war der Sohn von Louban Petrovic. Sein Vater war gemeinsam mit seinem Traum an einem Frühlingsabend in einem unsinnigen Krieg gestorben, gegen den er sich mit aller Kraft gewehrt hatte.

Gabriel startete den Motor, legte den Gang ein und fädelte sich in den fließenden Verkehr ein.

Während er Florenz hinter sich ließ, dachte er an den Topf in seinem Rucksack, den er an diesem Morgen aus dem Labor der Universität geholt hatte. Von der Handvoll Samen, die er aus Iris' Tasche genommen hatte, hatte etwa ein Dutzend gekeimt. Bald würde er sie auspflanzen können.

26

Der Garten ist ein Mikrokosmos, der sich auf natürliche Art und Weise im Gleichgewicht befindet, sofern man geeignete Pflanzen verwendet. Die **Zwergmispel (Cotoneaster)** ist der ideale Strauch für blühende Hecken im Frühjahr, und im Herbst zieren sie rote Beeren. Bei einer Wespenplage ist die Zwergmispel ein gutes Gegenmittel. Sie liebt volle Sonne, tonhaltige, wasserdurchlässige Böden und muss nur bei Trockenheit gewässert werden.

Die Begrenzungsmauer zur Straße, die Giulia hatte bauen lassen, um sich und ihr Geheimnis vor der Außenwelt zu verbergen, war bestimmt zwei Meter hoch. Sie war der Grund, warum sich in La Spinosa alles verändert hatte, daran glaubte sie inzwischen felsenfest.

An diesem Morgen war sie mal wieder auf die Terrasse gegangen, die über dem Renaissancegarten lag. Lange, zu lange hatte sie die Augen vor seinem Niedergang verschlossen, doch seit ihrer Krankheit ignorierte sie seine Rufe nicht mehr. Die Zeit des Zögerns war vorbei. In ihren quälenden Träumen wechselten sich die Bilder zwischen der glanzvollen Vergangenheit und der trostlosen Gegenwart in harten Schnitten ab.

Vorsichtig ging sie die Stufen hinunter, stützte sich

schwer auf ihren Stock. Aber als sie die einst berühmte Gartenanlage durchquerte, verlor sie mehr als einmal das Gleichgewicht. Die Luft war lau, Düfte aus längst vergangenen Zeiten umwehten sie. Sie beschloss, bis zum steinernen Springbrunnen zu gehen, der das Zentrum dieses Gartenareals bildete.

Auch hier war von der früheren Pracht kaum etwas geblieben, der Kloß in ihrem Hals wuchs, sie bekam kaum noch Luft. Caterina fiel ihr ein. Mit ihrem Tod waren die Blumen auf der Treppe ihres Hauses in Volterra gestorben, hatte Iris berichtet. Ein Schicksal, das La Spinosa ebenfalls drohte.

Von Generation zu Generation hatten ihre Vorfahren neue Gärtner ausgebildet, bevor sie aus dem Leben geschieden waren, um eben jenes Schicksal abzuwenden. Sie hingegen hatte dieses Prinzip durchbrochen und den Garten sich selbst überlassen. Eine verhängnisvolle Entscheidung, die nicht mehr rückgängig zu machen schien. Zumindest waren alle bisherigen Bemühungen, das Unheil noch abzuwenden, vergeblich gewesen. Als einzige Hoffnung blieben die Donati-Zwillinge Iris und Viola.

Giulia ging um das bemooste Bassin herum, schob mit der Schuhspitze ein paar Steinchen hin und her, stützte sich auf den Stock und beugte sich nach unten, um Unkraut auszureißen. Zu ihrer Verwunderung entdeckte sie darunter die zarten Blätter winziger Buchsbäumchen.

»Hallo Großmutter, was machst du denn hier?«

Sie wandte sich um, der Anblick der Zwillinge, ihre frappierende Ähnlichkeit, raubte ihr immer noch den Atem. »Ich rupfe Unkraut, das hilft beim Nachdenken.«

Viola kniete sich neben sie. »Können wir dir helfen?«

»Natürlich, das habe ich euch doch bereits gesagt. Alles hier wird schließlich dereinst euch gehören.« Das ungläubige Lächeln der beiden gab ihr neuen Mut.

»Auf dem Pergament, das du uns gegeben hast, ist ein Grundriss des Gartens, wie er ursprünglich gewesen ist – den dort eingezeichneten Steinkreis haben wir bereits gefunden«, wandte sich Iris an sie und deutete auf die Skizze.

»Wirklich?« Giulia spürte, wie sich ihr Herzschlag beschleunigte. Die ersten Schritte waren getan. Sie war stolz auf ihre Enkelinnen.

»Weißt du, wer diesen Steinkreis angelegt hat?«, fragte Iris. »Er ist ein richtiges Kunstwerk und muss jemandem, warum auch immer, sehr wichtig gewesen sein, denn es war sicher eine Heidenarbeit.«

Die Großmutter lächelte sie an. »Da hast du recht. Jeder kann einen Garten anlegen und Blumen pflanzen – nur wenige allerdings begreifen wirklich, was sie da tun. Aber erst diese Gewissheit gibt allem einen tieferen Sinn. Die Worte auf dem Pergament sind der Schlüssel zu allem.«

»Zu was beispielsweise?«, warf Viola ein.

»Um den Garten bewusst wahrzunehmen. Der zweite Schritt, erinnerst du dich? Achtsamkeit, Bewusstsein, Tatkraft, Freude, Leben.«

»Ich verstehe kein Wort«, sagten die Zwillinge unisono.

»Nehmt euch einen Stein.«

»Einen Stein?«

»So lässt es sich besser erklären. Und jetzt werft ihn in die Luft und beobachtet, wo er landet.«

Iris und Viola sahen sich verwirrt an.

»Los, worauf wartet ihr noch?«

Viola warf ihren Stein. Er flog in weitem Bogen bis zu einer Magnolie. Iris' Stein landete bei einer alten Eibe.

»Konzentriert euch, schaut genau hin und lasst alle anderen Gedanken los«, forderte Giulia sie auf und trat etwas zur Seite.

Iris folgte ihr. »Wo gehst du hin?«

»Um achtsam sein zu können, muss es ganz still sein, konzentriert euch ausschließlich auf ein Ziel.«

»Hier herrscht nie Stille, selbst der Wind spricht. Wenn es ganz still sein muss, verschwenden wir bloß unsere Zeit«, wandte Iris ein.

Giulia schaute ins Tal. *Hier herrscht nie Stille.* Gefühle stiegen in ihr auf, so intensiv, dass sie sich setzen musste. Wie lange war es her, dass sie diese Worte zuletzt gehört hatte?

»Es gibt Dinge, die sieht man erst dann, wenn man ganz genau hinschaut«, sagte sie schließlich und erhob sich wieder.

»Zum Beispiel?«

Auf Violas Frage hätte sie viele Antworten finden können, doch so einfach war es nicht. Giulia musste in jedem Winkel ihrer Erinnerungen kramen. »Das, was ihr seht, hört und fühlt, sind lediglich Bruchstücke, der Rest geht verloren.«

»Und was heißt das?«

Wie konnte sie dieses so einfache und dennoch so komplexe Phänomen erklären? Das Wissen darum musste letztendlich aus ihnen selbst kommen, ganz von innen heraus, sie mussten suchen, lernen, spüren und am Ende vertrauen.

»Beobachtet eure Umgebung, lauscht dem Garten, spürt

das Gras unter euren Füßen, die Steine, betastet die Rinde der Bäume, die Blätter. Nehmt den Geruch des Wassers und des schwindenden Tages in euch auf. Schmeckt die Malven und den Borretsch. Der Garten birgt all das in sich, eure Sinne erlauben euch, ihn voll und ganz zu erleben. Lasst zu, dass er ein Teil von euch wird und ihr ein Teil von ihm.«

Unvermittelt fühlte sie sich in ein anderes Leben zurückversetzt, denn diese Worte hatten sich tief in ihr eingegraben. Ein Schauer fuhr durch ihren Körper.

»Das ist alles Blödsinn«, versetzte Viola schroff.

Giulia zuckte zusammen, in diesem Ton hatte lange niemand mehr mit ihr gesprochen. Aber Viola war nicht irgendwer, sie war eine Donati. Um die beiden zu überzeugen und für ihren Plan zu gewinnen, brauchte sie sehr viel Geduld. »Setzt euch und konzentriert euch auf die Stelle, wo euer Stein gelandet ist. Und dann lasst los.«

Der Wind strich durch das hohe Gras und trug den Geruch des Teiches und der Wasserlilien herüber, die am Ufer wuchsen. Er breitete sich aus und drang ins Bewusstsein der drei Frauen ein.

Obwohl Magnolien zu ihren Lieblingsblumen gehörten, sah Viola in der Steinewerferei keinen Sinn. Ihre Großmutter war nicht ganz bei sich, da war sie sich sicher. Nun gut. Was war schon dabei, sich einen Baum anzusehen. Sie stützte das Kinn in die Hände und betrachtete den Baum.

Die Magnolie hatte glänzende Blätter, die sich trotz des Windes kaum bewegten. Sie waren schwer wie ein vom Regen durchnässtes Kleid, wie die Tropfen, die sie als Kind von dem Granatapfelbaum vor ihrem Fenster hatte fallen sehen – damals, als sie mit ihrer Mutter noch in der Toskana lebte. Sie hatte die Hände ausgestreckt, woraufhin dicke Tropfen auf ihrer Haut zerplatzten.

War das Realität oder Erinnerung?

Erneut schaute Viola die Magnolie an. Jetzt wirkten die Farben strahlender, wie vom Sonnenschein erhellt. Wie der Stoff des Kleides, das ihre Mutter ganz hinten im Schrank hängen hatte, ohne es je zu tragen … Es war so einfach, über jemanden zu urteilen. Hatte sie es sich etwa zu leicht gemacht? Viola sah dem Wasser zu, das vom Rand des Springbrunnens in kleinen Rinnsalen nach unten floss. Sie schämte sich.

Iris hingegen betrachtete den Himmel, hatte es tausendmal getan damals in den Dörfern der Rosen. Zusammen mit ihren Freundinnen. Hellblau, dunkelblau. Plötzlich unterbrachen Rot und Rosa das Blau. Und die Wolken bildeten Figuren.

Das ist eine Giraffe und das ein Elefant.

Ich finde, es ist ein Wal.

Was ist ein Wal?

Ein riesiges Tier, das einmal sogar ein Kind gefressen hat, eine Marionette aus Holz mit Namen Pinocchio.

Alle hatten sie gelacht. Wie konnte ein Tier so dumm sein, ein Stück Holz zu fressen?

Auch die Gesichter ihrer Freundinnen in Zuai in Äthiopien kamen ihr wieder in den Sinn, klar und deutlich, als wäre es gestern gewesen. Iris spürte, wie sie nach ihrer Hand griffen und sie in Richtung Wald zogen. Sie glaubte das Flüstern in ihrem Versteck hinter den Büschen zu hören, wo sie darauf warteten, dass die Arbeiter mit den Rosenkulturen fertig waren und sie sich die schönsten Blüten auswählen und daraus Ketten flechten konnten. Die

Blumenketten hatten sie anschließend in den Fluss geworfen und beobachtet, wie die Strömung sie davontrug.

Wenn Iris schließlich völlig durchnässt und ausgekühlt nach Hause gekommen war, hatte Francesco sie in ein flauschiges Badetuch gewickelt und sie erzählen lassen. Abends am Feuer hörten sie den Geschichten zu, die ihnen Labaan erzählte. Wie eines Tages die Sonne und der Mond das Wasser zu sich nach Hause eingeladen, es dann vergessen hätten und zur Strafe in den Himmel wandern und dort bleiben mussten.

»Und du, Großmutter, was beobachtest du?«, brach Viola nach einer Weile das Schweigen.

Die Augen fest auf ihre Enkelinnen gerichtet, gab Giulia mit sanfter Stimme nach kurzem Nachdenken eine Antwort, die so ehrlich war, wie die Schwestern es bei ihr noch nicht erlebt hatten.

»Ich hatte ganz vergessen, wie wunderbar meine Rose duftet und wie ihre Dornen die geheimen Blüten schützen. Und ich hatte genauso vergessen, wie leicht es ist, sich im Blick eines geliebten Menschen wiederzufinden und wie viel Glück in einem Lächeln liegen kann.«

»Sprichst du von der tausendjährigen Rose?«

Unwillkürlich zuckte Giulia zusammen. Woher wusste Iris davon? Aber natürlich, sie selbst hatte es ihr erzählt.

»Ja, es ist eine schöne Geschichte, die mit den Ursprüngen dieses Gartens und unserer Familie zu tun hat. Soll ich sie euch erzählen?«

»Ja, bitte.« Viola war mehr und mehr davon überzeugt, dass die Skizze auf dem Pergament der ursprüngliche Grundriss des Gartens war, und wenn es die tausendjährige Rose wirklich gab, dann konnten sie sie nur mithilfe dieser Karte finden. Dazu allerdings mussten sie mehr wissen. Viel mehr.

»Erzähl, Großmutter«, sagte auch Iris.

»Nun, dass das La Spinosa von Goffredo Donati gegründet wurde und dass die ersten Pflanzen aus Damaskus, der Heimat seiner Frau, kamen, wisst ihr ja bereits. Seraphina und er hatten viele Kinder, darunter zwei Zwillingsmädchen. Sie kümmerten sich um den Garten, und als sie heirateten, blieben beide mit ihren Familien in La Spinosa wohnen. Bei allen Zwillingen, die in den späteren Generationen folgten, wurde diese Tradition fortgeführt.«

»Und warum? Die anderen Donatis hätten sich schließlich genauso gut um den Garten kümmern können. Warum ausgerechnet die Zwillinge?«, fragte Viola pragmatisch wie immer.

»Zwillinge stellen gemäß der Weltanschauung der Donatis das Bindeglied zwischen Mensch und Natur dar. Weil sie eine eigene Persönlichkeit und zugleich Dualität verkörpern. Diejenige, die sich um den Garten kümmerte, ist die Hüterin der Rose. Ihr müsst wissen, das Rosenlabyrinth ist ein besonderer Ort. Jedes Mal, wenn ein Donati zur Welt kommt, wird ihm zu Ehren dort eine Rose gepflanzt.«

»Eine schöne Tradition. Und der andere Zwilling, worin besteht seine Aufgabe?«

»Er kümmert sich um die Wanderer.«

»Und was heißt das?«

Giulia musste einen Moment nachdenken, wie sie das am einfachsten erklärte. »Jeder, der vorbeikommt, der Hilfe braucht, bekommt ein Geschenk aus dem Garten:

Samen, Setzlinge, Stecklinge ... Auf diese Weise verbreitet der Garten seinen Zauber und seine Kraft über die ganze Welt.«

»Und diese Bianca, von der Caterina aus Volterra die Pflanzen bekommen hat, ist die mit uns verwandt?«

Sie hatte es gewusst, dass diese Frage kommen musste. Angespannt ballte sie die Hand zur Faust, bis sie nicht mehr zitterte und wieder sprechen konnte.

»Ja, doch das ist eine andere Geschichte. Lasst uns nach Hause gehen. Fiorenza macht sich bestimmt schon Sorgen.«

BIANCA

Seit Tagen ist sie nicht mehr im Garten gewesen. Bianca öffnet die Fenster. Irgendetwas stimmt nicht, sie ist aufgewühlt. Verlust, das ist das richtige Wort für das Gefühl, das sie empfindet. Der Wind zerzaust ihr die Haare, sie streicht sie wieder nach hinten. Erneut kommt Angst in ihr auf. Um sie herum ist plötzlich alles still.

Warum spricht der Garten nicht mehr?

Aufmerksam betrachtet Bianca jede Ecke, jeden Busch. Alles ist wie immer und doch wieder nicht. Der Garten scheint auf etwas zu warten, die Beete wollen für die Aussaat vorbereitet, die Sträucher geschnitten, die Wege geharkt werden. Aber wo ist sein Lächeln, seine Stimme?

»Bist du fertig? Wir müssen gehen, es ist spät.«

Giulia ist wunderschön, sie sieht aus wie eine Schauspielerin. Nie wird sie so sein wie ihre Schwester. Seit dem Tod der Eltern steht Bianca diese Erkenntnis überdeutlich vor Augen. Sie wird immer stiller und in sich gekehrter. Je erfolgreicher Giulia ist, desto stärker spürt sie ihre eigene Unzulänglichkeit.

»Ich komme.« Ihre Stimme hallt durch den Garten, sie dreht sich um und geht langsam zum Ausgang. Während sie die Tür hinter sich schließt, hat sie immer ihr Spiegelbild vor Augen, als würde ein Film vor ihr ablaufen. Sie ist elegant gekleidet, die Frisur sitzt perfekt. Doch das alles ist nur Schein.

Ohne Giulia wüsste sie nicht, was zu tun ist. Ohne sie wäre sie ein Nichts. Sie presst die Tasche an die Brust und denkt an ihre Eltern. Der Schmerz zerreißt sie fast, sie vermisst sie so sehr.

Und gleichzeitig ist da dieser neue Schmerz. Weil der Garten nicht mehr mit ihr spricht – weil sie seine Stimme nicht mehr hören kann.

27

Der **Lavendel** (**Lavandula angustifolia**) ist ein immergrüner, robuster Strauch, der auf jedem Boden wächst. Er verträgt volle Sonne ebenso wie Kälte und muss bloß bei Trockenheit gewässert werden. Sein intensiver Duft lockt Schmetterlinge und Bienen an. Die Blüten bilden lange Rispen und können hellblau, dunkelblau, violett und rosa sein. Lavendel hilft bei Schlafstörungen, Nervosität und Unsicherheit. Drei Teelöffel Lavendelblüten pro Tasse genügen, um seine Wirkung zu entfalten.

Viola wartete, bis alle auf ihren Zimmern waren, dann schlich sie nach draußen. Neben dem Eingangsportal hatte sie ein gekipptes Fenster entdeckt, als sie einen Zugang zum gesperrten Teil des Hauses gesucht hatte. Da ihre eher zurückhaltende und vorsichtige Schwester alles vermied, was ihrer Großmutter missfallen könnte, würde sie auf eigene Faust losziehen, damit allerdings bis zum Einbruch der Nacht warten. Gut, dass sie keine Angst im Dunkeln hatte.

Giulia hatte ihnen das Betreten dieses Gebäudetrakts streng verboten, wobei Viola die Einsturzgefahr nicht für den einzigen Grund hielt. Hier musste es ebenfalls ein Geheimnis geben – und sie würde danach suchen. Verbot hin oder her.

Es war stockfinster, doch ihre Augen gewöhnten sich schnell an die Dunkelheit. Sie gelangte durchs Fenster in eine prächtige Eingangshalle mit einer Freitreppe, Rundbogenfriesen und ornamentenverzierten Gesimsen. An den Wänden hingen großformatige Gemälde. Faszinierend! Wie verzaubert stieg sie Stufe für Stufe die Treppe nach oben, die Marmorbalustrade fühlte sich unter ihren Fingern kühl und glatt an. Oben angekommen, blieb sie vor einer mit Intarsien verzierten doppelflügeligen Tür stehen. Sie dachte nach. Es war genau so, wie sie es erwartet hatte – alles war in gutem Zustand, abgesehen von ein paar Spinnweben und Staub vielleicht.

Von wegen Einsturzgefahr!

Sie öffnete die Tür, silbriges Licht flutete ihr entgegen, sie fühlte sich wie im Märchen. Der riesige Salon war komplett eingerichtet, in einer Ecke stand ein mächtiger Holzglobus, und an den Wänden standen Schränke und Regale. Vor lauter Bewunderung achtete sie nicht darauf, wo sie hintrat, stolperte über einen Hocker und verlor das Gleichgewicht – stürzte taumelnd auf den Marmorboden, schlug sich heftig den Kopf an und wurde bewusstlos.

Iris lag auf ihrem Bett und starrte an die Decke. Es war ein denkwürdiger Abend gewesen, sogar beim Essen hatte ihre Großmutter weiter über ihre Familie und die Vergangenheit erzählt. Jede Einzelheit über ihre Vorfahren hatte Iris in sich aufgesaugt.

Da war die Geschichte der jungen Matelda und ihrer unglücklichen Liebe zu einem deutschen Soldaten, die sie das Leben gekostet hatte. Oder die Geschichte von Sidonia, die man als Hexe angeklagt hatte und die nur aus

Zufall dem Scheiterhaufen entkommen war. Sie hatte sogar eine Rose zu Ehren von Napoleon Bonapartes Ehefrau Josephine gezüchtet. Sogar Viola hatte wie gebannt den Geschichten gelauscht, wenngleich sie ihre Begeisterung nach Kräften zu verbergen versucht hatte.

Als Ruhe im Haus eingekehrt war, stand Iris auf, schlüpfte in leichte Schuhe und verließ ihr Zimmer. Auch sie trieb inzwischen die Neugier, einen Blick auf das geheimnisvolle, verbotene Herzstück des riesigen Hauses zu werfen.

Man sah die Hand nicht vor Augen, so dunkel war es – als sie sich die Treppenstufen hinuntertastete, benutzte sie deshalb ihr Handy als Taschenlampe. Da die Zugänge vom bewohnten Flügel zum Mittelteil des verschachtelten Gebäudes tatsächlich verschlossen waren, wie sie von einer flüchtigen Erkundung mit Viola wusste, musste sie einen anderen Weg finden. Sie ging in die Küche und knipste das Licht an. Der Raum wurde von einer gemauerten Feuerstelle beherrscht, über der zahlreiche Kupferkessel und -töpfe hingen. Mit der Fingerspitze fuhr sie über die glänzende Oberfläche des polierten Massivholztisches, dann wanderte ihr Blick über die hohen Wände und die antiken Möbel.

Einen Geheimgang jedoch entdeckte sie nicht.

Sie füllte ein Glas mit Wasser und trank es aus, bevor sie sich erneut auf die Suche machte. Nachdenklich kehrte sie in den Flur zurück, vermied es dabei, in die Nähe der Räume von Fiorenza und ihrer Großmutter zu kommen. Einen Moment lang überlegte sie, ob sie nach oben gehen und ihre Schwester bitten sollte mitzukommen. Aber nein, sie wollte es alleine schaffen. Erneut ließ sie ihren Blick durch den Korridor schweifen. Sie musste etwas übersehen haben.

Als sie an einem riesigen, imposanten Gemälde mit einer mittelalterlichen Marktszene vorbeikam, hielt sie spontan inne. Konnte dahinter eine Geheimtür verborgen sein? Sie betastete den Rahmen mit höchster Sorgfalt, ob sich irgendwo eine Einkerbung befand. Nichts. Unschlüssig fingerte sie in ihrer Hosentasche nach Bonbons. Nichts mehr da. Schade, sie hatte Lust auf etwas Süßes. Vielleicht hatte Fiorenza ja etwas in ihrem Vorratsschrank.

Kurz entschlossen kehrte Iris in die Küche zurück und öffnete vorsichtig die Schranktüren, eine nach der anderen, bei jedem Quietschen zuckte sie zusammen. Nirgendwo was Süßes. Sie inspizierte das große Regal mit den Vorratsgläsern. Fehlanzeige. Sie hatte sich bereits zum Gehen gewandt, als sie einen kühlen Luftzug an den Beinen spürte. Verwundert beugte sie sich nach unten, schob ein paar Vorratsbehälter zur Seite, leuchtete die Mauer mit ihrem Handy an. Bei genauerem Hinsehen erkannte sie eine Tür. Endlich! Ein zufriedenes Lächeln überzog ihr Gesicht.

Und jetzt?

Sie könnte zu Viola gehen und ihr von ihrer Entdeckung erzählen. Oder es auf eigene Faust versuchen. Sie entschied sich für Letzteres und zog das Regal ein Stück nach vorne, damit sie sich hindurchzwängen und die Tür öffnen konnte. Dann stand sie in einem Gang, sah sich um. In der rechten Wand waren Fenster eingelassen, in der linken Türen. Und eine Nische … Iris leuchtete mit der Handylampe hinein und schrie auf. Was zum Teufel war das?

Am ganzen Körper zitternd, dachte sie einen Augenblick lang an Flucht, riss sich aber zusammen. Da war schon nichts, machte sie sich Mut, für eine menschliche Gestalt war das Wesen viel zu unförmig. Obwohl ihr das Herz bis zum Hals schlug, tastete sie sich weiter voran. Eine Ritterrüstung, dachte sie erleichtert.

Das Metall schimmerte im Licht der LED-Lampe. Wie konnte sie sich nur so täuschen lassen? Iris lachte, bis ihr Tränen über das Gesicht liefen. Eine völlig absurde Situation: Mutterseelenallein trieb sie sich im verbotenen Bereich des Hauses herum und hätte vor Angst fast einen Herzanfall wegen eines albernen Blechhaufens bekommen.

Sie setzte sich neben der Rüstung auf den Steinboden und streckte ihr die Hand entgegen, als würde sie den imaginären Ritter kennen. »Ich nenne dich Alfred. Schöner Name, findest du nicht?«

Wenngleich sie wusste, dass sie sich völlig verrückt benahm, sprach sie noch eine Weile weiter auf die Rüstung ein, bevor sie beschloss weiterzugehen. Die Vorhänge an den Fenstern waren teilweise zerrissen, Stofffetzen hingen bis zum Boden und sahen aus wie schwarze Pfützen. Aber überall an den Wänden hingen Gemälde, überall standen Möbel, vermutlich Überbleibsel, die ausrangiert worden waren. Eine seltsame Atmosphäre. Mehr als einmal drehte Iris sich um und überlegte, ob es nicht besser wäre, erst mal wieder zurückgehen, doch irgendetwas trieb sie voran. Vielleicht der Stolz, dass sie diesen geheimen Zugang entdeckt hatte. Bestimmt handelte es sich um einen für die Dienstboten, damit die von einem Gebäudeflügel in den anderen gehen konnten, ohne ihre Herrschaft zu stören.

Es war ein verwirrendes Labyrinth von Gängen, in das Iris jetzt eintauchte, und sie achtete darauf, immer nach rechts abzubiegen. Als sie am Ende eines nicht enden wollenden Gangs auf eine Tür stieß, atmete sie tief durch und drückte die Klinke herunter. Vor ihr öffnete sich eine weitläufige Vorhalle, von der eine breite Marmortreppe nach oben führte, die an ihrem Ende von zwei steinernen Löwen flankiert wurde. Dahinter war eine doppelflügelige Tür zu erkennen.

Warum wohnte Großmutter nicht in diesem prachtvollen Gebäudetrakt, fragte sich Iris unwillkürlich. Schließlich wirkte hier nichts baufällig.

Sie hatte schon einen Fuß auf die letzte Stufe gesetzt, als sie durch den Türspalt Licht sah. Dort musste jemand sein. Was sollte sie jetzt tun? Ihr Mut sank, und langsam wich sie zurück. Wollte bereits den Rückzug antreten, als sie einen Schrei und einen dumpfen Schlag vernahm.

Was war das für ein Geruch? Viola schnupperte und riss die Augen auf. Papier, Leder, Staub und etwas Undefinierbares, das sie an eine Wiese im Spätsommer erinnerte, wenn das Gras vertrocknet war und unter den Schuhen raschelte. Sie rollte sich auf die Seite und stöhnte vor Schmerz. Ach ja, sie war gestürzt, hatte sich dabei offenbar den Kopf heftig angeschlagen und zudem das Bein verletzt.

»Verdammt und jetzt?«

Nackte Angst packte sie – sie war ganz allein hier, ihre Schreie würde niemand hören. Niemand wusste Bescheid, dass sie ihr Zimmer verlassen hatte, geschweige denn dass sie in diesem Teil des Hauses unterwegs war, dazu mitten in der Nacht. Ein eisiger Schauer überlief sie. Wie lange würde es dauern, bis jemand bemerkte, dass sie nicht in ihrem Zimmer war? Warum hatte sie nicht wenigstens ihre Zwillingsschwester eingeweiht?

»Ihr hätte ich es sagen können«, murmelte sie.

Seit wann redete sie mit sich selbst? Viola schüttelte den Kopf und rappelte sich auf. Sie musste hier raus, egal wie. Mühsam schleppte sie sich in Richtung Tür, vermochte sich dank des Mondlichts, das durch die Fenster fiel, immerhin einigermaßen zu orientieren. Als sie zudem das Handy fand, das sie bei ihrem Sturz verloren hatte, verfügte sie wieder über eine eigene Lichtquelle.

Hoffentlich gab es hier keine Mäuse. Welch absurder Gedanke in ihrer prekären Situation. Aber wenn Viola vor etwas Angst hatte, dann waren es Mäuse, selbst vor ganz kleinen. Sie verdrängte ihre Mäusephobie und schleppte sich weiter, der Schmerz im Bein raubte ihr fast den Atem. Seufzend ließ sie sich in einen Sessel fallen, der aus der Dunkelheit auftauchte, und betastete vorsichtig ihr Bein. Wenigstens schien nichts gebrochen zu sein. Wenn man etwas bewegen konnte, war es nicht gebrochen – das hatte ihre Mutter immer gesagt, wenn sie von irgendwelchen Abenteuern verletzt nach Hause gekommen war.

Der Gedanke an ihre Mutter löste eine leise Melancholie und einen Anflug von Zärtlichkeit in Viola aus, am liebsten hätte sie ein bisschen geweint. Bestimmt lag das an der Großmutter, an diesem seltsamen Spiel, sich gedanklich voll und ganz in etwas zu versenken. Wie in ihrem Fall in die Magnolie. Unglaublich, wie sich durch etwas so Banales die Gesamtsicht der Dinge verändern konnte.

Plötzlich wurde sie von einem Licht geblendet. »Viola, Viola, wo bist du?«

Überrascht und erleichtert zugleich riss sie die Augen auf. Iris. Was suchte die denn in den verbotenen Gemächern? »Ich bin hier, pass auf den Hocker auf.«

Die Warnung schien rechtzeitig angekommen zu sein, denn kurz darauf stand Iris vor ihr. »Was ist passiert?«

»Ich bin gestürzt.«

»Lass sehen«, sagte Iris und griff nach dem verletzten Bein.

Viola erstarrte. »Woher hast du es gewusst?«

»Was?«

»Dass es dieses Bein ist?«

»Keine Ahnung, Zufall.«

Das war eine Lüge, und beide wussten das. Trotzdem beließen sie es dabei – zwischen ihnen standen zu viele Gefühle, Wünsche und ungesagte Worte.

»Vielleicht«, fügte Iris hinzu, »war es ja auch eine Art Eingebung. Zwillinge empfangen angeblich Schwingungen, wenn dem anderen etwas passiert – selbst wenn sie gar nicht wissen, dass es noch jemanden gibt.«

Viola wollte nicht wahrhaben, dass ihre Schwester recht hatte, und reagierte entsprechend unwirsch. »Ich weiß nicht, wovon du sprichst. Was tust du überhaupt hier?«

Iris ließ das Bein los und trat einen Schritt zurück. »Ich hab dich gehört und nach dir gesucht.«

Was sollte Viola jetzt erwidern?

Gut, zwischen ihnen mochte ja eine mentale Verbindung bestehen, das meinte sie ebenfalls zu spüren, doch das hier war eindeutig zu viel.

»Und wo hast du mich gehört? Etwa in deinem Zimmer?«

Iris lachte. »Nein, hier auf der Treppe.«

»Und was hast du da gemacht?«

»Na, was schon: das Haus erkundet.«

Offenbar hatte sie ihre Schwester völlig falsch eingeschätzt, dachte Viola. »Und wie bist du hereingekommen?«

»Durch die Küche. Hinter dem Regal mit den Einweckgläsern befindet sich eine Tür, und von dort geht es in ein Labyrinth von Gängen. Ich hab mal gelesen, dass das früher in Adelspalästen üblich war.«

»Die Vergangenheit zieht dich schwer in ihren Bann, wie mir scheint.«

»Ja, alles, was früher war, fasziniert mich. Aber dir ergeht es offenbar nicht anders. Großmutters Geschichten über die Donatis, der zugesperrte Gebäudetrakt, der geheimnisvolle Garten, das lässt dir ebenfalls keine Ruhe. Und wer weiß, welche Geheimnisse sich noch in La Spinosa verbergen. Ich hab mal ein Buch über eine Gruppe von Forschern gelesen, die in Afrika, Indien und Lateinamerika entlang der Flüsse unterwegs waren, um unbekannte Pflanzen und Samen für reiche europäische Sammler zu finden. Stell dir mal vor, wenn wir auf Spuren früherer Expeditionen stoßen würden!«

Iris' Begeisterung war ansteckend, vor Violas innerem Auge erschienen grün schimmernde Regenwälder mit Papageien und Affen, die sich von Baum zu Baum schwangen, dazu Blüten in üppiger Farbenpracht, die Schmetterlinge und Kolibris anlockten.

»Ziemlich dunkel hier«, bemerkte Iris. »Von wo bist du gekommen?«

»Durch ein gekipptes Fenster neben dem Eingangsportal. Wollen wir weitersuchen? Es geht mir schon besser.«

»Wir beide?«

»Genau.«

»Warte, ich helfe dir.«

Iris zog sie vorsichtig hoch und umfasste ihre Taille. Anfangs hinkte Viola noch ein bisschen, dann bewegte sie sich im rhythmischen Gleichklang mit ihrer Schwester, als wäre nichts gewesen.

Aus dem Salon gelangten sie in eine riesige Bibliothek, in der sämtliche Wände bis zur Decke mit Regalen oder großen Bücherschränken mit verglasten Türen bedeckt waren. An jeder Wand lief eine bewegliche Leiter auf einer Schiene entlang.

»Ob die Herbarien hier drin sind?«, fragte Iris und zeigte auf einen der Schränke.

»Wir schauen einfach nach«, meinte Viola und fügte kleinlaut hinzu: »Allerdings brauchen wir dazu den Schlüssel oder irgendein Werkzeug, so werden wir den Schrank nicht aufbekommen.«

»Gibt es hier nichts, womit wir ihn aufbrechen können?«

»Dann machen wir ihn kaputt. Lass es uns nächste Nacht noch mal versuchen – ich habe eine Idee, wo sich passendes Werkzeug befindet.

»Gut, aber ein bisschen stöbern wir noch herum, oder?«

»Klar, wer hat denn was von aufhören gesagt?«

Iris war begeistert. »Wo fangen wir an?«

Sie durchstreiften die noblen Räume der Beletage, wo viele Möbel mit Tüchern abgedeckt waren. Im zweiten Stock befanden sich private Wohnzimmer sowie Schlafräume, nichts Aufregendes, im dritten Stock hingegen wartete eine echte Überraschung auf sie. Zwei spiegelbildlich gleiche kreisrunde Räume, eingerichtet wie typische Jungmädchenzimmer. Lediglich die Wiegen passten nicht ins Bild. Ungläubig schauten sie sich an, waren wie vor den

Kopf geschlagen. Und erst recht, als sie eines der Gemälde an der Wand näher betrachteten.

»Sind wir das etwa?«, hauchte Viola.

»Wie ist das möglich?«, fragte Iris.

Vorsichtig traten sie näher. Zwei kleine Mädchen, die sich wie ein Ei dem anderen glichen, hatten die Gesichter so dicht aneinandergepresst, dass man nicht erkennen konnte, wo das eine endete und das andere anfing. Die eine lächelte, die andere wirkte angriffslustig.

»Wir sehen ihnen total ähnlich, abgesehen natürlich von der Kleidung. Aus welcher Zeit mag das Bild stammen?«

»Keine Ahnung. Eindeutig sind es jedoch Zwillinge, das steht fest. Genau wie wir. Wirken wir ebenfalls so geheimnisvoll auf andere?« Iris schüttelte den Kopf. »Zwillinge, absolut gleich. Man hat das Gefühl … Schau mal, auf dem Schild am Rahmen stehen die Namen.«

Viola tat es und drehte sich mit großen Augen zu ihrer Schwester um. »Hier steht Giulia und Bianca Donati.«

Iris schnappte nach Luft. »Was? Das kann nicht sein!«

»Tatsache«, sagte Viola mit ehrfürchtiger Stimme. »Ich glaube, wir haben Bianca Donati gefunden. Und jetzt stellt sich natürlich die Frage: Warum hat Giulia uns verheimlicht, dass sie eine Schwester hat? Noch dazu eine Zwillingsschwester?«

28

Der Garten hütet die Geheimnisse des Lebens und des Todes. Der **Oleander (Nerium oleander)** ist ein immergrüner, robuster Strauch und das Symbol der Vorsicht. Man darf nie vergessen, dass er giftig ist. Seine hübschen Blüten duften dezent, seine dunkelgrünen Blätter glänzen. Er liebt Wärme und Sonne und passt sich jedem Boden an. Allerdings ist er kälteempfindlich und schätzt regelmäßige Wassergaben.

Der Regen schlug gegen die Fensterscheiben und lief in Rinnsalen nach unten. Obwohl Iris dieses Wetter gewohnt war – immerhin lebte sie in einer der regenreichsten Städte Europas –, fand sie es hier befremdlich. Für sie stand die Toskana nicht alleine für ihre berühmten Hügel und ihre typische Vegetation, sondern ebenso für viel Sonne und einen warmen Wind. Unruhig tigerte sie im Haus herum. Wie sehr sie sich nach Licht und Sonne sehnte!

Viola hingegen schien das Regenwetter nichts auszumachen. Sie führte lange Gespräche mit Giulia und machte sich dabei unentwegt Notizen.

»Die Sonne, der Wind und der Boden sind Indikatoren für die Auswahl der Pflanzen, erst wenn wir all das geprüft haben, gehen wir ans Werk«, dozierte die Großmutter. »Der Standort und die Pflanzen müssen miteinander harmonieren, das ist das Allerwichtigste. Natürlich kann man den Boden düngen, mit chemischen oder organischen Substanzen oder durch den Anbau von Luzerne. Das ist eine Nutzpflanze, die vor der Blüte Stickstoff aus der Luft aufnimmt und im Boden bindet.« Giulias Stimme war sehr viel kraftvoller geworden – überhaupt hatte sich ihr Gesundheitszustand seit der Ankunft ihrer Enkelinnen deutlich verbessert.

Iris musterte die beiden verstohlen. Jeden Tag hielt Giulia ihnen Vorträge über die Bedürfnisse eines Gartens. Viola hing an ihren Lippen und schrieb eifrig mit. Sie selbst brauchte das nicht, merkte sich das alles mühelos – und vieles wusste sie ohnehin schon. Wie man organisch düngt, wie man einen Komposthaufen anlegt, all das hatte sie bereits zur Genüge von ihrem Vater gehört. Überdies galt ihr Interesse derzeit anderen Themen. Warum etwa ein großer Teil des Gebäudes gesperrt war. Baufällig jedenfalls war nichts, zumindest soweit sie und Viola das aufgrund ihrer nächtlichen Ausflüge beurteilen konnten.

Dann fiel ihr plötzlich doch eine Frage ein, die sie der alten Dame stellen konnte. »Großmutter, wem hat eigentlich die Tasche mit den Samentütchen gehört, die du mir gegeben hast?«

Giulia zögerte, ihr Blick wirkte seltsam leer. »Es war ein Geschenk.«

»Von wem?«, schaltete sich Viola ein.

»Meine Mutter hat sie genäht nach dem Muster der Taschen, die die Bauern früher zur Aussaat mit aufs Feld nahmen.«

Iris war enttäuscht. »Und zu welchem Anlass hast du sie bekommen?«

»Zum Geburtstag, zu meinem zehnten, um genau zu sein. Die Samen sind wie Versprechen. Aus ihnen entwickeln sich Blumen, aus ihnen entsteht neues Leben.«

»Der Tasche nach zu urteilen, müssen die Samen ja uralt sein, viel zu alt, um zu keimen. Wahrscheinlich sind sie längst vertrocknet.«

Giulia schüttelte den Kopf. »Nein, nein, der Garten darf nicht sterben. Das wäre eine Katastrophe.« Sie stand auf, leichenblass im Gesicht, als ob ihr gerade erst klar geworden wäre, was die Enkelin da gesagt hatte. »Entschuldigt, mir geht es mit einem Mal nicht gut. Schickt bitte Fiorenza zu mir.«

Viola schaute erst besorgt zu ihrer Großmutter, dann nickte sie Iris zu. Gemeinsam verließen sie den Raum und schlossen die Tür hinter sich.

»Konntest du nicht etwas rücksichtsvoller sein? Musstest du sie so aufregen?«

Violas Vorwurf brachte Iris auf. »Ach, und deine Fragen waren angemessener?«

»Du hast schließlich gesehen, wie sehr sie die Sache mit den Samen aufgeregt hat. Musstest du da auch noch sagen, sie seien wahrscheinlich tot?«

»Das stimmt so nicht! Ich habe ihr nur eine simple Frage gestellt – anders erfährt man hier ja nichts. Von niemandem. Du könntest übrigens mal wegen Bianca nachhaken.«

»Ich war gerade dabei – leider hat mir jemand dazwischengefunkt«, gab Viola süffisant zurück.

»Entschuldigung, woher sollte ich das wissen? Du hast mich den ganzen Morgen angeschwiegen. Warum eigentlich?«

»Weil ich das nicht gewohnt bin.«

»Was bitte bist du nicht gewohnt?«

»Kannst du dir das nicht denken? Dich bin ich nicht gewohnt, deine ganze Existenz nicht … Einfach alles.«

Violas Worte verletzten und verwirrten Iris. »Weißt du vielleicht mehr als ich?«

»Wie bitte?«

»Was damals wirklich passiert ist, warum unsere Eltern sich getrennt haben.«

»Nein, das war reine Mathematik, Iris. Wir sind zwei, für jeden eine. Sie haben wahrscheinlich gelost. Und was würde es schon ändern, wenn wir den Grund wüssten?«

Iris' mühsam aufrechterhaltene Selbstbeherrschung brach unter Violas grausamer Logik zusammen. Diese offensichtliche Gleichgültigkeit gegenüber ihrer beider Schicksal war mehr, als sie ertragen konnte.

»Es geht nicht darum, Dinge zu erfahren, die ich bereits weiß. Sondern um Dinge, die ich nicht weiß. Warum haben sich Mama und Papa getrennt, warum haben sie vorgegeben, der andere sei tot? Und warum ist meine Mutter nicht hier, um mir Antworten auf meine Fragen zu geben? Das alles würde ich allzu gerne wissen.«

Sie bemerkte erst, dass sie weinte, als sie die Finger ihrer Schwester auf ihrem Gesicht spürte. Sofort bereute sie ihre barsche Reaktion, wandte sich ab und stürzte davon. Sie brauchte frische Luft, musste raus, rannte über die Wiese und ließ ihren Gefühlen freien Lauf, während der Wind ihr kalte Regentropfen ins Gesicht peitschte.

Bevor sie die Wahrheit über ihre Vergangenheit erfahren hatte, pflegte sie das Leben zu nehmen, wie es eben war, ohne groß darüber nachzudenken. Glücklich aber war sie nicht gewesen. Immer hatte sie eine unbestimmte Leere in sich gespürt. Jetzt war es anders, wenngleich nicht besser. Nicht zuletzt sie selbst hatte sich verändert, war nervös und empfindlich und ließ sich leicht von ihren Gefühlen überwältigen.

Seit ihrer Ankunft in Italien war überhaupt nichts mehr, wie es gewesen war.

Ihr vertrauter Alltag war von einer rätselhaften Vergangenheit abgelöst worden. Sie sah sich mit Dingen und Menschen konfrontiert, die weit entfernt waren von ihren alten Denkmustern. All das warf sie immer wieder aufs Neue aus der Bahn, sie wurde hin- und hergerissen zwischen Freud und Leid. Als wäre sie wieder ein Kind, das nichts selbst entscheiden durfte, sondern sich fügen und anpassen musste. Aber war das die Alternative?

Iris fürchtete, alles könnte nur noch schlimmer werden. Nach Luft ringend, blieb sie stehen. Der Regen fiel wie ein hauchfeiner Schleier, die Tropfen perlten über ihr blasses Gesicht und rannen ihren Körper hinab. In Amsterdam hatte sie ein selbstbestimmtes Leben geführt. Doch zu welchem Preis? Amsterdam war Vergangenheit, La Spinosa war die Gegenwart. Und das machte ihr Angst – eine Angst, die so groß war, dass sie ihr den Atem nahm.

Ein Geräusch ließ sie herumfahren – Gabriel war wie aus dem Nichts aufgetaucht. »Was machst du denn hier?«, fragte sie.

»Ich war neugierig«, erklärte er grinsend, war selbst tropfnass.

»Neugierig auf was?«

»Ich wollte wissen, was dich bei diesem Regen nach draußen treibt.«

»Wieso hast du mich gesehen?«

»Ich war gerade in der Hütte und hab eine Wand gestrichen«, sagte er und deutete dann auf das Tal. »Wundervoll, nicht wahr? Durch die Wärme des Erdbodens bildet sich bei Regen Nebel – ich finde es sieht aus wie im Film, bloß schöner.«

Iris nickte, wenngleich ihre Gedanken in eine ganz andere Richtung gingen. Schweigend starrte sie ins Nichts.

Nach einer Weile spürte sie, dass Gabriel sie anschaute. »Tut mir leid, dass ich so aufdringlich war.«

Als er sich zum Gehen wandte, hielt sie ihn zurück, wollte nicht alleine sein. Allerdings wusste sie nicht, über was sie mit ihm reden sollte. Bestimmt nicht über Giulia, Bianca, Viola oder ihre Eltern. Deshalb entschied sie sich für ein Thema, das sie beide interessierte.

»Die Samen in meinem Beet keimen nicht.« Als Gabriel nicht reagierte, sprach sie weiter: »Ich hab mit der Erde gesprochen, ich hab sie gestreichelt, ausschließlich Samen von Blumen gewählt, die mir etwas bedeuten, die meine Wünsche symbolisieren. Ich wollte dem Garten etwas zurückgeben. Aber vermutlich hast du recht gehabt, die Samen sind einfach zu alt.«

»Hoffnung gibt es immer. Manche Dinge sind eben besonders und lassen sich nicht allein mit Logik und wissenschaftlichen Regeln erklären. Die Situation verändert sich. Mit einem Schlag. So ist das Leben. Trotzdem muss man es wenigstens versuchen und etwas wagen.«

»Was willst du mir damit sagen?«

»Du bist zu schnell. Versuch mal, langsame Schritte zu machen, auf den Weg zu schauen. Das ist es, was zählt. Der Weg zum Ziel.« Gabriel lächelte sie an, öffnete dann den Mund und fing mit der Zunge die Regentropfen auf. »Das hab ich als Kind immer gemacht.«

»Ich auch, alle Kinder aus dem Dorf der Rosen.« Eine Erinnerung stieg in Iris auf. »Die Regenzeit hatte schon begonnen, doch es wollte einfach kein Tropfen fallen. Wir spielten gerade in knöcheltiefem Staub, und plötzlich verdunkelte sich der Himmel, es fing an zu regnen – so stark, als wären seine Schleusen geöffnet worden. Wir jubelten und tranken Regenwasser.«

»Dorf der Rosen? Was ist das?«

Sie gingen weiter, bei jedem Schritt sanken ihre Füße im Schlamm ein, obwohl der Regen nachgelassen hatte und lediglich ein spärliches Tröpfeln die Begleitmusik zu ihrem Gespräch bildete.

»Dorf der Rosen, so nennt man Siedlungen, die sich rund um eine Rosenplantage gebildet haben. Es gibt sie in Afrika, Südamerika und Asien, dort wo es warm ist und die Pflanzen das ganze Jahr über ohne beheizte Gewächshäuser gedeihen. In diesen Rosendörfern habe ich einen großen Teil meiner Kindheit verbracht.«

»Das war sicher schön.«

»Ja, das war es.«

»Warum lächelst du nicht, wenn du davon erzählst?«

»Weil wir ständig weitergezogen sind und nie länger als ein Jahr an einem Ort gelebt haben – das hat mich immer traurig gemacht. Erst in Amsterdam änderte sich das.«

Gabriel schloss die Augen, allmählich begann er diese junge Frau zu verstehen, die Traurigkeit in ihren Augen, ihr Bedürfnis nach Sicherheit, die Angst vor Veränderungen. All das hatte er selbst erlebt, diese Gefühle waren Teil seiner Vergangenheit. Plötzlich kam ihm eine Idee.

»Komm, ich zeig dir was.« Er nahm sie bei der Hand und rannte los, hoffentlich kamen sie rechtzeitig. »Wir müssen uns beeilen.«

Iris folgte ihm, wenngleich nach wie vor verwirrt, dass sie sich ihm anvertraut hatte, einem Fremden. Ausgerechnet sie, die sonst nie von ihrer Kindheit sprach.

»Warte auf mich«, rief sie ihm hinterher.

Gemeinsam rannten sie durch das nasse hohe Gras, während erste Sonnenstrahlen die Wolken durchdrangen und sie noch dunkler und bedrohlicher wirken ließen.

»Wir sind da, setz dich«, sagte er mit einem Mal und hielt inne, legte dann seine Hände auf ihre Schultern und schob sie ein Stück weiter.

Diesen Teil des Gartens hatte sie noch nie gesehen. Auf einer Anhöhe lag eine verfallene Hütte, nur ein Teil der Ziegelmauer war stehen geblieben. Umso überwältigender sah die Landschaft aus. Die Wiesen leuchteten silbern, die Sonne warf goldenes Licht auf die Blätter der Bäume. Weiter unten erstreckte sich das Tal, ein Bächlein floss hindurch und mündete in einen kleinen, von Felsen umstandenen See. Einer der Felsen ähnelte einem schlafenden Riesen.

Gabriels Blick war ebenfalls auf diese Formation gerichtet. »Jetzt, es kommt!«

Sie drehte sich um. Der Felsenriese schien zu erzittern, als wollte er sich von seiner starren Hülle befreien. Iris war sprachlos, so etwas hatte sie noch nie gesehen. Das Wasser drängte durch Felsspalten nach draußen und vereinigte sich zu einem Wasserfall – es sah aus, als hätte sich das graue Gestein verflüssigt.

»Horch mal, das Wasser gibt Töne von sich.«

Sein Lächeln wurde breiter. »Genau, das Wasser singt.«

Iris war ganz ergriffen, die Schönheit des Moments machte sie sprachlos. Dann war schlagartig alles vorbei.

»Oh, was ist jetzt?«

»Dieses Schauspiel tritt ausschließlich nach einem starken Regenguss auf. Wenn genügend Druck auf das Wasser ausgeübt wird.«

»Einfach grandios.«

Sie sah sein Lächeln und seine ausgestreckte Hand. Als er sich nach einer Weile enttäuscht abwandte, bereute sie, nicht danach gegriffen zu haben. Er war sympathisch, sie mochte ihn. Aber eine Hand zu fassen konnte viel mehr bedeuten – mehr jedenfalls, als sie im Moment wollte. Da war wieder die alte Angst, abgelehnt und zurückgewiesen zu werden. War ihr das nicht gerade mit ihrer Schwester passiert?

Im gleichen Moment wurde ihr allerdings bewusst, wie absurd ihr Selbstmitleid war. Wenn sie das nicht ablegte, würde sie sich nie wirklich ändern. Und Viola? Trotz aller Schroffheit und aller aufgesetzten Arroganz gefiel sie ihr. Es gab also absolut keinen Grund, immer pessimistisch zu sein und sich Dinge zu versagen, die sie gerne tun wollte.

»Besser wir gehen jetzt«, sagte Gabriel, und schweigend machten sie sich auf den Rückweg, wobei er es geflissentlich vermied, sie anzusehen.

Als sie in Sichtweite des Hauses waren, berührte Iris seinen Arm. »Ich weiß nicht, wie ich dir danken soll. Es war wie ein Wunder, das zu beobachten.«

»Es war mir ein Vergnügen, ich dachte, du könntest ein Wunder gebrauchen.«

»Das ist dir gelungen.« Das Erlebnis hatte sie in der Tat glücklich gemacht, und um ihm das zu verstehen zu geben, streckte sie ihm die Hand entgegen und blickte ihm tief in die Augen.

Als Gabriel nach ihrer Hand griff, zog sie ihn zu sich heran, stellte sich auf die Zehenspitzen und küsste ihn auf die Lippen. Ganz flüchtig und zart.

Er riss überrascht die Augen auf. »Wofür?«

»Danke.« Sie erwartete keine Antwort, winkte ihm zum Abschied zu und entfernte sich rasch.

Gabriel war schon oft geküsst worden. Aber das war nicht einfach ein Kuss ohne Bedeutung gewesen. Das war mehr. Verwundert schüttelte er den Kopf und ging nach Hause.

BIANCA

Bianca stellt die Töpfe mit den prächtigen Blumen zu Füßen der tausendjährigen Rose ab, um sie später in der Wiese auszupflanzen. Sie blühen weiß wie Schnee. Doch es gibt niemanden, dem sie ihre Blumen zeigen kann. Ihr Herz ist voller Schmerz, in ihren Augen stehen Tränen.

Es ist das erste Mal nach langer Zeit, dass sie wieder in den Garten geht. Die Lektionen ihres Vaters, die Ratschläge ihrer Mutter schwirren ihr durch den Kopf, ihre Aufgaben, ihre Pflichten. Sie hat auf alles verzichtet, nur um so zu sein, wie es von ihr erwartet wird.

»Jetzt ist alles so, wie ihr es wolltet, oder? Ich bin brav, und ich bin gut.«

Der Wind, der aufgefrischt ist, trägt ihre Worte davon, ihr Rock bauscht sich. Kein Blütenblatt weht ihr entgegen. Ihre Rose beobachtet sie aus der Ferne. Die Rose weiß, dass sie lügt, sie kann die Tiefen ihres Herzens erspüren, sie weiß, dass sie sich nach etwas anderem sehnt.

»Ich bin brav, und ich bin gut.«

Sie wiederholt den Satz wieder und wieder. Aber es sind nur leere Worte, Lügen, denn sie ist nicht gut genug, nicht fleißig genug. Sie ist nicht wie Giulia und wird auch nie sein wie sie. Bianca kniet nieder, ihr Schluchzen nimmt ihr den Atem und würgt sie im Hals. Sie wird der Aufgabe nie gerecht werden, wird nie wie ihre Schwester sein. Sie weiß es.

29

Der immergrüne **Erdbeerbaum (Arbutus unendo)** verleiht tristen Herbsttagen Farbe und Freude. Wenn der Sommer vorüber ist, beginnt er blassweiß zu blühen, später bilden sich rote und orangefarbene Beeren. Die Bienen lieben seine Blüten, sie liefern ihnen köstlichen Nektar für einen würzigen Honig mit bitterer Note. Der Erdbeerbaum mag sonnige Standorte, aber keinen kalten Wind. Ansonsten ist er anspruchslos und passt sich dem Boden an.

Viola warf einen ungeduldigen Blick auf die Uhr an der Wand in ihrem Zimmer, dann packte sie die Werkzeuge ein, die sie in einem Schuppen gefunden, entrostet und eingeölt hatte. Früher war das wohl eine Remise gewesen, denn dort standen noch verstaubte Kutschen und ein schrottreifes Auto herum. Letzteres würde sie später genauer unter die Lupe nehmen, vielleicht ließ es sich ja wieder herrichten. Vorerst würde sie Stefan bitten müssen, ihr sein Auto zu leihen – sie hatte jedenfalls nicht vor, mit dem Rad nach Volterra zu fahren.

Während sie noch über das Autoproblem nachdachte, meinte sie plötzlich das Wiehern von Pferden und die Stimmen von Stallburschen zu hören und den Atem und die Träume derjenigen zu spüren, die hier einmal gearbeitet hatten. Alles war mit Staub und Vergessen zugedeckt. Niemand kannte ihre Namen, niemand wusste, was sie getan, gedacht und wen sie geliebt hatten. Und weil sich niemand an sie erinnerte, waren sie wirklich tot.

Ein Gedanke, der sie traurig stimmte.

Viola hatte eine Entscheidung getroffen. Sie würde nicht darauf warten, bis man ihr erlaubte, das zu tun, was sie wollte. Das hatte sie noch nie getan. Ihre Vergangenheit versteckte sich in diesem Anwesen, und sie würde Licht ins Dunkel bringen.

Alle Sinne geschärft, blickte sie zur Tür. Obwohl es ruhig war im Haus, würde sie noch etwas warten und derweil ein bisschen telefonieren. Mit ihrer Mutter nicht, die hatte auf ihre SMS nicht geantwortet. Schien immer noch wütend zu sein, weil sie sie unter Druck gesetzt hatte. Sie scrollte im Adressbuch nach unten bis zum Namen William Stuart.

Sehnsucht überkam sie. Was er wohl gerade trieb? Ob er jemand anderen gefunden hatte, der seinen Sinn für schrägen Humor schätzte? Für einen Moment schloss sie die Augen, dann wählte sie seine Nummer. Diesmal war er da.

»Viola, endlich!

Ihr wurde warm ums Herz. »Hallo, William.«

»Wie geht's dir?«

»Ehrlich gesagt, ich weiß es nicht. Hier ist alles ziemlich kompliziert.«

»Dann komm zurück.«

Sie lächelte und erwiderte seufzend: »Das geht leider nicht. Erst müssen Familienprobleme geklärt werden.«

»Verstehe, wozu hat man sonst eine Familie.«

Sie lachte. »Red nicht so einen Blödsinn.«

»Und wie lange dauert das?«

Als Viola seine Ungeduld spürte, hellte sich ihr Gesicht auf. »Ein paar Wochen bestimmt, genau kann ich das nicht sagen.«

»Und dann kommst du wieder nach London?«

»Natürlich.«

Sie plauderten noch ein wenig, dann legte sie auf, starrte zur Decke hoch. Die Zeit wollte und wollte nicht vergehen.

Irgendwann reichte es ihr. Sie stand auf, griff nach dem Sack mit den Werkzeugen, trat in den Flur und schloss leise die Tür hinter sich. Keine Sekunde mehr würde sie untätig in ihrem Zimmer bleiben und sich bemitleiden. Außerdem wollte sie unbedingt mit Iris sprechen – ein Bedürfnis, das ihr mehr Angst machte als alles andere zusammen, denn unter Umständen würde ihre Schwester sie zum Teufel schicken.

Entschlossen klopfte sie an die Zimmertür. Sie war gemein zu ihr gewesen, das schlechte Gewissen quälte sie. Die Tür öffnete sich, die Schwestern sahen sich abwartend an. Überraschung, Freude und Hoffnung machten sich in Viola breit. Als wäre sie plötzlich auf einer anderen Frequenz unterwegs.

»Brauchst du was?«, fragte Iris völlig entspannt.

»Wir wollten doch den Schrank in der Bibliothek öffnen, weißt du nicht mehr?«

»Ich dachte, dabei störe ich nur.«

»Entschuldige, ich bin wirklich ein Ekel.« Es war ganz einfach, sie musste es bloß aussprechen. Alles würde gut werden. Iris war ein großherziger Mensch, der verzeihen konnte. Sogar ihren Eltern hatte sie verziehen, trotz allem was passiert war. Sie selbst schaffte das nicht, sie klammerte sich an ihre erlittenen Kränkungen und Verletzungen, ließ sich von ihnen leiten. Zum allerersten Mal spürte Viola Bewunderung für ihre Schwester. Positiv zu denken erforderte Mut. Ablehnung war einfacher, denn sie erlaubte, in den selbst gesetzten Grenzen zu verharren – sich dem Leben auszusetzen war unbequem und kompliziert.

Iris blinzelte. »Du hast Probleme im Umgang mit anderen, scheint mir.«

»Willst du nun mit oder nicht? Andernfalls gehe ich allein …«

Sie unterbrach sich, als sie bemerkte, dass ihre Schwester komplett angezogen war und Turnschuhe trug. »Hast du etwa auf mich gewartet?«

»Jedenfalls hatte ich mir vorgenommen mitzugehen.«

»Du hast gehofft, dass ich komme, oder?«

»Nein, aber ich kann deine Gedanken lesen – oder besser gesagt, ich habe deine Gedanken im Kopf, obwohl sie nicht meine sind.«

»Willst du damit sagen, dass du weißt, was ich denke?«, fragte Viola, der es neuerdings mit Iris ähnlich erging.

»Psst, du weckst die anderen auf.«

»Lenk nicht ab!«

»Was ist denn mit dir los?« Dann verstand Iris. »Geht es dir etwa genauso?«

Viola lehnte sich an die Wand und nickte. »Das ist doch nicht normal, oder?«

»Was ist bei uns schon normal?« Iris lachte und schlug sich schnell die Hand vor den Mund. »Unsere Eltern haben sich getrennt und ihre Zwillinge auseinandergerissen. Unsere Großmutter lebt in einem prächtigen Palast, dessen Mittelteil niemand betreten darf, und spricht die ganze Zeit von einer tausendjährigen Rose. Und Bianca? Warum wird sie totgeschwiegen? Was kann sie Schreckliches getan haben, dass sie aus der Familiengeschichte ausradiert wurde? Immerhin ist sie Giulias Schwester.«

So gesehen hatte Iris recht. »Stimmt, unter diesen Umständen sind Zwillinge mit telepathischen Fähigkeiten wirklich nichts Besonderes.« Jetzt mussten beide lachen.

»Lass uns gehen«, sagte Iris, »sonst wird es zu spät. Morgen früh möchte Großmutter mit uns einen Spaziergang an den See machen.« Plötzlich hielte sie inne und starrte ihre Schwester an. »Auf dem Pergament ist eine Wasserfläche erwähnt. Ob der See damit gemeint sein könnte?«

»Möglich«, räumte Viola ein. »Der Bach, der ihn speist, kommt aus den Hügeln. Vom See wiederum zweigen die Bewässerungskanäle für den Garten ab.«

»Komisch«, meinte Iris. »Es gibt Wasser im Überfluss, und trotzdem leidet der Garten. Meinst du, es gibt außer der einen Rose, die ich in der Nähe von Gabriels Hütte entdeckt habe, überhaupt keine Blumen mehr auf dem ganzen Gelände?«

Viola schüttelte den Kopf. »Ich weiß es nicht, aber ich habe kein gutes Gefühl.« Sie nahm Iris' Hand. »Und wenn das alles mit Ereignissen in der Vergangenheit zusammenhängt? Vielleicht finden wir in den Tagebüchern etwas darüber. Es gibt bestimmt Aufzeichnungen, was im Laufe der Zeit mit dem Garten passiert ist.«

Iris nickte. »Dann nichts wie los. Das nächste Mal gehen wir am Tag.«

»Das würde Fiorenza merken und es brühwarm Großmutter erzählen. Schließlich ist diese Geschichte mit der Einsturzgefahr nichts als ein Vorwand, damit niemand herumstöbert.«

»Das sehe ich genauso. Bloß was wollen sie geheim halten? Ich gehe davon aus, dass es mit Bianca Donati zu tun hat.«

Inzwischen waren sie durch die Küche in den verborgenen Dienstbotenflur gelangt, und Viola begutachtete im schwachen Licht der Handylampe die Ritterrüstung. »Wer hat denn dieses schreckliche Ding hier aufgestellt?«

»Er heißt Alfred und ist überhaupt nicht schrecklich«, beschied Iris sie lachend.

»Hast du ihm diesen Namen gegeben?«

»Ja, das hilft mir.«

»Bei was?«

»Keine Angst zu haben.« Iris blieb stehen, die Hand auf der Klinke der Tür, die in die Halle führte. »Je mehr man über jemanden weiß, desto besser kann man ihn verstehen. Die Seele ist eine Art Behälter, den jeder mit seinen eigenen Gefühlen füllt. Und wenn er bereits mit positiven Empfindungen gefüllt ist, bleibt für negative kein Platz mehr.«

Viola folgte ihr schweigend, ein leises Lächeln umspielte ihre Lippen. Den Dingen einen Namen zu geben, damit sie einem keine Angst machten – was für eine Idee!

»Und woher hast du diese Weisheit?«

»Keine Ahnung, von irgendeiner Kinderfrau, nehme ich an. Ich bekam ständig eine neue, wenn wir wieder mal umgezogen waren.«

»Wirklich?«

»Ja.«

Sollte das heißen, dass Iris jedes Mal mit einer anderen »Ersatzmutter« zurechtkommen, sich anpassen, sie tolerieren und sie verstehen musste? War ihre Schwester deshalb so verständnisvoll, fragte sich Viola.

»Wart ihr in vielen Ländern?«

»Es ist fast einfacher aufzuzählen, wo wir nicht waren«, erklärte Iris, deutete dann plötzlich alarmiert nach vorn. »Die Tür zur Bibliothek steht offen, schau mal. Wir hatten sie doch zugemacht.«

»Vielleicht hast du das ja falsch in Erinnerung.« Viola leuchtete in alle Ecken. »Mach dir keine Gedanken. Hier sind nur wir und Hunderte von Mäusen.«

»Gestern hab ich keine einzige gesehen.«

»Ich auch nicht, was allerdings nicht heißt, dass es keine gibt.«

Iris spürte das Unbehagen ihrer Schwester. »Sollen wir lieber umkehren?«

»Denk nicht mal dran. Meinst du, ich habe diesen Sack umsonst mitgeschleppt.«

»Okay.« Iris begriff langsam, dass ihre Schwester niemals aufgeben würde. »Dann los.«

Obwohl sie nicht zum ersten Mal hier eindrangen, verspürten beide erneut ein flaues Gefühl im Bauch. Die Gründe für die Trennung ihrer Eltern, das merkwürdige Verhalten ihrer Großmutter, das Geheimnis um Bianca und um die Rettung des Gartens – in der Bibliothek würden sie vermutlich die Antworten finden.

Wieder standen sie vor dem großen Bücherschrank, der schon in der vorangegangenen Nacht ihr Interesse geweckt hatte. Viola nahm eine Flachzange aus dem Sack.

»Pass auf, dass du nichts kaputt machst«, mahnte Iris.

»Leuchte mir mal.«

»Hier.«

Viola steckte die Zange ins Schloss und drehte. Der Schrank öffnete sich ohne jeden Widerstand. »Er war gar nicht abgeschlossen«, murmelte sie verblüfft und zugleich leicht besorgt.

»Wie kann das sein? Unmöglich, du musst dich getäuscht haben«, versuchte Iris sie zu beruhigen, obwohl sie sich ebenfalls nicht wohl in ihrer Haut fühlte.

Aus dem Schrank drang ein Geruch nach getrockneten Kräutern und Kampfer, der Viola zum Niesen brachte. Iris beleuchtete bereits den Inhalt, die Rücken großformatiger Bücher und akkurat aufgereihter Ordner.

Viola zog einen Ordner heraus und blätterte darin. Er enthielt lauter aus festem Karton gefaltete Taschen, in denen sich getrocknete Pflanzen und Samen befanden. Beim Weiterblättern entdeckte sie ferner Zeichnungen, eine Landkarte und einen Grundriss des Hauses. »Scheint ein Plan des ganzen Anwesens zu sein.«

»Zeig mal«, sagte Iris und griff nach dem Ordner. Auf der Karte waren ebenfalls der Bach und der kleine See eingezeichnet, der die Bewässerung des Gartens sicherte. Genau dorthin wollte Giulia morgen früh mit ihnen.

»Als ob jedes Jahr eine Bestandsaufnahme des Gartens gemacht worden wäre«, meinte Viola, deren Blicke bereits zu den anderen Schränken wanderten. »Wann wohl alles angefangen hat? Schau mal, hier: 1832. Das ist unglaublich!«

»Meinst du, die Samen keimen noch?«

»Eigentlich unmöglich. Vielleicht im Labor? Wie auch immer, das hier ist eine echte Schatzkammer.«

Sie hatten die Geheimnisse von La Spinosa entdeckt. Hier würden sie Aufschluss bekommen über die Geschichte der Familie Donati und ihres Gartens. Über alles war akkurat Buch geführt worden: Aussaat, Freiland oder Gewächshaus, sonnige oder schattige Standorte… Alles per Hand für die Ewigkeit aufgeschrieben, sorgfältig, detailliert und punktgenau.

Viola stellte den Ordner zurück und inspizierte den Rest, um sich einen Gesamteindruck von dem Bestand zu verschaffen. »Da fehlen manche Jahrgänge«, murmelte sie.

Iris hörte nicht hin, sie blätterte selbst in einem Buch. »Schau mal, hier ist Bianca Donati erwähnt.«

Viola ging zu ihr. »Zeig her. Aha, und hier ist eine Liste mit Pflanzen.«

»Das sind Mutterpflanzen.«

Wenngleich das Schema von der Systematik, die sie kannte, abwich, war sich Iris sicher. Genauso ging ihr Vater bei Neuzüchtungen vor.

»Und das heißt?«

»Es ist ein Züchtungstagebuch. Links stehen die Neuzüchtungen, rechts daneben die Mutterpflanzen.« Sie blätterte weiter. »Und das ist eine Damaszenerrose, sie kommt aus Kleinasien. Vielleicht ist sie ja die berühmte tausendjährige Rose.«

»Meinst du, sie existiert wirklich?«

»Zumindest hat es sie gegeben, ich frage mich nur, ob sie wirklich noch existiert. Und wenn ja, wo wir sie finden können?«

»Dieser Garten ist riesig, sie kann überall sein.«

»Wir suchen trotzdem nach ihr, was meinst du?«

»Einverstanden, doch jetzt interessiert mich erst einmal, was uns Bianca Donati zu sagen hat.«

Iris stellte das Buch zurück. »Erinnerst du dich an die Geschichte von den Donati-Zwillingen, eine für die Wanderer, eine für die tausendjährige Rose?«

»So was vergisst man nicht so leicht, zumal da wir selbst Zwillinge sind. Man ist schließlich nicht jeden Tag Protagonistin einer Legende.« Sie musste lachen, aber ein bisschen schauderte es sie bei dem Gedanken. »Warum fragst du das überhaupt?«

»Denk mal nach. Bianca hat Caterina die Pflanzen geschenkt. Also muss sie der Zwilling für die Wanderer gewesen sein. Kapiert?«

Verstehend hellte sich Violas Gesicht auf. »Das heißt, Großmutters Aufgabe war es, sich um die tausendjährige Rose zu kümmern.«

»Genau! Und das bedeutet, dass sie weiß, wo sie steht. Wir müssen sie überzeugen, uns zu ihr zu führen… Und uns in alle Geheimnisse einzuweihen, wenn sie möchte, dass wir die Tradition fortführen.«

Anschließend stiegen sie die Treppe in den dritten Stock hinauf, betraten den ersten der beiden runden Räume und blieben vor dem Gemälde stehen. »Bianca Donati. Das ist beängstigend«, flüsterte Viola.

»Was damals wohl Schreckliches passiert ist?«

»Vielleicht hatte sie Streit mit Giulia und ist gegangen. Schwestern können ziemlich anstrengend sein, ich kann das durchaus nachempfinden«, spottete Viola und bekam zum Dank von Iris ein Kissen an den Kopf.

»Sehr witzig. Meine Frage war ernst gemeint… He, was treibst du denn da?«

Viola hatte begonnen, in Schubladen herumzukramen. »Wenn wir Antworten wollen, dann sollten wir danach suchen. Freiwillig wird uns hier niemand etwas sagen.«

»Warte, ich helfe dir.« Iris nahm einen Stoß Blätter und legte sie aufs Bett.

»Ach übrigens, wie läuft's mit Gabriel?«

»Warum fragst du?«

Viola verdrehte die Augen. »Ich langweile mich hier zu Tode, da ist ein bisschen Klatsch und Tratsch sehr will-kommen.«

Iris schwieg. Und zwar aus gutem Grund. Schließlich wusste sie, dass sie zu aggressiven Reaktionen neigte, wenn sie nervös war. Trotzdem ließ sie Viola nicht ganz so leicht davonkommen. »Und was ist mit dir? Fehlt dir dein perfektes Londoner Leben hier in der Provinz?«

»Was hat das damit zu tun?«

»Wenn ich dich so anschaue …«

Viola lachte verächtlich, und schweigend suchten sie daraufhin einträchtig weiter.

»Hier«, rief Viola plötzlich triumphierend. »Eine Einla-dung zu einem Ball. Und ein Foto. Wow, was für ein Kleid!«

»Wirf mal einen Blick in den Kleiderschrank! Kennst du diese Vintage-Läden? Die würden ein Vermögen für die Klamotten hier bezahlen.«

»Hab ich gestern bereits in Augenschein genommen, einfach unglaublich. Die Familie muss damals steinreich gewesen sein.«

»Wer weiß, was seitdem passiert ist. Großmutter dürfte Anfang der Fünfziger geboren worden sein. Sie soll uns was aus ihrem Leben erzählen. Und über unseren Großva-ter Auskunft geben.«

Viola warf ihr einen skeptischen Blick zu. »Ehrlich gesagt, sehe ich keine große Ähnlichkeit zwischen unserem Vater und Stefan. Aber ich wäre glücklich, wenn er mein Großvater wäre. Ich mag ihn sehr.« Sie wandte sich ebenfalls einem Blätterstapel zu und sah ihn rasch durch. »Nichts Großartiges, ein paar Bilder und Briefe.«

Iris nickte. »Wahrscheinlich sind die wichtigen Dinge woanders versteckt.«

»Außerdem wissen wir nicht einmal, wonach genau wir suchen müssten.«

»Du hast recht. Räumen wir halt das Zeug wieder weg.« Iris verstaute alles und hantierte seufzend mit der schwergängigen Schublade.

»Soll ich helfen?«

»Nicht nötig, da hat sich lediglich was verklemmt. So, hab es bereits. Ein Foto und eine Karte.«

»Zeig her«, drängte Viola und riss beides der Schwester fast aus der Hand. »Das ist Großmutter mit Bauch, schau mal!«

Doch Iris hörte ihr gar nicht zu, war zu sehr in die cremefarbene Karte vertieft, dann reichte sie sie ihrer Schwester.

»*Tief bewegt sind wir in diesen Zeiten des Schmerzes an eurer Seite ...*«, las Viola laut. »Grundgütiger, das ist eine Kondolenzkarte für Bianca Donati!«

»Sie ist nicht weggegangen, sie ist tot.«

»Wie schrecklich! Bianca ist einen Monat nach Papas Geburt gestorben.«

»Bist du sicher? Hier steht: 20. Oktober 1974.«

»Und Papa wurde am 20. September 1974 geboren.«

Sie schwiegen betroffen.

Schließlich flüsterte Iris: »Großmutter hat ein Kind bekommen und einen Monat später ihre Schwester verloren. Das muss ein Albtraum für sie gewesen sein.«

30

Der **Lorbeer** (**Laurus nobilis**), der gerne als Heil- und Gewürzpflanze verwendet wird, kann ziemlich groß werden. An warmen Sommerabenden verbreitet er einen aromatischen Duft, seine smaragdgrünen Blätter eignen sich zum Verfeinern von Suppen und Bratensaucen. In der Antike war der Lorbeerkranz ein Zeichen des Siegers. Der Anbau ist unproblematisch, die Pflanze mag sonnige Standorte und passt sich jedem Boden an. Regelmäßiges Wässern bei Trockenheit ist hilfreich, die Blüten ziehen im Frühling Bienen und Schmetterlinge an.

Das Licht spiegelte sich auf der Oberfläche des kleinen Sees. Viola betrachtete ihn fast andächtig. Iris stand etwas abseits und bewunderte das Panorama. Sie hatte aufgegeben darauf zu warten, dass ihre Schwester ein Gespräch begann. Ab und zu schaute sie auf das Pergament, dann wieder in Richtung Haus.

»Lass uns mal zu diesen Bäumen dort gehen«, schlug sie vor.

»Warum?«

»Ich weiß auch nicht genau«, erwiderte Iris vage, »es ist nur so ein Gefühl. Auf der Karte ist etwas, das ich nicht verstehe. Es sieht aus wie ein Labyrinth. Weißt du, ob es in La Spinosa so etwas gibt? Ich hab noch nie davon gehört. Du?«

»Nein.« Viola schmerzte der Kopf, sie hatte schlecht geschlafen, zu viele Dinge waren ihr durch den Kopf gegangen. Vor allem Biancas unerklärlicher Tod war es, was sie beschäftigte. Plötzlich hatte sie Angst, sich von ihrer Schwester trennen zu müssen, noch bevor sie sich richtig kennengelernt hatten.

»Hör mal, Iris, magst du mit mir nach London kommen, wenn wir das hier hinter uns haben?«

»Ist das dein Ernst?«

»Sehe ich so aus, als würde ich Witze machen? Natürlich meine ich das ernst. Du kannst bei mir wohnen, ich lebe in einer WG.«

Iris strahlte. »Das wäre wunderbar«, sagte sie, aber plötzlich verdüsterte sich ihre Miene. »Und was ist mit Großmutter? Ich würde sie ungern alleinlassen. Wäre es nicht schön, wenn wir beide für immer hierbleiben könnten.«

»Ich weiß nicht«, meinte Viola zögernd. Sie musste an die Warnungen ihrer Mutter denken. Obwohl sie sich in La Spinosa wohlfühlte, Angst hatte sie trotzdem. Und sie hatte William versprochen, nach London zurückzukehren. Sie fuhr sich mit der Hand über die Augen.

Iris setzte sich neben sie, tauchte ihre Hände in das klare Wasser und trank einen Schluck. Wind war aufgekommen, für La Spinosa eigentlich ein Dauerzustand.

»Stell dir mal vor, Großmutter ließe dir im Garten freie Hand. Was würdest du machen?«

Viola dachte kurz nach. »Zuerst einmal würde ich die Begrenzungsmauer abreißen. Sie ist mir unheimlich, ich weiß nicht, warum. Dann würde ich Themenwege anlegen, die man barfuß begehen kann, zum Beispiel einen Weg der Düfte. Und einen Schmetterlingsgarten. Und natürlich würde ich den Renaissancegarten grundlegend restaurieren, damit er ein Blickfang für Gäste und Besucher wird. Es gibt schließlich nicht mehr viele Gärten dieser Art.«

»Die Mauer hasse ich auch«, stimmte Iris zu. »Sie wirkt erdrückend und gehört da nicht hin. Der Garten selbst gefällt mir, wie er ist, da würde ich kaum etwas ändern.«

»Du meinst den Renaissancegarten, oder?«

»Genau. Ich frage Gabriel, ob er uns hilft. Wir haben die Originalpläne und die Samen aus Giulias Gärtnertasche. Ich kann's kaum erwarten.«

Warum zuckte sie bei diesem Namen immer zusammen? Er hatte ihr nichts getan, war immer freundlich. Viola dachte darüber nach. Im Grunde konnte sie nichts Negatives an diesem Mann finden, und das verwirrte sie. Auf der einen Seite mochte sie ihn, auf der anderen Seite würde sie ihn am liebsten zum Teufel schicken. Das ergab doch keinen Sinn.

»Da kommt Großmutter.«

Giulia ging langsam, den silbernen Knauf ihres Stocks hielt sie fest umklammert. Sie wirkte abwesend, machte immer wieder Pausen und sah sich kritisch um. Die Zwillinge kannten diesen Blick, mit dem sie anderen tief in die Seele zu schauen versuchte.

Inzwischen hatte sie ihnen alles genau erklärt: dass die Samen vor der Aussaat gewässert werden mussten oder dass man Rosen am besten in eine Pflanzgrube mit Erde, Pferdemist und Bananenschalen setzte. Trotz ihrer Strenge hätte Iris sie am liebsten umarmt, denn unter ihrer harten

Schale steckte ein weicher Kern. Selbst ihr unerbittlicher Blick schien oft nichts als Fassade zu sein – dahinter versteckte sich eine sensible Seele, empfindlich wie eine Blüte bei Frost.

»Hallo, Großmutter!«

Giulia nickte lächelnd und setzte sich neben ihre Enkelinnen. Von hier oben konnte man das imposante Anwesen mit Vorplatz, Renaissancegarten und Springbrunnen komplett überblicken. Alles war mit Unkraut überwuchert, und trotzdem rührte dieses Bild an ihr Herz.

»Schön hier, nicht wahr? Man hat den Eindruck, als wäre der Himmel ganz nah, als könnte man ihn berühren, wenn man die Hand ausstreckt. Ich habe als Kind oft hier gesessen und später …«

Giulia verstummte. Hier hatte sie sich mit Stefan getroffen, weit genug vom Haus entfernt, um sich eine Freiheit vorzugaukeln, die es in Wirklichkeit nicht gab.

Viola bemerkte sofort, dass die Großmutter heute anders war, sie wirkte irgendwie gelöst, wie von einer schweren Last befreit. Ihr Blick offen, ihre Bewegungen weich und irgendwie zärtlich, wenn sie über den Klee und das frische Gras strich. »Habt ihr etwas von eurem Vater gehört?«

»Nein. Warum rufst du ihn nicht an? Nur erzähl nichts von La Spinosa, sondern sag ihm, dass du ihn liebst. Manche Dinge muss man ganz einfach aussprechen.«

Violas altkluge Ratschläge entlockten Giulia ein Lachen. »Na gut, später vielleicht. Seht euch erst mal um. Das hier ist der höchste Punkt des ganzen Anwesens. Der kleine See ist unser Wasserreservoir, er versorgt La Spinosa mit frischem Wasser. Man hat irgendwann noch eine Staumauer gebaut, um den Regen aufzufangen und ihn ebenfalls für die Wasserversorgung zu nutzen. Ein ausgeklügeltes Bewässerungssystem.«

Selbst wenn das sicher wichtig war, interessierte es Iris nicht wirklich. Sie zog das Pergament hervor. »Gab es hier einmal ein Labyrinth?«

»Warum fragst du?«

»Das interessiert mich ebenfalls«, schaltete sich Viola ein. »Als Kind habe ich oft von einem Labyrinth geträumt.«

Giulia schwieg. Hatten sie etwa Erinnerungen an diese Zeit? Sie waren noch so klein gewesen, als sie ihnen die tausendjährige Rose gezeigt hatte. Sie beschloss, das Thema vorerst auf sich beruhen zu lassen. Die Mädchen würden im richtigen Moment alleine den Weg ins Labyrinth finden, ganz ohne ihre Hilfe. Zunächst aber mussten sie die fünf Grundregeln beherrschen, das war das Wichtigste.

»Wie geht es mit dem Pergament voran? Seid ihr weitergekommen?«

»Nein, wir haben aufgegeben. Wie soll man *Bewusstsein* praktisch umsetzen? Ein ziemlich langweiliges Motto, ehrlich gesagt.«

Erst seufzte Giulia, dann lächelte sie. Ihre Enkelinnen waren ehrlich und mutig, immer für eine Überraschung gut. »Vielleicht betrachtet ihr das Ganze ja aus einem falschen Blickwinkel.«

»Wie meinst du das? Bewusstsein ist nun mal ein recht abstrakter Begriff.«

»Versuchen wir es anders«, sagte Giulia nach kurzem Nachdenken. »Was macht ihr zuerst, wenn ihr ein Beet anlegt oder einen Blumenstrauß zusammenstellt?«

»Warum fragst du das?«, erkundigte sich Iris angespannt. Dass Viola sich neben ihrem Studium als Floristin
betätigte, wusste ihre Großmutter natürlich – aber dass sie
heimlich Beete anlegt hatte? Obwohl nur Gabriel von dem
Beet hier wusste, schien sie darüber informiert zu sein.

»Weil das uns Donatis im Blut liegt. Es ist unsere Berufung, Gärten zu planen, Beete zu gestalten, Blumenbou-
quets zu arrangieren mit dem Ziel, Gefühle zu wecken
und Freude zu bereiten. Wir waren weit und breit bekannt
dafür, sind seit jeher eng mit der Natur, dem Boden verbunden, haben immer gegärtnert, gesät, gepflanzt und gepflegt.«

Iris hielt den Atem an, das hatte ihre Großmutter schön
gesagt. »Der Wind, das Licht…, darauf achte ich immer
zuerst«, beantwortete sie Giulias Frage.

»Und dann?«

»Auf das Wasser und den Standort, den Boden. Und
schlussendlich achte ich auf die Farbe der Blüten, auf die
Zweige, die Wuchsform und den Duft.«

»Wissen und Gespür, das ist dein Rüstzeug. Das hier
indes«, die Großmutter deutete auf das Pergament, »das ist
die Philosophie, die dahintersteht. Und weißt du, warum
das so wichtig ist? Weil Wissen ohne Bewusstsein nicht aus-
reicht, uns manchmal sogar auf die falsche Spur führt.«

Während Giulia ihren Enkelinnen den Sinn der Worte
auf dem Pergament erklärte, spürte sie, wie sie von der
Vergangenheit eingesaugt wurde. Zutiefst verwirrt und beunruhigt fragte sie sich, was das zu bedeuten hatte.

Es war, als würde sie mit sich selbst sprechen. Wer war
Lehrer, wer war Schüler? Die Grenzen verschwammen. Auf
dieser Wiese oberhalb von La Spinosa standen drei Men-

schen, die letzten Donati-Frauen, Mitglieder einer Familie, die Gartengestaltung und -pflege zu einer Kunstform erhoben und gelernt hatte, kranke Pflanzen zu heilen und im Boden zu lesen.

»Was sollen wir tun?«

Giulia schrak zusammen und sah die Zwillinge an. »Sucht euch einen Gartenbereich aus. Und dann fragt euch, warum ihr genau diesen ausgesucht habt. Beschränkt euch nicht auf das, was ihr seht. Natürlich sind Wind, Wasser, Licht und der Boden fundamental wichtig für die Auswahl der Samen und Pflanzen, für deren Farben und Düfte. Aber das reicht nicht. Euer Herz ist es, was zählt. Ihr müsst euer Herz befragen. Schließt die Augen und atmet ruhig ein und aus, bis ihr allein euren Herzschlag wahrnehmt, und dann öffnet eure Sinne. Ihr habt immerhin fünf, also nutzt sie.«

Iris stand auf, hinter ihr kräuselte der Wind die Wasseroberfläche des kleinen Sees, sie schaute nach unten ins Tal und ließ ihren Blick über den Garten schweifen. Als er immer am gleichen Punkt hängen blieb, schloss sie die Lider, wie es ihre Großmutter gesagt hatte.

Der Renaissancegarten tauchte vor ihrem inneren Auge auf, lichtdurchflutet, leuchtend grün und in voller Blütenpracht. Zwischen den geometrisch angelegten Hecken spielten Kinder, Spaziergänger waren unterwegs, einzeln oder in Gruppen, andere Besucher saßen auf den Bänken und lasen. Wieder andere betrachteten ihr Spiegelbild im Springbrunnen. Das Wasser schoss in einer Fontäne hoch in die Luft, um sogleich in einem Bogen zurück ins Bassin zu stürzen. Als Iris die Augen wieder öffnete, blieb das Bild noch einen Moment in ihrem Bewusstsein.

Was kümmerte sie die Realität, der mit Unkraut überwucherte Boden, das Dornengestrüpp, die bemoosten Steine. Ihr war auf einmal klar, was ihre Großmutter hatten sagen wollen. Bewusstsein. In diesem Moment begriff sie, was dieser geometrisch angeordnete Garten einmal gewesen war, was er für seine Besucher bedeutet hatte, die gekommen waren, um sich an seinen Farben und Düften zu erfreuen. Und sie erkannte, dass sie dieses Fleckchen Erde wieder zu dem machen wollte, was es einst war: ein Ort des Friedens und der Freude. Sie deutete in Richtung des Gartens. »Dort werden wir uns das nächste Mal unterhalten. Großmutter. Ich möchte den Renaissancegarten vor dem Haus zu neuem Leben erwecken. Er wird mein Garten.« Sie sah zu Viola hinüber. »Unser Garten.«

Die Schwester nickte sichtlich bewegt – zum ersten Mal in ihrem Leben spürte sie das Bedürfnis, etwas gemeinsam zu machen, und zwar nicht mit irgendjemandem, sondern mit ihrem Zwilling. Was auch immer in der Zukunft mit ihr und Iris passieren mochte: Den Renaissancegarten würden sie gemeinsam neu gestalten. Er würde blühen und gedeihen und das Band bilden, nach dem sie gesucht hatte. Das Verbindungsglied, das sie nach so langer Trennung wieder zusammenführte. Viola schlug die Augen nieder und wischte sich verstohlen eine Träne von der Wange.

Jetzt reichte es aber mit der Sentimentalität, dachte sie bei sich.

Die Stimmen ihrer Enkelinnen schienen aus weiter Ferne an ihr Ohr zu dringen. Giulia brauchte eine Weile, bis sie in die Realität zurückfand – ihre Seele hatte sich an einen fernen Ort geflüchtet. Doch sie war zufrieden. Es hatte funktioniert! Iris und Viola würden zusammenarbeiten, hatten sich wiedergefunden, planten ein gemeinsames Projekt. Und der Garten hatte sie akzeptiert. Alles verlief wie gewünscht.

Dennoch überfiel sie plötzlich namenlose Angst, etwas Dumpfes begann sich in ihr zu regen: Sie würde den Garten verlieren, die Mädchen würden ihren Platz einnehmen. Von ihr würde nichts bleiben. Und diese Urangst schob alles beiseite, sogar ihren Wunsch, die Fehler der Vergangenheit wiedergutzumachen. Mit einem Mal kam die alte Giulia erneut zum Vorschein, die unbeugsame Frau, die den Garten geschlossen und sich selbst verboten hatte, glücklich zu sein.

»Nein«, beschied sie die Enkelinnen. »Das mit dem Renaissancegarten schlagt euch aus dem Kopf. Dazu seid ihr noch lange nicht in der Lage, ihr habt keine Vorstellung davon, was das bedeutet. Nicht die mindeste.«

Iris schnellte herum. »Was soll das?«

Viola blitzte Giulia wütend an: »Du bist es gewesen, die etwas von uns wollte. Wir sollten den Garten retten und haben uns dazu bereiterklärt. Aber wir sind keine Kinder mehr, denen du Befehle geben oder die du zum Spielen schicken kannst. So funktioniert das nicht, Großmutter.« Iris nahm ihre Hand, Viola verstand und zwang sich zur Mäßigung. Die Sache allerdings auf sich beruhen lassen, nein, das vermochte sie nicht. »Hör zu, wir waren fast unser ganzes Leben getrennt, jetzt haben wir endlich zueinandergefunden und verfolgen ein gemeinsames Ziel. Nimm uns das nicht.«

Giulia antwortete nicht. Sie konnte es nicht, ihr fehlte die Kraft. Verstand selbst nicht, warum sie es nicht einfach akzeptierte. Schließlich war es ihr Wunsch gewesen.

»Denk noch mal darüber nach, Großmutter«, drängte

Viola. »Wir machen derweil einen Ausflug.« Und zu ihrer Schwester gewandt, fügte sie hinzu: »Komm, wir fahren nach Volterra.«

»Jetzt?«

»Ja, jetzt. Wenn ich noch eine Sekunde länger hierbleibe, garantiere ich für nichts mehr. Dann sage ich etwas, das ich später bereuen werde, das weiß ich genau.«

»Meinst du, du kannst damit fahren?« Stirnrunzelnd betrachtete Iris Stefans Auto und fragte sich, ob es überhaupt Sicherheitsgurte hatte. »Bei einer Oldtimerrallye würde es sicher für Furore sorgen.«

»Hör auf zu meckern und steig ein!«

Viola gab probehalber Gas, und Iris sprang einen Schritt zurück. Der schwarze Rauch, der aus dem Auspuff quoll, verhieß nichts Gutes. »Wollen wir nicht lieber mit dem Rad fahren?«, schlug sie vor.

»Steig endlich ein. Bei dieser Hitze? Ich will nicht völlig durchgeschwitzt in Volterra ankommen.«

Während sie an der Mauer entlangfuhren, hingen sie ihren Gedanken nach.

»Findest du nicht, dass hier alles anders ist?«, fragte Viola schließlich.

»Wie, anders?«

»Anders als im Rest der Welt. Mir kommt La Spinosa wie eine Parallelwelt vor.«

Iris biss sich auf die Lippen. »Ja, das Gefühl habe ich manchmal auch, doch es stört mich ehrlich gesagt nicht. Am Anfang tat es das vielleicht, jetzt habe ich mich daran gewöhnt. Trotzdem hast du völlig recht: Hier gelten eigene Gesetze.«

Als sie am Tor ankamen, stieg Iris aus, öffnete es und schloss es wieder, sobald Viola hindurchgefahren war. Sie hoffte, dass sich nicht in naher Zukunft dieses Tor für immer hinter ihnen schließen würde. Und für die Öffentlichkeit sollte es sich ebenfalls erneut öffnen. So wie früher. Iris blickte noch so lange nach hinten, bis sie La Spinosa nicht mehr sehen konnte.

»Wenn es nach mir ginge, sollte der Park wieder geöffnet werden.«

Viola nickte. »Die Mauer gab es früher nicht.«

»Hat Stefan dir das erzählt?«

»Ja, als wir über die Glocke gesprochen haben ... Die Mauer ist erst später gebaut worden. Auf meine Frage nach dem Grund hat er leider hartnäckig geschwiegen.«

Iris dachte nach. »Gehen wir mal davon aus, dass die Mauer gebaut wurde, um jemanden von La Spinosa fernzuhalten ...«

»Und wenn es sich umgekehrt verhielt? Wenn jemand innerhalb der Mauern festgehalten werden sollte? Wir müssen an das Offenkundige denken. Eine Glocke braucht man, um jemanden zu rufen. In einem Garten ..., wen sollte man da rufen?«

»Den Gärtner.«

Viola lächelte, das war auch ihre erste Überlegung gewesen. Jetzt dachte sie in eine andere Richtung: Aus welchem Grund lebte Giulia überhaupt so isoliert?

»Großmutter verlässt La Spinosa nie, das ist irgendwie seltsam. Wenn nicht Fiorenza oder Stefan ab und zu in die Stadt müssten, wüsste niemand, dass sie noch existiert. Es ist, als ob sie sich von der Welt abkapseln wollte. Als hätte sie damals nach dem Streit alle Brücken hinter sich abgebrochen. Warum diese totale Isolation – warum macht sie keine Kompromisse, wie andere es tun.«

Sie fuhren durch eine traumhafte Landschaft über enge Sträßchen, die sich nach oben schlängelten. Bewacht von Zypressen, die den Himmel mit der Erde zu verbinden schienen. Dann war Volterra erreicht, stolz und majestätisch bewachte es von seinem Bergrücken aus das Umland. Viola sah die eindrucksvolle Stadt zum ersten Mal.

Sie ließen das Auto auf einem Parkplatz stehen und gingen zu Fuß weiter. Überall wehte sie der Hauch einer langen Geschichte und einer ruhmreichen Vergangenheit an. Gleichermaßen beschwingt wie beeindruckt schlenderten sie durch die malerischen Altstadtgassen, aßen Eis und waren so glücklich wie nie zuvor.

31

Die **Lilie** (**Lilium**), eine Zwiebelpflanze, verbreitet eine romantische und leicht nostalgische Atmosphäre. Ihre Blüten haben ein weites Farbspektrum, reichen von Reinweiß bis Feuerrot. Die Lilie ist das Symbol der Unschuld. Im Garten pflanzt man immer eine ungerade Zahl, aber nie weniger als drei. Sie liebt lockere, wasserdurchlässige Böden, einen halbschattigen Standort und blüht anhaltend. Ihr Duft ist betörend süß.

Giulia starrte auf das Kinderporträt an der Wand, die Augen voller Tränen. Lorenzo Donati war so stolz auf seine Familie und deren Vermächtnis gewesen.

Sie wischte sich über die Augen und schaute wieder auf das Gemälde. Ursprünglich hatte es im Wohnzimmer neben dem Porträt ihrer Eltern gehangen. Dann gab sie ihm einen neuen Platz, was jedoch nichts half. Sie trug sie immer in ihrem Herzen. Wo sie auch hinging, stand ihr das Bild ihrer Schwester vor Augen.

Um ihrem prüfenden Blick zu entgehen, war irgendwann in ihr der Entschluss gewachsen, den Haupttrakt des weitläufigen Gebäudes zu verschließen und sich in dem neueren, kleineren Flügel einzurichten. Dort hatte sie Francesco unbehelligt von der Vergangenheit großziehen können.

Sie hoffte, dass er sich beruhigte und zurückkam. Nicht wegen ihr, sie wusste schließlich genau, warum ihr Sohn so wütend war. Aber vielleicht wegen seiner Töchter. Giulia schloss die Augen, bei ihm hatte sie auf ganzer Linie versagt, dachte sie resigniert.

Schwerfällig erhob sie sich und ging die Treppe hinunter. In der Bibliothek hörte sie Stimmen. Sie blieb stehen und horchte. Wer konnte das sein? Wer wagte es, diesen Raum zu betreten. Stefan? Als sie leichtfüßige Schritte hörte, hielt sie den Atem an und ließ sich auf ein Sofa fallen.

Das war nicht Stefan, das waren die Zwillinge.

Was taten sie hier? Hatten sie etwa das Bild in dem runden Raum gesehen? Eine bange Vorahnung drückte ihr die Kehle zu.

»Meinst du, Großmutter wird nachgeben, und wir dürfen den Garten neu gestalten?«, fragte Iris und ging ohne Zögern zu dem Schrank.

Viola kniete sich neben sie. »Bestimmt.«

»Wie kannst du dir da so sicher sein?«

»Weil wir sonst gehen. Weißt du, mir gefällt dieser Ort wirklich sehr, aber allmählich reicht's. Diese Geheimniskrämerei geht mir auf die Nerven. Zum Beispiel diese Geschichte mit Bianca Donati ... Warum sagt uns Großmutter nicht, dass sie eine Schwester hatte? Seit ihrem Tod sind immerhin mehr als vierzig Jahre vergangen!«

»Zweiundvierzig, um genau zu sein.«

»Eben. Schluss damit, aus und vorbei.«

Iris seufzte. »Vergiss nicht, dass Großmutter damals kurz hintereinander mehrere Schicksalsschläge hinnehmen musste. Erst hat sie Papas Vater verlassen, dann hat sie ihr Kind zur Welt gebracht, und schließlich stirbt die Schwester. Das wirft jeden aus der Bahn und muss ganz schrecklich gewesen sein. So jung, ohne Eltern und Geschwister …«

»Und was war mit Fiorenza?«

»Ich glaube, die ist erst später nach La Spinosa gekommen.«

»Alles reine Vermutungen. Außer dieser Kondolenzkarte, dem Geburtsdatum unseres Vaters und der vagen Information, dass irgendeine Matelda auf tragische Weise den Tod fand, wissen wir nichts über die Familie. Trotzdem: Nehmen wir mal an, du hast recht – das liegt alles so weit zurück, dass nicht verständlich wird, warum es heute noch eine Rolle spielt.«

»Das habe ich auch nicht behauptet.«

Danach war es still in der Bibliothek, nur das Rascheln von Papier und die Seufzer der Zwillinge waren zu hören.

Mit kreidebleichem Gesicht saß Giulia auf dem Boden, ihre Finger zerknüllten den Stoff ihres Kleides. Sie fürchtete, Iris und Viola könnten hinter ihr Geheimnis gekommen sein. Erschöpft fuhr sie sich mit der Hand übers Gesicht, ihr Herz schlug so rasch, dass es schmerzte, und in ihrem Kopf rauschte es – sie versuchte tief durchzuatmen. Und nun? Sie hatte gehofft, genug Zeit zu haben, die beiden in ihre Pflichten einzuführen, bevor sie hinter all ihre Geheimnisse und Verfehlungen kamen und sich vielleicht von ihr abwandten. Sie musste die Sache beschleunigen. Erst wenn die Zwillinge die fünf Grundregeln des Donati-Gartens beherrschten, war ihre Mission erfüllt. Dann konnte sie verschwinden. Für immer.

Nach ihren Entdeckungen im dritten Stock waren die Zwillinge noch einmal in die Bibliothek gegangen. »Ich bin erst wenige Tage hier, aber es kommt mir vor wie ein Jahr.« Sie hielt inne. »Mama fehlt mir. Unser letztes Gespräch endete unschön im Streit.«

»Warum? Was ist passiert?«

»Nichts Wichtiges«, wiegelte Viola ab.

»Warum lügst du?«

»Hör endlich auf, in meinem Kopf herumzuspionieren!«

»Schade, dass das nicht funktioniert. Sonst wüsste ich wenigstens, was in dir vorgeht.«

»Ich bin nervös, das ist alles. Und jetzt hilf mir, die Entwürfe des Renaissancegartens zu finden. Die brauchen wir unbedingt. Irgendwo müssen sie schließlich sein.«

»Übrigens möchte ich nicht, dass der Garten eine Kopie des Originals wird.«

»Was meinst du damit?« Verwundert kniff Viola die Augen zusammen.

»Die Originalpläne sind bestimmt hilfreich, helfen uns zu verstehen, was sich seine Schöpfer damals gedacht haben. Doch wir müssen etwas Neues schaffen.«

»Wie das? Ursprünglich warst du doch diejenige, die ihn möglichst originalgetreu wiederherstellen wollte.«

»Ich hab mir den Garten noch mal richtig angesehen. Mit allen Sinnen. Und begriffen, dass es um Geschichten geht, Viola. Die Pflanzen erzählen vom Leben derer, die sich um sie gekümmert haben. Zum Beispiel von Caterina und was sie mit Biancas Samen gemacht hat. Jedes Beet versinnbildlicht die Persönlichkeit des Menschen, der es angelegt hat. Und genauso soll es in unserem Garten sein. Er soll von uns erzählen, von unseren Wünschen und Träumen.«

Eine Zeit lang schwiegen die beiden, nur ihr Atem war zu hören.

»Warum ist das so wichtig für dich?«, fragte Viola nach einer Weile.

Iris überlegte: »In Amsterdam bin ich manchmal nachts losgezogen und habe Beete angelegt und Blumen gepflanzt. Ich konnte einfach nicht anders. Und dann fand ich hier heraus, dass das Gestalten von Gärten bei uns in der Familie liegt, und habe mich gut bei dem Gedanken gefühlt, eine Donati zu sein. Endlich ergab alles einen Sinn.«

»Du hast heimlich Blumenbeete angelegt? Das ist ein Witz, oder?« Viola lachte. »Du bist eine echte Wundertüte.« Sie streckte sich auf dem Teppich aus. »Für mich ist das eine einmalige Chance, der erste Schritt in meine berufliche Zukunft. Deshalb nutze ich jede Gelegenheit, hierherzukommen und in den alten Dokumenten herumzustöbern. Alles ist für mich interessant: Pläne, Aufzeichnungen über Bewässerung und Düngung, Tradition und neue Impulse. In diesem Zimmer lagert ein riesiger praktischer Wissensschatz, eine ideale Ergänzung zu meinem Studium. Natürlich bin ich auch neugierig auf die Familiengeschichte. Aber ich will vor allem lernen, damit ich eines Tages Parks und Gärten anlegen kann, in denen die Menschen ihre Probleme vergessen und wieder Mut schöpfen. Den Hoffnungslosen Hoffnung zu geben und Licht ins Dunkel ihres Alltags zu bringen, das wünsche ich mir.«

»Eine großartige Idee!« Iris war Feuer und Flamme.

Viola setzte sich zu ihr. »Und wenn wir es zusammen

machen? Wir könnten ja schauen, wie es mit dem Renaissancegarten klappt, und dann weitersehen. Gemeinsam.«

»Wir beide gemeinsam? Ist das dein Ernst?

»Natürlich, jetzt hör endlich auf, dein Licht unter den Scheffel zu stellen, Iris! Wage etwas, zeig Gefühle! Mach was aus deinem Leben!«

Von der Treppe hörte Giulia ihnen beim Pläneschmieden und Träumen zu. Und sie erinnerte sich daran, wie es gewesen war, jemanden an der Seite zu haben, von dem man sich verstanden fühlte. Ihre Zwillingsschwester. Und an das Gefühl, als sie gestorben war. Als wäre damit zugleich ein Teil von ihr selbst gestorben. Schmerz durchzuckte sie. Sie schloss die Augen und legte sich die zitternden Finger auf die Lippen. Dieses unendliche Leid, diese Verzweiflung… Sie wollte all das nicht mehr spüren, versuchte diese Bürde abzuschütteln, doch die Gefühle waren zu stark.

Gleichzeitig gaben die Stimmen der Enkelinnen ihr neue Hoffnung. Vielleicht war ja noch nicht alles verloren. Allerdings musste sie vorsichtig sein, die beiden waren klug. Viola analysierte messerscharf, Iris verfügte über Bauchgefühl und Intuition. Nicht dass sie vorzeitig alles entdeckten. Die Schwestern wollten Antworten auf ihre Fragen. Sie würde sie ihnen geben, wenngleich zu ihren Bedingungen. Giulia hörte, wie die beiden die Bibliothek verließen. Die Uhr tickte – sie musste sich beeilen.

BIANCA
Lange Zahlenreihen addieren, subtrahieren, noch mal kontrollieren. So wie sich das gehört. Bianca sitzt über die Geschäftsbücher gebeugt, eine steile Falte auf der Stirn,

die Haare streng zurückgekämmt. Es klopft, sie sieht nicht einmal auf. »Herein.«

»Ich fahre in die Stadt, kommst du mit?«

Die Hand mit dem Stift hält inne. Ein kurzes Zucken. »Warum? Was sollte mich dort interessieren?«

»Du kannst dich nicht die ganze Zeit hier einschließen, das ist doch kein Leben.«

»Jemand muss La Spinosa schließlich am Laufen halten, findest du nicht? Wir müssen Rechungen bezahlen, Zinsen, Löhne... Geh nur, amüsier dich gut und erzähl mir dann alles«, sagt sie provozierend zu Giulia. Die Worte sprudeln einfach so aus ihr heraus. Vorwurfsvoll und verbittert.

Verzweifelt.

Ein Seufzer, die Tür schließt sich wieder. »Wie du willst. Wenn du deine Meinung noch änderst, weißt du, wo du uns finden kannst.«

Sie antwortet nicht, sondern drückt den Bleistift so fest aufs Papier, dass die Spitze abbricht. Wütend wirft sie ihn in den erloschenen Kamin, geht dann zum Fenster und umklammert die Vorhänge.

Stefan hält die Autotür auf, und Giulia lächelt. Sie ist wie immer wunderschön, alles an ihr ist perfekt. Die seidenweichen Haare, die ihr auf die Schultern fallen, ihr leichtes Make-up, ihre graziösen Bewegungen. Bianca kann den Blick nicht von ihr wenden.

Eine Erinnerung steigt in ihr hoch. »Nimm dir ein Beispiel an deiner Schwester.« Die Stimme ihres Vaters explodiert in ihrem Kopf. Sie presst sich die Hände auf die Ohren und kneift die Augen fest zusammen, aber die Stimme verstummt nicht, will sie nicht in Frieden lassen.

Bianca rennt zur Tür, die Treppe hinunter, die verblüfften Blicke der Dienstboten beachtet sie gar nicht. Als sie die Haustür aufdrückt, weiß sie, dass sie es schaffen kann, es schaffen wird. Sie rennt auf den Vorplatz. Nichts. Giulia und Stefan sind schon weg. Zusammen.

Sie hätte sich denken können, dass er irgendwann erkennen würde, wie perfekt ihre Schwester ist. Die Eifersucht hält sie in ihren Klauen und verbeißt sich in ihrem Magen. Langsam geht sie wieder ins Haus.

Die Wut ist alles, was ihr geblieben ist.

32

Die **Fuchsia** ist eine spröde und empfindliche Zeitgenossin, die aufmerksame Pflege braucht. Dann allerdings blüht sie überreich, die Blüten sehen aus wie farbenfrohe, leuchtende Tänzerinnen. In ihrer Heimat Süd- und Mittelamerika werden sie von Kolibris bestäubt. Die Fuchsie gedeiht am besten im Halbschatten und sollte regelmäßig gegossen werden. Sie liebt lockere und wasserdurchlässige Böden und fürchtet den Frost. Ihre Blütezeit reicht vom Frühjahr bis in den Herbst. Die essbaren Blüten geben Salaten eine raffinierte Note.

Viola begleitete Stefan hinunter ins Tal. Auf der untersten Terrasse lag der Obstgarten, der von den ersten Strahlen der wärmenden Morgensonne beleuchtet wurde. An den Zweigen der Bäume zeigten sich die ersten Fruchtansätze: Birnen, Äpfel, Zitronen, Orangen und Mandarinen. Sie würden die Veredlungsstellen überprüfen und schauen, ob sie gut verwachsen waren.

»Wie geht es mit deiner Schwester voran?«

Eine überraschende Frage, die sie freute. Sie dachte nach und lächelte – schließlich gab es einiges zu erzählen.

»Weißt du, dass wir als kleine Kinder in einem Bett geschlafen haben?« Sie bereute ihre Vertraulichkeit sofort, das war ihr einfach so rausgerutscht. Eigentlich hatte sie ihm von ihrem gemeinsamen Projekt erzählen und über Bianca Donati ausfragen wollen. Wie sie so gewesen und warum sie so früh gestorben war. Und ob er wusste, was es zwischen Giulia und ihren Eltern gegeben hatte. Aber erst mal musste sie seine Frage beantworten. »Ich war wütend, als ich hier ankam. Sie, ich meine Iris, war von Papa ausgewählt worden, nicht ich…« Sie hielt inne. »Ich bin schrecklich, oder?«

Er sah sie belustigt und ein wenig spöttisch an. »Ja, du bist ein Monster.« Er wartete eine Weile, bevor er weitersprach. »Und bist du ihr noch böse?«

Sie zuckte mit den Schultern. »Ehrlich gesagt, ich war nie richtig böse – ich mag sie, denn sie bringt mich zum Lachen. Und…« Sie zögerte, überlegte, ob sie die Sache mit der Telepathie erzählen sollte, entschied sich dann dagegen – das ging nur sie und Iris etwas an. »Also«, setzte sie neu an, »ich bin ein bisschen verwirrt. Sie fragt immer nach unserer Mutter, scheint sehr unter der Trennung zu leiden.« Ihre Stimme stockte. »Ich hab ihr Fotos gezeigt, daraufhin hat sie so sehr geweint, dass ich sie gar nicht mehr beruhigen konnte. Da musste ich gleich mitweinen. Schrecklich.«

Sie lachte nervös, beruhigte sich jedoch, als sie bemerkte, dass Stefan ebenfalls lachte.

»Vielleicht habt ihr ja mehr gemeinsam, als ihr ahnt. Iris denkt vermutlich, dass eure Mutter dich ausgewählt hat, weil sie dich lieber mochte. Sicherlich nicht leicht für sie, meinst du nicht?«

Ja, damit hatte er recht. Sie wollte gerade antworten, als Stefan seine Aufmerksamkeit einem Taxi zuwandte, das die Straße heraufkam und auf dem Vorplatz hielt. Ein Mann stieg aus.

»Dein Vater ist zurück.«

»Wurde auch Zeit«, murmelte Viola und lächelte nervös.

Stefan setzte seinen Hut ab und schlug ihn ein paarmal auf den Oberschenkel, um den Staub abzuschütteln. »Jeder löst seine Probleme auf seine Weise, mein Kind.«

Sie antwortete nicht, ihre Lider flatterten. Stefan wirkte jetzt ebenfalls angespannt – er trat einen Schritt vor, als er eine zweite Person aus dem Taxi steigen sah. Eine Frau, die ihm vage bekannt vorkam.

Viola streckte sich, Genaues konnte sie aus der Entfernung nicht erkennen. Plötzlich jedoch leuchtete ihr Gesicht auf. »Mama!«

»Claudia Bruni? Kaum zu glauben, dass sie wieder einen Fuß auf diesen Boden setzt«, murmelte Stefan.

»Du magst meine Mutter nicht, oder?«

»Das hab ich nicht gesagt.«

Viola hörte schon nicht mehr hin und rannte los. Ihre Gedanken überschlugen sich, Angst überkam sie. Iris wollte heute im Garten vor dem Haus arbeiten. In ihrem Garten. Die beiden konnten jeden Moment aufeinandertreffen.

Da war das Tor, das ihr so oft in ihren Albträumen erschienen war. Eisengitter, aus Backsteinen gemauerte Pfosten. Und eine Rose, die sich daran hochrankte. Einfach wunderschön. Wenngleich sie diesen Ort so gerne hassen wollte, es gelang ihr nicht. Sie spürte eher Wehmut und Leid. Wie glücklich hätte sie hier sein können!

Für einen Moment schloss sie die Augen und atmete tief

durch. Ihre Ankunft in Italien hatte sich verzögert. Gerade als sie die Flugtickets kaufen wollten, hatte es Probleme mit einer wichtigen Lieferung gegeben. Darum musste sie sich noch persönlich kümmern und verschob den Abflug.

Auf dem Flug war es ihr nicht besonders gut gegangen. Vielleicht Vorzeichen einer Grippe? Francesco hatte sich um sie gekümmert. Sie war zu erschöpft gewesen, um ihn abzuweisen. Hatte zugelassen, dass er ihr Erfrischungstücher aufs Gesicht legte und von Iris erzählte. Im Grunde aber wollte sie das alles nicht. Nicht seine Nähe, nicht sein Mitleid und noch weniger sein Verständnis. Sie wollte absolut nichts von diesem Mann.

Je schneller sie wieder in ihr eigenes Leben zurückkehrte, desto besser. Für sie beide.

»Da sind wir. Alles wird gut, mach dir keine Sorgen, Claudia«, sagte er, während das Taxi sich die gewundene Zufahrt zum Haus hochschlängelte.

Misstrauisch sah sie ihn an. Hatte er etwa vergessen, was er ihr angetan hatte? Was das bis heute für ihr Leben bedeutete? Oder hatte sie ihm einen falschen Eindruck vermittelt?

»Spar dir dein Mitleid, ich will nichts von dir«, sagte sie mit erstickter Stimme, wobei sie im tiefsten Inneren ihres Herzens mit einem Mal spürte, dass sie an ihren eigenen Worten zu zweifeln begann. Trotzdem würde sie hart bleiben.

Sie zwang sich, seine Enttäuschung zu ignorieren, und starrte durch die Windschutzscheibe nach vorne. Ihre Finger umklammerten die Mittelkonsole des Rücksitzes. Je näher sie dem Ziel kamen, desto stärker wurden die Erinnerungen. Dann die letzte Kurve. Eine Gestalt kniete im

Vorgarten neben dem Springbrunnen. Claudia seufzte erleichtert auf. Viola.

»Halten Sie sofort an.«

Claudia stieg aus, stürzte auf ihre Tochter zu und nahm sie in den Arm.

»Mein Gott, Viola, warum hast du dich nicht gemeldet? Ich bin vor Angst fast verrückt geworden?« Dann musterte sie sie aufmerksam. »Hast du abgenommen?«

Keine Antwort, lediglich ein langer Blick.

»Was ist los, warum starrst du mich so an? Warum weinst du denn, mein Schatz?«

Schweigen. Claudia ließ die Arme sinken, ihr Herz schlug zum Zerspringen, in ihren Ohren rauschte es. Das war nicht Viola. Warum hatte sie nicht eine Sekunde daran gedacht, dass sie als Erstes auf Iris stoßen könnte? Dabei war es ihr größter Wunsch gewesen, sie endlich zu sehen. Und zugleich ihre größte Angst. Sie wich einen Schritt zurück, dann noch einen.

»Mama?«

»Iris.« Das war Iris, ihre Tochter, und sie hatte sie nicht einmal erkannt. Was war sie bloß für eine Mutter, wenn sie nicht mal ihre eigenen Kinder auseinanderzuhalten vermochte. Die Grenzen verschwammen, das Rauschen wurde lauter und dröhnte in ihrem Kopf.

Als zwei starke Arme sich um sie legten und festhielten, ließ sie es geschehen.

»Ganz ruhig, Claudia, ganz ruhig.«

»Das ist meine Tochter! Und ich habe sie nicht erkannt.«

Francesco hielt sie weiterhin fest. »Komm, wir gehen rein.«

Dass ihre Gefühle so stark sein würden, darauf war er nicht vorbereitet. Ihr Körper war ein einziger Schmerz, alles in ihr schrie es laut heraus. Der Beweis für den Fehler, den sie begangen hatten.

Als sie ins Wohnzimmer traten, wurden sie schon von beiden Mädchen erwartet. Claudia ließ sich erschöpft und leichenblass in einen Sessel sinken, dann streckte sie die Hände aus, eine zu Iris, eine zu Viola.

»Es tut mir leid, es tut mir so leid.«

Keine Umarmungen, keine Küsse. Nur Blicke, sanfte Berührungen, nicht ausgesprochene Worte. Ein Moment, in dem allein die Gefühle zählten, ein Wiedersehen nach einer gefühlten Ewigkeit.

Nach einigen Minuten bekam Claudias Gesicht wieder Farbe. Als sie aber dem Blick ihrer Schwiegermutter begegnete, die sich inzwischen zu ihnen gesellt hatte, wandte sie sich ab. Francesco verstärkte den Druck seiner Hand, die schützend auf ihrer Schulter lag.

Giulia senkte leicht den Kopf und schaute dann zu ihren Enkelinnen. »Warum geht ihr nicht in die Küche und kocht eurer Mutter etwas Schönes? Sie wird sicher Hunger haben.«

Eigentlich wären sie lieber geblieben, doch der Blick ihrer Großmutter sagte ihnen, dass es besser war, ihrem Vorschlag zu folgen. Etwas Abstand würde allen guttun. Mit ihrer Mutter konnten sie genauso gut später reden. Und sie erwarteten Antworten auf ihre Fragen, offen und ehrlich, darauf würden sie bestehen.

Und jetzt? Giulia fuhr sich mit der Zunge über die Lippen, seufzte und umfasste mit beiden Händen ihren Stock.

»Geht es dir besser?«, fragte sie und schaute zu Claudia hinüber.

Das Schweigen ihrer Schwiegertochter wunderte sie nicht, ebenso wenig wie Francescos verkrampfte Finger auf ihrer Schulter. Sie war das Ungeheuer in dieser Geschichte, sie, Giulia Donati. Die anderen standen auf der moralisch richtigen Seite.

»Du hast jedes Recht, mich zu verachten, doch beleidige dein Ego und deine Intelligenz nicht damit, dass du Gefangene der Vergangenheit bleibst. Schau mich an, ich bin eine alte, schwache und kranke Frau. Beim kleinsten Windhauch falle ich um. Mach die Augen auf und erkenne, was ich wirklich bin. Und nimm Abschied von der alten Giulia, die nach wie vor in deinem Kopf herumspukt.«

Vielleicht würde Francesco ihr nicht verzeihen, bei Claudia hingegen hatte sie Hoffnung. Und wenn es noch so schwerfiel, es musste sein. »Es tut mir sehr leid, was passiert ist.«

Langsam sickerten Giulias Worte in Claudias Bewusstsein. Sie entspannte sich und schaute die Schwiegermutter aufmerksam an, als sie erneut zu sprechen begann. »Du warst damals so jung, und ich habe dir sehr wehgetan. Ich bitte dich, mir zu verzeihen.« Ihre Stimme war leise, der Ton sanft. Giulia versuchte jede Spur von Autorität zu vermeiden. Sie wollte, dass Claudia spürte, dass sie es ernst meinte.

Die richtete sich auf und nickte, während Giulia sich an ihren Sohn wandte. »Francesco, würdest du uns bitte allein lassen?«

Er wandte sich an seine Frau. »Claudia?«

Kurzes Zögern, dann ein erneutes Nicken. »Einverstanden.«

Giulia wartete, bis er gegangen war, dann seufzte sie: »Wir müssen reden.«

»Warum? Ich bin bloß aus einem einzigen Grund gekommen: um meine Kinder abzuholen.«

Ihre Schwiegermutter zog die Augenbrauen hoch. »Ich würde meinen Enkelinnen niemals Schaden zufügen. Und das weißt du genau. Aber wenn du dich so entschieden hast, bitte… Ich halte dich nicht auf. Allerdings zerstörst du die Zukunft deiner Kinder. Unwiederbringlich.«

»Ach was, nichts als leere Drohungen, damit beeindruckst du mich nicht.«

Giulia antwortete nicht gleich, es machte ohnehin keinen Sinn. Seit ihrer Krankheit hatte sie ständig darüber nachgedacht, wie sie die Fehler der Vergangenheit wiedergutmachen könnte – und dabei etwas verloren Geglaubtes wiedergefunden: ihre Menschlichkeit.

Statt zurückzuschlagen und Claudia an ihre eigenen Fehler zu erinnern, wartete sie geduldig ab und ließ ihr Zeit zum Nachdenken. »Ich will dir nicht wehtun und den Mädchen schon gar nicht.« Erneut schaute sie ihre Schwiegertochter an, lächelte sogar ein wenig, obwohl Claudia sich hinter einer Mauer verschanzt hatte. »La Spinosa hat eine tausendjährige Geschichte. Egal, das ist nicht das Wichtigste. Was diesen Ort so besonders macht, ist der Garten. Er wird den Zwillingen gehören, sie werden ihn wieder zu dem machen, was er gewesen ist, ein Ort der Besinnung, eine Kraftquelle für jeden, der dort ein und aus geht.«

Claudia runzelte die Stirn, dann lachte sie hysterisch. »Francesco hat mir erzählt, du seist krank, von verrückt hat er nichts gesagt.« Sie hielt inne. »Aber das bist du, ich weiß es, habe es immer gewusst.«

Einen Moment lang spürte Giulia Wut in sich aufsteigen. »Natürlich habe ich damals fast den Verstand verloren, was du begreifen solltest. Wie ging es denn dir, als ihr entschieden habt, die Zwillinge zu trennen?« Sie kam näher. »Du, Claudia, bist die Einzige, die mich verstehen, die nachvollziehen kann, dass eine Frau die Nerven verliert, weil ihr alles genommen wurde, was ihr im Leben wichtig war. Wie hast du das damals geschafft? Erinnerst du dich daran? Francesco hat dir Iris genommen, das stimmt schon. Doch was wäre gewesen, wenn du ebenfalls Viola verloren hättest? Du hattest wenigstens noch sie, und sie hat dir die Kraft zum Weitermachen gegeben. Zum Leben.« Sie legte sich eine Hand auf die Brust. »Auch ich verdanke mein Überleben einem Kind. Für Francesco habe ich weitergelebt, Tag für Tag aufs Neue.« Erschrocken hielt sie inne, sie hatte viel mehr gesagt, als sie überhaupt preisgeben wollte.

»Ich verstehe nicht, was du meinst.«

Giulia vergrub das Gesicht in beiden Händen und atmete tief durch. Als sie Claudia wieder ansah, wirkte sie ruhig und gefasst. »Ja, ich habe Fehler begangen. Deshalb werde ich alles tun, sie zu korrigieren, soweit das möglich ist. Und zwar mit deiner Hilfe, denn du hast ebenso Fehler gemacht. Schluss jetzt, Claudia. Schluss mit der Vergangenheit. Wir müssen nach vorne sehen.«

Claudia erblasste. »Das sind meine Probleme und die meiner Töchter, und die gehen dich nichts an.«

»Nein, du hast recht, ich werde mich nicht einmischen.« Für einen Moment schloss sie die Augen. »Und vielleicht hätte ich es sogar damals nicht getan, wenn ...«

»Ich hab dein Geld nicht genommen – habe bloß nachgegeben, damit du mich in Ruhe lässt.«

»Tatsächlich? Und warum hast du in all den Jahren keinen Kontakt mit Iris gesucht?« Die alte Dame blieb hartnäckig, wie es nur eine Frau sein konnte, die nichts zu verlieren hatte und von schlechtem Gewissen getrieben wurde. »Du hast das Geld nicht genommen, das stimmt – darüber nachgedacht hast du schon und dich dafür geschämt.«

Claudia wischte sich die Tränen aus dem Gesicht. Sie wirkte so verzweifelt, dass es Giulia fast das Herz zerriss. »Hör mir zu, die Vergangenheit liegt hinter uns, vergessen und begraben. Lass uns lieber an die Zukunft denken…«

»Ja, an eine Zukunft mit meinen Kindern und weit weg von La Spinosa.«

Giulia schüttelte den Kopf. »Fehler sind wie Steine unter dem Sand, du kannst sie immer wieder zudecken, aber sie bleiben trotzdem da. Du wirst es erfahren. Du kannst sie lediglich loswerden, indem du aus deinen Fehlern lernst und die Konsequenzen ziehst.«

»Warum sollte ich dir vertrauen? Du hast mich bereits einmal getäuscht. Und das hat mich alles gekostet, was ich hatte. Fast alles, außer Viola!«

»Du glaubst, eine schlechtere Mutter als dich gibt es nicht, oder? Du bist ja so dumm. Und so unglaublich naiv.« Giulia hielt inne, atmete durch und suchte dann Claudias Blick. »Gib mir noch ein paar Tage, dann verschwinde ich endgültig aus eurem Leben.«

Schweigen, Verwunderung, Misstrauen, schließlich Wut. »Warum sollte ich dir vertrauen? Nach allem, was passiert ist? Ohne deine Bevormundung hätten wir unsere Probleme lösen können. Denn wir haben uns geliebt, trotz allem.«

»Hör auf, mir Vorwürfe zu machen, das führt zu nichts. Die Mädchen sollten die ganze Wahrheit erfahren. Ohne Wenn und Aber.«

Claudia gab auf. »Was willst du von mir, Giulia?«

Das war der Moment, auf den sie gewartet hatte. Der entscheidende Moment. »Ich schlage dir einen Pakt vor. Du bleibst hier, und ich sorge dafür, dass die Fehler der Vergangenheit wiedergutgemacht werden.«

Ein leises Lachen. »Die Vergangenheit liegt doch hinter uns, das hast du gerade selbst gesagt.«

»In gewissem Sinne hast du recht. Manchmal ist die Vergangenheit allerdings so stark, dass sie uns zwingt, sich mit ihr auseinanderzusetzen. Sonst nimmt sie uns die Zukunft, macht alle Bemühungen zunichte, schürt Angst und lähmt uns. Dennoch es ist nie zu spät, etwas zu ändern. Es geht einzig darum, um welchen Preis.«

»Das verstehe ich nicht.«

»Hab noch ein paar Tage Geduld, dann bist du von mir befreit, versprochen.«

Als Claudia die Tür hinter sich schloss, war sie hin- und hergerissen. Die Verzweiflung indes, die sie bei ihrer Ankunft gespürt hatte, war verschwunden. Wenngleich es nicht einfach sein würde, die Liebe ihrer Töchter zurückzugewinnen, sie hatte zumindest eine Chance, denn jetzt lagen die Dinge anders. Mit einem Schlag hatte sich alles gewandelt. Sie vermochte es kaum zu fassen.

Außerdem war ihr klar geworden, dass sie selbst ihrer Schwiegermutter die Möglichkeit gegeben hatte, sie zu tyrannisieren. Indem sie all die Jahre zuließ, dass ihre negativen Gefühle wie ein Krebsgeschwür in ihr wucherten.

Ihr Fehler war es gewesen, sich nicht dagegen zu wehren. Jetzt konnte sie den Neuanfang wagen, ungeachtet aller Hindernisse.

Es war paradox: Die Frau, die einst ihr Leben ruinierte, hatte ihr jetzt die Verzweiflung genommen und sie in Hoffnung verwandelt.

33

Der Garten ist voller Leben. Der **Sommerflieder (Buddleja alternifolia)** ist reich an Nektar und zieht die Schmetterlinge an, deshalb wird er auch »Schmetterlingsstrauch« genannt. Seine üppigen Blütenrispen bringen Farbe in den Garten, sie duften nach Honig, Glück und Freude. Der Strauch braucht ausreichend Platz, liebt einen sonnigen Standort und regelmäßiges Wässern. Seine Blütezeit ist im Sommer.

»Ich konnte dich nicht bei mir behalten.«

Iris erstarrte. Claudias Worte hallten in ihrem Kopf wider. Sie vermochte nicht mehr klar zu denken – was sie ein wenig tröstete, war Violas Hand, die sie zärtlich streichelte. Ihre Schwester war die Einzige, die offenbar verstand, was in ihr vorging.

»Keiner von uns konnte und wollte auf euch beide verzichten, daran wären wir zugrunde gegangen. Versteht ihr das wenigstens ein bisschen?«

Obwohl Iris versuchte, sich zurückzuhalten, sprudelte ihre aufgestaute Verbitterung einfach so aus ihr heraus. »Das rechtfertigt gar nichts. Ihr habt euch getrennt, okay. Halb so schlimm, damit steht ihr nicht allein da. Schlimm ist jedoch, dass ihr Viola und mich zum Spielball eurer Probleme gemacht und uns eine gemeinsame Kindheit geraubt habt.« Sie hielt inne, um sich zu sammeln. »Dass ich eine Schwester und eine Mutter habe und Viola eine Schwester und einen Vater, das habt ihr uns verschwiegen. Warum? Warum?«

Francesco ergriff das Wort. »Iris, deine Mutter kann nichts dafür. Es war meine Schuld, ich habe darauf bestanden, dass du bei mir bleibst.«

Viola hob den Kopf. »Du hast *sie* ausgesucht?« Ihre Stimme klang schneidend, und sie entzog der Schwester ihre Hand.

»Nein, Viola. *Ich* habe *dich* ausgesucht«, stellte Claudia richtig. »Du warst die Schwächere von euch beiden, das habe ich dir ja schon erzählt. Du hast mich mehr gebraucht.« Sie wandte sich mit Tränen in den Augen an Iris. »Trotzdem weiß ich keine Entschuldigung, darf nicht erwarten, dass du mir verzeihst – aber glaub mir bitte eines. Es verging kein Tag, an dem ich dich nicht vermisst, mir nicht das Hirn zermartert habe, was du tust und ob du glücklich bist.«

»Deine Mutter hat mich vergeblich angefleht, euch beide behalten zu dürfen …« Francescos Stimme brach.

»Ihr seid in dem Glauben groß geworden«, fuhr Claudia fort, »dass ein Elternteil gestorben ist und ihr das einzige Kind seid. Eigentlich wollten wir euch später die Wahrheit sagen, wussten bloß nicht wie – und dann wurde es immer schwieriger.«

»Ihr hattet Kontakt?«

Claudia nickte. »Ab und zu, in immer größeren Abständen. Wir waren nicht wirklich glücklich mit dieser Lösung. Einerseits wollten wir euch zusammenbringen, andererseits haben wir uns davor gefürchtet. Wir konnten uns nie einigen. Das gegenseitige Misstrauen war einfach zu groß, die Verletzungen, die wir uns zugefügt hatten, saßen zu tief. Irgendwann haben wir einen Anwalt eingeschaltet, der den Kontakt zwischen uns aufrechterhielt ... Berichte über euch weiterleitete und dergleichen.«

»Warum habt ihr uns das nicht früher gesagt?«

»Langsam, Viola. Deine Mutter hat sich lediglich an unsere Vereinbarung gehalten.«

Bleierne Stille legte sich über den Raum. Obwohl endlich Licht ins Dunkel kam, wollte das Gefühl der Leere nicht weichen. Keine noch so logische Erklärung vermochte den Schmerz zu lindern. Keine.

Iris schaute von einem zum anderen. »Das ist alles?«

»Reicht das nicht?«

Viola antwortete an ihrer Stelle, stand auf und deutete auf ihre Eltern. »Nein, das reicht nicht, zumal es ist nicht die ganze Wahrheit ist. Warum das alles? Dass ihr euch nicht mehr verstanden habt, erklärt gar nichts.«

Claudia seufzte: »Zu wissen, warum, wird euch nicht weiterhelfen.«

»Und außerdem geht euch das nichts an«, fügte Francesco hinzu.

»Es geht uns nichts an?«

»Genau. Die Gründe, die zur Trennung geführt haben, muss jeder von uns sich selbst gegenüber verantworten. Im Übrigen sind es unsere ganz persönlichen Gründe und nicht eure.«

Irgendwie war ihr Vater anders. Iris sah ihn lange an, dann erkannte sie die Zusammenhänge. Bis vor Kurzem hatte es nur sie beide gegeben. Dann war Viola in sein Leben getreten, jetzt auch noch Claudia, und er war gezwungen, eine neue Rolle zu spielen. Als Vater zweier Kinder und als Partner. Iris griff wieder nach Violas Hand. Sie verstanden sich wortlos, erhoben sich und verließen die Küche, die Proteste ihrer Eltern beachteten sie nicht.

Claudia vergrub das Gesicht in den Händen. »Sie hassen uns.«

Francesco strich ihr über die Schulter, eine rasche Bewegung, mehr würde sie nicht zulassen.

»Nein, sie sind einfach wütend und gekränkt. Es geht vorbei, du wirst sehen.«

Sie nickte. »Und jetzt?«

»Wir warten.«

Sie goss sich noch etwas Tee ein. »Warum hast du nicht die Wahrheit gesagt?«

»Und was soll das für eine Wahrheit sein?« Er ließ ihr keine Zeit zu antworten, stand auf und öffnete das Fenster. »Spürst du diese wunderbare Luft? Die will ich jeden Tag meines restlichen Lebens genießen können. Ich habe es satt, in der Vergangenheit zu leben, in der Welt herumzureisen und anderen zu helfen, reich zu werden. Als wir uns damals entschlossen, unsere Kinder zu trennen, haben wir zugleich unsere Ziele und Träume begraben. Weißt du noch, welch große Pläne du damals hattest?«

Sie schüttelte resigniert den Kopf und seufzte. »Nein, ich weiß es nicht mehr.«

Enttäuscht, dass sie seine Erinnerungen abblockte, ging er nach draußen, doch seine Enttäuschung schien weiterhin wie eine dunkle Wolke im Raum zu hängen. Plötzlich fühlte sich Claudia ihm so nah wie früher, als Blicke genügt hatten, um sich zu verstehen. Bevor alles schwierig geworden war und ihnen das Leben alles Schöne genommen hatte. Vielleicht war ja gar nicht das Leben daran schuld, überlegte sie. Vielleicht waren sie es selbst gewesen, weil sie sich nicht gewehrt hatten und den bequemeren Weg gegangen waren.

Claudia stand auf und räumte den Tisch ab. Ein paar Tage noch, dann wollte Giulia verschwinden. Gut. Solange würde sie abwarten, was geschah. Sie schaute sich um. Hier hatte sich nichts verändert. Sie allerdings war eine andere geworden.

Sie spülte gerade die Tassen ab, als Fiorenza hereinkam. »Wie soll es weitergehen?«, fragte sie.

Claudia runzelte die Stirn. »Ich verstehe nicht, was du meinst.«

Lächelnd öffnete die im Dienst der Donatis alt gewordene Verwandte eine Schublade, aus der es nach Lavendel und Zitrone roch, und zog eine Schürze und ein Handtuch heraus: »Giulia meinte, dass du jetzt die Hausherrin bist.«

»Ich verstehe immer noch nicht?«

»Du bist jetzt die Hausherrin.« Fiorenza zuckte mit den Schultern. »Hast du das nicht immer gewollt?«

Wollte sie das wirklich, überlegte Claudia.

34

Weiß ist die Farbe der inneren Einkehr. Die **Calla (Zante-deschia aethiopica)** ist eine mehrjährige Rhizompflanze mit exotisch anmutenden Blüten und sattgrünen, fleischigen Blättern. Elegant und unschuldig zugleich, ist sie ein beliebter Bestandteil des Brautstraußes. Zudem ist sie das Sinnbild der Weiblichkeit Die Calla liebt windgeschützte Standorte und gedeiht am besten in nährstoffreichen Böden. Sie will oft und reichlich gegossen werden.

Der große Tisch im Esszimmer war liebevoll gedeckt. Fiorenza hatte sich große Mühe gegeben, für die Ankunft von Francesco und Claudia einen festlichen Rahmen zu schaffen. Oft sagten solche Gesten mehr als Worte, deshalb hatte sie auch das beste Geschirr hervorgeholt. Venezianische Gläser mit Goldrand, Porzellan aus Limoges, das ehemals zur Aussteuer einer französischen Adligen gehörte, die bei den Donatis eingeheiratet hatte, dazu feinste Leinentischdecken und Silberleuchter.

Ihrer Meinung nach war die Geschichte zwischen Giulia und Francesco völlig unnötig aus dem Ruder gelaufen, und es wurde Zeit, sie wieder in geordnete Bahnen zu lenken. Wenn ihre Cousine es wirklich wollte, dann musste sie ihre Halsstarrigkeit aufgeben. Wer Buße tun wolle, der müsse den Kopf beugen, das hatte sie ihr unmissverständlich deutlich gemacht.

Leider würdigte niemand den aufwendig gedeckten Tisch. Francesco, Claudia und Giulia starrten auf die beiden leer gebliebenen Stühle, es herrschte ein unbehagliches Schweigen, und auf den Gesichtern lag eine tiefe Traurigkeit. Alle fühlten sich auf ihre Weise schuldig.

Iris und Viola waren nicht bereit, sich mit ihnen an einen Tisch zu setzen, und das sagte mehr als tausend Worte.

»Junge Menschen vergessen schnell. Es braucht nur etwas Geduld.« Fiorenza war eine pragmatische Frau. Für sie waren die Dinge entweder richtig oder falsch. Eine Lebenseinstellung, um die Giulia sie beneidete, in diesem Fall indes teilte sie diesen Optimismus nicht.

»So einfach ist das nicht, die beiden sind nicht dumm.«

»Das habe ich auch nicht behauptet.«

Francesco malträtierte seine Serviette. »Sie brauchen Zeit, und wir brauchen Zeit.«

Claudia sagte nichts. Nach wie vor wirkte sie benommen und erschöpft, wusste sehr wohl, was sie ihren Töchtern schuldig war, und das machte ihr große Angst. Sie wollten die Wahrheit erfahren, wollten wissen, warum man ihnen dieses Leben aufgezwungen hatte.

Schweigend beendeten die vier das Essen, dann erhob Giulia sich und blickte in die Runde. »Es sind wunderbare Mädchen, und sie mögen sich. Der Rest wird sich finden.«

Dann verabschiedete sie sich und verließ das Haus, um noch ein paar Schritte zu gehen. Die Nacht war finster, der Himmel wie ein undurchsichtiger Vorhang. Eine Sternschnuppe huschte vorüber, ein tröstliches Zeichen, dass es nicht bloß Schwarz oder Weiß gab. Sie blickte an der Fassade des stolzen Donati-Palasts empor und meinte dort ebenfalls ein Licht zu sehen. Offenbar hatten sich die Zwillinge erneut in die Bibliothek geschlichen.

Morgen würde sie die beiden in die letzten Geheimnisse des Gartens einweihen. Und in alles andere.

»Was machst du hier alleine im Dunkeln?«

Sie hatte ihn nicht kommen hören und vermied auch, ihn anzusehen. »Die Wahrheit kann man nicht aufhalten.«

»Das hättest du bereits vor vielen Jahren begreifen sollen.« Stefan hakte sich bei ihr unter. »Komm, wir setzen uns.«

»Ich bin nicht müde.«

»Aber ich.«

Sie fragte sich, ob er die Wahrheit sagte, er wirkte immer so stark, so unerschütterlich. »Was ist los?«

»Gabriel hat gekündigt.«

»Warum?«

Stefan strich ihr mit den Fingerkuppen über den Handrücken. »Heute hat er die letzten Analyseergebnisse abgeholt, alles ist innerhalb der Norm. Es wurden keinerlei Auffälligkeiten festgestellt, der Boden ist ausreichend mit Nährstoffen versorgt, es gibt nichts, was das Dahinsiechen erklären könnte. Der Garten stirbt, und niemand weiß, warum.«

Obwohl Giulia das längst vermutet hatte, packte sie nackte Angst. Hatte sie anfangs gehofft, allein die Anwesenheit von Iris und Viola würde genügen, um La Spinosa zu retten, wurde ihr allmählich klar, dass das eine Illusion war. Wohl gab es Anzeichen der Besserung, mehr allerdings nicht. Es musste einen anderen Grund geben. Und der war sie selbst. Mit ihr hatte der Niedergang begonnen.

Sie musste ihre Aufgabe zur Ende bringen, die Zeit drängte. Doch würde ihr Abschied von La Spinosa wirklich die Wende bringen? Oder war es schon zu spät?

Im Licht des neuen Morgens zog es Giulia in den Renaissancegarten. Nichts war von diesem vor mehr als zwei Jahrhunderten angelegten Schmuckstück geblieben außer Ödnis, Wildwuchs, bröckelnden Steinmauern. Alles starb ab, verfiel oder funktionierte nicht mehr wie das grandiose Wasserspiel des Springbrunnens.

Giulia hatte diese Pracht noch genau vor Augen. Wie hatte sie zulassen können, dass der Garten in Agonie versank? Im Grunde kannte sie die Antwort. Weil sie sich von allem zurückgezogen hatte, in Lethargie versunken war und deshalb die Alarmsignale nicht erkannte. Seit Langem bereits machte sie die Augen einfach zu, hatte den wahren Grund für den Niedergang zu verdrängen versucht. Jetzt aber, seit der Krankheit, erschien alles in einem anderen Licht, und sie war eine andere geworden – bereit, ihre Fehler zuzugeben und Buße zu tun.

»Fiorenza hat recht. Man muss den Kopf beugen, wenn man um Verzeihung bittet«, murmelte sie und ging weiter, bis sie plötzlich vor ihren Enkelinnen stand. »Ah, da seid ihr ja.«

Iris und Viola schienen nicht gut geschlafen zu haben, man sah es an ihren bleichen Gesichtern, den unsteten Blicken. Dennoch wirkten sie wie ein Herz und eine Seele. Wie eine Einheit. »Hallo, Großmutter.«

»Ich möchte mich entschuldigen. Es tut mir leid, was ich am See gesagt habe. Ich weiß nicht, was da in mich gefahren ist. Wenn ihr den Renaissancegarten nach euren

Vorstellungen gestalten wollt, soll mir das recht sein. Ich habe bereits mit Stefan gesprochen, er fährt mit euch zu den Baumschulen in der Nähe, kauft was ihr wollt. Geld spielt keine Rolle.«

»Warum hast du deine Meinung geändert?«

Giulia blieb vor dem Springbrunnen stehen. »Es gibt so vieles, was mit diesem Ort verbunden ist, Viola. Und nicht alles ist angenehm. Anfangs fällt es schwer, die quälenden Erinnerungen zu ignorieren, doch irgendwann wird das Verdrängen Teil deines Lebens. Eines Tages wachst du auf und stellst fest, dass deine Ängste eine Mauer um dich gezogen haben. Du kannst nicht mehr darüber hinwegsehen, selbst wenn du weißt, dass du dich damit aufgibst. Irgendwann resignierst du einfach und bist überzeugt, dass es besser ist, den Schmerz in dir auszuhalten.«

»Besser als was, Großmutter?«

Giulia setzte sich und strich ihr Kleid glatt. »Besser als fast alles, Iris.«

»Sogar besser als eine Zukunft mit uns? Doch wenn du so denkst, warum hast du uns dann zurückgeholt?«

Sie zuckte zusammen, als ob die Worte ihrer Enkelin sie körperlich getroffen hätten. »Versteht mich nicht falsch: Ich habe nicht eine Sekunde daran gedacht, dass ihr ein Problem oder ein Hindernis seid. Im Gegenteil: Ihr bringt Licht ins Dunkel, ihr seid meine Freude. Ihr habt alles verändert.« Sie hielt inne, dann deutete sie hinter sich. »Eure Mutter ruft.«

Tatsächlich kam Claudia näher und setzte sich neben Giulia. »Können wir reden?«

Claudia hatte die ganze Nacht gegrübelt und war schließlich dahintergekommen, was Francesco mit Schlussstrich, Wandel und Neuanfang gemeint hatte. Auf den ersten Blick widersinnig: Er bewältigte seine Schuldgefühle, indem er alle Schuld auf sich nahm. Nur so glaubte er wieder in die Zukunft schauen zu können. Sie hingegen war anders – war sich jeden Tag ihres Lebens bewusst gewesen, was sie angerichtet und was sie verloren hatte. Violas Weinen, ihr Lachen, ihre ersten Erfahrungen, ihr beruflicher Erfolg hatten auch Teile ihrer Seele mit Beschlag belegt, die eigentlich Iris gehören sollten.

Zu vergessen, das würde sie sich nie gestatten. Sie hatte es nicht verdient, einen Schritt nach vorne zu machen. Allerdings war durch diese Entscheidung das Leben anderer ebenfalls beeinflusst worden, vor allem das ihrer Töchter. Sie musste reinen Tisch machen – und sie wollte wissen, ob sie überhaupt noch eine Chance hatte.

»Ich möchte mit meinen Kindern sprechen.«

»Natürlich.« Giulia stand auf und entfernte sich ein paar Schritte.

Claudia sah ihr nach. Wieder dieser Schmerz in der Brust, wieder diese Enge im Hals.

»Was gibt's, Mama?«

Sie atmete tief durch und lächelte Viola an. »Ihr habt gestern gesagt, dass es euch helfen würde, die Gründe für die Trennung eurer Eltern zu kennen. Nun …, ich bin hier, um euch alles zu erzählen.«

Gabriel schloss den Koffer und stopfte die letzten Sachen in den Rucksack. In diesen vier Wänden steckte sein ganzes Leben. Er betrachtete das kleine Häuschen, in dem er die vergangenen Monate verbracht hatte, und ihm wurde bewusst, dass ihm La Spinosa ans Herz gewachsen war.

Es lag etwas Besonderes über diesem Ort. Sein Blick glitt zu dem Umschlag auf dem Tisch, darin war alles, was er über die Probleme des Gartens hatte herausfinden können. Dann nahm er einen Stift und schrieb eine Adresse darauf. Landini würde sich freuen, wenn er bekam, was er sich immer gewünscht hatte.

Als seinerzeit an der Uni bekannt wurde, dass er, Gabriel, ausgewählt worden war, sich um den Besitz von Giulia Donati zu kümmern, war der Neid groß gewesen. Landini hatte ihm mehr als einmal deutlich zu verstehen gegeben, dass La Spinosa eine Nummer zu groß für ihn sei. Aber Gabriel hatte an sich und an seine Fähigkeiten geglaubt und trotz aller Widerstände zugesagt. Im Laufe der Monate dann wurde ihm immer klarer, dass er gegen den fortschreitenden Verfall machtlos war. Die Natur ließ sich nun mal nicht zwingen. Man konnte sie zu unterstützen versuchen, letztendlich entschied sie selbst über ihre Zukunft. Irgendetwas war in La Spinosa passiert, worauf er keinen Einfluss hatte.

Er verschloss den Umschlag, am Nachmittag würde er ihn wegschicken.

Giulia war nervös. Sie tauchte die Finger in das kristallklare Wasser des Springbrunnens, benetzte ihre Stirn und kehrte zu ihrer Bank zurück. Hin und wieder warf sie einen Blick zu Claudia und den Mädchen. Manchmal wehte der Wind Wortfetzen herüber, und jedes Mal zog sich ihr der Magen zusammen. Was erzählte Claudia da? Wollte sie die beiden entgegen ihrer Zusage doch mitnehmen?

Sie rückte so weit wie möglich auf ihrer Bank in die

Richtung der drei, um mehr von ihrem Gespräch belauschen zu können.

»Gestern hast du uns deutlich gemacht, dass die Angelegenheit ausschließlich dich und Papa etwas angeht«, sagte Viola gerade.

»Stimmt, das habe ich gesagt«, erwiderte Claudia. »Inzwischen bin ich allerdings zu der Erkenntnis gelangt, dass ihr Anspruch auf die Wahrheit habt.«

Was sagte ihre Schwiegertochter da? Giulia glaubte einen Augenblick, sich verhört zu haben. Doch ein Blick zu der kleinen Gruppe belehrte sie eines Besseren. Iris und Viola saßen neben ihrer Mutter und hielten ihre Hand. Warum ging Claudia dieses Risiko ein? War ihr nicht klar, dass sie dadurch ihre Töchter für immer verlieren konnte? Wie versteinert sah sie zu, wie diese Frau, die sie zutiefst gehasst und nie an der Seite ihres Sohnes akzeptiert hatte, weitersprach. Immerhin, Mut besaß sie. Claudia stellte sich dem Urteil derer, die sie über alles liebte, ohne Rücksicht auf sich selbst.

Was zum Teufel konnte sie dazu bewogen haben?

Giulia schauderte und schloss die Augen, als wollte sie sich vor sich selbst verstecken. Und wenn die Wahrheit der richtige Weg war? Sollte sie vielleicht ebenfalls alles gestehen?

Claudias Stimme war sanft. »Ich will mich nicht rechtfertigen, das geht auch gar nicht. Ich war zwanzig, hatte einen Mann, zwei Kinder und viele geplatzte Träume. Er...« Sie hielt inne und schaute sich um. »Er war nicht wichtig.«

»Wer, er?«

»Der Mann, mit dem ich ab und zu ausgegangen bin.«

Viola und Iris rissen entsetzt die Augen auf. »Du hattest einen anderen?«

Claudia wäre am liebsten auf der Stelle gestorben, raffte aber das letzte bisschen Mut zusammen, das ihr geblieben war: »Ja, nein…«

»Mama, komm hierher.« Iris rutschte zur Seite, damit Claudia sich zwischen sie und Viola setzten konnte.

Neugier, Überraschung und Skepsis waren in den Mienen ihrer Töchter zu lesen, jedoch keine Verurteilung, keine Verachtung. Etwas in Claudia begann sich zu lösen.

»Hast du ihn geliebt? Warst du in den anderen verliebt?«

»Nein, das war keine Liebe. Er war eine Flucht. Die Zeit, die wir miteinander verbrachten, gehörte allein uns. Das war es, was er wollte, und das war es, was ich verloren hatte. Mit ihm sprach ich über die Städte, in die ich gerne gereist wäre, über meine unerfüllten beruflichen Pläne, denn in Wirklichkeit hatte ich mich aufgegeben. Ihr wart mein einziger Lebensinhalt. Ich hab mit euch gespielt, euch gebadet, gefüttert, meine ganze Zeit mit euch verbracht. Mehr gab es nicht für mich. Ich fürchtete mich vor euren Tränen, wenn ihr Fieber hattet oder Zähne bekamt, war schlicht überfordert… Ohne Fiorenza und Giulia hätte ich das nicht geschafft. Und je mehr sie sich um euch kümmerten, desto unfähiger und nutzloser fühlte ich mich. Meine Minderwertigkeitsgefühle drohten mich zu erdrücken.« Sie atmete tief durch, während die Erinnerungen sie übermannten.

»Und unser Vater?«

Claudia zögerte: »Er war im Ausland, in fernen Ländern, auf weiten Kontinenten, schwer zu erreichen. Ich konnte ihn nicht begleiten, euretwegen.« Sie schaute ins Nichts. »Eure Großmutter hat mich mit Peter erwischt…, so lautete sein Name. Und damit glaubte sie mich in der Hand zu haben, hat mir Geld geboten, damit ich La Spinosa verlasse. Ohne euch. Sie mochte mich schon vorher nicht, und dann das…«

»Was? Das darf wohl nicht wahr sein.«

»Doch, so war es.« Claudia schüttelte den Kopf. »In meiner Verzweiflung habe ich Ja gesagt. Als euer Vater zurückkam, flehte ich ihn an, mit mir und euch wegzugehen. Er war einverstanden, hatte die Herumreiserei satt und wollte irgendwo sesshaft werden.«

In der nun folgenden Stille mischte sich ihr Atem mit dem Wind, der die dunklen Wolken zur Seite schob. Es klang wie ein klagendes Seufzen.

»Weiter, Mama!«

»Er hat mit seiner Mutter gesprochen, und es gab einen fürchterlichen Streit.«

»Und dann?«

Claudia fuhr sich mit der Hand übers Gesicht. »Am Anfang stand er zu seinem Wort, hielt seine Mutter für komplett verrückt. Es herrschte eine schreckliche Atmosphäre im Haus, eiskalt. Außer bei euch konnte eure Großmutter sowieso nie Gefühle zeigen.« Sie seufzte. »Damals war sie anders als heute. Irgendwann wurde der Ton zwischen eurem Vater und mir immer aggressiver. Zu viele ungelöste Fragen, zu viel Misstrauen. Und eines Tages konfrontierte er mich mit den Vorwürfen seiner Mutter. Ich war so erschöpft, mir war alles zu viel, und ich gab meinen Fehltritt zu. Es folgte eine schreckliche Szene, er drohte, mir das Sorgerecht zu nehmen. Ich sei eine schlechte Mutter und könne nicht für euch sorgen. In diesem Augenblick packte ich dich, Viola, und rannte einfach weg. Erst nach ein paar Wochen verständigten wir uns offiziell darauf, dass jeder ein Kind behielt.«

»Warum habt ihr euch nicht scheiden lassen?«

»So schlimm das Ganze war, es ging um unsere Familie, um euch. Wir wollten nicht, dass Fremde, also Gerichte, über eure Zukunft entschieden. Ungebetene Einmischung hatten wir mit Giulia immerhin zur Genüge erlebt.«

Viola reagierte als Erste, nahm ihre Mutter in den Arm. »Das tut mir sehr leid.«

Iris strich ihr übers Haar. »Alles wird gut, Mama.«

»Habt ihr wirklich begriffen, was ich euch gerade erzählt habe?«, vergewisserte sich Claudia ungläubig.

Als sie nickten, fiel ihr ein Stein vom Herzen. Zwar sah sie noch den Schmerz in ihren Augen, aber es lag auch etwas anderes darin: Verständnis. Und Liebe.

Giulia war wie erstarrt, ihr Blick war leer. Das konnte nicht wahr sein. Sie schaute zu Claudia und den Mädchen. Glücklich waren sie nicht, das erkannte man an ihren blassen, angespannten Gesichtern – trotzdem umarmten sie sich. Ein Hinweis womöglich, dass sie den Wunsch hatten, zu verstehen und nach vorne zu blicken? Und sie? Was würde passieren, wenn sie ihr Geheimnis ebenfalls preisgab? Die Last abwarf, die sie zu erdrücken drohte. Würden ihre Enkelinnen ihr gegenüber ebenso tolerant sein?

Wie immer es ausging – sie musste es tun. Die Mädchen waren ihre einzige Hoffnung. Sie schloss die Augen und versuchte die Tränen zu unterdrücken. Sie stellte sich La Spinosa vor: voller Leben, Stimmengewirr, Sonne, Licht,

Fröhlichkeit und Iris und Viola mittendrin. Sie würden das Haus und den Garten wieder öffnen und all das tun, was ihr und ihrer Schwester verwehrt geblieben war.

Sie selbst konnte nicht bleiben, so sehr sie es sich wünschte. Sie gehörte nicht in dieses Bild. Sie hatte es nicht verdient.

BIANCA

Bianca sitzt auf einer Treppenstufe im Garten und wartet auf Giulias Rückkehr, das Kinn auf die Knie gestützt. Sie wirkt nachdenklich. Ein paarmal hat sie ihre Schwester auf diese Feste begleitet, die ihr so gut gefallen, hat sich bemüht, so zu sein wie sie. Aber draußen war alles anders, selbst die Musik.

Wenn hingegen Stefan sie im Arm hält und mit ihr tanzt, braucht sie nur seinen Schritten zu folgen. Hier in La Spinosa sind bloß sie und er. Sie hat Angst vor den Männern in der Stadt, auch wenn sie lächeln und ihr Komplimente machen. Bianca erkennt ihre Lügen, sie weiß, dass sie es nicht ernst meinen, sondern sich einfach mit einem Donati-Zwilling schmücken wollen. Einige haben ihr sogar Angebote gemacht. Sie hat Giulia davon erzählt, doch die wollte es nicht hören.

Außerdem gefällt ihr nicht, wie die Leute sie anschauen, mit dieser Mischung aus Verblüffung und Neugier. Giulia lacht darüber, ihr ist das egal, sie findet alles schön, kann sich über alles freuen. Schatten oder Angst wischt sie einfach beiseite. Äußerlich sehen sich die Schwestern täuschend ähnlich, aber innerlich könnten sie nicht unterschiedlicher sein. Als sie hört, dass das Auto sich dem Haus nähert, steht sie auf und geht zur Tür. »Du bist spät.«

Mit Giulia weht ein Blumenduft ins Haus und noch ein anderer, intensiverer Geruch, den Bianca abstoßend findet.

»Ich war so glücklich, es war herrlich.« Sie umarmt sie und dreht sich, der Rock öffnet sich wie eine Blüte, Bianca kann den Blick nicht abwenden. »Er war auch da. Wir haben den ganzen Abend getanzt, und er hat mich geküsst. Diese wunderschönen Augen, seine Klugheit und die Art, wie er mich berührt!«

Bianca schaudert. »Er ist zu alt.«

Giulia lächelt, dann sagt sie: »Red keinen Unsinn. Er ist ein Mann, er kennt die Welt. Er wird uns bei der Leitung von La Spinosa unterstützen, das hat er schließlich immer schon getan, oder? Als Papas Anwalt.«

Giulia sieht sie mit sanftem Lächeln an. »Du wirst sehen, es wird alles gut, hör auf, dir Sorgen zu machen, Schwesterchen.«

»Und ich? Was wird aus mir?« Die Worte brechen aus ihr heraus, am liebsten hätte sie sie zurückgeholt.

»Wenn Cosimo und ich heiraten, bleibst du bei uns. Du wirst sehen, es wird wunderbar.«

35

Die **Hortensie** (**Hydrangea macrophylla**) steht für die heimliche Liebe, ist das Symbol für Verbergen und Zurück- ziehen. Man sollte sie nur jemandem schenken, den man gut kennt. Die Hortensie liebt kühle und schattige Standorte, humose, wasserdurchlässige und leicht saure Böden. Ihre üppigen Blüten erfreuen uns vom späten Frühling bis zum frühen Herbst. Staunässe mag sie gar nicht.

Seit ihrer Rückkehr nach La Spinosa waren in Claudia viele Erinnerungen geweckt worden, und nicht alle wa- ren unangenehm. Auf ihrem Weg durch den Wald fielen ihr die beiden Rosen ein, die sie anlässlich des ersten Ge- burtstags der Mädchen gepflanzt hatten, die langen ge- meinsamen Spaziergänge, bei denen sie endlich ungestört waren. Francesco und sie hatten die Stille dieses Ortes ge- liebt. Hier waren sie frei, konnten sich berühren und dem Gesang des Windes lauschen. Unvermittelt blieb sie stehen, schlang die Arme um ihren Oberkörper und wartete auf den Schmerz, der sie üblicherweise erfasste, wenn sie über die Vergangenheit nachdachte. Aber außer den rascheln- den Blättern unter ihren Füßen spürte und hörte sie nichts.

Merkwürdig.

Sie ging weiter bis zur Lichtung, auch das war einer

ihrer Lieblingsorte, hier hatten die Zwillinge oft gespielt und sich alles in den Mund gesteckt, was ihnen zwischen die Finger kam: Blätter, Zweige, Blüten, sogar Schnecken.

Und da waren noch andere Erinnerungen, intime und verborgene, daran dachte sie lieber nicht. Hastig ging sie weiter, die Arme weit ausgestreckt, als wollte sie das Gras streicheln und seine Weichheit spüren. Die Wärme der Sonne in sich aufnehmen, die würzige Luft aufsaugen. Allein mit der Natur spürte sie endlich wieder, wie schön das Leben sein konnte. Es kam ihr vor, als wäre sie aus einem langen Traum erwacht. Ein überwältigendes Gefühl, leicht und unbeschwert nach all den Jahren voller Schmerz und Verbitterung, befreit von einer lähmenden, erdrücken-den Last.

Mit einer Hypothek allerdings musste sie weiterleben: den Folgen ihrer Entscheidung für die Kinder. Alles andere war nicht wichtig, nicht die verlorenen Jahre, das Leben, das ihr entglitten war. Das war nur gerecht, sie hatte einen Fehler gemacht und musste dafür bezahlen und die Kon-sequenzen tragen.

Komisch. Als sie jung war, hatte sie nicht über Konse-quenzen nachgedacht, sondern einfach entschieden und gehandelt. Und irgendwann war es zu spät gewesen, sie konnte ihre Entscheidung nicht mehr zurücknehmen, das Geschehene nicht ungeschehen machen.

Stimmen ließen sie aufhorchen und innehalten. Sie spähte durch die Zweige und sah, wie die Sonne Licht-kreise auf das Gras malte. Er war da, zusammen mit Ste-fan. Sie arbeiteten Seite an Seite mit nacktem Oberkörper, die Muskeln traten hervor, die Haut glänzte vor Schweiß. In Francescos Bewegungen lagen Kraft und Harmonie, eine Symbiose aus Leidenschaft und Opferbereitschaft. Wollte er so Abbitte leisten? Das Einssein mit der Natur war zweifellos heilsam für ihn. In diesem Bild lagen Liebe, Hoffnung und Vertrauen, bedingungslose Hingabe. Wehmut kam in ihr auf: Genauso war es früher zwischen ihnen gewesen. Eine beängstigende Erkenntnis. Schritt für Schritt wich sie ganz vorsichtig und leise zurück.

Er sollte sie nicht sehen und merken, dass sie ihn beobachtete. Und sie wollte zugleich diesen Anflug von Begehren, den sie in sich spürte, nicht wahrhaben. Das war verrückt, das durfte nicht sein. Aber Francesco hatte schon den Kopf gehoben, sah sie an. Doch sie drehte sich um und entfernte sich.

Francesco schaute ihr eine Weile nach, wischte sich mit seinem T-Shirt übers Gesicht. Was hatte Claudia hier gemacht? Warum hatte sie sich versteckt und ihn beobachtet? Sein Herz pochte, sein Atem beschleunigte sich. Was ging hier vor? Er hängte sein T-Shirt über einen Ast und arbeitete weiter, musste sich zwingen, sich auf das zu konzentrieren, was Stefan ihm über die Bodenvorbereitung und die Pflanzung von Obstbäumen erzählte. Seine Gedanken waren bei zwei dunklen, großen Augen. Er hatte geglaubt, das hinter sich gelassen zu haben. Bloß stimmte das nicht, denn er liebte Claudia nach wie vor, trotz allem was geschehen war. Hatte sie immer geliebt, genauso intensiv, wie er sie gehasst hatte. Francesco atmete tief durch, hielt dann inne. »Mach ohne mich weiter«, sagte er und begann die Gartengeräte auf der Ladefläche des alten Pick-ups zu verstauen. Stefan lächelte wissend.

Claudia stützte sich mit den Händen gegen die raue Mauer, jeder Atemzug schmerzte in der Kehle, die Augen waren wie magnetisch angezogen auf den Wald gerichtet. Er hatte sie gesehen, verdammt. Aber das war nicht der Grund für ihre Angst, es war die Intensität des Blicks, den sie gewechselt hatten. Es war, als hätten sie miteinander gesprochen. Worte allerdings konnten lügen, die Augen nicht. Sie waren die Spiegel der Seele.

Und jetzt? Wie sollte sie ihm jetzt begegnen? Sie ging an der Mauer, die das Anwesen zur Straße hin abschirmte, entlang und versuchte sich zu beruhigen. Wie sie diese Mauer gehasst hatte! Ihre Gedanken überschlugen sich. Sie würde Francesco einfach ignorieren, das war eine gute Idee oder, besser gesagt, die einzige, die ihr einfiel.

Die Schatten auf dem Weg wurden länger und legten einen sanften Schleier über die Landschaft. In diesem Teil des Gartens war sie zum ersten Mal, die Bäume standen dicht an dicht, überall Sträucher, Dornenhecken, Ginster und vor allem Liguster. Und Steineichen. Sie musste aufpassen, dass sie sich nicht verlief. Unnötig, fiel ihr ein, denn die Mauer würde ihr den Weg zeigen. Komisch, dass selbst so etwas Hassenswertes von Nutzen sein konnte.

Das galt genauso für Giulia Donati. Sie hatte sich tatsächlich verändert, ihr Blick, ihre Art zu sprechen, ihre Gestik, alles war anders. Und sie hatte sie um Verzeihung gebeten. Trotz ihres tief sitzenden Misstrauens und ihres Hasses gestand Claudia sich ein, dass sie die Souveränität ihrer Schwiegermutter insgeheim immer bewundert hatte. Und ihren Umgang mit Iris und Viola: In ihren Armen hatten die beiden wie von Zauberhand aufgehört zu weinen, bei ihr hatten sie gegessen und all das ohne Murren getan, was bei ihr auf erbitterten Widerstand gestoßen war. Über Jahre hatte sie dieses Bild als Rechtfertigung für ihren Hass beschworen, um nun zu erkennen, dass es ungerechtfertigt gewesen war. Ganz zu schweigen davon, dass die Giulia von heute nichts mehr mit der Giulia von damals gemein hatte.

Und sie war eine andere Claudia geworden. Giulias Entschuldigung markierte einen Wendepunkt in ihrem Leben, ermöglichte es ihr endlich, die Vergangenheit hinter sich zu lassen und in die Zukunft zu schauen. Sie lebte wieder, Neugier und Tatendrang kehrten zurück – und das galt genauso für ihre Töchter. Sie hatte es an ihren Augen erkannt. Was sie hingegen beunruhigte, war, dass Francesco dort im Wald bis auf den Grund ihrer Seele geschaut hatte, und das ließ sich nicht ungeschehen machen.

Plötzlich öffnete sich der Wald, eine Lichtung tauchte auf, in deren Mitte sich ein steinernes Wasserbecken befand, das von mit Moos und Flechten überzogenen Statuen flankiert war, dazwischen wucherten smaragdgrüne Farne, deren Wedel sich im Wind bewegten. Das Plätschern des Wassers klang verlockend, Claudia schöpfte es mit beiden Händen und erfrischte sich das erhitzte Gesicht. Die Kühle auf der Haut fühlte sich gut an. Dann kniete sie sich neben das Becken, tauchte die Hände erneut ins Wasser und schloss die Augen.

Als sie sie wieder öffnete, stand er vor ihr. Für eine Flucht war es zu spät. Sie senkte den Blick, doch was dieser Mann dachte, wusste sie allzu gut. Schließlich war es das Gleiche, was ihr im Kopf herumschwirrte, und dieses Wissen ließ sie erzittern.

»Soll ich gehen?«

Die Frage überraschte sie. Er bat sie um Erlaubnis? Es wäre leicht, Ja zu sagen und ihn wegzuschicken. Zu leicht. Sie begegnete seinem Blick. »Nein.«

Warum um Himmels willen hatte sie das gesagt? Es war ihr einfach herausgerutscht. Er beugte sich zu ihr nach unten, strich ihr mit den Fingerspitzen sanft übers Gesicht und küsste sie. Es war kein schüchterner Kuss, sie waren keine Teenager mehr, die sich erst erforschen mussten. Nein, Claudia und Francesco suchten nicht nach schüchterner Liebe. Sie klammerten sich aneinander, aggressiv und fordernd, zu lange hatten sie ihre Gefühle unterdrückt, sich ihre Träume und Sehnsüchte verboten.

Sie sanken ins Gras neben dem Wasserbecken und suchten sich weiter, Worte waren überflüssig, sie hätten ihre Gefühle gar nicht erklären können. Es war anders als früher. Sie waren vom Leben gezeichnet, von Entbehrungen, Enttäuschungen, Misstrauen und Verbitterung. Die Finger in ihren Haaren waren es, die sprachen, die aneinandergepressten Handflächen, die Lippen, die Haut. Und während sie sich wiederfanden, entbrannte ihre verloren geglaubte Liebe aufs Neue.

Danach kuschelte sich Claudia an ihn, sie wagte es nicht, den Kopf zu heben.

»Es tut mir nicht leid, und ich bitte dich nicht um Verzeihung.«

Seine provokanten Worte überraschten sie. Sie richtete sich auf, obwohl sie sich viel lieber weiter von ihm hätte streicheln lassen.

»Was lässt dich glauben, dass ich das erwarte?«

»Dein Schweigen.«

»Glaubst du nicht auch, dass Worte jetzt überflüssig sind?« Er streichelte ihr über das Gesicht, die Haare, die Augenbrauen. »Dieses Mal lasse ich dich nicht gehen.«

Unwillkürlich zuckte sie zusammen. Vielleicht war es sein Tonfall, vielleicht ihr ungestümer Herzschlag – sie sprang auf, wandte ihm den Rücken zu und schlüpfte hastig in ihr Kleid.

»Flucht ist zwecklos«, sagte er und erhob sich ebenfalls.

»Das geht zu schnell, Francesco, möglicherweise sind dir manche Dinge nicht so wichtig wie mir.«

Er lachte. »Warten wir's ab. Du kannst erzählen, was du willst, wir gehören zusammen, für immer.« Er packte sie an den Schultern und zog sie an sich. »Ich dachte bereits, alles zwischen uns sei verloren.«

»Und hattest recht damit«, sagte sie und wollte ihn von sich schieben, doch er hielt sie fest.

»Lass mich los.«

Jetzt lächelte er nicht mehr, sein Blick war wild entschlossen. »Wie du meinst, nur kommst du mir dieses Mal nicht davon.«

»Das ist nicht so einfach. Ich … weiß nicht.«

Erneut zog er sie an sich. »Meinst du, für mich ist das einfach?«

Claudia sah den Schmerz in seinen Augen. Sie musste sich zwingen, seine Zärtlichkeit nicht zu erwidern, sie brauchte Abstand.

»Nein. Trotzdem ändert das nichts.«

»Das ändert alles«, flüsterte er.

Wenn er sie noch mal zu küssen versuchte, würde sie ihn zurückweisen. Sie brauchte Zeit zum Nachdenken. Als es dann wirklich geschah, war sein Kuss so sanft und so voller Hingabe, dass sie dahinschmolz. Allem konnte sie etwas entgegensetzen, nicht aber dieser unendlichen Zärtlichkeit.

36

Wer seinen Garten liebevoll pflegt, wird reich beschenkt. Der **Rhododendron** bemüht sich nach Kräften, zum Blickfang zu werden, zum Stolz des Gärtners. Sein Name bedeutet »Rosenbaum«, und seine Blüten erinnern wirklich an die Königin der Blumen. Aber Achtung, der Rhododendron ist giftig. Er braucht sauren, wasserdurchlässigen Boden und einen schattigen Standort. Er blüht im Frühling.

Iris und Viola sprühten vor Energie und Lebensfreude. Befreit von der Last der Vergangenheit konnten sie endlich aus vollem Herzen lachen. Mit entsprechend großem Elan nahmen sie den Renaissancegarten in Angriff. Stundenlang diskutierten sie jedes Detail. Claudia und Francesco waren an ihrer Seite, genau wie Stefan und Gabriel, der seine Abreise verschoben hatte.

Er hatte sich im letzten Moment entschieden, sich noch eine Chance zu geben, hatte den Umschlag an Landini nicht abgeschickt und stattdessen Giulia eine neue Behandlungsmethode für den Garten vorgeschlagen: und zwar durch den gezielten Einsatz von Bakterien die Qualität des Bodens zu verbessern. Bei seinen Recherchen war er auf dieses Experiment eines jungen Wissenschaftlers gestoßen, das ihm vielversprechend erschien.

Er war sich nicht sicher, hoffte jedoch sehr, dass die Natur sich selber helfen würde. Iris' Beet war dafür ein hervorragendes Beispiel. Als ein letztlich der Wissenschaft verpflichteter Mensch hatte Gabriel unter Laborbedingungen alles versucht, die alten Samen zum Keimen zu bringen, um sie optimal für die Auspflanzung vorzubereiten. Mit enttäuschenden Resultaten. Angesichts des Beetes, wo Iris die Samen direkt ausgesät hatte, erkannte er, wie dumm er gewesen war! Er hätte wissen müssen, dass man etwas so Vielschichtiges und ineinander Verflochtenes wie das Leben nicht in Schemata und Regeln pressen konnte. Ihre Pflänzchen, wirkten weitaus gesünder und robuster als seine wenigen Treibhausexemplare, denen – davon war er inzwischen überzeugt – etwas Elementares fehlte: nämlich die Wechselbeziehung zwischen Natur und Mensch.

Bei der Neugestaltung des Renaissancegartens würden sie die Methode erstmals anwenden. Mit vereinten Kräften hatten sie den ganzen Tag geschuftet, um das Gelände vorzubereiten. Am späten Nachmittag ließ sich Claudia erschöpft neben Viola ins Gras fallen. »Mein armer Rücken.«

»Ich hab dich noch nie so gesehen.«

»Was meinst du damit?« Ihre Mutter lächelte sie an, diese Leichtigkeit in ihrer Seele und ihren Gedanken war für sie selbst etwas ganz Neues. Alles hatte plötzlich Sinn, Farbigkeit, Geschmack. Seit wann war sie nicht mehr so glücklich gewesen?

»So lebendig, locker und leicht, meine ich«, erwiderte Viola.

Claudia schaute voller Stolz auf die geharkte Fläche, wo die Hecke ihren Platz finden sollte. Es kam ihr wie im Traum vor. Hätte ihr vor einigen Wochen jemand gesagt, sie würde auch nur einen Finger krumm machen, um La Spinosa zu retten, hätte Claudia ihn ausgelacht. Jetzt war sie unsagbar glücklich, obwohl die Innenflächen ihrer Hände mit Blasen übersät und die Fingernägel abgebrochen waren. Selbst schuld, warum hatte sie keine Handschuhe getragen. Da war sie wie Iris. Sie musste die Erde unter den Fingern spüren.

»Alles schön und gut, trotzdem werde ich, sobald die Vorbereitungen abgeschlossen sind, nach London zurückkehren.«

Viola stand auf und schaute sich um. Gabriel kutschierte Iris mit der Schubkarre herum, Francesco sah ihnen kopfschüttelnd zu, während Stefan lauthals lachte. Selbst Giulia und Fiorenza amüsierten sich.

»Hier ist doch Platz für uns alle«, wandte Viola sich wieder an Claudia. »Großmutter hat gesagt, wir können schalten und walten, wie wir wollen. La Spinosa gehöre schließlich auch uns.«

»Eben: euch, nicht mir.« Claudia wischte sich mit der Hand über die Stirn. »Man kann das, was man einmal verloren hat, nicht zurückbekommen.«

In ihren Worten lag plötzlich eine unendliche Traurigkeit. Viola sah ihre Mutter an und folgte ihrem Blick. War da noch etwas zwischen Francesco und ihr? Nein, das bildete sie sich bestimmt ein, das waren lediglich Erinnerungen.

Giulia stand, auf ihren Stock gestützt, vor ihren Enkelinnen. Sie hatte das geschäftige Treiben beobachtet und überlegt, was sie tun, wie sie vorgehen sollte. Dass Claudia ihren Kindern alles erzählt hatte, setzte sie unter Druck, ihrerseits mit Francesco zu reden. Doch jedes Mal, wenn er in ihre Nähe kam, verließ sie der Mut. Dabei spürte sie, dass sich zwischen Francesco und Claudia ebenfalls etwas verändert hatte. Ihre Schwiegertochter war entspannter, lächelte und bewegte sich selbstsicherer. Vermutlich weil es ein gutes Gefühl war, das Richtige getan zu haben.

Würde sie ebenso viel Mut aufbringen?

Was, wenn die Zwillinge ihr Geständnis schlecht aufnahmen und La Spinosa den Rücken kehrten, den Garten wieder sich selbst überließen? Nein, das konnte sie nicht riskieren. Um das zu verhindern, gab es nur eines: Sie musste gehen.

Mittlerweile waren die beiden hinreichend eingewiesen, da war nicht mehr viel, was sie ihnen erklären musste. Auch über die tausendjährige Rose wussten sie Bescheid und über die Wanderer. Die Glocke war an ihrem Platz, brauchte lediglich ein neues Seil. Giulia musste darauf vertrauen, dass die Zwillinge sich fürsorglich um den Garten kümmern würden, nachdem er zu neuem Leben erweckt worden wäre. Ihre Zeit lief endgültig ab.

»Habt ihr das Pergament dabei?«, fragte sie die Mädchen.

»Ja, im Rucksack.« Viola holte es heraus und hielt es ihr hin.

»Ihr habt die beiden Maximen Tatkraft und Lebensfreude inzwischen umgesetzt. Und das ohne meine Hilfe. Ich bin sehr stolz auf euch.«

»Was meinst du damit?«

Giulia deutete auf den Garten. »Die Tatkraft, die Arbeit, die ihr hier reingesteckt habt.«

Viola stützte die Hände in die Hüften. »Was ist daran so besonders?«

Am liebsten hätte Giulia sie umarmt. »Erst die Tatkraft verwandelt die Ideen und Bilder, die man im Kopf hat, in Realität. Ihr habt ein verwahrlostes Stück Land durch Energie, Tatkraft und Liebe für etwas Schönes vorbereitet, um euren Träumen eine Form zu geben, und damit verändert ihr die Realität. Mit Tatkraft gelingt vieles, eure Hände sind eure wichtigsten Verbündeten.«

Iris setzte sich neben sie und schaute erst den Garten, dann ihre Großmutter an. »Wir haben bislang bloß Unkraut gejätet, verdorrte Äste abgeschnitten, die Triebe angebunden und etwas Ordnung gemacht.«

Giulia erwiderte ihren Blick. »Und damit ein Ziel verfolgt. Ihr habt eure Gedanken geordnet, einen Plan gemacht und umgesetzt. Das klingt einfach, aber nur wenige sind dazu in der Lage.«

»Deine Sicht der Dinge ist wirklich außergewöhnlich.« Viola schüttelte den Kopf. »Und wie geht es jetzt weiter?«

Giulia ließ sich Zeit mit der Antwort. »Die Lebensfreude«, begann sie schließlich. »Euch steht sie ins Gesicht geschrieben, sie liegt in eurem Lächeln, in dem Enthusiasmus, mit dem ihr morgens aus dem Bett springt. Ihr hättet so viele Möglichkeiten, euer Leben zu leben, und doch macht es euch glücklich, eine Pflicht zu erfüllen. Das schweißt zusammen. Ihr seid Donatis, und das stellt ihr gerade unter Beweis.«

Sie wurden abgelenkt durch einen Wortwechsel zwischen Stefan und Gabriel, die beiden schienen über etwas zu diskutieren. Vor allem Stefan wirkte aufgeregt.

»Was ist da los?«

Iris hatte es als Erste mitbekommen, jetzt drehten sich alle drei um und sahen, dass Gabriel und Stefan etwas ausgruben.

»Was macht ihr denn da?«

»Ein Wasserrohr ist leck. Das muss repariert werden, dafür braucht man schweres Gerät.« Gabriel deutete auf die Stelle, wo das Wasser im Erdreich versickerte. »Wir wissen noch nicht, wo das Problem liegt, wir müssen den Hügel hoch und den Abfluss am See prüfen.«

Ja und? War das nicht ganz einfach? Iris verstand nicht, wo das Problem lag. Francesco, Claudia, Stefan und Fiorenza sahen zu Giulia hin, als würde alles von ihr abhängen. Ihr Blick indes ging ins Leere.

»Francesco, kannst du dich darum kümmern?« Ihre Stimme war lediglich ein Flüstern.

Er nickte. »Natürlich, mach dir keine Sorgen.«

»Gut, dann ist für heute Schluss, oder? Ich möchte, dass wir gemeinsam zu Abend essen.«

Sie wartete, bis Fiorenza zu ihr kam, und stützte sich dann schwer auf ihren Arm. Giulia spürte die fragenden Blicke der anderen schwer auf sich ruhen. Niemand schien zu verstehen, warum sie so betroffen war. Nach Jahrzehnten der Isolation würden die Tore von La Spinosa geöffnet werden müssen. Für Fremde. Damit der Schaden behoben werden konnte. Ihr schauderte.

In den nächsten Tagen herrschte Chaos und Lärm. Bagger für die Erdarbeiten rumpelten auf das Gelände, Spezialisten für das Bewässerungssystem erschienen und Schaulustige, die wissen wollten, was da vor sich ging. Der ungehinderte Zugang zum Donati-Besitz war eine Sensation.

Außer ein paar Alten konnte sich kaum jemand in Volterra an diesen Ort erinnern. Nur in Zeitungsartikeln aus längst vergangenen Zeiten konnte man nachlesen, wie das Leben auf La Spinosa früher pulsiert hatte. Und dass der Garten ehemals Botaniker und andere Naturwissenschaftler aus der ganzen Welt angelockt hatte. Alle waren sie gekommen, um die Raritäten zu bewundern, die die Donatis in fernen Ländern gesammelt und denen sie hier im Herzen der Toskana eine neue Heimat gegeben hatten.

Francesco überwachte die Arbeiten, während Stefan und Gabriel Iris und Viola im Renaissancegarten unterstützten. Sie verbrachten Stunden damit, Pflanzen, Blumenzwiebeln und Samen auszusuchen. Der Wohnzimmertisch quoll vor Katalogen fast über.

Giulias Gesundheitszustand hatte sich durch den Trubel wieder verschlechtert, sie verbrachte fast den ganzen Tag im Gewächshaus inmitten ihrer geliebten Orchideen. Sie hegte und pflegte sie voller Inbrunst, sprach mit ihnen, teilte ihre Geheimnisse mit ihnen. Erst abends, wenn die Arbeiter weg waren, machte sie einen kleinen Spaziergang, überzeugte sich davon, dass die Arbeit im Garten gut voranging.

Eigentlich ein Grund zur Freude, wäre da nicht gleichzeitig das bedrückende Wissen, dass ihre Tage gezählt waren. Die Zwillinge wussten alles, was sie wissen mussten. Und die eine oder andere Information über die Familiengeschichte der Donatis konnten sie sich in der Bibliothek holen. Ihre Pflicht war also fast erfüllt. Wenn der Renaissancegarten vollendet sein würde, wäre sie schon nicht mehr da. Und das stimmte sie traurig.

Iris und Viola hatten konkrete Vorstellungen und ebenso konkrete Ziele. Ihr Plan war klar strukturiert: streng geometrische Blumenbeete und ein Rosarium auf einer der Sonne zugeneigten Fläche. Der steinerne Brunnen in der Mitte des Gartens musste gründlich gereinigt werden, und sobald das Bewässerungssystem wieder funktionierte, würde das Plätschern des Wasserspiels bis zur Terrasse zu hören sein.

Iris unterbrach ihre Arbeit und schaute in den sich rasch verdunkelnden Himmel.

»Meinst du, dass es heute wieder so heftig regnen wird? Das wäre eine Katastrophe.«

Die Unwetter der letzten Tage hatten die Arbeiten verzögert. Der Boden vor dem Haus war aufgeweicht, die Arbeiter kamen nicht voran und hatten die Baumaschinen auf dem Vorplatz abgestellt. Stefan hatte sie umgeparkt, damit Giulia sie von ihrem Fenster aus nicht sehen musste.

Viola zuckte mit den Schultern. »Ich weiß nicht, aber wahrscheinlich schon.«

»Wollen wir im Wald spazieren gehen?«, schlug Iris vor. »Wenn wir sowieso nicht wirklich weitermachen können?«

Obwohl Viola lieber in die Stadt gefahren wäre, mochte sie Iris nicht enttäuschen. Die Schwester wirkte in den letzten Tagen bedrückt, irgendetwas schien sie zu belasten. Hing es mit Gabriel Petrovic zusammen?

»Gut, dann können wir ja nach dem Labyrinth suchen.«

»Genau. Ich glaube, es ist irgendwo im Wald versteckt, sonst haben wir bereits überall gesucht.«

»Am besten schauen wir uns vorher noch mal den alten Plan des Gartens an.«

Sie gingen ins Haus zurück, um das Pergament zu holen, ihre Großmutter war nicht da.

»Komisch, ich habe sie gar nicht weggehen sehen.«

»Vielleicht hat Stefan sie zu einem Spaziergang abgeholt.«

Iris nickte, überzeugt war sie nicht. Giulia war in letzter Zeit immer seltsamer geworden, sie schloss sich im Gewächshaus ein oder irrte ziellos durchs Haus. Sie begann Sätze, ohne sie zu Ende zu führen, und suchte zunehmend Francescos Nähe. Wenn er sie jedoch ansprach, hüllte sie sich in Schweigen. Fiorenza hatte den Arzt gerufen, der sie untersucht und ihr Blut abgenommen hatte, in der folgenden Woche würden die Ergebnisse da sein. *Hoffen wir, dass es keine neue Krise ist*, hatte er gesagt.

Mit dem Pergament machten sich die Zwillinge auf den Weg. Bevor sie den Wald erreichten, mussten sie zuerst den Park durchqueren, Iris erinnerte sich, dass sie hier schon einmal gewesen war. Damals, als Gabriel ihr den Felsenriesen gezeigt hatte, aus dem sich plötzlich ein Wasserfall ergossen hatte. Einen Moment lang überlegte sie, Gabriel zu bitten mitzukommen, aber das war keine gute Idee. Besser, sie blieb ihm fern.

Sie waren auf halber Strecke, als das Wetter immer schlechter wurde, ein eiskalter Wind blies ihnen vom Hügel entgegen. »Sollen wir umkehren?«, fragte Viola.

»Wegen dem bisschen Regen?«

Der Himmel verfinsterte sich weiter, der Wind frischte auf und wuchs sich zu einem Sturm aus.

»Was ist eigentlich los mit dir?«

»Ich weiß nicht, was du meinst«, wehrte Iris schroff ab.

»Hallo. Du weißt sehr wohl, dass deine Zwillingsschwester spürt, wenn etwas mit dir nicht stimmt. Ob sie will oder nicht. Also, da ich nun mal deine Bauchschmerzen aushalten muss, sag mir wenigstens, warum.«

Die schlammige Erde klebte unter ihren Schuhen, der Weg wurde immer beschwerlicher. Trotzdem beschleunigte Iris ihre Schritte. »Ich mag ihn, er geht weg. Das war's.«

Abrupt blieb Viola stehen. »Das war ja mal eine Ansage! Kein Wort zu viel, was?«

»Na und? Du hast mich etwas gefragt, ich habe dir geantwortet.«

Viola wusste nicht, wie sie reagieren sollte, der Regen peitschte ihnen ins Gesicht, wahre Sturzbäche rauschten vom Himmel. Sie ging auf ihre Schwester zu.

»Red schon, und dieses Mal nicht im Telegrammstil, please.«

Ein gleißend helles Licht, ein ohrenbetäubender Donnerschlag, sie schrien auf. Als ihnen klar wurde, dass sie fast von einem Blitz getroffen worden wären, rannten sie los.

»Wir müssen von den Bäumen weg!«

Iris packte Violas Hand und zog sie auf den Weg. Sie erinnerte sich plötzlich wieder an die kleine Hütte bei dem Felsenriesen, dort würden sie Schutz finden.

37

Pflanzen können nicht nur Seelenschmerzen lindern, sondern auch dem Körper bei der Heilung helfen. Wenn man die Blüten und die Blätter des **Flieders (Syringa vulgaris)** zwei Wochen lang in Wasser einweicht, ergibt das eine gute Tinktur zum Einreiben bei Gelenkrheumatismus. Der Flieder ist ein starkwüchsiger Strauch mit herzförmigen Blättern und intensiv duftenden Blüten, die sich an den ersten warmen Frühlingstagen entfalten. Mäßig, aber regelmäßig wässern. Er schätzt die Sonne und ist bei Feen beliebt, die sich zwischen seinen Blüten verstecken, heißt es.

Claudia zermarterte sich das Hirn. Wie hatte das zwischen ihr und Francesco bloß passieren können? Dann traf sie eine Entscheidung. Dieses Mal würde sie einen kühlen Kopf bewahren, die Vergangenheit ein für alle Mal vergessen. Sie musste nach vorne sehen, wollte leben, spüren, verstehen, wollte es einfach. Und deshalb würde sie sich scheiden lassen. Francesco mochte sich verändert haben, aber er war und blieb ein Teil ihrer Vergangenheit.

Und damit hatte sie abgeschlossen.

Sie kam soeben von einem Termin bei einem Anwalt zurück, der sich um alles kümmern würde. Was von ihrer Ehe geblieben war, Dokumente, Briefe und andere Unterlagen, befand sich in dem dicken Umschlag neben ihr auf dem Beifahrersitz. Stefan hatte ihr, ohne zu zögern, sein Auto geliehen, als er erfahren hatte, dass sie nach Pisa wollte.

»Was für eine Sintflut!«

Als der Lkw vor ihr unvermittelt bremste, musste sie voll in die Eisen steigen. Sie fluchte, dann schüttelte sie lachend den Kopf und fuhr langsamer. La Spinosa hatte sie verändert, sie lockerer gemacht. Plötzlich wärmten Gefühle ihr Herz, drangen ihr unter die Haut – Gefühle, die sie sich so lange verboten hatte. Sie wollte sich nicht mehr verstecken, sich nicht mehr verbiegen lassen, wollte wieder leben.

Je näher sie La Spinosa kam, desto mehr verwandelte sich die Straße in einen reißenden Fluss, war eigentlich unpassierbar geworden. Claudia hielt an und sah sich um. Und jetzt? Sie nahm ihr Handy vom Sitz und wählte Violas Nummer.

»Geh dran, bitte!« Sie wollte gerade auflegen, als sie eine Stimme hörte. »Fiorenza?«

»Ja. Wo bist du?«

»Auf dem Rückweg, warum nimmst du ab? Ist Viola beschäftigt?«

»Ich weiß nicht, außer Giulia und mir ist niemand zu Hause.«

»Die beiden sind hoffentlich nicht draußen? Bei diesem Wetter?«, hakte sie ängstlich nach.

Fiorenza schaute zum Fenster. Der Regen rauschte wie ein undurchdringlicher Vorhang herab, es war stockdunkel trotz des frühen Nachmittags.

»Ich weiß nicht.«

Claudias Besorgnis wuchs. Sie sprang ins Auto, setzte ihre Fahrt auf der überfluteten Straße fort, obwohl das

Auto gefährlich schlingerte. Sie musste es bis zum Haus schaffen. Gas geben, bremsen, Gas geben, bremsen. Sie konnte nichts mehr sehen und versuchte sich instinktiv zu orientieren, dann ein dumpfer Knall, Claudia schrie auf. Was hatte sie angefahren, Herr im Himmel? Angestrengt spähte sie nach draußen. Ein Ast, es war nur ein Ast.

Erleichtert seufzte sie auf, fuhr weiter. Obwohl der Regen inzwischen wie eine Mauer war, beschleunigte sie das Tempo. Sie musste wissen, ob ihre Töchter in Sicherheit waren.

Diese Öljacke brachte überhaupt nichts. Stefan streifte die Kapuze ab, die ihm ins Gesicht gerutscht war, und winkte zu Gabriel herüber.

»Lass uns ins Haus gehen, das ist sicherer. Hast du den Blitz gesehen?«

»Ja, ich glaube, er hat im Wald eingeschlagen, ich hab es knistern gehört.« Gabriel strich sich die Haare zurück und blickte sich suchend um. »Wo ist Francesco?«

»Er kontrolliert das Rohrsystem und den Abfluss. Die Arbeiter mussten die Absperrschieber schließen, jetzt ist er beunruhigt, wohin diese Wassermassen stattdessen fließen sollen. Zumal eine Unwetterwarnung für die ganze Region ausgegeben wurde. Wir sollen ihn im Haus treffen.«

»Okay.« Stefan klopfte ihm auf die Schulter, und sie rannten los. Der Regen peitschte ihnen ins Gesicht, in kürzester Zeit waren sie völlig durchnässt. Fiorenza kam ihnen schon aufgeregt in der Halle entgegen.

»Was ist los?«, fragte Stefan.

»Claudia ist mit dem Auto unterwegs, und die Mädchen ...«

Gabriel packte sie an den Schultern. »Wie, die Mädchen? Wo ist Iris, wo ist Viola?«

»Keine Ahnung. Ich habe erst bemerkt, dass sie nicht da sind, als ihre Mutter angerufen hat.«

Gabriel biss die Zähne zusammen. »Ich suche sie. Bei diesem Unwetter ist es gefährlich draußen.«

»Warte, du hast ja überhaupt keine Ahnung, wo sie sein könnten.«

»Aber ich, ich weiß es.« Wie aus dem Nichts tauchte plötzlich Giulia auf, schob sich vor Fiorenza. »Mich hält nichts hier im Haus.«

Sie schwankte, ihre Lippen zitterten, ihr Gesichtsausdruck hingegen war entschlossen.

Stefan stellte sich ihr in den Weg. »Du bleibst hier!«

»Ich weiß, wo sie sind, und Blitze machen mir keine Angst.«

»Wo sind sie denn? Ich gehe sie suchen.«

Giulia schüttelte den Kopf. »Nein, Gabriel. Du verirrst dich im Labyrinth. Die tausendjährige Rose hat sie gerufen. Meine Mädchen sind dort, und keiner von euch kennt den Weg.«

»Doch.« Stefan beugte sich zu ihr, umfasste ihr Kinn und hob es an. »Ich kenne den Weg. Und du bist jetzt vernünftig. Wer sonst soll Claudia beibringen, dass ihre Töchter draußen im Wald sind? Und Francesco, hast du mal an ihn gedacht?«

Resigniert vergrub Giulia das Gesicht in den Händen. Sie erkannte, dass das Schicksal nunmehr seinen Lauf nahm. Dabei hatte sie sich bemüht, nichts dem Zufall zu überlassen, und allein an das Wohl der anderen gedacht. Trotzdem hatte es nichts genutzt, alles war genau wie damals.

»Dieser verfluchte Regen. Genau wie vor mehr als vierzig Jahren. Ihr Kleid war völlig durchnässt, sie war eiskalt, ich habe meine Schwester an mich gepresst, nach ihr gerufen. Aber sie ist nicht aufgewacht. Giulia, Giulia, hörst du mich? Verlass mich nicht, wie soll ich ohne dich weiterleben. Sie antwortete nicht. Meine Giulia war kalt wie Marmor.«

»Schweig!«, forderte Stefan sie auf.

Gabriel und Fiorenza starrten sie an. Francescos Nerven waren zum Zerreißen gespannt, die Haare klebten ihm am Kopf.

Giulia strich Stefan übers Gesicht. »Ich habe meine Schwester geliebt, sie war so stark, war die bessere von uns beiden. Giulia Donati, der ganze Stolz unseres Vaters. Alle haben sie geliebt, alle.«

Besorgt führte Stefan sie ins Wohnzimmer, küsste sie auf den Kopf und half ihr, sich aufs Sofa zu setzen, ganz vorsichtig, als wäre sie zerbrechlich.

»Fiorenza, bitte kümmere dich um sie, es geht ihr nicht gut, ruf den Arzt, sag, es ist wieder schlimmer geworden. Unterdessen gehe ich mit Gabriel die Zwillinge suchen.«

»Ich komme mit«, sagte Francesco, vermochte jedoch den Blick nicht von seiner Mutter zu wenden.

»Nein, bleib bei ihr, wenn ...« Stefan atmete tief durch und flüsterte dann: »Bleib bei ihr, wir kümmern uns um Iris und Viola.«

»Sie war so stark, so schön. Meine über alles geliebte Giulia konnte nicht wissen, dass dieser Mann nur mit ihr gespielt hat. Glaub ihm nicht, er ist ein Lügner. Stefan hat ihn weggejagt. Diesen Cosimo Baci, diesen verfluchten Gauner.«

Francesco ließ sich neben ihr in einen Sessel sinken, er suchte Fiorenzas Blick. »Von was spricht sie da?«

Die langjährige Vertraute seiner Mutter tupfte sich mit dem Schürzenzipfel die Augen. »Sie ist verwirrt und glaubt, sie sei Bianca. Herr im Himmel, hilf! Komm, wir bringen sie in ihr Schlafzimmer.«

»Nein. Ich bleibe hier«, protestierte Giulia.

Francesco schüttelte den Kopf, er musste hier raus. Weg, nichts wie weg. In diesem Raum bekam er keine Luft mehr. Claudia hatte recht, auf La Spinosa lag ein Fluch. Plötzlich vermisste er sie. »Wo ist Claudia?«

»Sie ist noch mit dem Auto aus Pisa hierher unterwegs, das Unwetter hat sie überrascht.«

»Was? Hast du mit ihr telefoniert?«

»Ja, vor Kurzem, sie wollte eigentlich mit Viola sprechen«, erklärte Fiorenza und deutete auf das Handy auf dem Tisch.

Er griff danach, suchte in der Anrufliste nach der Nummer und drückte die Rückruftaste. Ohne Ergebnis.

»Ich gehe ihr entgegen. Lass sie keine Sekunde aus den Augen«, er zeigte er auf seine Mutter. »Halt sie im Haus, selbst wenn du sie anbinden musst.«

Claudia hatte keine andere Wahl, als abzubiegen. Vor ihr erhob sich eine undurchdringliche Wasserwand. Ihre Angst hatte sich mittlerweile in Panik verwandelt.

»Bitte lass es die richtige Straße sein«, murmelte sie.

Als die Scheinwerfer des Autos endlich die hohen Eisengitter des Tors erfassten, brach sie in Tränen aus. Sie war fast am Ziel. Bald würde sie ihre Töchter in den Armen halten, an nichts anderes konnte sie mehr denken.

»Lass es ihnen gut gehen, bitte, lieber Gott. Bitte.«

Sie stieg aus dem Auto, eine Wasserwelle schwappte ihr entgegen. Sie drückte gegen das Tor, es war verschlossen, sie drückte erneut mit aller Kraft, aber es bewegte sich nicht. Verzweifelt kletterte sie am Gitter hoch. Nichts würde sie aufhalten. Als sie fast oben war, sah sie ihn.

»Claudia, bleib, wo du bist und beweg dich nicht.« Francesco rannte auf sie zu, ihr Herz klopfte zum Zerspringen. Die Tropfen peitschten ihr ins Gesicht, sie wusste nicht mehr, wo sie ihre Füße hinsetzen sollte.

»Was hast du vor? Das ist doch verrückt!« Er war jetzt am Tor und stand genau unter ihr. »Ich fange dich auf, spring.«

Sie blickte kurz nach unten, dann ließ sie sich fallen. Er fing sie auf, nahm ihr Gesicht zwischen die Hände und küsste sie, Claudia klammerte sich an ihn. Eine Woge der Erleichterung überkam sie. Schlagartig hatte sich alles verändert.

»Sind Iris und Viola in Sicherheit?«

Francesco nahm sie an der Hand. »Wir müssen erst mal hier weg, dann sehen wir weiter. Die Mädchen sind im Wald, Stefan und Gabriel sind zu ihnen unterwegs.«

»Im Wald? Bei diesem Wetter?«

Er antwortete nicht, zog sie einfach mit sich. Ein ohrenbetäubender Donnerschlag hallte durch das Tal. Francesco erstarrte, den Blick auf den See gerichtet. Dann schrie er: »Lauf, Claudia, lauf. Wir müssen zum Haus, das ist unsere einzige Chance.«

Viola und Iris erreichten mit letzter Kraft die verfallene Hütte und ließen sich völlig außer Atem auf den Boden sinken. Sie waren um ihr Leben gerannt, um sie herum hatten die Blitze eingeschlagen. Als sie sich etwas beruhigt hatten, schauten sie sich an.

»Alles klar?«

»Frag mich das, wenn wir zu Hause sind. Ich weiß nicht was schlimmer ist, die Kälte oder die Angst.« Iris klapperte mit den Zähnen, zitterte am ganzen Körper.

»Es wird nicht mehr lange dauern, es klart bereits auf«, tröstete Viola sie. Und wirklich: Zwischen den pechschwarzen Wolken blitzte ein Sonnenstrahl hindurch.«

»Gott sei Dank, ich hasse Blitze, Donner und Gewitter seit jeher.«

»Wem sagst du das, ich auch. Aber wenigstens sind wir in Sicherheit.« Viola lachte und sah sich um. »Nicht gerade luxuriös allerdings, unser Unterschlupf, eher eine Bruchbude.«

Iris nickte. Ein Teil der hölzernen Dachkonstruktion war eingestürzt, der Boden mit geborstenen Ziegeln übersät. Ein weiterer Blitz ließ sie zusammenzucken. Als krachend der Donner folgte, hielten sie sich in den Armen. Danach lachten sie, um sich Mut zu machen.

»Komm, wir gehen weiter nach hinten, dort scheint es noch trocken zu sein.«

Sie setzten sich, den Rücken an die Natursteinwand gelehnt, den Blick zum Eingang gerichtet. Der Regen schien nachzulassen.

»Sieh mal«, Viola deutete auf die Rückseite der Hütte, »da ist eine Tür.« Sie stand auf und rüttelte daran. »Abgeschlossen.« Sie spähte durch die Ritzen. »Mein Gott! Das muss Großmutters geheimer Garten sein!«

»Was meinst du damit?« Iris drängte sich nach vorn.

»Hier ist alles voller Pflanzen, wirf einen Blick auf die alte Zeichnung, ob es einen Zusammenhang mit dem Labyrinth gibt.«

Iris zog das Pergament aus dem Rucksack und setzte sich im Schneidersitz auf den Boden. »Da ist der See, da der Wald…« Eingehend musterte sie die Karte. »Ja, es könnte hier sein. Meinst du, die tausendjährige Rose steht dort?«

Viola wischte sich mit der Hand über die Stirn, strich die nassen Haare zurück. »Möglich.«

»Großmutter muss endlich mit der Geheimnistuerei aufhören. Es ist wie eine Schnitzeljagd. Als ob sie sagen wollte: *Du willst die Wahrheit wissen? Dann komm und hol sie dir.*«

»Okay«, stimmte Viola zu. »Da es offenbar aufgehört hat zu regnen, gehen wir erst mal nach Hause, ziehen uns etwas Trockenes an und kommen wieder, ich will genau wie du unbedingt wissen, was sich dort verbirgt.«

Als sie gerade losgehen wollten, zuckte noch einmal ein gleißender Blitz über den Himmel, gefolgt von einem Donnerschlag, der die Erde unter ihnen erzittern ließ. Viola packte Iris am Arm und schob sie nach draußen, gerade rechtzeitig, bevor die Hütte endgültig zusammenstürzte. Sie duckten sich ins hohe Gras.

»Iris, wo bist du?«, hörten sie jemanden rufen.

»Das ist Gabriel.« Viola half ihrer Schwester hoch und schaute in die Richtung, aus der die Stimme kam. Kurze Zeit später tauchten zwei Männer zwischen den Bäumen auf. Sie rannten auf sie zu, als wäre ein Rudel Wölfe hinter ihnen her.

»Lauft ganz nach oben auf den Hügel, sofort!«

Die Gesichter sprachen Bände, unterbanden alle Widerworte. Iris und Viola rasten los. Oben angekommen, drehten sie sich um und sahen, wie eine Schlammlawine sich auf die beiden Männer zuwälzte. Gabriel packte den erschöpften Stefan am Arm und zog ihn mit sich. In letzter Minute erreichten sie die Anhöhe. Die Lawine ergoss sich ins Tal und riss alles mit sich.

Verängstigt klammerten sich die Mädchen an die beiden schlammbedeckten Männer und starrten nach unten. »Wo kommt denn das ganze Wasser her, wie ist das bloß möglich?«

»Der See«, stieß Gabriel schwer atmend hervor, »ich glaube, der Damm ist gebrochen.«

Iris wischte ihm den Schmutz aus dem Gesicht. »Geht's dir gut? Was ist mit Francesco und Claudia und den anderen?«

Er küsste ihr die Hände. »Sie sind alle in Sicherheit.«

Sie blickte ins Tal. Zum Glück lag das Haus so geschützt, dass die Schlammlawine ihm nichts hatte anhaben können.

Viola wandte sich an Gabriel: »Wir müssen zurück, führst du uns?«

»Ja, allerdings müssen wir einen Umweg machen, der direkte Weg ist zu gefährlich.«

Die Wassermassen hatten eine Schneise der Verwüstung hinterlassen und sogar die Mauer zerstört. Die hohe Backsteinmauer, die Giulia Donati entlang der Straße hatte errichten lassen, um sich und ihr Geheimnis vor der Außenwelt zu schützen – sie war verschwunden.

BIANCA

Sie spürt, dass sie leidet, tief in sich drinnen spürt sie es.

Auch wenn Giulia lächelt, weiß Bianca, dass das Lächeln auf den Lippen ihrer Schwester nicht echt ist. Sie ist anders, schon seit einer ganzen Weile. Zwischen Giulia und Cosimo Baci gibt es Schwierigkeiten. Das freut sie insgeheim, obwohl ihre Schwester natürlich nicht leiden soll.

Dieser Mann ist ein Hochstapler, ihn interessiert nur der große Besitz, er will La Spinosa, will Hausherr sein. Aber ihre Schwester mag das einfach nicht wahrhaben. Bianca hingegen weiß es, denn er hat es ihr verraten. Nicht mit Worten natürlich.

Seine Augen sagen es ihr, sein Blick, mit dem er sich im Wohnzimmer umsieht, seine Art, wie er mit den Dienstboten umgeht. Deshalb hat sie einem Treffen zugestimmt, wenngleich Stefan dagegen war. Es war die einzige Möglichkeit, dem Schuft auf die Schliche zu kommen. Als Cosimo dann die Maske fallen ließ, erkannte auch Giulia endlich sein wahres Gesicht. Stefan warf ihn schließlich raus, drohte ihm, er solle sich nie wieder in La Spinosa blicken lassen, sonst würden sie ihn anzeigen.

Bianca ist zufrieden. Sie hilft ihrer Schwester, wann immer es geht, sie entscheiden gemeinsam, wie sie den Park gestalten und welche Blumen sie pflanzen wollen. Beantworten Briefe, wälzen Kataloge, geben Bestellungen auf. Trotzdem wird Giulia immer abwesender und trauriger.

An diesem Morgen gehen sie gemeinsam zum Labyrinth. Die tausendjährige Rose steht in voller Blüte. Giulia setzt sich zu ihren Füßen und faltet die Hände. »Ich erwarte ein Kind.«

Ein ungekanntes Glücksgefühl überkommt sie. Sie

nimmt ihre Schwester in den Arm. Ein Kind. Ein neuer Donati!

»Wir müssen eine Weile von hier weg, Bianca, das Kind hat keinen Vater.«

»Genügen zwei Mütter nicht?«

»Die Leute werden das Kind verachten.«

»Wir verstecken es hier, wir haben so viel Platz. Niemand wird ihm wehtun.«

Giulia zieht sich mehr und mehr zurück, verbringt die meiste Zeit im Labyrinth. Die uralte Rose lässt ihre Blütenblätter auf sie regnen. Doch sie lächelt nicht mehr. Und dann kommt der entscheidende Moment.

»Schwöre, dass du dich um das Kind kümmerst, wenn mir etwas zustößt.«

Bianca wischt Giulia die Tränen aus dem Gesicht. Der Krankenhauskoffer steht bereit, das Babykörbchen ebenfalls. Sie wird es immer lieben, spürt es an Leib und Seele.

»Ich schwöre.«

38

Der Herbst ist die richtige Zeit, den Boden für den Frühling vorzubereiten und zugleich unsere Seele zum Erblühen zu bringen. **Narzissenzwiebeln (Narcissus L.)** zu setzen, trägt zum Wohlbefinden des Gärtners bei. Sie dürfen nicht zu tief gepflanzt werden. Ihr Wachstum zu beobachten schärft die Sinne und fördert die innere Klarheit.

Die Finger gegen das Fenster gepresst, den Blick starr nach draußen gerichtet, wartete Fiorenza auf ihre Rückkehr. Warten war ihr schon immer zuwider gewesen. Nichts allerdings war schlimmer als der Wahnsinn, der neuerdings um sie herum regierte. Als ob das Unwetter auch den letzten Rest Vernunft weggespült hätte.

Giulia war überzeugt, die eigene Zwillingsschwester zu sein, Stefan schien sie darin sogar zu unterstützen. Iris und Viola waren trotz des Unwetters in den Wald gegangen.

»Geht es dir besser?« Sie drehte sich zu Giulia um. »Soll ich dir einen Tee machen?«

Keine Antwort. Ihre Cousine war in einer anderen Welt, ganz weit weg. Fiorenza erinnerte sich mit Grauen an das letzte Mal, als sie so gewesen war.

Ich heiße Bianca Donati. Das hatte sie gesagt, nachdem sie im Krankenhaus wieder zu sich gekommen war.

Nein, du bist Giulia, Giulia Donati. Deine Schwester Bianca ist vor vielen Jahren gestorben, weißt du das nicht mehr?

Sie hatte damals nicht gleich reagiert, sondern nur schwach genickt. Dann war sie erneut in den Schlaf gesunken.

Fiorenza hatte das nicht ernst genommen. Der behandelnde Neurologe war der Meinung gewesen, Gedächtnisverlust und Verwirrung seien bei dieser Krankheit nichts Ungewöhnliches. Selbst ein leichter Schlaganfall könne bleibende Schäden hinterlassen. Das Ausmaß sei nicht abzusehen, einige Zeit werde die Patientin die Vergangenheit als eine Abfolge von Bildern wahrnehmen, die nicht immer chronologisch sein würden. Zudem möglicherweise bruchstückhaft. Fiorenza wusste, dass sie Giulias Äußerungen nicht überbewerten durfte. Doch warum unterstützte sie Stefan in ihren Wahnvorstellungen? Was ging hier vor?

»Sind sie zurück?«

Fiorenza zuckte zusammen. Giulias Stimme war müde, genau wie ihr Gesichtsausdruck. »Nein, aber lange kann es nicht mehr dauern. Stefan und Gabriel kümmern sich um die Zwillinge, Francesco um Claudia. Alles wird gut.«

»Nein, nicht solange ich hier bin.«

Allmählich verlor Fiorenza die Geduld. »Hör jetzt auf. Schluss mit diesem Unsinn. Alle lieben dich. Begreifst du das nicht? Stefan, dein Sohn, die Mädchen, sogar Claudia, obwohl sie allen Grund hätte, dich zu hassen. Zumindest respektiert sie dich, da kannst du sicher sein.«

»Und genau deshalb muss ich gehen.« Sie umklammerte den Stock und erhob sich schwerfällig. »La Spinosa ist nicht mehr meine Heimat. Im Grunde ist es das nie gewesen. Giulia hätte das Anwesen erben sollen, daran hat mein Vater nie Zweifel aufkommen lassen. Sie war dazu bestimmt, die Tradition des Gartens fortzuführen. Ich konnte das nicht, wie ich inzwischen weiß. Nachträglich hat alles einen Sinn bekommen.«

»Setz dich und nimm deine Medikamente. Du regst dich zu sehr auf, Giulia.«

»Nein, das tue ich nicht. Und hör endlich auf mich Giulia zu nennen. Ich heiße Bianca.«

Ein lauter Knall, dann erzitterte der Boden, beide verstummten und sahen sich entgeistert an. »Was war das?«

Fiorenza stürzte zur Tür. »Du rührst dich nicht von der Stelle, ich kümmere mich darum.«

Giulia sah ihr nach, bis sie außer Sichtweite war, stand auf, nahm ihren Stock und ging schwer atmend in ihr Schlafzimmer. Dort öffnete sie eine Geheimtür. Sie musste etwas sehr Wichtiges erledigen.

Francesco und Claudia hatten es gerade rechtzeitig auf die Terrasse geschafft. Eine braune Schlammlawine rutschte am Haus vorbei, die auf ihrem Weg bereits alles Mögliche mit sich gerissen hatte. Claudia nahm seine Hand, sie konnte ihren Blick nicht von dem verwüsteten Gelände abwenden. Voller Angst dachte sie an ihre Töchter.

Francesco drückte ihre Hand. »Wir müssen hier weg, komm.«

Claudias Augen waren inzwischen von Panik erfüllt. »Meine Töchter, meine Kinder ...«

Er zog sie mit sich. »Schau mich an, Claudia. Es geht ihnen bestimmt gut, hörst du mich. Der Wald ist riesig, nicht überall waren Schlammabgänge. Ich bin überzeugt, sie haben sich in Sicherheit gebracht.« Seine Stimme war nicht mehr als ein Flüstern, in seinen Augen lag eine stumme Bitte. »Komm mit ins Haus.«

Claudia drückte seine Hand. Sie konnte bloß hoffen und darauf vertrauen, dass Francesco recht hatte. Kurz darauf war das Unwetter vorbei. Genauso plötzlich, wie es begonnen hatte. Es war vorbei, aber es hatte alles und alle verändert.

Der Schlüssel für den geheimen Garten. Er wog schwer in Biancas Hand, ein im Laufe der Jahrhunderte dunkel gewordenes Stück Eisen. Und doch der Schlüssel zum Geheimnis ihrer Familie. Sie hatte ihn vor vielen Jahren bekommen als Hüterin der tausendjährigen Rose. Viel zu früh, sie war fast noch ein Kind gewesen. Das wusste sie jetzt. Viel zu früh, um zu wissen, welche Verantwortung damit verbunden war.

Lorenzo Donati hatte die schwere Bürde der Tradition auf die schwachen Schultern seiner Töchter gelegt. Vom Krieg gezeichnet, der ihm alle Illusionen genommen hatte, musste er später den gewaltsamen Tod seiner Schwester Matelda erleben. Was, wenn ihm auch etwas geschah? Aus dieser Angst heraus hatte er beschlossen, Bianca und Giulia früher als nach der Familientradition üblich in die Verantwortung für La Spinosa einzubinden. Das Vermächtnis, das Donati-Zwillingen auferlegt war, musste um jeden Preis erfüllt werden.

»Eine für die Wanderer, eine für die tausendjährige Rose.« Nach all den Jahren verstand Bianca es und verzieh ihm.

Sie schloss die Augen, als die Erinnerungen in ihr aufwallten, dann riss sie sich zusammen. Sie durfte keine Zeit mehr verlieren, ließ den Schlüssel in die Tasche ihres Kleides gleiten und beobachtete den Sonnenstrahl, der gerade auf den Teppich fiel. Langsam schleppte sie sich zum Fenster. Die Furcht, sehen zu müssen, was das Unwetter im Garten angerichtet hatte, lähmte ihre Schritte. Und mit schmerzverzerrtem Gesicht begutachtete sie schließlich das Ausmaß der Schäden.

Der Garten und der Park waren nicht mehr wiederzuerkennen, große Teile waren mit Schlamm bedeckt, der wirkte wie ein braunes Leichentuch. Jetzt schien endgültig alles Leben ausgelöscht und alles verloren. Sie brach zusammen, vergrub das Gesicht in den Händen, der Schmerz in ihrer Brust drückte ihr die Luft ab.

Aber was war das?

Sie schnupperte. Ein Hauch von Rosenduft, eine sanfte Berührung, die mit ihrem Atem in ihre Lunge floss.

»In einem Garten gibt es kein Ende, Schwesterchen. Alles verändert und wandelt sich, doch nichts hat ein Ende. So ist das Leben, nicht wahr, Bianca?«

Lächelnd hob sie den Kopf. »Giulia, meine liebste Giulia.« Sie streckte die Hand nach dem Sonnenstrahl aus, der den Raum zum Glitzern brachte. »Warum hat es so lange gedauert, bis du zurückgekommen bist? Du hast mir so sehr gefehlt, ohne dich war alles nichts.« Gestützt auf ihren Stock, zog sie sich hoch. »Warte auf mich.«

»Nein, noch nicht.«

Die Stimme verschwand. Im Zimmer war es wieder dunkel, sie war allein, vergeblich suchte ihr Blick die Schwester. Ihre Lippen zitterten, Tränen liefen ihr übers Gesicht. Und so blieb sie wie versteinert stehen, ganz allein in der Mitte des Raumes.

Francesco und Claudia rannten atemlos die Flure entlang, Hand in Hand, getrieben von einem einzigen Gedanken.

»Gott sei Dank!«, rief Fiorenza, als sie die beiden kommen sah.

»Die Mädchen..., gibt's was Neues?«, fragte Claudia keuchend, dann stemmte sie die Hände auf die Oberschenkel, um wieder zu Atem zu kommen.

Fiorenza schüttelte den Kopf. »Stefan und Gabriel suchen nach ihnen. Habt ihr das Erdbeben gehört?«

Francesco schüttelte den Kopf. »Das war ein Erdrutsch. Der Damm ist gebrochen, und der See hat sich daraufhin entleert.« Er schaute zur Tür. »Wir müssen außen herum den Hügel hoch, der direkte Weg wurde verschüttet.«

»Beeilt euch, ich mache schnell was Heißes zu trinken, die armen Mädchen sind bestimmt völlig durchnässt.« Mehr sagte Fiorenza nicht. Aber in ihrem Blick lag Panik, eine Angst, die nicht in Worte zu fassen war.

Sie gingen stumm nebeneinander her, nach wie vor wie betäubt von einem Erlebnis, das sie nie vergessen würden. Stefan war leichenblass, immer wieder musste er stehen bleiben, um zu Atem zu kommen. Viola wartete auf ihn. Gabriel hielt Iris an der Hand und lächelte ihr aufmunternd zu.

»Es ist nur Erde, alles wird wie früher, sobald man sie abgetragen hat. Sogar noch schöner.« Das war eine Lüge, doch in einem solchen Moment konnten positive Gedanken und ein Lächeln Berge versetzen.

»Da ist Papa! Viola, schau, da kommen sie.« Die Schwestern rannten auf ihre Eltern zu, und als sie ihnen in die Arme fielen, lachend und mit Tränen in den Augen, löste sich alles auf, was noch zwischen ihnen gestanden hatte. Argwohn und Bitterkeit wurden durch Herzenswärme und Vertrauen ersetzt. Das war die Kraft des Verzeihens, der Blick nach vorne ohne den Ballast der Vergangenheit.

»Lasst uns nach Hause gehen.«

La Spinosa war ihre Heimat, ein Ort der Zuflucht trotz der Verwüstungen.

Fiorenza öffnete ihnen die Tür, Giulia umarmte sie alle, sogar Claudia. Sie lächelte glücklich, es schien ihr wieder besser zu gehen, ihr Blick wirkte klarer. Von ihrer Verwirrung war nicht mehr viel zu spüren.

Francesco war überrascht.

Während sich Kaffeeduft in der Küche ausbreitete, machten sich die Männer an eine erste Bestandsaufnahme. Bald würde die Feuerwehr eintreffen, die sie sofort nach ihrer Rückkehr alarmiert hatten.

Claudia half Fiorenza, Viola und Iris waren nach draußen gegangen, um die Schäden im Garten zu begutachten. Auf den ersten Blick schien alles zerstört, dann stellten sie fest, dass die Baufahrzeuge die Wucht der Lawine gebremst hatten. Zwar waren weite Teile mit Schlamm bedeckt, selbst der Renaissancegarten hatte etwas abbekommen, obwohl er nicht auf dem Weg lag, den die Schlammmassen genommen hatten, aber wenn man genau hinsah, zeigte sich zwischen dem Braun ein wenig Grün. Unwiderbringlich zerstört war hingegen die hohe Mauer zur Straße hin, geblieben war nichts als Geröll und Schutt.

Iris und Viola waren gerade dabei, einige ihrer neu gesetzten Pflänzchen vom Schlamm zu befreien, als sie Stimmen hörten. Sie hoben den Kopf. Die Feuerwehr traf mit schwerem Gerät ein. »Was ist passiert?«

»Der Damm oben am See ist gebrochen«, erklärte Francesco, der soeben mit Gabriel herankam. »Der See war ohnehin randvoll, dann kam das Unwetter hinzu.«

Der Einsatzleiter nahm den Helm ab und schaute sich um. »Unglaublich, die Schlammlawine hat den Bagger zur Seite geschoben. Wo können wir unsere Schläuche anschließen? Wir müssen uns nämlich beeilen, denn sobald der Schlamm getrocknet ist, wird alles sehr viel schwieriger.«

Gabriel deutete auf einen Wasseranschluss im Garten. »Er ist mit einem artesischen Brunnen verbunden.«

Die Aufräumarbeiten konnten beginnen. Claudia und Fiorenza waren mittendrin, versorgten die Helfer mit Essen und Getränken, während Giulia von einer Terrasse zur anderen ging, um die Schäden in Augenschein zu nehmen. Was die Wucht der Schlammlawine verschont hatte, schien zu ihrem Erstaunen sogar stärker als zuvor. Sie setzte sich auf einen Gartenstuhl und ließ ihren Blick in die Ferne schweifen. Ihr Atem stockte. Wanderer waren in Richtung des Anwesens unterwegs.

»Sie kommen wieder«, rief sie wie elektrisiert. »Endlich.«

Und sie begriff: Der Weg in den Park war frei, weil die Mauer zerstört worden war.

Die Lösung war so einfach, lag direkt vor ihren Augen. Sie drehte sich zu Fiorenza um, die soeben zu ihr getreten war, und deutete auf die Helfer. »Die Mauer war schuld. Deshalb ist der Garten immer mehr verkümmert. Die Mauer hat Besucher abgehalten, dabei braucht der Garten sie zum Leben, genauso wie Sonne und Wasser. Das Lachen der Kinder, Leichtigkeit und Freude. Mit dem Bau der Mauer habe ich all das unterbunden.«

Fiorenza hörte aufmerksam zu und schaute zur Straße. »Ich habe nie verstanden, warum du das gemacht hast. Als ich nach La Spinosa kam, war Francesco gerade geboren worden. Aber alle Freude wurde überlagert vom Schmerz über Biancas Tod. Du hast diesen unheilvollen Entschluss gefasst und warst nicht davon abzubringen.«

»Giulia ist es, die tot ist – wie oft soll ich dir das noch sagen?«

»Hör mit diesem Unsinn auf.« Fiorenza hatte genug, sie war müde und am Ende ihrer Kraft.

Ihre Cousine sah sie an. Niemand glaubte ihr. Niemand schien ihr schreckliches Geheimnis hören zu wollen. Dieses Geheimnis, das sie endlich loswerden wollte, weil es ihr alle Kraft raubte. Das war absurd.

Seit über vierzig Jahren lebte sie damit, Tag für Tag bestimmte es ihr Leben, sie hatte ihm alles geopfert. Und jetzt, da sie bereit war, das Geheimnis zu lüften und sich von diesem Joch zu befreien, weigerte sich ihre Familie, ihr zuzuhören. Sie meinten, sie stünde unter Schock oder wäre verrückt. So ein Unfug!

Die Wahrheit musste endlich auf den Tisch.

»Ich muss mit euch reden.« Sie nahm Fiorenzas Hand. »Jetzt. Ruf meinen Sohn, ich bitte dich. Und zwar sofort!«

Seufzend verließ Fiorenza die Terrasse, um die anderen zu holen.

Das Familienoberhaupt der Donatis nahm sich Zeit, wählte die Worte sorgfältig, auch wenn die Erinnerungen die alte Dame zwischendurch zu überwältigen drohten. Sie schaute ihre Familie an und streckte ihre Hand nach Stefan aus, der sie umfasste und festhielt.

»Als Giulia gestorben ist, hatte ich Angst, man würde mir meinen Neffen wegnehmen – ich befürchtete, dieser Baci könnte zurückkommen und alles herausfinden.«

Fiorenza wollte sie schon unterbrechen, doch Francesco legte ihr die Hand auf die Schulter. »Was herausfinden?«

Sie blickte ihrem Sohn in die Augen. »Ich habe den Platz meiner Schwester eingenommen. Deiner Mutter. Ich habe dem Arzt meinen Ausweis gegeben. Und damit galt ich als tot und nicht Giulia. Ihr Name lebte weiter, und genauso sollte es sein.«

Ungläubiges Staunen machte sich breit.

Bianca senkte den Blick. »Die Geburt war schwer, Giulia musste einige Tage im Krankenhaus bleiben, dort fing sie sich eine Infektion ein, eine Lungenentzündung.« Sie hielt inne und winkte ihre Enkelinnen zu sich. »Ich hab sie angefleht, sich zu schonen, versicherte, ich würde alleine klarkommen. Hab alles getan, aber sie hörte immer diese verfluchte Glocke läuten, wenn die Wanderer kamen. Das war ja ihre Aufgabe, jedem beizustehen, der in La Spinosa Frieden und innere Einkehr suchte. Jedem Einzelnen, der die Ruhe eines Gartens und Zuspruch brauchte oder der hoffte, hier seine Lebensfreude wiederzufinden, die Enttäuschung und Leid aus seinem Herzen vertrieben hatten.«

»Wie Caterina? Hat sie bei euch ebenfalls Frieden gesucht?«

Bianca lächelte. Iris hatte ein gutes Gespür, sie war wie Giulia, ihre sanftmütige Schwester. Großzügig, offen, feinfühlig.

»Ja, mein Herz. Wie Caterina. Ich kann mich gut an sie erinnern, sie war eine einsame und verzweifelte Frau. Giulia war gerade nicht da, als sie kam. Die Glocke wollte gar nicht mehr aufhören zu läuten. Deshalb half ich ihr, auch wenn es nicht meine Aufgabe war. Eine für die Wanderer, eine für die tausendjährige Rose, wie ihr wisst. Ich musste mich um die Rose, sie sich um die Wanderer kümmern.« Sie hielt inne, um sich zu sammeln. »Ich schenkte ihr einen Topf und meine Spezialblumenmischung, die ich mit Stefan gezüchtet hatte. Die einzigen Samen, die ich weitergeben durfte, alles aus dem Garten war für mich tabu. Niemand außer Caterina und mir wusste davon. Und dann hast du, Iris, nach so vielen Jahren die Rose entdeckt. In diesem Moment erkannte ich, dass alles wieder in Ordnung käme, wenn ihr in La Spinosa bleibt und mir helft.«

»Mutter…, erzähl bitte weiter«, drängte Francesco.

»Entschuldige, das alles ist so kompliziert.« Bianca fuhr sich mit der Zunge über die Lippen. »Wie gesagt: Obwohl sie so schwach war, wollte Giulia nicht im Bett bleiben – es schien geradezu, als würde sie lediglich draußen zwischen ihren geliebten Blumen Ruhe finden. Oft nahm sie dich mit und legte dich auf eine Decke, die sie auf der Wiese ausgebreitet hatte. Sie versuchte die Augen vor der Realität zu verschließen, das weiß ich jetzt. Damals allerdings verstand ich es nicht. Wir haben gestritten, ich wollte nicht, dass sie so lange draußen blieb. Vor allem nicht abends, wenn es kalt wurde. Ich hatte solche Angst. Aber Giulia setzte ihren Kopf durch. Auch am letzten Abend.« Sie strich über ihr Kleid. »Es regnete…« Ihre Stimme brach. »Irgendwann hab ich sie auf der Wiese gefunden, ganz friedlich lag sie da, um sie herum grünte und blühte es. Sie ist ganz allein gestorben.« Erneut musste sie innehalten. »Ich blieb bei ihr, bis Stefan uns fand. Wir riefen den Arzt, der schüttelte nur den Kopf. Und ich konnte nichts tun, als zuzusehen, wie sie auf der Bahre davongetragen wurde.«

Es wurde still im Raum. Lediglich vom Park und Vorplatz her drangen Stimmen und Lachen herüber sowie das Geräusch der Aufräumarbeiten. Eimer für Eimer verschwand der Schlamm in der riesigen Baggerschaufel, schon bald würde der Bagger das meiste weggeschafft haben, und Wasserschläuche konnten in Aktion treten, um die letzten Reste zu beseitigen.

»Wie hast du es geschafft, ihre Identität anzunehmen?«

Bianca drehte sich langsam um, sie war jetzt ganz ruhig, als ob sie das alles nichts angehen würde.

»Das sagte ich doch bereits. Indem ich dem Arzt meinen Ausweis gab und mich als Giulia vorstellte. Kein Problem, denn uns konnte ohnehin niemand auseinanderhalten.«

Francesco schüttelte den Kopf, sah Fiorenza und Stefan an. »Sie muss verrückt sein. Eine andere Erklärung gibt es nicht.«

Bianca lächelte bloß, wirkte wie befreit. Wind war aufgekommen und fuhr ihr durchs Haar.

»Wo sind ihre Medikamente? Sie weiß nicht, was sie sagt.« Francesco konnte es einfach nicht glauben.

Stefan stand auf und legte ihm die Hand auf den Arm. »Sie sagt die Wahrheit, es tut mir sehr leid, mein Junge. Komm, wir gehen ein Stück.«

Die beiden entfernten sich Seite an Seite wie Vater und Sohn. Iris und Viola sahen ihnen nach, noch völlig benommen von dem, was sie gerade gehört hatten. Bianca, die angeblich seit Langem tot war, saß plötzlich neben ihnen. Nicht Giulia, ihre Großmutter.

»Schaut, der fünfte Punkt auf dem Pergament«, wandte sie sich an die Mädchen, »das ist das Leben. Es gibt nichts, was die Natur davon abhalten kann, den Lauf der Dinge zu bestimmen.«

Die beiden schwiegen, bis Viola sagte: »Willst du dich nicht hinlegen?«

Bianca strich ihr übers Gesicht. »Es geht mir gut, ich bin ein wenig müde, aber das geht vorbei.«

Iris war völlig verwirrt und verängstigt obendrein. Erst das verheerende Unwetter, dann diese unglaublichen Enthüllungen... Diese Frau neben ihr war Bianca und nicht Giulia und damit nicht ihre richtige Großmutter. Giulia war tot. Was würde sie tun, wenn ihre Zwillingsschwester... Nein, allein der Gedanke war unerträglich. Sie ging zu der Freitreppe, setzte sich auf eine Stufe und raufte sich die Haare.

Viola, die ihr gefolgt war, legte ihr eine Hand auf die Schulter. »Was ist los?«

Iris schüttelte den Kopf. »Nichts, ich bin einfach müde.«

»Komm, wir hören Großmutter weiter zu.«

»Sie ist nicht unsere Großmutter. Hast du nicht gehört, was sie gesagt hat?«

Viola biss sich auf die Lippen. »Manchmal gehst du mir echt auf die Nerven. Was ändert das denn? Ich meine, zwischen ihr und uns?«

Iris starrte sie an. »Was sie getan hat, ist ziemlich krass.«

»Sie war allein und verzweifelt und wollte ihren Neffen beschützen – sie hatte es ihrer Schwester versprochen. Hältst du das etwa für egoistisch?«

»Das habe ich nicht behauptet.«

»Außerdem ist das Ganze vor mehr als vierzig Jahren passiert, Iris. Das interessiert niemanden mehr. Hören wir, was sie uns zu sagen hat. Sie will unbedingt noch etwas loswerden. Es geht um das fünfte Motto der Donatis.«

Iris erhob sich, gemeinsam kehrten sie zurück auf die Terrasse, wo Bianca ihnen bereits entgegensah, im Gesicht ein weiches Lächeln.

»Schaut euch um, das Leben gewinnt immer, selbst unter all dem Schlamm geht es weiter. Das Leben stirbt nie. Schon bei den ersten warmen Sonnenstrahlen werden neue Triebe sprießen, es wird knospen und blühen. Ein Garten ist ständig im Fluss, während das eine geht, kommt das andere. Das Wasser sprudelt, die Samen keimen, die Blüten entfalten sich. Wir stehen hier, weil dieser Garten der Spiegel unserer Seele und unseres Geistes ist.«

Iris und Viola lauschten gebannt. In diesen Worten lag etwas Existenzielles – etwas, das sie so noch nie gehört hatten. Allein Ruhe und Gelassenheit konnten solche Überzeugungen hervorbringen. Zweifel und Unsicherheit hatten da keinen Platz.

»Der Garten ist wie der Lauf der Gedanken. Auch sie brauchen Zeit, um sich zu entwickeln. Nicht bloß im Garten wächst, blüht und gedeiht es, eure Gedanken sind ebenfalls Quellen, aus denen neues Leben fließt. Geduld, Bescheidenheit, Freude, Zufriedenheit, Mitgefühl und Heiterkeit, das sind die Früchte unserer Arbeit, und sie haben in euch Wurzeln geschlagen. All diese Gefühle werden eure Sicht der Dinge verändern, euer Weltbild prägen und letztendlich euer Leben.«

»Darf ich zuhören?«, fragte Gabriel, während sein Blick auf Iris ruhte.

Bianca lächelte. »Gärtner zu sein bedeutet glücklich zu sein. Und dankbar. Die Liebe, die er der Erde und somit der Natur schenkt, wird ihm tausendfach zurückgegeben. Ach, übrigens, das ist für euch«, sagte sie und legte Viola einen großen Schlüssel in die Hand. »Achtet gut auf ihn. Und wenn der Moment gekommen ist, überlegt sorgfältig und entscheidet klug. Eine für die tausendjährige Rose, eine für die Wanderer.«

Iris und Viola rissen überrascht die Augen auf. »Warum gerade jetzt? Warum hast du so lange gewartet?«

Die Großmutter küsste erst Iris, dann Viola auf die Stirn.

»Weil ihr jetzt bereit seid. Ich weiß, dass ihr das Labyrinth und den Weg hindurch alleine finden werdet. Ihr habt es gewollt, und so soll es sein. Denn wenn man sich etwas von ganzem Herzen wünscht und mit aller Kraft darum kämpft, erst dann erkennt man seinen wahren Wert. Das …«, sie deutete auf den Garten, »ist eure Zukunft. Vergesst nie, dass ihr Donatis seid und dass diese Erde uns zu dem gemacht hat, was wir sind. Und jetzt bringt mich ins Haus, ich bin müde.«

39

Es gibt kaum etwas Angenehmeres, als vom Duft des **Winter-jasmins (Jasminum nudiflorum)** umhüllt in den Schlaf zu sinken. Neben dem Hauseingang gepflanzt, verleiht der Strauch Heiterkeit und Glück. Er ist anspruchslos, was den Boden betrifft, ein sonniger Standort gibt ihm Kraft, und er blüht lang und ausdauernd. Regelmäßige Wassergaben sind wichtig. Blütezeit ist der zeitige Frühling.

Bianca erwachte als Erste. Sie hatte von ihrer Kindheit geträumt, vom Garten, der ihr seine Geheimnisse erzählte, und von ihrer Schwester. Sie dachte zurück an die dunklen Nächte, in denen sie Hand in Hand über die Wiesen gelaufen waren, sich ins Gras gelegt und die Sterne betrachtet hatten. Sie waren so groß, so leuchtend hell gewesen.

Ihre Schwester hatte eine nicht zu füllende Lücke hinterlassen, sie war ihre Luft zum Atmen gewesen. Ohne sie war es ihr unmöglich, sich vollständig zu fühlen. Oder zumindest vollständig genug, um die Liebe eines Mannes anzunehmen, der selbstlos an ihrer Seite geblieben war. Das Kind immerhin, das nicht ihres war, das hatte sie wie ein eigenes geliebt.

Insgesamt indes ein Leben voller Leid, Bedauern und Qual.

Dass sie Giulias Platz eingenommen hatte, war nicht nur aus Fürsorge für das Kind geschehen, es hatte noch einen anderen Grund gegeben, einen dunklen und verborgenen: ihre Eifersucht auf ihre Zwillingsschwester. Deshalb war Bianca zu Giulia geworden.

Doch alles war anders gekommen, als sie es sich vorgestellt hatte, denn um Giulia darzustellen, dazu fehlte ihr die Leichtigkeit ihrer Schwester, ihr Esprit. Äußerlich kaum zu unterscheiden, trennten sie innerlich Welten. Und das war nicht ohne Auswirkungen auf La Spinosa geblieben. Sie hatte Freunde vor den Kopf gestoßen, Dienstboten und Gärtner entlassen und den Park für Besucher gesperrt. Und als Ergebnis ihres schlechten Gewissens und ihrer Wut auf sich selbst hatte sie die Mauer errichtet.

Jetzt, nach so vielen Jahren, gab ihr das Schicksal unerwartet eine zweite Chance. Ausgelöst durch den Schlaganfall waren die Zwillinge zurückkehrt. Ein Signal, dass sich alles vielleicht noch einmal zum Guten wenden konnte. Für sie, die Mädchen und ihre Eltern.

Sie konnte ihre Fehler wiedergutmachen. Die Zwillinge würden das Labyrinth und die tausendjährige Rose finden, und Francesco und Claudia würden sich versöhnen. Nicht gleich vielleicht, denn die Seele brauchte Zeit zu heilen. Aber die Liebe war wie das Leben, sie triumphierte letztendlich immer.

Heute war ein besonderer Morgen, das spürte sie in jeder Faser ihres Körpers. Voller Energie stand sie auf und öffnete noch im Nachthemd die Geheimtür. Als sie die Treppe hochstieg, fühlte sie sich leicht und beschwingt, sie hatte den Eindruck, Giulias Lachen zu hören.

»Ich komme«, flüsterte sie.

Sie passierte die Bibliothek, die Zimmer im zweiten Stock und ging ganz nach oben ins Zimmer ihrer Schwester.

»Hier bin ich, wo bist du?«

Die Sonne flutete durchs Fenster, Bianca legte sich die Hand über die Augen. Ein leichter Wind bewegte die Vorhänge, sie zog sie beiseite und schaute nach draußen.

Der sanfte Regen in der Nacht hatte die Spuren des Unwetters weitgehend weggewaschen, schon zeigten sich schüchtern bunte Punkte im Gras und unter den Bäumen. Doch am meisten überraschten sie die Blumenbeete, ein Blütenmeer aus Weiß, Gelb, Rosa, und Rot.

»Der Garten lebt wieder«, murmelte sie.

Voller Verwunderung und von einem unermesslichen Glücksgefühl erfüllt, verharrte sie lange am Fenster. Plötzlich aber gaben ihre Beine nach, und sie sank auf den weichen Teppich. Nach einer kurzen Ohnmacht schlug sie die Augen wieder auf, versuchte sich zu orientieren und überließ sich ihren Gedanken. Sie erinnerte sich daran, wie sie als Kind hier auf diesem Teppich gemeinsam gelegen und Schmetterlinge, Drachen und Meerjungfrauen gemalt hatten. Schmerz überwältigte sie, machte ihr das Herz schwer und den Hals eng. Eine einsame Träne rann über ihre Wange, während ihre Augäpfel tiefer in ihre Höhlungen zu gleiten schienen. Sie war erschöpft und dennoch glücklich. Das letzte Bild, das sie vor sich sah, war Giulia, ihr Lächeln und die Hand, die sie nach ihr ausstreckte.

»Ich bin gekommen, um dich abzuholen, komm. Die anderen warten bereits auf uns.«

Fiorenza und Claudia hatten das Frühstück vorbereitet, die Zwillinge deckten den Tisch. Gabriel ließ Iris nicht aus den Augen.

»Warum redest du nicht mit ihm?«, flüsterte Viola der Schwester zu. »Das ist ja kaum auszuhalten. Du weißt schon, warum man die Sprache erfunden hat? Damit man sich mitteilen, reden und zuhören kann und so.«

Iris faltete weiter die Servietten: »Da gibt es nichts zu reden. Und wenn du weiter herumtrödelst, gehe ich alleine zum Labyrinth.«

Sie wollte nicht an Gabriel denken und konzentrierte sich stattdessen auf Biancas Enthüllungen. Die tausendjährige Rose? Im Grunde unvorstellbar. Dass Viola und sie vor dem Tor zum geheimen Garten gestanden hatten, war eine Verkettung von Zufällen gewesen. Ob sie den Weg mithilfe der Karte auf dem Pergament wiederfinden würden? Das Unwetter hatte alles verändert, Wege verschüttet, Geheimnisse enthüllt und zugleich Klarheit geschaffen.

»Das dürfte nichts werden mit einem Alleingang, ich hab nämlich den Schlüssel.« Viola steckte die Hand in die Jackentasche, riss sogleich überrascht die Augen auf. »Er ist weg! Wie hast du das gemacht?«

»Ganz einfach, ich hab ihn mir genommen, als du im Bad warst. Komm, ich will jetzt wissen, was es mit dieser tausendjährigen Rose auf sich hat.«

Viola goss sich grinsend noch eine Tasse Kaffee ein. Dass Iris sie austricksen könnte, wäre ihr nie in den Sinn gekommen. Ein Fehler. William hatte sie oft genug vor Überheblichkeit gewarnt. Eine Welle der Zärtlichkeit überkam sie, als sie an ihn dachte – sie freute sich darauf, ihm alles zu erzählen.

Dass der Garten über Nacht zu neuem Leben erwacht war, würde sie allerdings für sich behalten. Das verstand sowieso niemand außer ihr und Iris. Im Grunde war es ja wirklich ein Wunder. Da waren sie abends todmüde ins Bett gefallen, und am nächsten Morgen hatte der Garten sie mit einem Meer aus Blüten empfangen. Das war offenbar die Magie von La Spinosa. Ihrer Heimat.

Plötzlich fiel ihr etwas ein. »Fiorenza, wo ist eigentlich Großmutter? Sie ist noch nicht heruntergekommen.«

»Sie war sehr müde, wir rufen sie später.«

»Du hast recht.« Sie wandte sich an Claudia, die angespannt aus dem Fenster starrte. »Mama, kommst du mit?«

»Nein, geht allein. Ich muss einige Telefonate erledigen.«

Ihr Koffer war bereits für die Heimreise gepackt. Claudia ballte die Hand zur Faust. Die vergangene Nacht hatte sie mit Francesco verbracht, jetzt fürchtete sie, er könnte sie nicht gehen lassen. Sie atmete tief durch, schüttelte den Kopf. Francesco drängte sie ständig, noch einmal von vorne anzufangen. Aber sie verbot sich diesen Gedanken. Sie hatte ihr Leben, ihren Laden. Die Liebe ihrer Töchter. Endlich wieder eine Zukunft. Und der Rest? Darüber würde sie später nachdenken. Jedenfalls hatte sie Francesco gebeten, sich um die Formalitäten der Scheidung zu kümmern.

»Kommt nicht zu spät zurück«, rief sie den Mädchen nach, »ich muss mit euch sprechen, bevor ich abreise.«

»Bist du ganz sicher, dass du nicht bleiben willst?«

»Ja. Und jetzt geht, wir sehen uns später.«

Das Unwetter war genauso schnell abgezogen, wie es gekommen war. Wie ein Orkan war es über La Spinosa und
seine Bewohner hinweggefegt, hatte Spannungen, Verbitterung und ein lange gehütetes Geheimnis mit sich gerissen und verkrustete Überzeugungen fortgespült. Doch aus
Trümmern und Schlamm war etwas Neues entstanden:
Hoffnung. Die Blumen blühten wieder, das Leben war zurückgekehrt.

Wie eine einzige Nacht ein ganzes Leben verändern
konnte! Alles, wovon Iris überzeugt gewesen war, war
ins Wanken geraten. Ihre Großmutter, mochte sie nun
Giulia oder Bianca heißen, hatte ihr gezeigt, dass es kein
Ende gab, dass alles sich im Fluss befand. Und Fehler waren nicht der Anfang vom Ende, sondern eine Chance zu
einem echten Neuanfang. Gleiches galt für das Vergeben
und Verzeihen.

Iris ging als Erstes zu ihrem Beet. Wie durch ein Wunder war es von der Schlammlawine verschont geblieben.
Warum, das spielte keine Rolle mehr, allein seine Blütenpracht und sein Duft zählten. Ihr Blick fiel auf einen Ginster. Das Symbol ewiger Liebe. Wie war der denn hierher-
gekommen?

»Hallo, Iris, vielleicht ist es dir nicht so wichtig – trotzdem will ich nicht gehen, ohne mich zu verabschieden.«
Gabriel. Sie hatte ihn gar nicht bemerkt und zwang sich
zu einem Lächeln.

»Ich mag einfach keine Abschiede, das ist alles.«

»Warum?«

Sie seufzte. Offenbar versuchte Gabriel sie in ein Gespräch zu verwickeln, das sie nicht führen wollte. »Ich ver-
meide sie lieber.«

»Lass uns ein paar Schritte gehen, ja?«

Er nahm ihre Hand, ihre Finger verschränkten sich ineinander. Die Wärme seiner Haut tat ihr gut. Überhaupt mochte sie ihn, unterhielt sich gerne mit ihm, war gerne mit ihm zusammen. Dass das nun alles vorbei sein sollte, tat ihr weh.

Sie gingen schweigend nebeneinander her.

»Ich habe Bosnien sofort nach dem Krieg verlassen. Wir hatten alles verloren. Mein Vater war ermordet worden. Menschen, die einmal unsere Nachbarn und Freunde gewesen waren, jagten uns aus dem Haus. Wir mussten fliehen, erst nach Frankreich, dann über England nach Italien.«

Er hatte noch nie etwas von sich preisgegeben. Iris hielt den Atem an.

»Es war eine schwere Zeit. Manches kann man nur verstehen, wenn man es selbst erlebt hat. Wir haben unsere Heimat nicht verlassen, um das Glück zu suchen, sondern um zu überleben. Im Grunde änderte das nichts. Wo wir auch hinkamen, waren wir Fremde, für manche sogar unerwünschte Eindringlinge. Man mochte uns nicht, weil wir anders waren.«

Iris seufzte. Gabriels Worte bewogen sie, sich ebenfalls zu öffnen. »Ich habe ausschließlich Menschen vertraut, die ich kannte. Aus purer Angst, enttäuscht zu werden.«

»Und woher wusstest du das?«

»Was meinst du?«

»Woher wusstest du, wem du vertrauen kannst?«

Gute Frage, auf die sich schwer eine passende Antwort finden ließ. »Zuerst einmal muss man zwischen Bekanntschaft und Freundschaft unterscheiden. Oberflächliche

Beziehungen knüpfen sich leicht – wenn jemand einem allerdings wirklich wichtig wird, beginnt man leicht, seine eigenen Wünsche auf ihn zu projizieren, was wiederum das Entstehen von echter Freundschaft letztlich verhindert.«

»Genau.«

Sie lächelte ihn an. »Bis jetzt hab ich keinen Menschen gefunden, der mich davon überzeugt hätte, dass ich ihm vertrauen kann. Na ja, meine Familie schon.«

Verwundert zog Gabriel die Augenbrauen hoch. »Außer deiner Familie hast du niemand wirklich Wichtigen in deinem Leben?«

Sie schwieg, Worte waren überflüssig. Die Antwort las er in ihrem Blick. Dass er sich kein Urteil anmaßte, passte zu ihm und zu seiner natürlichen Freundlichkeit, die nicht anerzogen wirkte, sondern der Spiegel seiner Seele war.

Wohin sollte dieses Gespräch führen, fragte Iris sich. Was ging in Gabriel vor? Dass er seine Zelte hier abbrach, war in gewisser Hinsicht eine Antwort. Das, was zwischen ihnen war oder hätte sein können, wäre dann vorbei. Er hatte sich entschieden zu gehen, sie würde in La Spinosa bleiben, vielleicht für immer.

»Gibt es etwas Schöneres, als den Pflanzen beim Wachsen zuzusehen?«, wechselte er das Thema. »Schau dir nur dein Beet an.«

»Es ist wie ein Wunder«, stimmte sie zu. »Pflanzen zu lieben, das fällt mir leicht.«

Unvermittelt zog Gabriel sie an sich. Iris' Herz klopfte zum Zerspringen. »Du sprichst vom Abschied und vom Ende – beantworte mir eine Frage: Was ist wichtiger für dich? Die Tage, in denen deine Samen gekeimt und die Pflanzen gewachsen sind, oder das Resultat?«

»Ich verstehe nicht.«

»Nein?« Er beugte sich über sie, roch nach frischem Gras und feuchter Erde. »Du hast die Samen ausgesät, die Setzlinge eingepflanzt, dich jeden Tag um sie gekümmert, ihnen Zeit und Liebe geschenkt. Du hast sie gehegt und gepflegt, die Erde hat sie genährt. Ich frage dich noch mal: Was ist dir wichtiger: dass die Blumen einige Tage blühen werden oder das, was vorher gewesen ist?«

»Alles, vom ersten Tag an – mir ist jeder Augenblick wichtig.«

Er umfing ihr Gesicht mit seinen Händen, beugte sich zu ihr herunter und küsste sie. Und dieser Kuss hatte nichts Freundschaftliches, in ihm lag etwas anderes: Begehren und Leidenschaft.

»Alles wird geboren, wächst und vergeht schließlich. Aber das soll uns keine Angst machen, Iris, oder uns davon abhalten zu leben. Es ist der Weg, der zählt. Die Zeit, die wir gemeinsam verbringen.«

Sie antwortete nicht, dazu war sie zu verwirrt. Ihr Hals war wie zugeschnürt, Tränen brannten in ihren Augen. So fühlte sich also ein Kuss voller Liebe an, dieses Gefühl, gleichzeitig alles und nichts zu besitzen. Eine ungekannte Angst packte sie.

»Und danach, Gabriel? Wenn es vorbei ist, wie geht es dann weiter?«

»Veränderung ist Teil des Wachstums«, sagte er und deutete auf den Garten.

Er hatte recht mit allem, doch die Angst blieb. Iris löste sich aus der Umarmung und trat einen Schritt zurück. »Nein, danach bleibe ich allein. Von all den Gefühlen, die mich begleitet haben, bleibt letztendlich immer der Abschiedsschmerz. Alle Farben verblassen, es bleibt lediglich das Grau. Vielleicht habe ich das Danach einfach zu oft erlebt, und ich mag es nicht.«

»Das Leben ist kein ruhiger Fluss, auf seinem Weg gibt es Stromschnellen und Strudel. Wenn du keine Risiken eingehst, besteht dein Leben aus nichts als Vorsicht, ist eine eintönige flache Linie ohne Gefühle, Liebe und Leidenschaft. Das Leid ersparst du dir allein dadurch, dass du auf alles andere verzichtest.«

Gabriel zog sie erneut an sich. »Lauf nicht ewig weg.«

»Warum sagst du das?«

Er strich ihr zärtlich über das Gesicht. Seine Fingerspitzen fühlten sich rau auf ihren Wangen, ihren Augenlidern an. »Weil du eine wunderbare Frau bist und die Zeit, die ich mit dir verbringen durfte, für mich kostbar war. Ich gehe, weil ich gehen muss, meine Arbeit hier ist zu Ende, ich habe meine Familie seit Jahren nicht gesehen. Aber das heißt nicht, dass ich nicht zurückkommen werde. Du bist mir sehr wichtig.«

Iris schloss die Augen und öffnete sie wieder. »Leb wohl und pass auf dich auf.« Sie hauchte ihm einen Kuss auf die Lippen und rannte davon.

Viola gähnte. Wie lange wollte sich Iris denn noch verabschieden? Plötzlich spürte sie einen Stich im Herzen, ganz kurz nur.

»Verdammt noch mal, Iris«, murmelte sie.

Diese besondere Verbindung, die es zwischen Zwillingen gab, überraschte sie immer wieder. Es war anstrengend, mit ihrer Schwester mitzufühlen, mit ihr zu leiden. Und jetzt? Was konnte sie tun, um sie aufzuheitern? Sie ertrug es nicht, wenn sie traurig war. Viola schloss die Hand um den Schlüssel, dann hob sie den Kopf. Iris tauchte auf.

»Na endlich!«

»Entschuldige, jetzt bin ich ja da.«

Sie gingen schweigend den Weg nach oben, doch Viola war ungeduldig. »Warum sagst du nicht, was los ist?«

»Warum muss alles ein Ende haben, Vi?«

Erneut schwiegen sie, dann nahm Viola ihre Schwester in den Arm, und Iris brach in Tränen aus.

»Veränderungen sind wohl nichts für dich? Gut, da musst du dran arbeiten. Blende die schmerzlichen Gefühle aus und versuche in allem das Positive zu sehen. Dazu braucht es ein wenig Übung, aber es geht. Es ist so ähnlich wie die Meditationsübungen von Großmutter. Ende der Diskussion, komm, wir gehen weiter.«

Iris wischte sich die Tränen aus dem Gesicht. »In Ordnung, rennen wir ein Stück?«

Manchmal war alles ganz einfach, man musste bloß loslaufen, dem Leben entgegen.

Als sie die Hütte erreichten, schauten sie sich ungläubig um. Von wegen eingestürzt! Von den Unwetterschäden war außer ein paar dunklen Spuren auf dem Gras kaum etwas zu erkennen. Schon bald würden sie wissen, ob es die tausendjährige Rose wirklich gab.

An der Holzlattentür angekommen steckte Viola den Schlüssel ins Schloss. »Bereit?«

Iris nickte und lächelte ihrer Schwester komplizenhaft zu. »Auf geht's!«

Sie drückten die Tür auf.

Die verschiedenen Gartenbereiche von La Spinosa waren jeder für sich schon verzauberte Orte – dieser Anblick allerdings nahm ihnen den Atem. Smaragdgrünes Gras wogte sanft im Wind, wohin man schaute, blühten Blumen: Margeriten, Alpenveilchen, Glockenblumen, Astern, Stiefmütterchen. Und Rosen, überall Rosen: Strauchrosen, Heckenrosen, Kletterrosen, die sich um die Bäume rankten. Es gab Pinien, Steineichen, Eiben und Magnolien, deren Blätter in der Sonne glitzerten, dazwischen mannshohe Farne. Und über allem lag ein betörender Duft.

»Wie wunderschön!«

Es war zweifellos ein magischer Ort, an dem alle Gefühle eingefangen worden waren, die ein Garten auszulösen vermochte: ehrfürchtiges Staunen, Freude, Ruhe, Heiterkeit und Erfüllung.

»Da ist das Labyrinth!« Hand in Hand rannten sie los. Sie wussten zwar nicht mehr, dass sie als Kinder einmal hier gewesen waren, doch tief in ihrem Inneren kannten sie den Weg. Zwischen blühenden Hecken hindurch hatten sie bald den Springbrunnen in der Mitte erreicht.

Er ähnelte dem Springbrunnen im Renaissancegarten, war aber erheblich kleiner. Die Wasserfontäne stieg in den Himmel empor, feine Tröpfchen benetzten ihre Gesichter, ihre Hände. Iris erkannte das Geräusch wieder, es klang wie beim Wasserfall nach dem Regen. Viola wurde blass und griff nach ihrer Hand.

Da war sie.

Die tausendjährige Rose erhob sich vor ihnen wie eine Mauer aus Zweigen, Blättern, Dornen und Blüten. Sie hatte gerade zu blühen begonnen, glutrot, einzelne Blütenblätter waren auf die Wiese geweht worden und bildeten dort einen atemberaubenden Kontrast zu den weißen Glockenblumen.

Der geheime Garten von Bianca Donati, ihre geheimen Blumen, die sie mit Stefan gepflanzt hatte. Sie nährten die Hoffnungen einer Frau und ihres Freundes und hielten sie am Leben. Die Blumen, ihre Blüten und Blätter waren das Symbol einer unschuldigen Liebe.

Und die tausendjährige Rose der Donatis hatte all die Jahre darüber gewacht.

»Dort ist etwas.«

Zu Füßen der Rose stand eine Alabastertruhe. Sie schien sehr alt zu sein, auf dem Deckel prangte ein D. Iris hob ihn vorsichtig hoch. Der Boden der Truhe war mit Rosenstecklingen bedeckt, darauf lag ein Bündel Briefe. Viola nahm einen heraus.

Liebe Giulia, das Leben ist Schmerz, Qual und Verzweiflung. Ohne deinen Sohn hätte nichts einen Sinn. Er wächst und gedeiht prächtig…

Sie griff nach dem zweiten Brief.

Liebe Giulia, geliebte Schwester, verzeih mir. Ich verspreche dir, mich um La Spinosa zu kümmern. In deinem Sinne. Stefan habe ich gesagt, dass ich ihn nicht lieben kann. Ich dachte, er käme nie wieder zurück, stattdessen fand ich ihn im Labyrinth. Er sagte, dass ihn nichts davon abhalten werde, mich zu lieben durch die tausendjährige Rose. Ich konnte ihn nicht wegschicken, er ist mein Ein und Alles, dafür bitte ich dich tausendmal um Vergebung.

Auch Iris kramte jetzt in der Truhe.

»Briefe, die Bianca an ihre tote Schwester geschrieben hat, mein Gott, wie schrecklich. Großmutters Leben war ein einziges Leid.«

Sie lasen den nächsten Brief, und wenn die Tränen ihnen die Sicht nahmen, trösteten sie sich gegenseitig.

»Hier geht es um uns. Hör mal. *Deine kleinen Enkelinnen sind wunderbare Menschen, ich habe ihnen das Labyrinth gezeigt, und sie haben den Weg zum Ausgang ohne Zögern gefunden. Sobald sie imstande sind, die Verantwortung für den Garten zu übernehmen, komme ich zu dir, das schwöre ich dir, Giulia.«* Viola riss alarmiert die Augen auf. »Was hat Großmutter gestern beim Abschied gesagt?« Ihre Stimme bebte. »Und zum Frühstück ist sie auch nicht gekommen...«

Sie schauten sich an, und ein schrecklicher Gedanke stieg in ihnen auf. Iris schüttelte den Kopf: »Nein, das kann nicht sein.« Sie nahm den Rucksack, steckte die Briefe hinein und klappte den Deckel der Truhe wieder zu. »Komm, wir gehen zurück.«

Sie rannten, so schnell sie konnten, voller Sorge und von einer schrecklichen Vorahnung erfüllt. Als sie das Haus betraten, schwand auch ihr letztes Fünkchen Hoffnung. Francesco saß in einer Ecke, mit Tränen in den Augen. Claudia hatte ihm die Hand auf die Schulter gelegt, neben ihr stand der gepackte Koffer. Stefan lehnte wie versteinert an der Tür und starrte ins Nichts.

»Wo ist sie?«

Claudia wischte sich über die Augen. »Im Zimmer ihrer Schwester.«

Das genügte als Antwort. Iris und Viola rannten in die

Küche, durch die geheime Tür, den Gang entlang, dann die Treppe hinauf, immer zwei Stufen auf einmal nehmend.

Fiorenzas fernes Schluchzen wies ihnen den Weg, ein fortwährender klagender Laut, geflüsterte unverständliche Worte. Als sie das Zimmer betraten, lag Biancas lebloser Körper auf dem sonnenbeschienenen Teppich. An ihrer Seite kauerte die Frau, die sich viele Jahre um sie gekümmert und dennoch nie geahnt hatte, wer sie wirklich war.

Die Zwillinge knieten neben ihrer Großmutter nieder, ob Giulia oder Bianca, das spielte keine Rolle. Sie war ein Teil ihrer Familie, ein Teil ihrer Wurzeln, die Stimme der Vergangenheit. Sie streichelten ihre kalten Hände, aber Bianca Donati konnte sie nicht mehr spüren.

»Schau, sie lächelt.«

Iris nickte. Viola berührte ein letztes Mal ihre Hand. »Jetzt ist sie bei Giulia und hat ihren Frieden.«

BIANCA

Nichts hat sie auf diese tiefe Liebe vorbereitet. Es gibt nichts Vergleichbares. Es ist anders als das Gefühl, wenn Stefan sie anschaut und lächelt. Oder wenn er von seiner Heimat erzählt, die er bereits als Kind verlassen hat. Von dem kristallklaren Meer, dem Wind, der von der Insel flüstert, auf der er geboren wurde, von den steinernen Türmen, die dort in den Himmel ragen.

Nein, das hier ist etwas ganz anderes.

Wenn der Junge sie ansieht und seine Fingerchen um ihre Finger schließt, weiß Bianca, dass sie alles für ihn tun würde, als ob er ihr eigener Sohn wäre.

Wieso hat Giulia an diesem Morgen sein Weinen nicht

gehört? Ihre Schwester ist meist so müde, der Husten lässt sie nicht schlafen. Doch da muss noch mehr sein.

»Was ist los?«, hat sie Giulia mehr als einmal gefragt, ohne eine Antwort zu bekommen.

Immer öfter ist ihre Schwester im Garten, als ob nur er ihren Schmerz verstehen kann. Bianca legt Francesco vorsichtig in die Wiege, dreht sich langsam um und verlässt rasch das Haus. Dann rennt sie los. Warum kann sie nicht fliegen, warum ist sie nicht früher wach geworden? Sie spürt, dass etwas passiert ist.

Da ist die Hütte, dahinter der Eingang zum Labyrinth. Bianca bleibt stehen. Ihre Schwester liegt auf der Wiese wie eine Blume im Gras. Langsam geht sie näher. In ihr ist kein Leben mehr, kein Atem, kein Blut, bloß Leere. Sie schreit so lange, bis ihre Kehle schmerzt.

»Warum hast du mich verlassen?« Bianca weiß, dass sie jetzt allein ist. »Giulia, warum? Verdammt, verdammt!«

Sie kniet sich neben sie, nimmt ihr Gesicht zwischen die Hände, versucht es zu wärmen, verliert sich in diesem Antlitz, den Lippen, den Haaren.

In ihrem Kopf hat einzig ein Gedanke Platz, vor vielen Jahren im Herzen eines Kindes geboren, das seinen eigenen Wert nie gespürt hat. »Du bist die Bessere, du darfst nicht sterben. Du wirst leben, weil es so sein muss.«

Sie steht auf, Stefan kommt und nimmt sie in den Arm.

»Bianca ist tot. Ruf den Arzt«, sagt sie.

»Was redest du denn da? Bist du verrückt geworden?«

»Mach, was ich sage. Bianca ist tot. Ich bin Giulia Donati und werde tun, was ich tun muss.«

Es gibt keine Giulia, keine Bianca mehr. Die Schwestern sind eins geworden.

Das Entsetzen auf dem Gesicht des geliebten Mannes interessiert sie nicht. Sie will sein Mitleid nicht, das kann sie nicht ertragen. Sie schwankt, aber sie fällt nicht. »Mein Sohn wartet auf mich, er ist jetzt das Einzige, was zählt.«

Zum Haus zurück wird jeder Schritt zur Qual. Dort angekommen, steigt sie die Treppe hinauf, nimmt ihr Kind in den Arm und setzt sich in den Schaukelstuhl. »Mein Sohn, du bist mein Ein und Alles.«

Epilog

Ein Jahr später

Der Garten grünte und blühte, als wäre er voller Gold, Purpur und Smaragden. Er ergänzte die Geschichte einer Familie, die in Damaskus begann. Und die Legende von der ersten Rose, die aus dem Heiligen Land stammte und von Goffredo Donati für seine Braut Seraphina gepflanzt worden war. Nach und nach waren andere Pflanzen dazugekommen. Für jeden neugeborenen Donati ein Baum, Symbol für langes Leben, Glück und Verbundenheit mit der Erde.

La Spinosa war Heimat und Hort der Zufriedenheit, geprägt von Harmonie und Vertrauen. Denn wer eins mit der Natur ist, kennt das Geheimnis des Lebens.

Iris saß in der Bibliothek, hob den Blick von dem Buch, in dem sie gerade las und nach Inspirationen suchte. Der Raum war lichtdurchflutet, die Vorhänge waren beiseitegezogen, die Türen geöffnet. La Spinosa war wieder, was es früher gewesen war. Neues Leben war eingezogen, voller Wärme und Gefühle.

Sie las, wählte aus und machte Pläne, verglich dann ihre Konzepte mit den alten Aufzeichnungen. Im nächsten Frühjahr würde sie Saatgut ausbringen, Setzlinge ziehen und Blumen pflanzen – nach ihren Vorstellungen zwar, aber möglichst nah am Original.

Es würde Jahrzehnte dauern.

Heute Abend würde sie ihre Entwürfe an Viola weiterleiten. Ihre Schwester war vor drei Monaten abgereist und fehlte ihr sehr. Sie schaute aus dem Fenster in den Garten. Es kam ihr vor, als riefe er nach ihr. Iris erhob sich ohne Zögern. Die Arbeit in der Bibliothek konnte warten.

Seitdem sie beschlossen hatte, beim Aufbau einer Kultur- und Gartenstiftung namens »Bianca und Giulia Donati« mitzuarbeiten, schien sie für nichts anderes mehr Zeit zu finden. Manchmal war sie allerdings dankbar dafür, weil es sie von nutzlosen Grübeleien ablenkte.

»Ich gehe kurz raus, Fiorenza, bis später.« Sie winkte und warf der alten Frau eine Kusshand zu. Sie brauchte Sonne und Trost und einen langen Spaziergang durch ihren Garten.

»Hallo, Jonas.« Sie traf den alten Freund ihres Vaters auf dem Vorplatz und lächelte ihm zu. Er hatte jemanden gefunden, der sich um seine Katzen kümmerte, nachdem ihn Francesco auf Knien angefleht hatte, in der Gartenschule von La Spinosa zu unterrichten, die im vergangenen Frühjahr eröffnet worden war. Er würde Samen ernten und sammeln, Stecklinge ziehen, gärtnerisches Grundwissen vermitteln und Hand in Hand mit den Schülern arbeiten. Das war besser als alle Theorie.

»Wo willst du hin?«

Sie lächelte gequält. Jonas merkte sofort, dass etwas nicht stimmte. »So schlimm kann es doch nicht sein, oder?«

Sie zwang sich, ihre Tränen zu unterdrücken. »Nein, ist

es nicht. Mal geht's besser, mal schlechter. Man gewöhnt sich dran.«

»Füll deine Tage.«

»Sehr witzig. Wenn ich noch mehr reinpacke, platzen sie.«

»Also handelt es sich wohl um eine Herzensangelegenheit?«

Iris' Gesicht verdüsterte sich. »Es ist eigentlich eher banal.«

Jonas lächelte. »Banal? Nichts als ein Wort. Was ist schon banal? Essen und Trinken? Die Luft, die du atmest? Und der Schlaf? All diese Banalitäten brauchen wir zum Leben. Und du kannst ruhig die Liebe dazunehmen, Iris. Ohne Liebe hat das Leben keinen Sinn.«

Sie schaute zu Boden, dann hob sie den Blick und lächelte ihn an. »Ich schau nach meinem Beet«, sagte sie und entfernte sich.

Im Garten herrschte geschäftiges Treiben, die Arbeit ging gut voran. Desgleichen machte die Stiftung Fortschritte. Francesco war stolz darauf. Er hatte seine letzten Aufträge abgewickelt und durch seine Patente viel Geld verdient. Er wohnte nicht in La Spinosa, hatte auf Claudias Wunsch ein Haus in Volterra gekauft, wo sie gemeinsam lebten, wenn ihre Mutter nach Italien kam. Ihren Laden in London hatte sie nicht aufgegeben. Eine eigenwillige, aber funktionierende Lösung. Das war Claudias Bedingung gewesen, um die Scheidung zurückzuziehen.

Biancas plötzlicher Tod und ihr Geheimnis hatten das Leben aller Donatis verändert. Doch niemand trauerte dem Gewesenen nach, sondern freute sich über das Neue.

Es war, als hätte das Unwetter, durch das La Spinosa um

ein Haar zerstört worden wäre, zugleich neue Perspektiven eröffnet. Innovative Ideen hatten dem alten Gemäuer neues Leben eingehaucht, Mut und Lebensfreude Angst und Tristesse abgelöst. Die Familie war vereint und verfolgte ein gemeinsames Ziel: La Spinosa und sein Garten sollten erneut zu dem werden, was sie einmal gewesen waren.

Insbesondere der Renaissancegarten stand dafür als Sinnbild. Mittlerweile erstrahlte er wieder in alter Pracht. Gemeinsam mit Viola hatte Iris einige Stecklinge der tausendjährigen Rose ins Zentrum gepflanzt. Und Biancas Blumen blühten überall. Bei ihrem Anblick musste sie sofort an ihre Schwester denken. Es war, als ginge von den Blumen eine magische Kraft aus, die Gefühle auslöste. Und noch etwas anderes hatte sie ganz durch Zufall entdeckt: Wenn die Blumen blühten und man sie aus dem richtigen Blickwinkel betrachtete, erkannte man die Umrisse der tausendjährigen Rose.

Hinter der großen Wiese hatte Iris ihr Ziel erreicht und blieb stehen. Hier war es, ihr Beet des Lebens. Die Blumen standen in voller Blüte, rosa, rot, orange und das Gelb des Ginsters in der Mitte. Wie immer bei diesem Anblick begann ihr Herz aufgeregt zu klopfen.

Weißt du, was der Ginster in der Sprache der Blumen bedeutet?, hatte Gabriel sie vor seiner Abreise gefragt. Ja, sie wusste es, und gerade deswegen hatte sie den Ginster eigentlich nicht haben wollen. Als sie nicht antwortete, hatte er sie geküsst. *Ewige Liebe, Iris.*

Die gibt es nicht.

Er hatte sie mit diesem Lächeln angesehen, bei dem sie sich einzigartig fühlte. Als Unikat. Und das Gleiche war Gabriel für sie.

»Vielleicht änderst du eines Tages deine Meinung ja noch.«

Sie beugte sich noch unten und begann Unkraut zu zupfen. Nach einer Weile rief jemand nach ihr.

»Ich komme.«

Während sie sich aufrichtete, betrachtete sie ihre schmutzigen Hände. Vielleicht sollte sie sich wirklich mal an Handschuhe gewöhnen. Sie verbarg die Hände hinter dem Rücken und ging auf eine junge Frau zu, die am Ende des Weges wartete.

Es war Nives, Fiorenzas rechte Hand. Sie reichte ihr einen Brief. »Den hat mir Stefan heute Morgen gegeben, ich habe ihn ganz vergessen.«

»Danke, dass du ihn hergebracht hast.«

Nives hielt ihr ein Tuch hin und sagte: »Er ist bestimmt wichtig, Stefan wirkte sehr glücklich.«

Iris wischte sich die Hände ab. Stefan und glücklich? Das würde sie sehr wundern, denn nach Biancas Tod hatte sich Stefan völlig in sich zurückgezogen. Tag für Tag arbeitete er im Labyrinth, wie er es jahrzehntelang getan hatte, um das Geheimnis der Frau zu wahren, die er geliebt hatte.

»Von wem ist er?«, fragte sie. »Wer schreibt heute noch Briefe?

»Er ist von einem gewissen Gabriel Petrovic.«

Iris gab Nives das Tuch zurück und nahm den Brief. Ihr Herz pochte. Er hatte ihr bisher nie einen Brief geschrieben, nur ab und zu mal angerufen oder eine SMS geschrieben. Und das war gut so, jeder hatte seine eigenen Träume, seine eigenen Ziele. Ein unüberlegter Schritt und ihre Zukunftspläne kämen ins Wanken. Ihre Eltern waren ein Paradebeispiel dafür, wie schnell eine falsche Entscheidung alles zerstören konnte.

Am Rand des Beetes setzte sich Iris ins Gras und riss den Brief auf. Gabriel gehen zu sehen war ihr schwergefallen und eine schmerzliche Erfahrung gewesen. Da hatte kein Trost geholfen. Weder Claudias Rat, es positiv zu sehen, noch Violas Umarmungen oder die Lieblingsgerichte, die Fiorenza ihr kochte. Und erst recht nicht Francescos unbeholfene Versuche, sie aufzuheitern. Erst nach seiner Abreise war ihr klar geworden, dass sie Gabriel wirklich liebte. Erst als er weg war, wurde ihr bewusst, was sie verloren hatte.

Liebe Iris, ich habe viel über uns nachgedacht. Jeden Tag erkenne ich etwas, das mich an dein Lächeln erinnert, daran, wie du dir eine Haarlocke um den Finger wickelst, oder an deine BonBons. Wenn ich italienische Worte oder Lieder höre, eine bestimmte Blume sehe oder einen bestimmten Duft rieche, dann bringt mich das gedanklich nach La Spinosa zurück. All das erzählt mir von einer jungen Frau, die ich nicht vergessen kann. Und nicht vergessen will.

Sie las gründlich, genoss jedes Wort, lachte und wischte sich die Tränen aus den Augen. Dann der letzte Satz: Er ließ sie aufhorchen, gab ihr neue Hoffnung: *Vielleicht komme ich nach Italien zurück. Möchtest du mich sehen?* Sie faltete den Brief zusammen und schaute in die Ferne.

Es war so viel passiert, seit Gabriel weg war, sie schien eine andere geworden zu sein. Sie würde sich Zeit für die

Antwort nehmen, spürte, dass viel davon abhing. Schließlich musste sie eine Entscheidung treffen. Gabriel hatte gesagt, dass nicht das Ziel, sondern der Weg wichtig sei. Und sie hatte begonnen, diese Philosophie zu verinnerlichen.

Er würde zurückkommen.

Aufgeregt und glücklich kehrte sie zum Haus zurück. Nun, endlich befreit von der Ungewissheit, konnte sie sich mit vollem Elan ihrer Berufung widmen: dem Garten.

»Mama, ich bin's.« Viola stellte ihre Tasche aufs Sofa und schaute sich um.

Claudia schien nicht zu Hause zu sein. Doch als sie sich einen Tee machte, fiel ihr der Koffer neben der Tür auf, und aus dem ersten Stock hörte sie ein eindeutiges Lachen. Einen Moment lang blieb sie mit dem Wasserkocher in der Hand stehen, dann lächelte sie. Aha, Papa war aus Italien gekommen. Still nahm sie ihre Tasche und verließ das Haus. Sie war glücklich, dass sich ihre Eltern versöhnt hatten, aber ihre Leidenschaft war ihr eher ein wenig peinlich.

Draußen war es kalt, sie steckte die Hände in die Jackentaschen. Trotzdem überfiel sie ein plötzlicher Tatendrang. Spontan hielt sie ein Taxi an und stieg ein. »Hyde Park, nehmen Sie die Einfahrt beim See.«

Der Fahrer nickte und fuhr los. Die Stadt pulsierte, das schätzte sie an London besonders: Lichterglanz, Menschengewimmel, alles schien möglich. Dennoch wurde ihre Sehnsucht nach Iris und La Spinosa von Tag zu Tag größer.

»Gut, das passt hier, halten Sie bitte.«

Sie zahlte und betrat den Park, das Sonnenlicht glitzerte auf der Wasseroberfläche, Vögel flogen darüber hinweg. Ein faszinierender Anblick, ein Sinnbild der Freiheit.

Einen Moment lang meinte sie Biancas Gesicht zu sehen. Der Verlust schmerzte sie nach wie vor, obwohl sie wusste, dass ihre Großmutter den Tod als Erlösung von ihrer Last betrachtet und die Wiedervereinigung mit ihrer Schwester herbeigesehnt hatte.

Sie dachte auch an die Briefe, die sie an die tote Giulia gerichtet hatte. Sie waren voller Liebe und voller Verzweiflung gewesen. Viola sah auf die sich leicht kräuselnden Wellen, die Gedanken verschwammen.

Dann blitzte eine Erinnerung auf. Sie nahm einen Stein und warf ihn ins Wasser, genauso wie es die Großmutter einst den Enkelinnen als Ausgangspunkt einer Konzentrationsübung gezeigt hatte. Diesmal allerdings passierte nicht mehr, als dass sie damit die Enten vertrieb. Viola stand auf und lächelte.

Stunden später saß sie in Williams Konzert und ließ sich von der hinreißenden Musik davontragen. Sie erhob sich von ihrem Platz und applaudierte, Tränen standen in ihren Augen. Und unter den Jubelrufen des Publikums las sie auf seinen Lippen Worte, die allein für sie bestimmt waren.

»Ich liebe dich auch.« Sie flüsterte diesen Satz, der Eingeständnis und Versprechen zugleich war.

Ihre Großmutter hatte sie verändert, La Spinosa hatte sie verändert. Trotz der Dornen war die Rose in ihr erblüht. Viola hatte lieben gelernt.

Anmerkung der Autorin

Gartenbau wurde schon in vorgeschichtlichen Zeiten betrieben. Von Anbeginn an war der Garten ein wunderbarer Ort, über den man viel geschrieben, nachgedacht und geforscht hat. Für den Gärtner oder den Spaziergänger jedoch ist ein Garten noch viel mehr: Er kann Gefährte, treuer Freund oder sogar Geliebter sein.

Als ich darüber nachgedacht habe, welchen Schauplatz ich für meinen neuen Roman wählen wollte, kam mir sofort der Garten in den Sinn. Stück für Stück wurde aus dem abstrakten Konzept des Schauplatzes ein lebendiger Ort, mit dem ich auch emotional Kontakt aufnehmen konnte. Genauso ist es mit den Hauptpersonen in diesem Roman: Auch sie wissen, dass der Garten eine Seele besitzt.

Dieser Roman ist allerdings kein Gartenratgeber, ich selbst bin keine Gärtnerin. Vielmehr habe ich mich der faszinierenden Welt der Blumen auf emotionaler Ebene angenähert. Aus diesem Grund habe ich auch die fünf Schritte des gärtnerischen Wissens beschrieben: Achtsamkeit, Bewusstsein, Tatkraft, Freude und Leben.

Auch die komplexe emotionale und körperliche Verbindung zwischen Zwillingen ist ein weites Feld, das ich nur streifen konnte. Dabei habe ich mich bemüht, diesem sensiblen Thema mit dem nötigen Respekt zu begegnen. Die

Familie Donati und ihre Geschichte sind die Frucht meiner Fantasie, Gleiches gilt für ihr Anwesen La Spinosa. Aber in *Die Oleanderschwestern* gibt es auch andere Geschichten, die ich meinen Leserinnen und Freundinnen verdanke. Dafür mein herzlicher Dank.

Deborah Ghione hat mir erzählt, wie industrielle Rosenzucht vonstattengeht, wie neue Züchtungen entstehen, und wie die sogenannten »Dörfer der Rosen« entstanden sind. Sie hat mir die Welt der Gartenausstellungen beschrieben, mit mir über die Blumenmärkte und die Arbeit der Fachleute auf diesem Gebiet gesprochen, wie zum Beispiel die der sogenannten »Flower Designer«, die Gefühle in ausdrucksstarke duftende Kompositionen verwandeln können, in ein Fest für die Sinne. Giuliana Costabeber hat mich in die Geheimnisse der Orchideenzucht und -pflege eingeweiht und mir die Eleganz und Schönheit dieser Pflanzen nähergebracht. Außerdem hat sie mir über viele Momente des Zweifels hinweggeholfen und mich immer wieder darin bestärkt, auf dem richtigen Weg zu sein. Beiden gilt mein tief empfundener Dank.

Danksagung

»Jeden Tag denke ich unzählige Male daran, dass mein äußeres und inneres Leben auf der Arbeit der jetzigen und der schon verstorbenen Menschen beruht, dass ich mich anstrengen muss, um zu geben im gleichen Ausmaß, wie ich empfangen habe und noch empfange.«

Albert Einstein

Als Erstes möchte ich meinem Ehemann danken, der mir jeden Tag aufs Neue zeigt, wie wunderbar das Leben ist. Außerdem meinen Kindern, die mein Leben reicher und lebendiger machen und allem einen Sinn verleihen. Ich danke meiner Familie, die mich unterstützt und ermutigt, und meiner Mutter, die in mir die Leidenschaft für den Garten geweckt hat.

Mein Dank gilt auch Antonella, meiner Schwester, mit der ich herzlich verbunden bin, Anna, die immer für mich da ist, Lory, Andreina und Eleonora, die dem Wort Freundschaft Bedeutung, Sinn und Tiefe geben. Danke an Maria Rosaria Mastidoro, die mir die Welt der Spiritualität erschlossen und mir ihre Freundschaft geschenkt hat. Ich danke Rosy Mercurio, die meine Kreativität geweckt hat, Silvana Scaldaferri, die mich in die Welt der Gartenbücher eingeführt hat, Ilaria und ihre Freundinnen aus Holland, die mir die Atmosphäre Amsterdams so plastisch beschrieben haben, und meiner guten Freundin Alessandra, die mir immer zugehört hat, auch wenn es schwierig wurde.

Mein Dank gilt auch Dr. Annalisa Balloi, einer Biologin, die zum Thema Bakterien forscht. Ich hatte keine Vorstellung davon, dass sich hinter diesen Mikroorganismen wahre technologische Wunderwerke verbergen.

Ich danke meinem Verleger Stefano Mauri, der an mich und meine Geschichten glaubt und der Garzanti zu meiner verlegerischen Heimat gemacht hat. Ein ganz besonderer Dank geht an Elisabetta Migliavada bei Garzanti, meiner Vertrauten und Freundin: Mit Worten lässt sich meine Dankbarkeit und meine Zuneigung zu ihr nicht ausdrücken. Ich danke meiner Lektorin Ilaria Marzi, die meine Zweifel zerstreut und mich ermutigt, Alba Bariffi, die alle Details überprüft hat, und dem ganzen Team bei Garzanti: Rosanna, Franco und Francesca, Giulia, Cecilia und Adriana.

Mein Dank geht auch an Laura Ceccacci, die erst meine Freundin war und dann meine Agentin wurde. Dir gehört meine Zuneigung und Wertschätzung.

Nicht zuletzt danke ich allen BuchhändlerInnen, ohne die die Welt der Bücher nur halb so schön wäre und die sich täglich für das Lesen starkmachen. Ich danke meinen Lesern, denen ich es zu verdanken habe, dass ich heute da bin, wo ich bin. Und ich danke allen, die sich die Zeit nehmen, mir zu schreiben. Ihr Feedback ist mir wichtig.

Ihnen allen meinen tief empfundenen Dank.